# HÉROÏNE

# STELEN A.

# HEROÏNE

TOME 1

©Shingfoo, 2020, pour la présente édition.
Shingfoo, 53 rue de l'Oradou, 63000 Clermont-Ferrand.
Septembre 2020 pour la version imprimée
ISBN : 9782379870460

Couverture : ©AdobeStock

*À toutes les histoires d'amour que j'ai aimées ou détestées.*

*Aux auteurs qui m'ont donné envie d'écrire.*

*Et à tous ces anges durant mon aventure, qui m'ont encouragée à continuer.*

# Chapitre 1.
## La nerd

— …Spark ! Mademoiselle Spark !

Je sursautai et me redressai sur ma chaise pour me surprendre au centre de l'attention de toute la salle.

— Mademoiselle Spark, vous allez bien ? s'enquit le professeur Scott.

Je comprenais leur confusion. C'était assez exceptionnel que je m'égare ainsi en plein cours de Maths.

Oui, je faisais partie des 2 % de la population lycéenne à aimer les mathématiques.

— Je… Je peux aller aux toilettes, s'il vous plaît ?

J'étais désormais à deux doigts de fondre en larmes.

Par chance, mon prof préféré me tendit un laissez-passer pour sortir.

— J'espère que ça va aller.

Je savais que son inquiétude était sincère. J'étais l'une de ses meilleures élèves, après tout. En fait, j'étais *sa* meilleure élève.


La plupart des autres ados de cette classe n'en avaient que faire des Maths. Même s'ils ne rateraient pour rien au monde ce cours.

Enfin, à part *lui*.

La salle était pleine à craquer, parce que Monsieur Scott, notre prof trentenaire, était l'enseignant le plus sexy de l'école. Rien que ses yeux gris suffisaient à rendre toutes les filles folles.

Toutes les filles, hormis moi.

Depuis ma rentrée au secondaire, mon cœur et mon attention n'avaient orbité qu'autour d'une seule personne. Celle-là même responsable de mon état actuel.


Des pas que je n'eus aucun mal à reconnaître me talonnèrent dans les couloirs déserts. Toutefois, je ne me retournai pas. Au contraire, j'accélérai et me réfugiai dans les toilettes, où je craquai à la minute où je verrouillai la porte derrière moi.

– Meg ! cogna Everly. Ouvre-moi !

Je me doutais bien qu'elle viendrait me consoler. Mais je n'avais pas besoin de ma meilleure amie pour le moment.

Je ne pourrais pas supporter son regard aussi pitoyable qu'accusateur.

Elle trouvait que j'exagérais.

MAIS JE N'EXAGÉRAIS PAS !

Michael n'avait pas le droit de sourire à cette fille !

Il faudrait être à ma place pour comprendre.


Ce jour-là, ç'aurait été l'anniversaire de mon père. Il me manquait plus que jamais. Et comme si ce n'était pas assez, je m'étais aussi disputée avec ma mère, pour la énième fois cette semaine.

J'avais déjà le moral dans les chaussettes en arrivant à l'école. Puis, j'avais vu Michael… Un mètre quatre-vingt-six de muscles élancés. Le mec dont j'étais amoureuse depuis désormais deux ans. Michael que j'avais vu changer après la mort de sa jumelle. Michael, ce bad boy aux multiples piercings pour qui toutes les filles craquaient, moi en tête de liste. Cet Apollon aux yeux bleus, dont l'emploi du temps n'avait aucun secret pour moi… Michael, mon obsession. Et plus important encore, Michael qui ne parlait et ne souriait presque jamais.

Pourtant, ce matin-là, il avait adressé un sourire à cette *nerd* à frange. Un vrai. Du genre qui atteignait les yeux, et qui dans son cas, dévoilait ses dents d'une blancheur publicitaire.

JE MÉRITAIS CE SOURIRE !

Il me revenait de droit. Michael m'appartenait. Il ne le savait peut-être pas, mais c'était le cas.

Et par cet acte de trahison, il avait réduit mon cœur déjà fragile en bouillie. Donc je n'exagérais pas en versant toutes les larmes de mon corps, sur une cuvette dans les chiottes.

Pourquoi elle ? Je voulais dire, pourquoi pas moi ?

Elle n'avait rien d'extraordinaire !

Si les filles banales étaient désormais son genre, il aurait dû venir me trouver. J'étais brune au teint hâlé, avec des iris marron, un nez court et des lèvres plutôt charnues… le tout déposé sur un visage rond.

Miss passe-partout, c'était moi !

La seule chose que les gens retenaient le plus souvent de mon visage, c'était mon air poupin que je camouflais à grand renfort de contouring, de *smoky* marron et de rouge à lèvres *nude*.

J'avais pardonné à Michael d'avoir eu une aventure avec Stacy, l'incarnation de Satan. Mais dès le début, j'avais pu deviner que ça n'allait pas durer.

Ça durait rarement avec lui.

Donc, je savais qu'il n'avait jamais, jamais, au grand jamais, souri à une fille comme il l'avait fait à la voleuse.

Je m'étais d'ailleurs informée sur cette dernière, en grande partie auprès d'Everly qui m'avait communiqué qu'elles avaient une connaissance en commun. Une fille de son cours de littérature avec qui elle l'avait vue traîner.

Elle était en première.

Malheureusement, Ev n'avait pas retenu son nom. Ce que j'allais me débrouiller pour obtenir dans les plus brefs délais.

La sonnerie annonça la fin des cours et je me décidai à sortir de mon trou.

Je me dirigeai, les épaules lourdes, vers le large miroir entouré de graffitis et grimaçai à la vue de mon allure.

Je savais bien que ce mascara était du faux waterproof.

Je faillis me remettre à pleurer, mais d'autres gens avaient relayé Everly contre la porte.

Il était temps de partir.

Je me redonnai un air plus ou moins présentable avec mes faibles moyens du bord, à savoir de l'eau et du PQ. Ensuite, je déverrouillai la porte, et récoltai quelques regards noirs et bousculades en sortant.


Ted, le rouquin aux yeux verts avec qui je traînais depuis la maternelle avait plié son mètre quatre-vingt-neuf de basketteur contre le mur d'en face.

Everly lui souffla quelque chose en me voyant et il se redressa, un pli au milieu de ses sourcils broussailleux.

Je le remerciai d'avoir récupéré mon sac et feignis de ne pas avoir remarqué l'inquiétude que dépeignait son visage pointu grignoté par une pilosité toute récente.

Ev ne lui avait donc pas encore dit !

Perso, je n'avais d'énergie, ni pour lui raconter, ni pour l'entendre me répéter que Michael ne méritait pas mon attention.

Je secouai la tête, le regard implorant, lorsqu'il ouvrit la bouche pour m'interroger. À mon grand soulagement, il n'insista pas et rabroua son coiffé décoiffé avec un pincement de lèvres résigné.


Encadrée de mes deux meilleurs amis, j'entamai de grands pas dans le couloir bondé afin de gagner au plus vite la sortie.

– Meg, ralentis un peu ! grommela Everly. Tout le monde ici n'a pas de longues jambes.

Elle se maudissait tout le temps d'être soi-disant trop petite, ronde et moche.

Moi, je la trouvais magnifique avec sa peau café-au-lait, ses yeux noisette et ses boucles brunes. Mais elle soutenait que j'avais inventé sa ressemblance avec Amandla Stenberg qui était pourtant évidente.

J'aurais pu la réconforter d'une phrase ce jour-là. Dommage pour elle, je n'étais pas d'humeur.

Je voulais juste rentrer chez moi et me réfugier sous la couette avec mon doudou *Ariel*.

Oui, je dormais encore avec mon doudou à 17 ans.

Je poursuivais mes grandes enjambées, malgré les protestations d'Everly. Cependant, je stoppai net lorsque je croisai la voleuse.

Sans prendre le temps de réfléchir, je fonçai dans sa direction.

– Megan, non ! s'affola Everly.

J'entendis Ted la questionner dans l'espoir de comprendre la situation, mais c'était loin d'être en tête de mes priorités.

Cette *nerd* avec sa jupe plissée, par contre, oui.


J'arrivai à sa hauteur et fermai son casier d'un coup sec, en adoptant mon expression la plus menaçante.

Je la dépassais d'une bonne tête. Elle leva vers moi deux émeraudes stupéfaites tandis que je la détaillais sans retenue aucune.

Elle possédait un visage long décoré de taches de rousseur, de lèvres discrètes, de grosses lunettes rondes perchées sur un nez fin ; le tout encadré de cheveux bruns épais et ondulés…

Cette fille était un putain de cliché, avec ses livres serrés contre sa poitrine !

J'avais envie de lui cracher qu'elle n'était pas si terrible ; que Michael m'appartenait, même si on n'avait jamais échangé une seule phrase en deux ans. Mais aussi, je crevais de lui hurler de retourner là d'où elle venait ; que Portland ne voulait pas d'elle…

Cependant, je restais plantée là, muette comme une carpe.

Ce n'était pas vraiment étonnant. Je n'avais jamais été méchante.

Les couloirs se vidaient, les élèves montaient et descendaient. Et nous, on restait sur place, enclavées dans un malaise tangible.

La colère qui m'avait animée lorsque je l'avais aperçue m'avait quittée. Désormais, je me sentais ridicule, et basculais le poids de mon corps d'un pied à l'autre.

Elle non plus n'était pas dans son assiette. Elle avait pincé ses lèvres fines et fixait ses chaussures d'un air résigné, comme si elle s'attendait presque à ce que je la violente.

Il y avait quelque chose de si innocent chez elle… que je ne possèderais jamais.

Alors peut-être que la légende disait vrai. Peut-être que les bad boys finissaient toujours avec des filles dans son genre.

Moi, j'étais plutôt extravertie. C'était ma troisième année consécutive au bureau des élèves. Je n'étais pas un génie. J'aimais les Maths, mais j'avais des notes médiocres dans pas mal d'autres matières.

En résumé, je n'appartenais ni à la classe des *nerds*, ni à celle des populaires. Je me situais juste dans le petit groupe entre les deux, où siégeaient les personnes sans intérêt.


Après des secondes interminables, elle finit par prendre son courage à deux mains pour me demander d'une voix mal assurée :

– Je peux t'aider ?

– Tu t'appelles comment ?

C'était la première chose à me passer par la tête.

Elle se détendit quelque peu, grâce à mon ton plus pacifique que ce qu'elle avait dû escompter. Avec un petit sourire avenant, elle me confia :

– Anna, et toi ?

Même son nom était *nerdique*. J'imaginais déjà Michael le murmurer tendrement, lorsqu'il lui prendrait sa virginité et j'en eus la nausée.

Je partais peut-être un peu loin. Mais j'avais vu cela arriver des tonnes de fois… dans les histoires.

– Megan, répondis-je malgré la boule dans ma gorge. Tu viens d'où ?

– De Boston.

Alors pourquoi elle avait atterri ici ?

Je forçai un sourire.

– J'espère que tu te plairas à Portland.

Puis, je m'enfuis en courant.

Elle devait à coup sûr me trouver bizarre, mais je n'en avais que faire. Elle n'avait qu'à aller trouver Michael pour la consoler.

Non mais pourquoi avait-il fallu que je tombe amoureuse du seul mec à qui je ne correspondrai jamais ?


Je courais comme une évadée sur les trottoirs humides de Portland. Je me fichais des regards intrigués que l'on me lançait. Je m'en fichais de tomber. Je m'en fichais de tout !

Enfin, c'était plutôt ce que je souhaitais.

Je finis par trébucher, époumonée, dans une rue assez déserte avec quelques trottoirs boisés. Tout en reprenant mon souffle, j'essayais de me repérer dans ce quartier inconnu.

À une centaine de mètres environ, un petit salon de beauté à la façade en briques attira mon attention.

Je m'étais coupé les cheveux il y avait à peine un mois. Ils repoussaient assez bien et m'arrivaient à la poitrine. J'avais aussi un beau volume. Pourtant, mes pieds me portèrent à l'intérieur du studio au décor vintage, où une punk m'accueillit avec un grand sourire.

– Qu'est-ce que tu veux, ma jolie ?

13

– Une frange, répondis-je sans hésiter.

C'était comme si mon cerveau l'avait décidé avant même que l'on ne me pose la question.

*Oui, fais-moi une bonne petite frange de nerd.*

Je m'en faisais le serment. Cette fois-ci, ce serait avec moi que Michael vivrait sa petite histoire cliché de gentille fille et de mauvais garçon.

Moi et personne d'autre...

# Chapitre 2.
# Collision

J'avais une frange, comme Anna ; de même qu'un style affreux. Mais je me consolais en me répétant que c'était pour la bonne cause.

Maquillage léger, jupe longue de style rétro, chemisier col mao et bottines. Michael voulait de la prude ; il en aurait.

J'avais refait ma garde-robe et dit adieu à mes jeans, débardeurs et cardigans passe-partout.

Une nouvelle Megan venait de naître.

Ma mère m'avait coulé son regard *« Pourquoi je n'ai pas avorté ? »* lorsque je m'étais arrêtée pour ajuster mes nouvelles lunettes devant le miroir de l'entrée.

J'avais fait semblant de ne pas remarquer et étais partie à l'école en sautillant en cette belle journée de novembre, chargée de promesses.

Même Helen n'allait pas me voler ma bonne humeur.

Celle qui m'avait mise au monde avait raté une bonne partie de ma vie, à cause des quatre années qu'elle avait passées en prison.

J'avais pleuré toutes les larmes de mon corps lorsqu'on l'avait emmenée, ce soir-là.

Mais de retour, des années plus tard, le jour même de l'anniversaire de mes 14 ans, on avait vite compris toutes les deux que les choses n'allaient pas être roses entre nous.

Elle était devenue froide, amère et autoritaire. Moi, mon père m'avait déjà habituée à n'en faire qu'à ma tête et à ne jamais me laisser brider. Nos tempéraments ne s'accordaient donc pas le moins du monde.

Les disputes avaient vite commencé. Papa avait servi de tampon entre nous, durant la première année de sa réinsertion. Mais par la suite, un accident de la route avait emporté celui que j'aimais le plus au monde.

Helen ne m'avait été d'aucun secours. À croire qu'elle avait su éteindre son humanité comme les vampires de *Vampire Diaries*.

Je ne savais même pas si j'aurais survécu sans l'appui d'Everly et Teddy.

Du coup, à chaque fois que la femme d'affaires avait envie de jouer son rôle de mère en me critiquant ou m'ordonnant des choses, j'avais envie de tout casser.

Je savais qu'elle avait souffert, mais je ne pensais pas devoir en payer le prix, moi aussi. Un peu d'affection de sa part ; c'était tout ce que je demandais.

Mais ça n'avait plus d'importance. Michael allait me combler avec tout l'amour dont j'avais besoin.

Il allait être mon *Hayden*, mon *H*, mon *Hardin*, et moi sa *Tenley*, sa *Babi*, sa *Tessi*...

*Tessa* ? *Tessine* ? Merde ! J'aurais dû mieux écouter lorsque Everly me racontait cette histoire. Je me souvenais juste que c'était celle d'un bad boy devenu un chamallow pour une timide, comme Michael s'apprêtait à le faire pour moi.

Je détestais lire. Et lire me le rendait bien puisque j'étais dyslexique. Je préférais les chiffres et de loin.

Toutefois, j'avais un faible pour les histoires d'amour. J'achetais donc des tas de livres à Everly, pour qu'elle me les raconte.

C'était ça, l'avantage d'avoir une copine rat de bibliothèque.

Presque toutes les semaines, j'allais faire un tour dans la petite librairie du centre pour parcourir les rayons et cibler les bouquins avec du potentiel. Ensuite, j'allais me gaver de compliments qui revenaient à Everly auprès de la libraire.

C'était une vieille Afro-Américaine qui m'appréciait, car selon elle, j'étais l'une des rares ados de cette génération à porter un tel intérêt à la littérature.

Je n'avais jamais trouvé le courage de lui avouer la vérité.

C'était vraiment honteux, puisque de toute ma vie, je n'avais pas lu un seul roman, alors qu'Everly pouvait passer toutes ses journées à ne faire que ça.

Ce qui, bien sûr, m'arrangeait, car je savais qu'ensuite elle allait se dépêcher de venir tout me raconter ; avec tellement de précisions et de détails, qu'à la fin j'avais l'impression d'avoir lu l'histoire moi-même.

Grâce à elle, j'en savais un rayon sur les histoires clichés de bad boys et de timides, qui comme on le savait tous, commençaient très souvent par une fameuse rencontre percutante.

Comme celle qui s'apprêtait à changer ma vie à jamais.


J'étais arrivée assez tôt à l'école puisque je n'habitais qu'à un quart d'heure de marche.

Excitée comme une gamine à Noël, je me tenais à l'angle du couloir qui conduisait au casier de Michael, avec un grand sourire niais, qui m'attira pas mal de coups d'œil méfiants... que j'ignorai, bien entendu.

Je surveillais le hall de l'entrée depuis un bon moment déjà. Je m'attendais donc à son arrivée. Mais comme à chaque fois que mes yeux se posaient sur lui, mon cœur rata un battement.

J'avais l'impression de le voir avancer en slow motion, alors qu'il n'y avait aucune chance, vu ses grandes enjambées.

Il fallait voir sa peau diaphane qui contrastait avec ses cheveux de jais coincés derrière ses oreilles. Ses mâchoires puissantes. Ses joues creuses. Ses yeux d'un bleu unique fixés droit devant lui... Il accaparait toute l'attention en se déplaçant, les mains dans les poches de son éternel perfecto, avec une désinvolture mêlée d'une grâce que lui seul possédait.

Il arrivait à l'intersection du hall et du premier couloir. C'était le moment d'entrer en action.

Je reculai, mon classeur contre ma poitrine et lorsque j'entendis ses pas se rapprocher, je fonçai.

Le choc me coupa le souffle. Je tombai comme un sac sur les fesses tandis que mes feuilles s'éparpillaient dans tous les sens.

C'était moins élégant que ce que j'avais prévu. Mais je pris sur moi, car j'étais persuadée que Michael allait s'accroupir pour m'aider. Nos regards se croiseraient et il réaliserait que c'était moi l'élue de son cœur, pas Anna.

Sauf qu'aucun élément de mon scénario ne prit vie.

Au contraire, mon héros me toisa par terre avec un tel mépris que j'eus l'impression de me transformer en poussière. Ma gorge s'assécha de honte et ma peau me brûla sous l'intensité de ses flammes bleues.

Au bout de quelques secondes de torture, il contracta ses mâchoires. Et je pris conscience d'avoir retenu mon souffle que lorsqu'il s'en alla enfin, en piétinant mes notes.

*Mais qu'est-ce que... ?*

Ou diable avais-je pu me planter ? J'avais tout planifié. J'avais le même look que la nouvelle. Il aurait dû, je ne sais pas, me trouver un truc... ou même être un peu plus sympathique.

Mais peut-être qu'on allait vivre l'une de ces histoires plus compliquées, où le bad boy détesterait d'abord la timide, avant de tomber sous son charme.

Ça devait être ça ! Je n'allais pas me décourager après un échec.

Dire que les gens me demandaient tout le temps pourquoi j'aimais les Mathématiques ! Eh bien, au moins en Maths, on savait à quoi s'attendre. Pas de mauvaises surprises. Pas de changements de plans. Une formule précise conduisait toujours à un résultat bien déterminé.

– Meg ?

La voix de mon meilleur ami me tira de mes réflexions. Je m'agenouillai pour réorganiser mon classeur après avoir salué mon rouquin préféré.

Les autres élèves, plus gentils, contournaient mes feuilles. Teddy se baissa pour me filer un coup de main.

Je le remerciai d'un sourire sincère et m'enquis à propos de sa nuit. Il n'eut cependant pas le temps de répondre, car le cri d'Everly nous avait fait sursauter tous les deux.

– Que t'est-il arrivé, Megan ? s'épouvanta la métisse.

Et c'était moi qui dramatisais tout ! Je roulai des yeux devant tant d'hystérie, et terminai de ramasser mes feuilles.

Personne n'allait vraiment faire attention à mon nouveau style. On était à Portland ! Les héros ici étaient ceux qui parvenaient à se démarquer. Ces personnes avec un petit truc en plus… comme Michael.

Ce n'était pas pour rien que notre devise était : « *Keep Portland Weird !* »

Je soupçonnais d'ailleurs quelques élèves de baiser le sol qu'une certaine tarée aux cheveux violets foulait.

Stacy Hunting était pourtant démoniaque. Mais on la vénérait par ici. C'était comme ça.

Elle et moi, on s'ignorait la plupart du temps. Ce qui était parfait, parce que je n'étais pas près de tourner la page sur notre passé commun.

Personne ne risquait donc de m'emmerder à cause de ma transformation. Everly avait juste du mal à se défaire de ses racines new-yorkaises.

Il n'y avait qu'à voir ses yeux écarquillés.

– T'as dévalisé l'armoire de ta grand-mère ou quoi ?

Je décidai de faire fi de son ton critique en la saluant d'un grand sourire. Aucune des répliques que j'avais à l'esprit ne la ménagerait. Or, je savais que la Côte Est lui avait laissé des séquelles quasi irréparables.

– J'ai l'air prude ? demandai-je en écartant les bras.

– À fond, s'écria-t-elle sans hésiter.

– Intouchable, plussoya mon rouquin préféré sur le ton de la plaisanterie. Mais je n'ai pas besoin de préciser que tu es toujours magnifique.

La sonnerie fit suite à mon clin d'œil reconnaissant.

Everly nous souhaita une bonne journée en se dirigeant dans la direction opposée, en Littérature. Je promis à mon meilleur ami de le rejoindre en cours et filai vers les toilettes, sous son regard perplexe.

J'avais un plan à suivre.

La rencontre percutante n'avait pas fonctionné. Le coup du retard allait marcher à coup sûr.

J'allais arriver un quart d'heure plus tard et trouver ma place habituelle occupée. Ainsi, j'aurais une excuse pour m'installer au fond avec Michael, même si personne d'autre n'aurait osé à cause de cette stupide rumeur qui circulait à son sujet.

Je lui emprunterais ensuite un stylo. Nos mains se frôleraient. Et là, bam ! Coup de foudre !

Je ne pourrais pas le rater, cette fois. Il était probablement déjà à notre classe de débat.

Il adorait ce cours ; bien qu'il n'y participât jamais. Mais la façon dont son visage réagissait à certaines prises de parole ne laissait aucun doute sur son intérêt. Il absorbait chaque petite expression, chaque réaction… Et moi, je me gavais des siennes.

Comme prévu, à mon arrivée, ma chaise était prise. Rien de remarquable. Tout le monde s'asseyait où il en avait envie, hormis à côté de Michael.

Territoire miné, le qualifiaient-ils… mais surtout territoire vide ce jour-là, car son occupant habituel n'y était pas.

*Comment ? Pourquoi ?*

Je restai figée devant la porte, mes documents contre ma poitrine face à une salle penaude qui devait se demander ce que je tramais.

Puis tout à coup, un bougre me bouscula par l'épaule, éparpillant mes notes pour la deuxième fois de la journée… Et leur marchant dessus également, pour la deuxième fois.

— Non, mais ça va pas ? gueulai-je avant de me rappeler que je devais être innocente et timide.

J'allais peut-être m'attirer les foudres du bad boy. Était-ce grave de trouver cela excitant ?

# Chapitre 3.
# L'avertissement

D'un autre côté, les héroïnes étaient toujours innocentes, timides, mais avec du caractère, non ? Alors peut-être que mon petit éclat allait lui prouver que j'étais différente ; et donc, celle qu'il lui fallait…

Enfin, en théorie. Parce que sur le coup, on ne pouvait pas trop le qualifier de conquis.

Il ne s'était même pas retourné lorsque je lui avais crié dessus.

Je comprenais que cela fît partie du personnage, mais quand même !

C'était beaucoup plus marrant lorsque c'était les autres les victimes de son arrogance.

— Bon, Mademoiselle Spark, vous vous décidez à me laisser continuer, oui ou non ? s'agaça Madame Barnles, notre prof d'âge moyen qui ne se défaisait jamais de ses foulards aux couleurs vives.

Moins emballée qu'à mon arrivée, mais nullement découragée, je ramassai mes affaires et me dirigeai en terrain hostile sous l'attention de mes camarades.

Je me devinais être l'attraction du jour, surtout lorsque je me plantai devant le bureau de Michael.

— Pourquoi tu te sens obligé d'être méchant et désagréable avec moi ? Je ne t'ai encore rien fait de mal, si ?

Je n'avais pas du tout réfléchi avant d'agir. Le fait était qu'il commençait à me gonfler.

Dire que ce n'était que le premier jour !

Son insolence n'était pas une nouveauté. Mais désormais, je l'avais vu être gentil avec quelqu'un d'autre. Il pouvait faire l'effort avec moi aussi, non ?

Quelques gloussements fusèrent suite à ma question. Pourtant, c'était le cadet de mes soucis. Je voulais une réponse, même si à mon avis, tout le monde s'attendait à ce que Michael se lève pour me shooter dedans comme dans un ballon.

Et pour être franche, je ne savais pas si je n'aurais pas préféré cela à sa réaction. Ou plutôt à son absence de réaction.

Il fixait ses phalanges tatouées comme si je n'existais pas.

OK. Là, j'allais vraiment me fâcher.

— Mademoiselle Spark ! me reprit la quadragénaire, avec une exaspération qu'elle peinait à contenir.

Je me jetai comme un sac sur le siège à côté de Michael avec un soupir à fendre l'âme.

C'était du n'importe quoi !

Pourtant, ce genre de phrases marchait toujours dans les histoires. D'ailleurs juste après, les bad boys s'adoucissaient et confessaient que non, ils n'avaient rien de personnel contre l'héroïne et qu'ils les aimaient bien, plus d'autres conneries du genre…

Mais où diable avais-je foiré ?

— Tu n'as pas répondu, chuchotai-je. Tu n'as rien contre moi, hein ? Tu joues un rôle, pas vrai ?

Mon cœur résonna jusque dans mes oreilles lorsqu'il pivota enfin la tête dans ma direction.

Le temps d'un instant, ses magnifiques yeux bleus n'en eurent que pour moi – même si leur intensité manqua de me transformer en un tas de cendre.

Je déglutis deux fois en rassemblant tout mon courage pour soutenir son regard.

J'en profitai pour scanner son visage que je voyais pour la première fois d'aussi près. Et bon Dieu, qu'il était beau !

Il n'y avait pas l'ombre d'une imperfection sur sa peau laiteuse. D'ailleurs, s'épilait-il pour avoir ses sourcils noirs et fournis aussi bien dessinés ?

Les deux anneaux fins pendus à son nez droit frémissaient à chacune de ses respirations.

Sa bouche rose formait une ligne antipathique loin de la courbe chaleureuse qu'il avait adressée à Anna.

L'animosité suintait par tous les pores de son corps. Toutefois, cela ne me prépara pas à la quantité de venin que ses lèvres expulsèrent d'une seule phrase.

– Tu veux crever ou quoi ?

*Quoi ?* Non. Je voulais vivre avec lui pour toujours.

Son expression meurtrière me dissuada de prêter la voix à ma pensée. Je me mordis la lèvre supérieure, en accusant le coup.

C'était vraiment tout ce que mes efforts m'avaient rapporté ?

D'un seul coup, ma colère remplaça ma déception et ma peur. Je me penchai vers lui avec l'intention de lui dire ses quatre vérités.

– Tu sais quoi…

– Mademoiselle Spark ! s'écria Madame Barnles, hors d'elle.

Je laissai tomber. Je savais que ce serait mon dernier avertissement avant les ennuis. Et quand on avait une maman comme la mienne, on évitait le plus possible les problèmes… même pour Michael.

Les dents serrées pour brider les paroles acides qui me suppliaient de les libérer, je posai mon menton sur mes doigts joints sur mon bureau en imaginant des centaines de façons de tuer ce connard en noir à mes côtés.

Je l'aimais et alors ?

– À ta place, j'éviterais de recroiser mon chemin… Spark.

Il avait sûrement vomi dans sa bouche en prononçant le dernier mot.

Ça faisait mal.

Même si sa menace avait plus été grognée qu'autre chose, Madame Barnles ne pouvait pas nier l'avoir vu parler.

Comme ça, les avertissements n'étaient que pour moi ?!

Et tant qu'on était au rayon injustice, quelqu'un pouvait me désigner celui qui m'avait fait tomber amoureuse de ce connard ?

Mon ego aurait deux trois mots à lui hurler.

Pourquoi diable ma colère s'était-elle évanouie ?

Tout ce qu'une partie de mon cerveau avait imprimé fut que Michael Cast m'avait adressé la parole. Et je fus bien trop excitée de me redresser afin de lui répondre pour me battre pour mon honneur et éviter les ennuis.

– Sinon quoi ? le narguai-je en cachant ma bouche derrière mes mains jointes, sinon tu me détruiras ? J'ai lu ça dans une histoire. Ah non ! corrigeai-je. Everly a lu ça et me l'a raconté. Tu sais, on peut évi…

– Non mais c'est quoi ton problème ? rugit-il.

Je me tétanisai sur mon siège lorsque tout le monde se mit à me fixer, Michael avec ses lance-flammes le premier.

Deux ans. Voilà le nombre d'années pendant lesquelles je l'avais désiré dans mon coin. J'avais attendu environ vingt-quatre interminables mois avant de faire le premier pas.

Et là, je regrettais sincèrement de l'avoir fait.

Je sentis une boule de déception et d'amertume mêlées se former dans ma gorge. Toutefois, je coinçai une mèche de cheveux derrière une oreille pour faire bonne figure.

– Je n'ai rien. Je crois plutôt que c'est toi qui as un prob…

Il se leva d'un tel bond que sa chaise se renversa. Un silence de mort s'abattit sur la salle, donc tout le monde put assister à mon humiliation lorsqu'il me cracha avec haine et fureur :

– Je te le répète pour une dernière fois, idiote ! Évite bien de croiser mon chemin ou tu le regretteras très, très, longtemps.

Puis il arracha son sac et quitta la salle d'un pas furibond.

# Chapitre 4.
# Mortes-vivantes

Quelque chose se brisa en moi à ce moment-là.

Je n'allais plus lui chercher d'excuses.

Un mec arrogant était peut-être sexy de loin. Par contre, se faire traiter de la sorte dans la vraie vie n'avait rien de cool.

Peut-être que les petites timides étaient plus douées pour encaisser. Parce que moi, sentiments ou pas, c'était fini. J'abandonnais.

Mes yeux embués croisèrent ceux confus de Ted au premier rang.

Personne n'avait encore bougé depuis le départ de Michael.

Avant que mes larmes n'échappent à mon faible contrôle devant tout le monde, j'attrapai mes affaires et sortis de la salle en courant.

J'avais survécu deux ans avec mon attirance pour lui. Je terminerai aussi cette année avec elle… si jamais celle-ci survivait à cette journée.

Longue vie à lui et Anna !


J'étais dégoûtée à un point inexprimable. Et ce fut loin de s'arranger lors de la pause-déjeuner.

Toute l'école était déjà au courant de l'épisode du cours de débat des terminales. On spéculait, chuchotait et gloussait à mon passage.

Je mentirais en prétendant que toute cette attention n'agissait pas sur mon humeur déjà bien sombre.

Et dire que la veille encore j'étais quasi-invisible. Je pouvais circuler en détente devant la table de Stacy et sa bande sans que cette dernière ne se sentît obligée de m'adresser la parole en me pointant de ses faux ongles extravagants.

– Jennifer, attends !

C'était la seule à m'appeler encore comme ça. Je m'arrêtai et fis face aux yeux en amande de la reine des pestes, ornés ce jour-là de lentilles grises.

La semaine dernière c'était encore des ambrées. Et sa crinière était rose, pas violette.

Je ne connaissais personne d'autre à ce point obsédé par les changements de couleur de ses iris et de ses cheveux.

Je crois que c'était parce qu'elle était consciente de pouvoir tout se permettre avec ses pommettes hautes, ses lèvres pleines et ses maxillaires assez marqués, qui la qualifiaient presque pour une couverture de *Vogue*.

– Sache que peu importe ce que tu as dit à cette enflure, je te soutiens, envoya-t-elle avant de piquer dans sa salade.

Eh bien, je n'avais rien dit pour mettre l'enflure dans cet état. Ce mec était un taré, voilà tout.

– Tout ce qui vexe ce connard me réjouit, embraya la pom-pom girl. Je le hais teeeellement… En tout cas, bravo. Rejoins ma table quand tu veux… enfin après avoir enlevé cette horreur qui te sert de jupe.

Ça, c'était la Stacy que je connaissais depuis la maternelle. Ça avait dû certainement la démanger de ne pas être une garce pendant quoi ? Trente secondes.

La pauvre. Quelle épreuve !

Ses acolytes partirent d'un fou rire comme si c'était la blague la plus drôle au monde.

Pathétique !

Je grimaçai un sourire qui n'atteignit même pas mes joues et poursuivis ma route.

Elle détestait peut-être Michael parce que ce dernier l'avait jetée comme un vieux torchon, mais c'était un problème entre eux deux.

Je m'en foutais qu'elle me trouve cool tout à coup.


Everly occupait seule notre table près de la haute baie qui courait sur les trois quarts du pourtour de la cafétéria.

J'avais croisé Teddy tout à l'heure avec quelques autres joueurs de l'équipe de basket. Ils allaient tous au rassemblement express que leur coach avait exigé pour un motif inconnu.

Avec un soupir, je me laissai tomber sur une chaise à côté de ma meilleure amie qui ne fit aucun commentaire sur mon changement de place ou ma mésaventure avec Michael.

— Stacy t'a parlé ? s'extasia-t-elle.

Ah ! Everly et son fameux secret.

Je n'en revenais toujours pas qu'elle ne me l'eût pas encore confessé jusqu'à ce jour-là.

Elle était branchée fille.

Je l'avais découvert l'année dernière lors de l'une de nos soirées pyjama.

On regardait un film sur son ordinateur portable lorsqu'elle s'était endormie. Ensuite, je ne me rappelais plus vraiment comment, j'étais tombée sur des choses que je n'aurais pas dû voir sur l'appareil, en particulier à propos de Stacy.

Je n'avais pas posé de questions malgré le choc, mais j'avais quand même été vexée. Elle savait que jamais je ne la jugerais. Alors ce silence me tapait un peu sur les nerfs.

Je levai les yeux au ciel et jetai avant de croquer dans ma pomme :

— C'est pas Isaac Newton, non plus.

— Oui, mais c'est Stacy !

*Oui, Stacy…*

– Si tu la trouves tellement géniale et que tu veux à tout prix être *son amie*, va lui parler ! lâchai-je d'un ton qui voilait à peine mon agacement.

J'aimais la voir heureuse. S'il s'était agi de n'importe qui d'autre, j'aurais probablement arrangé le coup. Mais je ne supportais pas cette garce aux cheveux violets… qui allaient à coup sûr changer de couleur d'ici une semaine.

Everly rentra sa tête dans les épaules et détourna le regard en jouant avec ses frites.

Mine de rien, j'aimais bien envoyer des petites piques comme ça, juste pour me venger de son silence. Mais sérieusement, pourquoi Stacy ?

*Pourquoi Michael ?* me nargua ma conscience.

Touchée !

– Voici Anna ! m'informa la métisse pour changer de sujet.

Je voyais clair dans son petit jeu. Mais elle ne mentait pas. La protégée du bad boy arrivait.

D'ordinaire, je m'asseyais toujours en face d'Everly, juste pour avoir Michael, assis seul une table plus loin, dans ma ligne de mire. Mais ce jour-là, j'avais préféré lui tourner le dos, pour des raisons évidentes.

Cependant, à la vue d'Anna, ma curiosité l'emporta sur mon ego blessé et je me retournai pour observer sa réaction.

Il ne l'avait pas encore remarquée. Il piquait d'un air distrait dans son assiette de contenu végétarien.

Dire que ce matin j'avais prévu de tomber près de sa table en espérant qu'il me rattrape. Mais après l'épisode du couloir et celui du cours de débat, c'était mort.

Cependant, lorsque sa petite chérie arriva à ma hauteur avec son air angélique, une idée tordue me traversa, et je ne résistai pas à lui faire un croche-pied.

Everly désapprouva d'un coup dans mes côtes.

Moi aussi, je désapprouvais. D'ailleurs, je me sentais déjà coupable. Je n'avais juste pas pu m'en empêcher. Je voulais vérifier quelque chose.

Anna et son plateau encore étalés par terre, je me retournai pour voir la réaction de Michael.

Cette fois-ci, c'était comme s'il m'attendait. Mon sang se glaça lorsque son regard meurtrier croisa le mien.

Je m'empressai de me redresser sur mon siège en me plaquant contre le dossier, comme si ce dernier pouvait me protéger.

*Merde, merde, merde !*

Il avait compris ce que j'avais fait. C'était obligé.

Qu'est-ce que je n'aurais pas donné pour la cape d'invisibilité de *Harry Potter*, à ce moment-là ?

Le cœur battant à tout rompre, je me levai pour tenter de m'échapper au plus vite.

Je marmonnai une vague excuse à Anna qui m'assura de sa frimousse d'ange que ce n'était pas grave.

Tant mieux.

Je m'éloignai ensuite à grands pas de ma table, la démarche aussi raide qu'un militaire qui souffrait d'arthrite.

J'avais cru que Michael serait aux côtés de sa chérie pour la réconforter. Je faillis donc tomber sur les fesses lorsqu'il m'intercepta à mi-chemin de la sortie, des lance-flammes à la place des yeux.

– Considère que t'es morte… Spark.

Puis, il s'en alla retrouver sa belle, me laissant clouée sur place, réalisant avec horreur le bordel dans lequel je m'étais fourrée.

Les chuchotements autour de moi finirent par avoir raison de ma torpeur.

Je lissai ma jupe de mes mains tremblantes, pour me donner un peu de contenance et j'adressai mon sourire le moins crédible à mes spectateurs.

Les épaules lourdes, je repris ma marche en me massant les tempes pour soulager mon début de migraine.

Qu'allait-il me faire ? Me torturer ? Me frapper ? Il n'oserait pas, non ?

Je l'avais déjà vu se battre, mais il n'allait quand même pas se rabaisser à me tabasser ? J'étais une fille.

J'appellerai la police. Je… je me défendrai.

Je n'avais pas l'intention de me laisser faire… Toutefois, ça ne diminua en rien ma frayeur.

Je jetai un dernier coup d'œil en arrière avant de sortir et je vis Anna, les joues rouges, qui époussetait la robe à bretelles qu'elle portait ce jour-là, par-dessus un tee-shirt à manches longues.

Michael, un pli inquiet au milieu du front, lui frottait les bras.

Si seulement le sol pouvait s'ouvrir et les avaler tous les deux…

Le reste de l'école n'avait peut-être pas remarqué le sourire dans le couloir, mais là, tout le monde voyait ce qu'Everly et moi avions vu. Michael Cast en pinçait pour une fille.

Je ne savais pas pourquoi, mais mes yeux cherchèrent Stacy dans la foule pour voir sa réaction.

La pom-pom girl déformait la canette qu'elle tenait, les mâchoires crispées, deux fentes menaçantes en direction du couple.

*Elle le hait tellement, hein !*

J'avais l'impression que la suite n'allait pas être belle à voir.

Mais la question qui me taraudait était, entre moi et Anna, laquelle de nous deux était le plus en danger ?

J'espérais de tout mon cœur que ce fût la *nerd*, même si une petite voix me soufflait de ne pas me bercer de vaines illusions.

# Chapitre 5.
# La reine

– ... cette petite pute d'où elle vient.

Je regrettai tout de suite d'avoir poussé la porte des toilettes lorsque la conversation s'interrompit et que je me retrouvai dans la ligne de mire de Stacy et ses deux acolytes préférés.

Je fus scannée depuis mes deux nattes africaines jusqu'à mes *Vans*.

La peur prit possession de moi, corps et âme. Je baissai la tête et me mis à maltraiter mes doigts tremblants dans mon dos.

Ce fut finalement la reine du lycée qui brisa le silence tortureur, en s'adressant à Tris de son ton de dictatrice :

– Tu n'avais pas verrouillé la porte ?

Celui-ci s'outra d'un geste théâtral comme à son habitude.

– Pardon ? N'était-ce pas à Lana de le faire ?

– Tu te fous de moi, là ? objecta l'Asiatique, une main sur la hanche.

– Bon, ça va ! s'exaspéra Stacy.

Elle me toisa ensuite comme une poussière sur ses *Doc Martens*.

– Je ne crois pas qu'elle ait entendu quoi que ce soit d'important. Sortez ! Je retouche mon maquillage, après je vous rejoins.

Lana m'ordonna de me décaler. J'obéis, la tête toujours baissée.

L'Asiatique partit, sa longue queue-de-cheval noire se balançant dans son dos.

Tris, lui, s'attarda un peu plus longtemps devant moi. La curiosité prit alors le dessus sur ma peur et je levai les yeux pour surprendre son visage androgyne qui me dédiait une animosité à peine voilée.

Ensuite, avec ses manières de diva, il baissa ses lunettes d'aviateur sur le bout de son nez pour me faire savoir qu'il m'avait à l'œil. Puis, il me bouscula en sortant.

Je n'aurais jamais rien soufflé à quiconque de toute façon. Stacy n'aurait même pas à intervenir. Tris et Lana me détruiraient pour protéger leur reine.

Ils lui vouaient une loyauté sans bornes.

La cause étant qu'ils étaient tous deux persécutés avant que Stacy ne les prenne sous ses ailes. Lana, je ne savais pas trop pourquoi. Tris à cause de son extravagance et son homosexualité.

Je n'allais donc pas risquer de les contrarier. De toute façon, cette histoire ne me regardait pas.

Ma vessie me rappelant à l'ordre, je me décidai enfin à bouger puisque Stacy semblait avoir oublié mon existence.


J'allai faire pipi, puis me dirigeai vers le lavabo le plus éloigné de la reine.

Celle-ci perfectionnait son *smoky* devant le large miroir entouré de graffitis.

J'avais terminé de me laver les mains et me rendis compte que je la reluquais depuis un moment lorsqu'elle parla, sans détourner son regard de son reflet :

– Tu veux ma routine fitness, toi aussi ?

On avait beau la savoir méchante, à mon avis, ça ne préparait jamais personne pour sa prochaine pique.

Pourquoi s'était-elle sentie obligée de dire ça ?

Ce matin même, en me regardant dans le miroir, j'avais pleuré. Malgré mon régime draconien, de nouvelles poches dégueulasses de graisse étaient apparues dans mon dos.

J'enviais tellement ces gens qui pouvaient tout bouffer sans prendre un gramme. Moi, j'avais l'impression de grossir dès que je respirais trop fort.

Je portais tout le temps des vêtements amples pour cacher mes bourrelets, mais il ne fallait pas être un génie pour réaliser que j'avais de la graisse en trop.

J'avais l'impression que mon entourage commençait à en avoir marre de ce pauvre petit boulet qui n'arrêtait pas de se plaindre. Mais ce n'était pas de ma faute.

C'était facile pour Stacy de se moquer. Elle n'avait pas de cellulite ni de vergetures et ses cuisses fuselées ne devaient pas se toucher plus de deux fois par an.

Elle était parfaite.

Moi, je n'oserais jamais porter un haut transparent comme le sien, même avec une brassière sexy en dessous.

Elle avait vraiment un physique avantageux. Mais elle devait bien savoir que ce n'était pas réservé à tout le monde, non ?

– Tu n'arrêtes pas de me reluquer, remarqua-t-elle en vissant le tube de son mascara. La plupart du temps, les gens veulent savoir ma routine fitness. Même si à mon avis, ils ne seraient même pas capables de la supporter.

Elle émit un petit rire dédaigneux en ajustant son piercing au septum.

Ah ! Donc elle n'avait pas dit ça pour me vexer.

Je savais bien qu'elle n'était pas aussi démoniaque que Megan le clamait. Par contre, je rejoignais totalement mon amie sur le fait que Stacy était l'une des personnes les plus imprévisibles de la planète Terre.

Cette dernière s'était d'un coup tournée vers moi, ses yeux gris transformés en lasers.

– Ou alors tu me fixes parce que t'as quelque chose à me confesser.

Elle fut bientôt assez près pour que je décèle chaque effluve de son parfum *Chanel*.

L'air eut tout à coup du mal à rejoindre mes poumons. Je triturai mes doigts dans mon dos de plus en plus vite. Qu'allait-elle me faire ? Je ne voulais pas de problèmes. Je n'avais pas pu m'empêcher de la regarder, c'était tout.

D'ailleurs, même en ce moment-là, où son visage anguleux dépeignait une froideur inquiétante qui inciterait la plupart des gens à baisser les yeux, moi, je n'y arrivais pas… Je n'y arrivais plus.

C'était la première fois qu'elle était si proche de moi. Et j'étais comme fascinée par… tout chez elle. Ses lèvres pulpeuses, les discrets reliefs causés par les quelques boutons d'acné sous son maquillage…

Stacy avait des boutons d'acné !

Je faillis sourire, touchée par cette découverte, mais son expression meurtrière m'en dissuada.

Une main sur la hanche, elle dominait mon mètre cinquante-trois de toute son animosité, me donnant l'impression d'être plus insignifiante que jamais.

Qu'est-ce que je n'aurais pas donné pour être plus grande !

Megan me rappelait toujours qu'au moins, j'avais la même taille qu'Ariana Grande.


Je l'aimais trop, cette folle ! Elle avait les mots pour tout. C'était dingue.

J'étais sûre qu'elle aurait trouvé une réplique intelligente pour Stacy, plus intimidante que jamais.

– Tu as entendu notre conversation, c'est ça ?

Je me contentai de secouer la tête en me mordant la lèvre inférieure, comme l'aurait fait une victime.

En fait, j'avais plus ou moins entendu, mais je n'allais pas m'attirer les foudres de Stacy Hunting pour un sujet qui ne me regardait ni d'Adam, ni d'Ève.

Quand bien même, je ne comprendrai jamais l'obsession de ces filles pour ce goujat de Michael Cast. En commençant par celle de Stacy.

Entre elle et lui, c'était fini depuis au moins six mois. Même si je n'aimais pas le connard à moto, je soutenais qu'il avait le droit de passer à autre chose. Alors pourquoi diable Stacy voulait-elle faire du mal à Anna ?

Mais bon, j'avais soutenu que la reine du lycée n'était pas tout à fait méchante ; pas que c'était un ange.

– Tu réponds quand je te parle ? martela-t-elle d'ailleurs.

J'avais abandonné l'idée de comprendre ce qui suivit ensuite.

Pour cause, aucune des réponses que je trouvai ne me parut logique. Je n'avais jamais été téméraire de ma vie. Alors pourquoi avais-je décidé à ce moment précis d'oser l'une des choses que je mourais d'envie de faire depuis mon premier jour dans ce lycée ?

Sans prendre la peine de réfléchir à deux fois, je m'étais haussée sur la pointe des pieds, puis avais déposé mes paumes sur les joues de Stacy pour l'embrasser de tout mon cœur.

Figée, elle n'avait pas bougé les lèvres, mais le contact de sa peau m'avait électrisée et coupé le souffle comme jamais avant.

J'étais folle amoureuse de Stacy Hunting, ou Queen Stacy, comme elle aimait qu'on l'appelle. Et le souvenir de ce surnom fut ce qui me permit de décrocher.

Un monde nous séparait, elle et moi. Je venais de faire une grosse connerie.

La respiration haletante, je retombai sur mes talons et fus incapable de regarder ailleurs que mes *Vans*.

Qu'est-ce qui m'avait pris, nom de Dieu ?

Je n'eus même pas la force de bouger mes mains derrière mon dos, pour jouer avec celles-ci, comme à chaque fois que j'étais nerveuse. Mon cœur cognait d'anticipation jusque dans mes tempes.

Et si elle me giflait ? Et si elle allait en informer toute l'école ? J'en mourrais.

Elle demeura immobile tout le long de ma torture mentale.

Mon cœur faillit me lâcher lorsqu'enfin, ses chaussures disparurent de mon champ de vision. Je l'entendis attraper son sac sur le comptoir, toujours sans décrocher un mot. Mes mains qui avaient agrippé mon jean boyfriend tremblaient.

Elle ouvrit la porte, mais avant qu'elle ne la franchisse, je trouvai la force de m'écrier :

— Stacy, je t'en supplie, ne le dis à personne.

Je n'avais plus envie de vivre l'horreur que j'avais fuie à New York. Et si mes parents venaient à apprendre ma bêtise… je préférais ne pas imaginer ce qui m'arriverait.

Elle pouvait garder ça pour elle, non ? Ce n'était rien. Je… je ne recommencerais plus.

Elle se retourna, me jeta un regard mystérieux que je n'arrivai pas à interpréter, ouvrit la bouche avant de la refermer aussitôt. Puis enfin, elle sortit les épaules droites, en tirant la porte derrière elle.

*Merde, merde, merde !* Je voulais mourir.

Ça ne pouvait pas m'arriver à moi. Ma vie n'était pas parfaite ici, mais je passais inaperçue. J'avais des potes géniaux, et pour une fois mes parents me laissaient en paix…

Qu'allais-je faire désormais ?

Je m'étais mise à pleurer et à faire les cent pas, en tirant sur mes braids. Je voulais disparaître… me taper dessus… vomir… me rouler en boule…

Et tout à coup, la porte s'ouvrit de nouveau et je retins mon souffle en réalisant que c'était encore Stacy.

Elle m'interrogea, en plissant les yeux d'un air songeur :

— Feverly, c'est ça ?

Pourquoi voulait-elle s'en assurer ? Pour mieux m'avilir ? Mes larmes continuaient d'inonder mes joues, et je me sentais sur le point de défaillir.

Je ne m'appelais pas Feverly, mais elle n'était pas passée loin. Ma surprise faillit l'emporter sur ma terreur. On ne s'était jamais parlé avant. Comment pouvait-elle savoir ?

— Je garde constamment un œil sur mon royaume, fit-elle écho à mes pensées d'un petit air suffisant.

Je ne compris même pas pourquoi je trouvai ça drôle. Je pouffai à travers mes larmes en m'essuyant les joues du dos de la main.

Elle devait tellement me trouver pathétique !

À ma grande surprise, un pan de sa bouche se releva dans un geste amusé avant qu'elle ne tournât les talons pour de bon.

Pourquoi devait-elle être aussi imprévisible ?


Je passai le reste de la journée à tourner et retourner sa réaction dans ma tête. J'étais perdue, troublée… mais plus encore, j'avais peur.

J'avais l'impression que tout le monde chuchotait sur mon passage. Je m'efforçais de me répéter ce que Megan me disait dans ces moments-là. Tout cela était dans ma tête. C'était juste des séquelles de mon passé à New York.

Cependant, cette fois-ci, ça n'arriva pas à me rassurer. J'avais mal au crâne. J'étais à chaque seconde au bord des larmes… Je devenais folle.


À la fin de la journée, n'y tenant plus, je me résignai à tout confier à Megan.

Elle était devant son casier, dans cet étrange accoutrement dans lequel elle s'était ramenée ce jour-là, lorsque je le lui annonçai.

Depuis son arrivée, j'avais fouillé dans mon cerveau pour essayer de deviner en quoi elle s'était déguisée. Mis à part en fugitive, je n'avais rien trouvé.

Sweat oversize avec capuche rabattue sur le visage ; lunettes noires… je me demandais à qui elle essayait d'échapper.

Par contre, je devrais attendre encore quelques heures pour savoir. Elle m'avait promis de tout me raconter à notre sleepover.

En l'occurrence, moi, j'étais trop tourmentée pour attendre. Je m'approchai le plus près de ma meilleure amie pour éviter toute éventuelle fuite.

– Meg, je crois que j'ai fait une connerie. S'il te plaît, ne te fâche pas. Je dois t'avouer quelque chose.

Ses verres teintés noirs m'empêchèrent de lire son expression. Mais je la trouvai étrange et assez… dure lorsqu'elle répliqua :

– Laisse-moi deviner ! Ça a un rapport avec Queen Stacy ?

Donc ce n'était pas une impression ! On chuchotait vraiment sur mon passage. J'aurais dû savoir que Stacy n'aurait pas pu tenir sa langue.

Un désespoir des plus noirs s'abattit sur moi et tous les souvenirs de mon enfer à New York me submergèrent comme une déferlante.

Moi qui croyais toute cette épreuve derrière moi…

# Chapitre 6.
# Cache-cache

– Quoi ? m'étranglai-je d'une petite voix. Tu… sais ?

Elle se croisa les bras sur la poitrine d'un geste éreinté et je l'imaginai lever les yeux au ciel derrière ses grosses lunettes.

– Je connais cette peste de Stacy Hunting depuis la maternelle, je te rappelle. Et j'ai vu les regards qu'elle n'a pas arrêté de te lancer en cours de Bio. Elle sait quelque chose sur toi. Et elle se demande comment l'utiliser. Maintenant, à toi de me dire quoi.

Je remarquai que j'avais retenu mon souffle uniquement après mon expiration libératrice.

Donc Stacy n'avait rien dit… pour l'instant.

– Alors ? me pressa Megan.

Avant que j'eusse trouvé le courage de lui répondre, elle fourra soudain sa tête dans son casier, comme une autruche dans le sable.

Je scannai notre environnement avec un froncement de sourcils perplexe. Je finis par comprendre la raison du comportement étrange de Megan lorsque Michael passa près de nous, avec une cigarette allumée, alors qu'il était formellement interdit de fumer dans le lycée.

– T'es pathétique, Spark, jeta-t-il.

Que se passait-il entre ces deux-là ? Ça ne s'était donc pas arrêté après l'épisode de la cafétéria ?

– Comment on meurt ? demanda Megan lorsque Michael fut assez loin.

Ses grosses lunettes et sa capuche m'empêchaient toujours de bien lire son expression, mais j'étais convaincue de ne l'avoir jamais vue aussi stressée.

– Mourir, genre mourir, sur place, débita-t-elle. Mourir sans résurrection.

– Que se passe-t-il entre vous deux ? m'intriguai-je.

Elle vérifia que le sujet de notre conversation n'était plus dans les parages avant de confesser :

– C'est un malade. Je crois qu'il veut me pousser à bout. Hier, il m'a fait une de ces peurs avec sa moto. Je te jure, mon cœur a failli me lâcher. Mais toi, avoue la chose que t'avais à dire.

Ce changement brusque de sujet me fit cligner des yeux de confusion. J'avais rêvé ou elle venait de dire que Michael la martyrisait ?

Teddy m'avait briefée sur l'épisode du cours de débat. Je n'avais toujours pas trouvé le courage de questionner Megan à ce sujet. Mais elle ne l'avait pas provoqué, si ?

Tout le monde était d'accord pour dire que ce mec était intimidant. Outre le fait qu'il avait déjà pas mal de tatouages et de piercings à son âge, il avait le don de mettre la plupart des gens mal à l'aise.

Certains racontaient que sa jumelle s'était suicidée et d'autres soutenaient qu'il l'avait lui-même tuée.

Vrai ou faux, Michael Cast demeurait ce mec qui, même quand on ne le connaissait pas, inspirait aux autres qu'il ne fallait pas le chercher.

Et c'était ce que faisaient quatre-vingt-dix pour cent des élèves de ce lycée, y compris Stacy.

D'ailleurs, je me questionnais souvent sur ces deux-là et leur ancienne relation.

Il y avait eu un vrai truc entre eux, même si Megan refusait de le reconnaître. Si Michael n'était pas aussi bizarre, j'aurais presque pu croire qu'il avait aimé La Reine.

Il n'avait jamais passé autant de temps avec une fille avant elle.

D'une certaine façon, c'était un peu compréhensible que cette dernière vive mal leur séparation !

Quand bien même, je ne comprendrai jamais la fascination des filles d'ici pour Michael, ni leur frénésie à chaque fois qu'il choisissait l'une d'entre elles, alors qu'elles savaient d'avance que ce serait éphémère.

« *Restez loin de moi* » irradiait par tous les pores de sa peau. Et Megan aurait dû le capter.

— Que s'est-il passé avec Stacy ? insista ma meilleure amie toujours dans l'espoir de changer de sujet.

— Mais Michael…

— On s'en fout de Michael ! cria-t-elle presque. Avoue, bordel ! Tu vas pas te défiler encore une fois.

Je me statufiai de stupéfaction. Megan éclatait rarement de la sorte.

Après une longue expiration qui affaissa ses épaules, elle enleva ses lunettes et son regard marron foncé me parut plus navré que jamais.

— Désolée, Ev. Je suis un peu à cran en ce moment. Je n'aurais pas dû crier sur toi.

En effet, elle n'aurait pas dû. Sa réaction m'avait plus que surprise. Mais une chose avait cependant attiré mon attention.

— Tu as dit de ne pas encore me défiler… quand est-ce… ?

— On parlera de ça plus tard, me coupa-t-elle en joignant les doigts d'un air suppliant.

— OK ! cédai-je à contrecœur.

— Où est Ted ? s'enquit-elle en balayant le couloir quasi vide des yeux.

— Il est peut-être parti tout seul. Je ne l'ai pas vu et ça fait un moment qu'on est là, il ne nous a pas rejointes.

Ma réponse sonna bizarre à mes propres oreilles, parce que Teddy Summers était l'une des personnes les plus gentilles sur Terre. Ça ne lui correspondait donc pas du tout de partir sans dire au revoir. Mais alors, si je me trompais, il était où ?

À l'expression de Meg, elle devait avoir le même genre de réflexions que moi.

La brune dégaina son téléphone et appela notre rouquin préféré avec un pli au milieu du front qui s'accentuait à mesure que les secondes s'égrenaient.

— Il ne décroche pas. Tu penses qu'il nous évite... ou qu'il lui est arrivé quelque chose ?

— Je ne sais pas. Voilà Stefen, demande-lui s'il l'a vu.

C'était à elle de le faire puisque je n'osais jamais aborder les gens. Alors que Megan, à part Michael ces dernières années, elle pouvait s'adresser à tout le monde, sans problème.

D'ailleurs, elle arrêta l'ailier de l'équipe de basket, très à l'aise, pour le questionner :

— Salut Stef. Tu as vu Teddy ? J'ai besoin de lui.

Stefen était un grand blond aux yeux bleu sombre dont le visage pointu avait la particularité de porter en permanence un sourire en coin... énervant.

— Oui, il est parti, il y a un moment, répondit-il. Je pensais qu'il était allé vous rejoindre... ses meilleures amies.

Une autre marque de fabrique de Stefen était de donner l'impression gonflante aux gens qu'il savait des choses que personne d'autre ne connaissait.

Et apparemment, je n'étais pas la seule à être horripilée par son tempérament, car Megan s'impatienta en se croisant les bras sous sa poitrine.

— Pas le temps pour tes petits jeux, Stefen. Tu m'expliques ton intonation ?

Sans surprise, le sourire de guingois du blond s'incurva davantage et il contourna Megan avec un joyeux « *Au revoir, l'allumeuse !* » tandis que cette dernière s'étranglait :

– Pardon ?

# Chapitre 7.
# Meilleurs amis

Megan se tourna vers moi en quête de réponses que je n'avais malheureusement pas.

Après des minutes de cogitation infructueuse, on se mit d'accord pour éclaircir tout ça plus tard.

On se fit un câlin avant d'emprunter toutes les deux des directions opposées, après le deuxième carrefour. Et ça me fit tout bizarre de continuer sans Ted.

Lui et moi, on habitait le même quartier. C'était l'une des très rares fois en deux ans où je rentrais seule après les cours.

Megan, elle, y était habituée. A priori, cette solitude ne la dérangeait pas du tout.

Des fois, je me demandais pourquoi elle traînait avec moi. Je comprenais pour Ted ; ils se connaissaient depuis toujours, mais moi… Ça ne pouvait pas être pour ce stylo que je lui avais prêté durant ma première semaine ici.

Dans mon ancien lycée, les filles comme Megan n'adressaient même pas la parole aux filles comme moi.

Elle se qualifiait souvent de banale à cause du brun commun de ses yeux et ses cheveux.

Qui aurait cru qu'une personne pouvait passer autant de temps devant un miroir sans vraiment se voir ? Ne remarquait-elle pas comment tout le monde lui enviait sa chevelure naturellement lisse et son teint hâlé proche de la perfection ?

De plus, elle était drôle et intelligente. Même Stacy l'aurait acceptée dans sa bande.

Quand on avait commencé à traîner ensemble, je me rappelais que j'étais tout le temps sur mes gardes, attendant la chute de la blague.

J'avais refusé de croire qu'elle s'intéressait à moi pour de vrai. Mais cette fille géniale s'était avérée être tout simplement… géniale.

Avant de la rencontrer, j'avais pensé que tous les enfants de riches étaient mal élevés, méchants et gâtés… mais l'héritière Spark et Carpenter m'avait donné tort par sa différence. En effet, à son attitude, personne ne pourrait deviner qu'elle vivait dans une maison qui avait tout d'une villa.

Cette bâtisse était l'incarnation même du luxe ; depuis le double escalier à l'entrée et le sol marbré, jusqu'aux meubles tout droit sortis d'un magazine d'intérieur. Chaque pièce était tellement parfaite qu'on avait peur de marcher trop fort.

La mère de Megan était l'une des femmes les plus fortunées de l'Oregon, pour ne pas dire de tout le pays.

Pourtant, la plupart du temps, sa fille préférait passer sous silence leur lien de parenté, qui n'était pas évident au premier abord.

Pour une raison qui m'échappait, ma meilleure amie tenait vraiment à mener une existence des plus banales. Et c'était peut-être de cette façon qu'elle avait réussi à se convaincre qu'elle l'était elle-même.

C'était comme si ça l'embarrassait d'être riche.


Plus tard dans la soirée, Meg nous accueillit Ted et moi avec un grand sourire depuis son lit à baldaquin ; son énorme chat noir, Calendar, à ses côtés… pour une fois.

Elle nous avait refilé le digicode du portail pour qu'elle n'ait pas à se lever à chaque fois qu'on venait.

Je ne savais pas comment moi, j'agirais, si j'étais aussi riche, mais je ne pouvais m'empêcher de trouver le comportement de Megan... anormal.

– Tu as mis la main sur notre fuyard, commenta-t-elle en fusillant Teddy du regard. Je crois que tu me dois quelques explications, jeune homme.

– Mon père avait besoin de moi, se défendit celui-ci, les mains dans les poches de son blouson. J'ai dû rentrer en urgence. Et j'ai oublié mon téléphone dans les vestiaires.

Il m'avait raconté la même chose en passant me récupérer tout à l'heure. Je m'étais bien demandé pour quel type d'urgence Monsieur le procureur aurait appelé son fils à l'école. Mais je n'avais rien trouvé.

Megan était aussi dubitative que moi, mais comme moi plus tôt, elle n'insista pas... pour l'instant.

Elle traversa la vaste chambre au décor épuré pour aller poser ses notes sur son bureau, sur lequel trônait un ordinateur dernier cri.

Je n'arrivais pas à croire qu'elle travaillait les Maths un vendredi soir, au lit et en pyjama ! Cette fille devait venir d'un autre monde.

– J'ai apporté les pizzas, annonçai-je en déposant mon sac pour la soirée sur le lit. Double fromage comme tu aimes. Elles sont en bas.

– Tu es un ange, s'excita-t-elle.

On descendit ensuite dans un silence inhabituel.


Megan nous informa des travaux de rénovation dans le home cinema. Alors on s'installa dans le salon, fidèle au luxe de la maison avec son lustre en forme de collier en diamant et la grande baie vitrée qui donnait sur la piscine à débordement du patio.

On prit tous place dans l'énorme sofa en face de la télé. Megan en tailleur ; moi, les cuisses ramenées contre ma poitrine et Ted les pieds allongés devant lui dans son jogging gris.

– On regarde quoi aujourd'hui ? s'informa le rouquin avec un soupir, comme s'il savait déjà que la réponse allait le déprimer.

Megan haussa les épaules.

– C'est au tour d'Everly.

Je n'avais rien en tête. De toute façon, on n'allait pas vraiment visionner le film vu la tension qui planait dans l'air. Notre hôtesse voulait des réponses et elle les aurait tôt ou tard.

– Je ne sais pas, mets *The Duff*, proposai-je.

Megan écrasa son visage dans ses paumes de façon théâtrale. Ted donnait l'impression de vouloir se pendre. Moi, je levai les yeux au ciel.

– Quoi ?

– Tu ne connais que ce film ?

– Il est parfait.

*En plus, j'aime bien me faire souffrir.*

Comme si je risquais d'oublier que c'était moi, la duff de notre bande !

Megan suivit à contrecœur mon choix et je ne tardai pas à voir Bianca, ma duff préférée, à l'écran.

C'était ce que j'aimais avec mes amis. Peu importe leurs objections, je savais qu'ils me supporteraient toujours.

Jamais de ma vie, je n'avais eu l'impression d'être aussi intégrée… pas même dans ma famille.

Je m'étais souvent sentie coupable ces dernières années pour avoir caché mon secret à Megan. Je savais qu'elle n'était pas Rachel, mon ex-meilleure amie. Elle était l'une des plus belles personnes que j'avais rencontrées durant ma courte existence.

Et c'était pour cette raison précise que jusque-là, quelque part au fond de moi, je n'avais pas su me débarrasser de la peur que ma révélation me fasse perdre son amitié.

– Alors, comment ça se passe avec Stacy ? sortit-elle de but en blanc.

Je m'étranglai avec un morceau de pizza.

– Ce n'était qu'un baiser… Je… je croyais que personne ne savait. Comment…

Ses yeux s'écarquillèrent.

– Oh. Mon. Dieu. Tu as embrassé Satan ?

*Merde !*

Je baissai la tête, et me mis à maltraiter mes doigts en me souhaitant une mort lente, dans le cas où la honte ne terminerait pas son job.

Elle savait.

Elle savait et je me sentais trop minable.

Les secondes s'écoulaient, interminables, douloureuses. Je ne trouvais pas le courage de m'expliquer.

Puis, tout à coup, elle m'abasourdit en faisant voltiger le coussin qui se trouvait sur ses cuisses. Je me tournai et croisai son regard furibond.

– Moi, je te dis toujours tout !

– Megan, je sais, l'implorai-je. C'est difficile… c'est tout.

– Teddy, toi tu savais qu'elle fantasmait sur la reine des pestes ? enchaîna-t-elle avec verve.

Celui-ci, fidèle à sa nouvelle attitude étrange, haussa nonchalamment les épaules sans dévier son regard absent de la télé.

*Oh non !*

Megan allait me tuer.

D'ailleurs la mâchoire de cette dernière se décrocha comme sous l'effet d'une gifle.

Elle s'empressa ensuite de s'éloigner du sofa, l'expression horrifiée.

– Tu l'as dit à Teddy et pas à moi ?

# Chapitre 8.
## Secrets

L a voir ainsi blessée me brisa le cœur.

Mais comment lui expliquer que je n'avais pas eu d'autre choix que de le confier à Ted ?

– Écoute, Megan…

– Ne dis rien ! coupa-t-elle. Vous n'êtes tous que des traîtres.

Je cherchai un peu de soutien auprès de Teddy, mais celui-ci étant dans le même état que tout à l'heure ne me fut d'aucune aide. Qu'est-ce qui lui arrivait, bon sang ?

– Megan ! persévérai-je en me mettant debout à mon tour.

Elle recula, une main devant elle, comme pour chasser un mauvais esprit.

Je l'implorai du regard.

– Ma première meilleure amie m'a trahie.

– Je ne suis pas ta première meilleure amie ! s'écria-t-elle, vexée.

Elle était au courant que j'avais été harcelée à New York, mais elle n'avait jamais su pourquoi. C'était très difficile pour moi d'aborder ce sujet, mais je devais aller jusqu'au bout, pour une fois.

– J'ai vécu l'enfer, Meg !

Je me maudis d'avoir la larme aussi facile, surtout avec le souvenir qu'à l'époque ceci faisait le bonheur de mes anciens persécuteurs.

Je m'épongeai les joues avec la manche de mon pyjama et racontai en fixant mes pantoufles :

– Je n'ai jamais ressenti de l'attirance pour les garçons. Quand j'ai enfin compris ce que cela impliquait, je venais à peine d'avoir 13 ans. J'ai pris peur et j'ai fait l'erreur de me confier à Rachel…

Ma gorge se noua et mes joues se transformèrent très vite en rigoles.

– Elle l'a dit à tout le monde, poursuivis-je d'une voix chevrotante. Et elle a rajouté que j'avais voulu la…

Mes bruyants sanglots me coupèrent la parole. Ce ne fut que grâce à l'expression désormais mi-confuse, mi-attendrie de Megan que je trouvai la force de continuer.

– Avant tout ça, tout le monde ignorait ma petite taille et mes bourrelets… Quand les premières moqueries ont commencé, j'ai voulu mourir… J'étais noire, grosse, et lesbienne… Le collège a juste été horrible… Déménager ici est ce qui m'est arrivé de mieux. Mais la peur de revivre tout ça ne me quitte jamais. Ne m'en veux pas, Meg !

– Je ne suis pas cette fille ! répéta-t-elle d'une voix ferme, mais sans acrimonie cette fois. Et Portland n'est pas New York !

Je m'essuyai à nouveau les joues et réalisai que Teddy était sorti de sa transe et qu'il me fixait avec compassion. C'était la première fois que je m'ouvrais autant sur cet épisode de ma vie et j'étais déjà trop heureuse qu'ils ne se fussent pas enfuis en courant.

– Je sais que tu ne seras jamais comme elle, reconnus-je. Je le sais au fond de moi. Mais quand tu es lesbienne, tout le monde s'imagine que tu craques pour toutes les filles de ton entourage. Je n'ai pas pu m'affranchir de la crainte que ça devienne bizarre entre nous.

– Je ne suis pas tout le monde, dit-elle en détachant chaque syllabe.

– Je suis désolée, Meg.

J'aurais dû le lui avouer plus tôt. Je regrettais tellement.

– Ted l'a su avant moi, pointa-t-elle, comme si ce point était le plus difficile à digérer.

– En fait, elle m'a embrassé, intervint le rouquin pour la première fois.

– Quoi ? s'étrangla Megan.

Plus elle en découvrait, plus je me sentais coupable. Je baissai à nouveau la tête, les épaules lourdes.

– Mes parents ont appris pour mon orientation sexuelle à New York. Ils l'ont très mal pris… très, très, mal pris. J'ai dû lutter pour leur faire croire que Rachel avait tout inventé. Quand toi et moi, on est devenu très proche, ils ont commencé à imaginer des choses entre… nous deux. Alors j'ai prétendu sortir avec Ted.

– Tout ça s'est passé sous mon nez ! s'insurgea-t-elle, les yeux embués et une main sur le cœur. Ted, tu ne m'as rien dit !

Ça allait être plus dur de me faire pardonner que je le croyais.

– Je suis désolée, la priai-je avec toute ma détresse.

Teddy se leva et s'approcha en tentant :

– Meg…

– Vous allez bien, les filles ?

Megan se figea au son de la voix de sa mère derrière elle. Elle ferma les yeux, et lorsqu'elle les rouvrit, toute trace de tristesse avait disparu comme par magie.

Elle se tourna ensuite pour faire face à sa génitrice qui portait ce jour-là un tailleur noir hors de prix qui flattait son teint de pêche et ses courbes.

Ses longs cheveux bruns quant à eux avaient été rassemblés en son éternelle queue-de-cheval lisse avec une raie sur le côté, qui alliée à ses maxillaires très marqués, lui conféraient des airs de femme fatale.

Megan m'avait confié qu'elle enviait secrètement la beauté de sa mère.

Ma meilleure amie n'était pas très fan de son propre visage rond, qui risquait de la faire ressembler à une gamine toute sa vie, comme à chaque fois qu'elle ne portait pas de maquillage.

Ted à qui le « *Vous allez bien, les filles ?* » n'avait pas plu, objecta en levant la main :

— Je suis là aussi.

— Je suis désolée, Teddy, se reprit Helen avec une petite moue contrite. Ça va ?

— Parfaitement bien !

Je profitai de ce que leur attention fût ailleurs pour essuyer mes joues, avant de me tourner vers la femme d'affaires avec un sourire composé.

— Ça va bien. Et pour vous Madame Carpenter ?

— Je pète la forme ! sourit-elle en levant un pouce en l'air.

Puis, elle se concentra de nouveau sur sa fille.

— Ça va ?

— Oui.

— Bonne journée ?

— Pas besoin de faire semblant juste parce que mes amis sont là, cingla Megan.

Un silence lourd comme du plomb s'installa suite à cela.

Je me mis à triturer mes doigts pendant les secondes interminables que dura leur affrontement silencieux.

Ce fut Helen qui capitula après un soupir las.

— Ev, Teddy, n'hésitez surtout pas à venir me voir s'il vous manque quoi que ce soit.

On l'avait à peine remerciée que ses talons claquaient déjà sur le marbre en direction des escaliers.

J'étais au courant des relations houleuses entre Megan et sa mère, il n'empêche que je n'étais jamais prête pour leurs conflits.

Ça me mettait trop mal à l'aise.

Ma meilleure amie affirmait que la femme d'affaires était une mauvaise mère, mais je ne la croyais pas trop.

J'aimais beaucoup Megan, mais je savais qu'elle évoluait la plupart du temps dans son univers parallèle. D'ailleurs, elle ne choisissait que ses éléments préférés de la vraie réalité pour créer son propre monde, où tout était comme elle le voulait.

Michael par exemple, Megan se doutait bien qu'il n'était pas quelqu'un pour elle. Pourtant pendant tout ce temps, elle n'avait autorisé son cerveau à voir que ce qu'elle voulait lui faire voir ; faisant passer ses défauts pourtant bien évidents pour des atouts de charme… Tout le contraire de moi, qui reconnaissait que Stacy était une grosse peste, mais qui l'aimait quand même.

Du coup, je pensais que dans son univers parallèle, Megan avait décidé d'attribuer le rôle de méchante à Helen, s'autorisant uniquement à voir ses mauvais côtés, sans reconnaître ses efforts.

Mais peut-être que je me trompais aussi, et que l'entrepreneure était mauvaise… Peut-être.

En tout cas, l'arrivée de maman Carpenter avait fait dévier la colère de sa fille de sa cible initiale. Elle se laissa tomber dans l'un des fauteuils non loin du sofa et souffla quelques secondes plus tard, aussi lasse qu'excédée :

– Sérieusement, pourquoi, Stacy ?

Elle ne voulait plus me tuer, c'était déjà ça. Je m'installai à mon tour à côté de Teddy et répondis avec circonspection :

– Je ne sais pas. Elle… me fascine, c'est tout.

C'était son ennemie d'enfance. Elle ne comprendrait pas.

– Pff, jeta-t-elle d'ailleurs en roulant des yeux. C'est clair qu'on a des goûts merdiques dans notre petit groupe. Espérons que Ted, lui, choisira mieux cette fois. Tu flashes sur qui en ce moment, Teddy ?

Le basketteur avait retrouvé son état bizarre et fixait la télé d'un air distrait.

– Teddy ? l'appelai-je.

Il se tourna vers moi, en clignant des yeux de façon répétitive, comme s'il revenait d'un long voyage interne.

– Qu'est-ce qui t'arrive ? m'inquiétai-je en fronçant les sourcils. Tu es étrange depuis tout à l'heure.

– Ça va ! mentit-il. Vous disiez ?

Moi et Megan, on échangea un regard chargé de sous-entendu. On avait toutes les deux compris que quelque chose clochait.

– Depuis Katya, tu ne vois plus personne, reprit pourtant Meg comme si de rien n'était. On veut savoir si on est maudit tous les trois. Tu flashes sur qui ? Pitié, ne dis pas cette vipère de Tris, essaya-t-elle de plaisanter.

– Je ne suis pas gay ! grinça le roux en contractant les poings sous les yeux stupéfaits de Megan.

OK ! C'était plus grave que je ne le croyais.

– Teddy, intervins-je avec douceur. Dis-nous ce qui se passe. Nous sommes tes meilleures amies. Je sais que tu n'aimes pas quand on te presse, mais je n'ai pas le choix. Ne te défile pas. Dis-nous tout !

Il ferma les yeux, puis se prit la tête entre les mains en respirant fort, comme s'il lui fallait du temps avant de se décider.

Finalement, il se tourna vers nous d'un air grave, et débuta d'une voix traînante, comme si chaque mot lui en coûtait :

– Désolé, Megan. Mais voilà, moi aussi, j'ai quelque chose à vous avouer… On n'arrête pas de se moquer de moi dans l'équipe, parce que je traîne avec vous. Adam a dit…

– Adam est un gland, objecta Megan sans même attendre la suite.

J'étais à cent pour cent d'accord là-dessus. Ce type était l'un des pires trouducs que la Terre avait jamais portés. Ils étaient pour la plupart des connards dans l'équipe de basket, à cause de leur statut de star, mais ce mec méritait une médaille.

J'avais jubilé quand Michael lui avait défoncé la gueule l'année précédente. Or, je ne supportais pas Michael.

– Adam a dit : soit je vous baise toutes les deux, soit je suis gay, poursuivit Ted en se reprenant la tête entre les mains. Et quand Adam parle, tous les autres cons de l'équipe reprennent, comme des petits toutous.

Ça expliquait le comportement de Stefen cet après-midi. C'était horrible de se faire harceler sur sa sexualité. Mais j'imaginais que ça devait être pire, si, en plus, c'était faux.

– Mais tu n'es pas gay ! protestai-je, comme si ça risquait de changer quoi que ce soit.

Je l'aurais su, s'il était homosexuel.

– Je suis tout le temps avec vous, énonça Ted d'un air coupable, comme si c'était mal. Quand on m'invite à des fêtes, je n'y vais pas, car moi et mes meilleures amies, on a soirée pyjama. Je sais que je ne suis pas gay, juste un pote trop cool… Mais, je crois que tout le monde oublie trop souvent que je suis un mec. Et ça fait mal.

– Ne me dis pas que tu vas te mettre à croire Adam ! s'insurgea Megan. Personne n'a oublié que t'es un mec. On te fait sortir de la pièce, quand on s'habille, non ? Attends, est-ce que ça veut dire que tu ne vas plus traîner avec nous ?

Teddy renchérit, les épaules tombantes :

– Ça ne s'est pas arrangé quand Michael est entré dans les vestiaires et qu'il a exigé que tout le monde sorte, sauf moi.

À ma grande déception, il avait éludé la question de Megan. Mais je devais avouer qu'il venait d'accaparer toute ma curiosité avec sa dernière phrase.

– Michael est entré dans les vestiaires pour te voir ? s'étrangla Megan.

– Que voulait-il ? embrayai-je avec impatience.

Je n'étais pas une *Caster* comme quatre-vingt-dix pour cent de la population féminine du lycée, mais la plupart des agissements de Michael Cast m'intriguaient… Je n'y pouvais rien. Ce mec était naturellement intrigant.

– Il voulait des infos sur Megan, annonça Ted en détournant le regard.

– Et c'est quand que t'avais prévu de me le dire, idiot ? s'écria la concernée, les yeux écarquillés et le visage livide.

# Chapitre 9.
# Blessée

*Point de vue de Megan*

— Et, c'est quand que t'avais prévu de me le dire, idiot ? m'horrifiai-je.

— Jamais, en fait, reconnut-il en pinçant les lèvres d'un air coupable.

Il se passa ensuite les mains sur le visage, comme s'il portait le poids du monde sur ses épaules, avant de répéter d'une voix éteinte :

— Je n'aurais jamais dû le dire.

— Mais… intervint Everly en fronçant des sourcils penauds et inquiets.

— Écoutez ! reprit Teddy en posant tour à tour sur nous ses émeraudes qui brillaient d'une gravité exceptionnelle. On parle de mettre en colère le seul mec émancipé de l'école. Il n'a pas de parents à qui rendre des comptes. Il peut faire ce qu'il veut. Il peut *me* faire ce qu'il veut, accentua-t-il avec un geste de la main. Et vous imaginez bien que peu importe ce qu'il décidera, notre chère Principale lèvera à peine le doigt, comme d'habitude, termina-t-il avec une pointe de sarcasme.

La principale Green était vraiment tolérante avec Michael, et ceci énervait plus d'un élève. Pas mal d'histoires et de rumeurs circulaient sur les rapports qu'entretenait la quadragénaire aux chignons serrés avec le fameux bad boy. Mais moi je connaissais la vérité, à cause d'une discussion que j'avais surprise.

Eleonor Green avait tout simplement pitié de Michael, à cause de ce qu'il avait vécu. Perso, je ne connaissais pas la totalité de son histoire, et je doutais que quiconque parmi les élèves ne le sût vraiment. Mais j'avais cru comprendre qu'en plus de la mort de sa jumelle, quelque chose d'horrible était arrivé dans sa famille.

— Attendez, Michael est émancipé ? répéta Everly, les yeux plissés, comme si elle doutait d'avoir bien entendu.

Elle ne suivait jamais rien, celle-là !

Moi, j'étais toujours en état de choc et donc incapable de prononcer un seul mot, suite à la confession de Teddy. Il allait devoir se charger des explications.

*Il voulait des infos sur Megan.*

Cette phrase tournait dans ma tête comme une toupie. J'étais paniquée, tourmentée… excitée. Mais plus encore, j'avais peur.

*Considère que t'es morte… Spark.*

Et désormais, ce nouvel intérêt pour ma personne… Il fallait que je découvre au plus vite ce qu'il me voulait… Enfin, en plus de ma mort.

— Ted, implorai-je mon ami d'enfance du regard.

J'avais peur, mais je n'allais pas verser des larmes comme une petite fragile. J'avais définitivement abandonné ce rôle.

— Il voulait savoir quoi sur moi ? demandai-je.

— Je ne peux pas te le dire, désolé.

Génial ! Déjà que ces deux derniers jours, ce connard aux yeux bleus n'avait pas arrêté de me dominer – plus que d'habitude. Et là, j'allais devoir me torturer à imaginer ce qu'il me préparait comme misère.

Re-génial !

— Attendez ! s'exclama Everly qui avait d'autres priorités. Michael est mineur, non ? Vous voulez dire qu'il vit seul de chez seul ?

Ted, manifestement soulagé d'aborder un sujet moins épineux, s'empressa de lui répondre.

Je n'arrivais pas à croire que mon ami d'enfance eût refusé de me confier une chose pareille ! De quelle sorte d'horreur avait dû le menacer Michael ?

— Il a de toute évidence un gros compte en banque, expliqua le rouquin avec un haussement d'épaules désinvolte.

Le père de Ted était procureur et comptait bien sur son fils pour suivre ses traces. Même si celui-ci trouvait leurs discussions sur le droit des plus barbantes, elles n'en demeuraient pas moins instructives, car c'était grâce à ça qu'il m'avait aidée à comprendre.

— Quoi ? fit Everly, toujours aussi perdue.

Moi, j'assistais à la conversation dans un état second, mon esprit occupé à faire ce qu'il maîtrisait le mieux. Des mathématiques. J'analysais la situation, la retournais dans tous les sens, pour essayer de trouver une solution. Sauf que pour la première fois, une équation me dépassait... ou peut-être que j'avais peur de connaître le résultat.

— C'est facile de se faire émanciper, Ev. Si tu as au moins 16 ans et que tu n'as plus de parents proches. Tant que tu possèdes assez d'argent pour t'occuper de toi-même, l'État est ravi de se débarrasser de toi.

La métisse pencha la tête sur un côté d'un air pensif.

Je savais qu'elle rêvait de vivre loin de ses parents. Mais elle ne l'envisageait pas sérieusement, si ?

— On ne parle pas de quelques milliers de dollars, pas vrai ? insista-t-elle.

— Non, confirmai-je en secouant la tête pour sortir de ma transe. Il faut en effet pas mal de zéros après le premier chiffre pour ce faire. Michael a dû hériter d'un sacré paquet.

J'avais été élue présidente du bureau des élèves l'année précédente. Et j'avais profité de mon statut pour fourrer mon nez là où il ne fallait pas. C'était comme ça que j'avais su pour l'émancipation de Cast. Oui, c'était mal de consulter les dossiers des autres sans autorisation. Mais c'était Michael et c'était moi… Enfin, l'ancienne moi.

Je n'avais parlé de mes trouvailles qu'à Ted et Everly. Cette dernière n'y avait pas accordé d'attention à l'époque. Des choses avaient changé depuis, à ce qu'il paraissait.

– OK, et il voulait savoir quoi sur Megan ? relança la métisse, enfin rassasiée sur l'autre sujet.

Je me crispai sur mon fauteuil, le cœur battant à tout rompre.

Peut-être que Ted s'ouvrirait à Everly, vu que c'était sa *copine*.

Depuis deux ans, ils étaient tous les deux mes meilleurs amis. Cependant, je n'arrivais toujours pas à digérer le fait qu'ils aient pu devenir plus proches entre eux. Ce sentiment d'exclusion me déchirait la poitrine.

Et pour être honnête, d'un côté, ça me soulagea que Teddy lui fît la même réponse qu'à moi :

– Je n'ai pas le droit d'en parler.

– Mais pourquoi ? s'insurgea son unique meilleure amie, à la vie à la mort.

– Megan ne pourra pas s'empêcher de réagir, estima le basketteur, de plus en plus sur les nerfs.

*Parlez de moi comme si je n'étais pas là. Ça me fait plaisir !*

– Et si elle réagit, embraya le rouquin en me désignant d'un geste de la main, comme un meuble, il saura que je lui ai tout raconté, et pour reprendre ses mots, dans ce cas-là, je suis mort. C'était une erreur d'aborder le sujet, conclut-il dans un murmure pour lui-même. Une grossière erreur.

Il se laissa ensuite aller contre le dossier du sofa avec un soupir excédé, en fixant un point droit devant lui, d'un air préoccupé.

– Mais Ted… essaya d'insister sa sœur de cœur qui lui confiait tous ses secrets.

– Je dois partir, décida le traître numéro deux, d'un ton catégorique.

Puis il s'en alla, sans un mot de plus.

Je ne le retins pas. Je m'en foutais un peu, en fait. Je me demandais d'ailleurs pourquoi il n'avait pas emmené sa *petite amie* avec lui. Ils habitaient le même quartier, après tout. C'étaient eux les vrais meilleurs amis, apparemment. J'imaginais qu'ils devaient organiser des soirées pyjama sans moi... *en couple,* pour se raconter leurs secrets les plus intimes.

J'avais un goût amer dans la bouche, et j'imaginais que mon indignation devait transparaître sur chaque muscle de mon visage.

Déjà que j'étais dans la merde d'un côté. Découvrir en plus, que Everly avait tout confié à Ted et pas à moi, était la pire chose qui pouvait m'arriver.

— Qu'est-ce que tu vas faire ? m'interrogea Everly Jean, l'air vraiment inquiet.

Je ne fis même pas l'effort de croiser son regard pour répliquer d'une voix sèche et monocorde :

— Rien !

Ou peut-être que j'allais commencer par chercher un ami avec qui je pourrais échanger des confidences, moi aussi.

Les excuses de la meilleure amie de Teddy Summers m'avaient plus blessée, qu'autre chose. Je n'arrivais pas à croire qu'elle avait osé me comparer avec cette Rachel de New York ! J'étais l'une des personnes les plus cools de l'Univers. Je n'aimais pas juger. Elle le savait...

— Tu m'en veux encore ? devina-t-elle en jouant nerveusement avec ses doigts.

Je fus tentée de dire non. Mais à quoi bon mentir ? J'acquiesçai d'un autre monosyllabe et je sentis le malaise grandir entre nous.

— Je suis désolée, Meg, me supplia-t-elle. Je reconnais que j'aurais dû te l'avouer. Pardonne-moi, s'il te plaît.

Le pire, c'était que je savais qu'elle était sincère, mais je ne pouvais pas oublier pour autant... pas encore.

Je me mordis la langue pour m'empêcher de faire une remarque cinglante, en me répétant que ça ne me rapporterait rien de lui faire mal en retour. Cela m'exigea tout ce que je possédais de self-control, parce que j'étais profondément blessée.

J'avais l'impression qu'en plus de m'avoir mise à l'écart sans raison, elle m'avait aussi volé mon ami d'enfance.

Teddy ne m'avait rien dit pour respecter son silence, alors que lui et moi, on se connaissait depuis toujours. Je n'arrivais pas encore à déterminer laquelle des trahisons m'avait le plus meurtrie.

— Si ça peut te rassurer, Stacy prépare des misères pour Anna. Dis-toi que si Michael te fait quoi que ce soit, la reine des pestes s'occupe de sa petite chérie, tenta-t-elle de plaisanter.

— Je m'en fous.

— D'accord. Ça veut dire que tu ne l'aimes plus ? s'enquit-elle avec circonspection.

J'étais amoureuse d'une chimère. La réalité me rattrapait à chaque jour qui passait, et ça faisait de plus en plus mal.

Aimais-je encore ce connard, qui lui n'avait d'yeux que pour une autre ; ce même enfoiré qui m'avait menacée de mort ?

J'hésitai un long moment, les yeux dans le vague. Mais je finis par formuler d'un ton dépourvu de toute émotion :

— Non.


J'avais menti.

Et j'en eus la preuve, le lendemain même.

Jusque-là, ce grand bâtiment compact, tourné vers l'intérieur, sur ses patios fleuris avait toujours eu le don de m'apaiser. Ces dernières années, je m'y étais souvent sentie chez moi, même plus que dans ma propre maison.

J'aimais déambuler, pour le plaisir, dans les couloirs aux casiers jaunes caractéristiques, au milieu du brouhaha familier de mes camarades.

Mais jusque-là, je n'avais pas eu à craindre de tomber à chaque instant sur mon *crush* aux intentions louches… Jusque-là, je n'avais jamais été menacée de mort.

Ce matin-là, en arrivant au lycée, j'avais prévu de remplir un tableau de chiffres pour me détendre, comme à chaque fois que j'étais trop stressée.

Everly trouvait ça insensé. Moi, je ne connaissais pas de meilleur moyen pour me vider la tête, que de poser moi-même un exercice compliqué puis de le résoudre, mes écouteurs me fournissant ma dose de musiques commerciales.

Sillonnant les couloirs vides, je me dirigeai avec cet objectif vers une salle assez à l'écart au deuxième étage, qui aurait dû être désert, par cette heure matinale.

Alors quelle fut ma surprise, après avoir tourné une courbe, de découvrir… Michael, perdu dans un baiser des plus langoureux ; appuyé à la porte de la salle en question, en tenant une petite brune par la taille…

# Chapitre 10.
# Le message

Je mourus sur place.

J'en restai tétanisée, le souffle coupé, incapable d'effectuer le moindre mouvement…

En seulement quelques secondes, j'étais déjà au bord des larmes.

Quelque part, au fond de moi, j'avais espéré me tromper ; j'avais souhaité que leur relation ex!iste juste dans ma tête de drama queen. Mais là, il n'y avait plus de doute.

Anna et Michael sortaient ensemble.

Les bras de la *nerd* noués autour du cou de son… petit ami ; ce dernier l'embrassait avec une tendresse et une fièvre mêlées, qu'on ne voyait que dans les films.

Et puis, ce fut comme s'il avait senti ma présence. Il ouvrit les paupières et me remarqua. Mais aussi bizarre que cela pouvait paraître, il n'arrêta pas d'embrasser sa… copine pour autant.

Ce mec était un vrai malade !

Une lueur étrange, curieusement provocatrice avait pris vie dans ses flammes bleues. Puis, sa main avait délaissé la taille d'Anna pour empoigner sans douceur ses fesses à travers sa petite robe cintrée.

Ensuite, il se mit à pétrir son postérieur, le molester en lui dévorant la bouche… Tout ça, sans rompre notre contact visuel.

Je me demandais pourquoi moi je restais là à endurer cette torture.

Il en faisait tellement des tonnes que c'en devenait du porno. À croire qu'il pouvait ressentir la souffrance qu'il m'infligeait et que ça l'excitait.

Je le haïssais de tout mon cœur !

Et Anna, pour une timide, celle-ci semblait plutôt à l'aise sous des caresses aussi osées.

Peut-être qu'ils sortaient ensemble depuis plus longtemps que je le croyais et que Michael l'avait déjà pervertie. Ou alors, c'était depuis le début une petite chaudasse sous ses airs de sainte-nitouche…

En tout cas, sans son petit côté angélique pour m'attendrir, je la haïssais désormais elle aussi. Je haïssais tout et tout le monde, en fait. J'étais dégoûtée, écœurée, brisée…

Et lorsque Michael souffla quelque chose à l'oreille de sa copine, entre deux baisers obscènes, je craquai.

Je m'enfuis en courant, en espérant que cet enfoiré n'avait pas eu le temps de voir mes larmes couler.

Comment ? Pourquoi ? Comment et pourquoi ? Je ne savais même pas ce que je voulais savoir. J'avais mal au cœur et au crâne, et à la moelle… partout.

Je continuais de courir, les yeux embués, mon sac sur le dos, comme si j'avais la mort aux trousses.

Michael ne pouvait pas savoir que j'allais venir dans cette salle. Donc s'ils s'y étaient rendus tous les deux, ça devait être dans l'unique but de ne pas être dérangés.

De plus, qui étais-je pour penser qu'il aurait organisé tout ça, juste pour me rendre jalouse ?

Je n'étais personne. Je n'étais pas Anna. J'étais juste l'idiote qui se rendait enfin compte de son erreur. Je n'aurais jamais dû flasher sur ce mec ! Jamais ! J'allais faire mon possible pour ne plus jamais le recroiser. Même si à mon avis, ça allait être pas mal compliqué.

À l'intersection entre l'allée principale et celle qui conduisait aux escaliers, je rentrai dans quelqu'un et le choc faillit me faire perdre l'équilibre.

– Non, mais qui c'est cette conne ! pesta une voix que je reconnaîtrais entre mille.

Il y avait un aimant au deuxième étage ce matin-là ou quoi ? Qu'est-ce que cette folle venait chercher là, elle aussi ? Se pourrait-il qu'elle fût au courant de la présence des deux tourtereaux ?

Je me remettais à peine de ma crise de larmes. Cependant, ma curiosité l'emporta sur tout le reste, car je l'interrogeai d'un ton faiblard, après avoir reniflé :

– Que fais-tu là ?

Dramatique comme toujours, Stacy posa une main sur sa hanche en clignant des yeux incrédules.

– Pardon ? siffla-t-elle en détachant chaque syllabe.

Je me demandais parfois si elle oubliait qu'elle était juste une ado comme nous tous dans ce lycée. Cette fille me fatiguait à un point !

Je levai les yeux au ciel devant tant d'hystérie et m'apprêtai à tourner les talons lorsqu'elle pointa :

– T'as de la morve sous ton nez.

Bizarrement, elle l'avait dit sans trace de plaisanterie ou de dédain. Mais sans surprise, ce soupçon d'empathie ne dura que quelques secondes, car la « reine » reprit tout de suite de manière hautaine :

– Et pour répondre à ta question, je vais où et quand bon me semble dans ce lycée, ma poule. Au cas où tu l'aurais oublié : ici, c'est mon royaume.

Comment faisait un tel ego pour tenir dans un corps aussi svelte ? Cette fille avait de toute évidence fait de garce son unique mode de vie. Elle respirait connasse, marchait connasse, pensait connasse...

Mais peut-être que pour une fois, ça ne me dérangeait pas tant que ça. Je venais d'avoir une idée.

– Donc je suppose que la « reine » sait ce qui se passe devant la salle quatorze ! la narguai-je.

Elle plissa les yeux comme si elle essayait de déterminer où était le piège.

Elle ne savait donc pas ! Elle devait être là pour une toute autre raison. Je lui décochai un sourire triomphant, même si à mon avis, les traces de larmes et de morve sur mon visage me coûtaient pas mal en crédibilité.

– Crache le morceau, m'intima-t-elle de son ton de dictatrice.

Mais celui-ci n'avait aucun effet sur moi.

– Tu n'es pas ma reine, Stacy, soupirai-je avec suffisance. Mais en tout cas, moi à ta place, je me dépêcherais. Je suis sûre que tu vas adorer le spectacle. Surtout que ça concerne quelqu'un avec une frange, des cheveux épais et des fringues horribles... ou peut-être plus de fringues du tout, à l'heure qu'il est…

Au tressautement de ses mâchoires, je sus que mon sourire sardonique lourd de sous-entendus avait fait mouche.

Je n'avais aucun remords pour ce que je venais de faire. La douleur sourde dans ma poitrine en me remémorant la scène de tout à l'heure m'en empêchait.

J'avais réalisé que la cheerleader ne s'était toujours pas remise de sa rupture avec Michael. Or les filles comme Stacy ne supportaient pas de se faire remplacer.

Je n'avais pas le courage pour m'en prendre directement à Anna, mais j'espérais de tout mon cœur que la plus grosse peste du lycée l'écrasât.

D'ailleurs, je souris lorsque celle-ci partit d'un pas furieux en direction de la salle quatorze, ses talons vertigineux retentissant sur le sol en béton.

Ça promettait d'être intéressant !

Cependant, je ne restai pas pour assister au spectacle. Je n'avais pas le cœur à revoir Michael. La blessure était encore trop vive en moi.

À notre premier cours commun, je m'installai le plus loin possible de la place de ce connard, même si je ne voyais aucun signe de lui dans la salle – de toute façon, je ne le cherchais pas. Il suivait rarement les cours de Maths, d'habitude.

J'avais aussi évité de m'asseoir auprès de Ted et d'Everly aux premiers rangs. Je voulais être seule, et les deux meilleurs amis l'avaient compris.

À mon avis, tout le monde avait remarqué que je n'étais pas dans mon état normal. Monsieur Scott ne me demanda même pas de corriger, comme à son habitude, lorsqu'il questionna un élève et que celui-ci donna une réponse erronée.

Depuis mon siège près de la fenêtre, mes yeux vaguaient sur les patios intérieurs du lycée. Je ruminais un tas de choses dans mon esprit. Je pensais sans réfléchir. En tout cas, j'étais très loin dans ma tête, lorsqu'une main aux phalanges tatouées se posa sur le cahier devant moi.

Mon sang ne fit qu'un tour en reconnaissant la rune sur l'index, la petite croix au majeur, et l'ancre à l'auriculaire.

Michael.

Il continua ensuite sa route d'un pas désinvolte, comme si de rien n'était, avant de rejoindre sa place au fond, à laquelle nul n'avait touché malgré son retard.

Pendant une seconde, j'avais cru qu'il était venu dans le but de me faire une scène. Mais de toute évidence, c'était loin d'être au programme. Son mouvement sur mon bureau avait été si discret et subtil que personne n'avait remarqué… Personne, sauf Monsieur Scott.

Plus de la moitié de la classe avait eu le regard fixé sur le connard aux cheveux noirs, durant toute sa progression jusqu'à sa chaise.

Pourtant, le trentenaire aux yeux gris, lui, n'avait eu d'yeux que pour moi. Il me scrutait à ce moment-là avec un intérêt qui me mit très vite mal à l'aise.

Je n'avais pas pu m'empêcher d'attraper le mot de Michael, aussitôt qu'il l'avait déposé.

Alors comment le prof avait-il pu deviner qu'il s'était passé quelque chose entre nous ? J'espérais de toutes mes forces qu'il ne me demanderait pas de lui passer le bout de papier ou de le lire à haute voix devant toute la classe.

J'en mourrais. D'autant plus que je n'avais aucune idée de l'atrocité que ce bougre de Michael avait pu écrire.

Je soutenais le regard métallique de Monsieur Scott, en essayant de paraître impassible, alors que mon cœur cognait jusque dans mes oreilles.

Le papier me démangeait la main. J'avais tellement envie de découvrir ce qu'il contenait ! Cependant, je n'osais même pas cligner fort des yeux, de peur d'influencer le prof d'une quelconque manière.

J'expirai de soulagement en me laissant aller contre le dossier de ma chaise, lorsque Monsieur Scott retourna à son cours.

Les doigts tremblants d'excitation, je dépliai le bout de papier sous mon bureau, sans même vérifier encore une fois si quelqu'un d'autre m'observait.

Dire que je m'étais promis d'en finir avec ce connard ! Pourtant, je ne pouvais pas m'en empêcher ; il fallait que je sache.

# Chapitre 11.
# Mean girls

*« Cette frange est horrible. »*

Quoi ? C'était tout ? C'était ça ?

Comment avait-il osé ? Je ne savais pas ce à quoi je m'attendais, mais pourquoi prendre la peine de m'écrire un mot si c'était pour critiquer ma coiffure, *identique à celle de sa dévergondée* ?

J'étais révoltée à un tel point ! Toute la douleur que j'avais ressentie ce matin-là s'allia à mon indignation pour créer une haine des plus viscérales. Je haïssais de tout mon cœur Michael Cast. Je voulais qu'il crève. Et qu'il ne daignât même pas me calculer le reste du cours, alors que j'étais plus que sûre qu'il avait senti mon regard dégoûté sur lui, me faisait voir rouge.

Après la sonnerie, je jetai rageusement mes affaires dans mon sac, pour sortir au plus vite de la salle et lui jeter son mot à la gueule.

Les yeux fixés sur la porte par laquelle il venait de sortir, j'y fonçais à grands pas, lorsque le professeur Scott m'arrêta dans mon élan :

– Mademoiselle Spark, restez !

Ceci interloqua pas mal de ses fans qui me jetèrent des regards envieux en sortant.

Je levai les yeux au ciel d'exaspération en m'appuyant à l'un des bureaux du premier rang.

Quand comprendraient-ils que contrairement à eux, je n'assistais pas à ce cours parce que j'avais le béguin pour Monsieur Scott ? La seule chose qui m'intéressait chez le prof à la peau caramel était, non pas ses yeux gris, mais plutôt ce qui se trouvait derrière. À savoir, son cerveau obsédé par les chiffres, tout comme le mien.

Ils pouvaient être tranquilles. Il ne risquait jamais de se passer quoi que ce soit entre leur chéri et moi.

Lorsque la salle se fut complètement vidée, celui-ci s'installa sur un coin de son bureau et fronça les sourcils d'inquiétude.

– Ça va ?

Je me redressai et répondis oui par automatisme ; droite comme un piquet, le morceau de papier roulé en boule sous ma main.

Suite à cela, Monsieur Scott sourit doucement comme seules les personnes plus vieilles savaient le faire.

Combien de fois avais-je vu ce même sourire sur le visage de mon père ? J'avais d'ailleurs appris à décoder celui-ci par cœur. Et d'après mon expérience, il signifiait : *« Je suis sur cette Terre depuis plus longtemps que toi. Tu ne peux pas me tromper. »*

– Megan, tu es une élève très brillante. Je t'apprécie beaucoup. Je serai ravi de t'aider en quoi que ce soit. Je connais les petits branleurs dans le genre de Michael Cast. Et contrairement aux autres profs, je ne soutiens pas que ses malheurs lui octroient le droit de nuire aux autres. S'il te menace ou te…

– Non. Il… il ne me nuit pas, coupai-je avec un rire nerveux. Pas du tout ! Je… Non, non. Haha !

Je mentais comme un arracheur de dents, et Monsieur Scott s'en rendait parfaitement compte. Mais je n'aimais pas me plaindre de mes problèmes auprès des adultes… Je n'aimais pas me plaindre, tout court.

De son vivant, mon père n'avait jamais pu être d'accord avec ce trait de mon caractère. L'ancien marine m'encourageait toujours à me confier. Teddy aussi, à dire vrai. Mais c'était ancré en moi. Je ne supportais pas de pleurnicher auprès des autres.

Je me demandais parfois si ça ne venait pas de mon désir de prouver depuis toute petite, que je n'étais pas qu'une *fille de*, gâtée et pourrie, comme mes anciens camarades de mon école privée.

En tout cas, c'était gentil… et assez surprenant, de la part d'un prof de ce lycée, mais je n'allais pas accepter l'aide de Monsieur Scott.

Mon mensonge ne sembla pas trop plaire au trentenaire, qui expira d'un air déconfit, après m'avoir longuement détaillée.

– D'accord. Vous pouvez partir.

Il avait repris son vouvoiement, et c'était tant mieux. Il n'y avait pas plus qu'une relation prof-élève entre nous, et je ne voulais pas que quiconque se mît à imaginer autre chose.

– Dois-je te rappeler que tu peux te faire poignarder pour ça ? plaisanta Everly, en me rattrapant devant la porte. Monsieur Jesse Scott te demande de rester après le cours ? piailla-t-elle comme une groupie.

Elle était branchée fille, mais ça ne pouvait pas l'empêcher de s'extasier devant un beau spécimen. D'ailleurs, Monsieur Jesse était tellement beau qu'à mon avis, pas mal de gens devaient remettre leur sexualité en question à cause de lui.

Mais moi, il ne m'attirait pas. C'était comme ça.

– Oui, répondis-je sans enthousiasme, en cherchant Michael des yeux.

Ma colère avait diminué suite à ma discussion avec le prof, mais elle n'avait pas disparu pour autant. Je ne lâchais pas le bout de papier une seconde, mais même après toutes mes recherches, ce connard de Michael demeurait introuvable.

Je triturais encore le mot à la pause-déjeuner, assise en face d'Everly à notre table de la cafétéria. Celle de Michael par contre, demeurait totalement vide. Je me demandais où il pouvait être depuis tout ce temps.

– Arrête, Meg, chuchota Everly. Même moi, je suis mal à l'aise. Tu la regardes trop… Vous la regardez trop, corrigea-t-elle en se pinçant les lèvres d'un air déçu.

Je suivis le regard de la métisse et le découvris sans surprise, sur Stacy plus loin, dans sa tenue de cheerleader, qui toisait Anna avec une animosité qu'elle ne s'efforçait même pas de dissimuler.

Je me demandais si la reine des pestes pensait comme moi.

Anna avec son visage d'ange qui n'avait plus aucun effet sur moi, souriait doucement à sa table avec cette fille du cours de littérature d'Everly… comme si elle ne se faisait pas tripoter comme une pornstar tout à l'heure.

Déjà, ne devait-elle pas être harcelée et sans amis ?

On ne pouvait vraiment pas compter sur ces fictions débiles pour refléter la réalité !

J'étais curieuse de savoir ce qui s'était passé ce matin au deuxième étage. Cependant, je n'eus pas le temps de me questionner davantage, car je venais d'apercevoir l'acteur principal de ma colère passer devant la cafétéria.

Je me levai sous le regard interrogateur d'Everly et je me lançai sans perdre de temps à la suite de Michael.

Je dépassai la table des basketteurs, sans même un regard pour Ted, qui avait de toute évidence cédé à la pression de sa troupe.

J'étais trop en colère contre Michael pour en vouloir à qui que ce fût d'autres. De plus, au fond, je comprenais un peu Teddy. Tout le monde n'était pas capable de lutter contre l'influence d'un groupe. Mais il aurait quand même pu faire les choses autrement !

Encore une fois, ça me vexa de voir comment mes amis sous-estimaient ma capacité à les soutenir.

J'avais eu le temps de voir Michael qui bifurquait au détour d'un couloir, et je courus à sa suite.

Cependant, lorsque j'arrivai dans le cul-de-sac, il avait déjà disparu.

Ma colère s'était réveillée puissance mille. Il n'y avait que quatre salles dans ce secteur. J'avais déjà jeté un œil dans les trois premières, mais ce connard n'y était pas.

Il n'avait quand même pas pu se volatiliser ! Et c'était quoi ce jeu stupide ?

À moins que mon cerveau m'ait joué un tour et qu'il ne soit jamais passé devant la cafétéria.

Je ne devenais pas folle, quand même !

Après avoir poussé une grande expiration, je pénétrai dans la dernière salle, qui à première vue, elle aussi, était vide.

Je me tenais au centre de la pièce, les épaules lourdes, digérant le fait que j'étais tellement obsédée par ce mec aux cheveux raides, que je commençais à imaginer des choses.

Puis tout à coup, la porte se referma dans un bruit sec et quelqu'un apparut dans mon champ de vision.

Je crus mourir sur place de frayeur. J'avais horreur qu'on me surprenne de la sorte !

Le cœur battant à tout rompre, je me retournai en serrant les poings, et vociférai :

– Tu n'es pas un méchant... de film d'horreur.

Ma voix s'émoussa à la fin en réalisant le ridicule de ce que je disais.

Pour ma défense, j'avais eu vraiment peur ! Et à mon grand dam, je possédais ce genre de cerveau capable d'imaginer le pire en une milliseconde. Autant dire que des scénarios incluant des extraterrestres et des monstres avaient eu le temps de défiler dans mon esprit à une vitesse folle.

Mais peut-être que je n'avais pas tort. Car plus le temps passait, plus j'avais la preuve que Michael était loin d'être la personne que j'imaginais.

– J'ai l'impression que tu me cherches, Spark, formula-t-il d'une voix traînante, appuyé avec désinvolture contre la porte.

# Chapitre 12.
# Confrontation

– Oui, répondis-je.

Et tout de suite après, j'eus l'impression qu'un public invisible s'était mis à me huer, et me jeter des tomates.

Dire que j'avais passé tout ce temps à préparer cet affrontement, et la façon dont j'allais lui enfoncer son mot dans la gorge ! Et là, la seule chose que j'arrivais à enfoncer, c'était moi-même.

– Pourquoi m'avoir fait peur avec ta moto, jeudi dernier ? Et pourquoi ce mot stupide ? envoyai-je d'une voix mal assurée.

Le public imaginaire hua à nouveau et je faillis craquer, leur gueulant de me foutre la paix.

J'étais en colère contre Michael, mais ce mec avait été mon *crush* pendant un peu plus de deux ans. Ça ne s'oubliait pas en un claquement de doigts. Et encore moins quand tout chez ce connard était si déstabilisant.

Comment faisait-il pour conférer autant d'intensité que d'indifférence à son regard ? Il me mettait tellement mal à l'aise ! Pendant ce temps, lui était complètement détendu, comme si le temps lui appartenait.

Il tira une clope de sa veste, et la coinça entre ses lèvres charnues, et roses, et magnifiques, et…

*Tu arrêtes !* m'intimai-je, furieuse contre moi-même.

Il se mit à fumer en silence, tout en m'examinant d'un air inquisiteur. Au bord de la crise de nerfs, j'observai d'une voix pathétique :

— Les cigarettes sont interdites, ici.

Il ne broncha que pour exhaler la fumée, tout en me détaillant comme si j'étais un énergumène avec du potentiel.

— Tu fais chier ! craquai-je en lui jetant le petit bout de papier.

Celui-ci ricocha de façon pitoyable contre sa poitrine avant d'atterrir sur le sol à distance égale entre nous.

Je crus rêver et clignai plusieurs fois des yeux, lorsque j'aperçus une ébauche de sourire sur son visage.

C'était con. J'acceptais volontiers qu'on me lapide de tomates, mais je n'avais pas pu m'empêcher de me sentir toute molle en voyant se retrousser les pans de ses lèvres roses.

Et cela s'aggrava lorsque le son rauque de sa voix résonna ensuite, toute trace d'amusement envolée, après qu'il eut écrasé sa cigarette à moitié entamée sous ses bottes.

— Laisse-moi te raconter une petite histoire, débuta-t-il avec emphase en se rapprochant lentement. C'est celle d'une petite conne qui jusque-là n'était personne aux yeux d'un gars… Vraiment personne. Juste un visage comme un autre, parmi la foule. Puis un beau jour… Non, s'arrêta-t-il à mi-chemin en levant un doigt d'un air pensif. Un jour pourri comme tout. Le pire de toute l'année pour ce gars-là. La petite conne… on va l'appeler… Spark, déclama-t-il en plantant bien son regard orageux dans le mien. Eh bien, elle a décidé de faire chier ce bon vieux gars, qui voulait juste être tranquille, et souffrir en paix dans son coin. Mais comme c'est une conne de haut niveau… c'est important pour la suite, pointa-t-il avec sarcasme. Elle n'a pas su détecter les signaux pourtant si évidents, du bordel dans lequel elle était en train de se fourrer. Et elle a poussé encore, et encore, et encore…

Je déglutis et me mordis l'intérieur des joues tandis que le sang quittait mon visage.

Alors c'était ça ?

Je comprenais enfin sa réaction. Et du coup, j'avais envie de plonger dans un puits sec et de ne plus jamais remonter.

Michael était désormais si près de moi, que je dus lever les yeux pour soutenir… ses joues. Parce que non, je n'osais plus croiser son regard. J'avais trop honte.

Moi aussi j'aurais eu envie de faire souffrir la petite naïve qui avait empiré ma journée déjà bien merdique.

Et si au pire, ce jour-là avait eu un quelconque rapport avec le décès de sa sœur ? Oh, mon Dieu ! Qu'avais-je fait ?

Je n'arrivais pas à croire que ça s'était déroulé la semaine dernière. Je n'arrivais pas à assumer que cette folle avait été moi.

— Elle aurait pu choisir n'importe quel jour, embraya Michael de façon dramatique. N'importe lequel, et ça n'aurait pas été si grave. Le problème est que cette date-là, le gars ne peut pas l'oublier ; même s'il donnerait tout pour que ce soit le cas. Ainsi, il ne peut oublier non plus, cette idiote qui n'a pas arrêté de le pousser à bout. Et c'est le pire endroit où être, Spark, me menaça-t-il d'une voix basse qui me donna des frissons dans le dos. Dans ma tête. Tu n'imagines pas les horreurs qui s'y trouvent…

J'étais désolée. Sa colère était justifiée. Mais en même temps, je ne pouvais pas savoir. C'était la faute d'Anna. Si cette idiote n'était pas… Enfin non, c'était de ma faute.

Mon père me disait toujours que les gens étaient responsables de leurs propres choix, mais jamais des nôtres.

J'avais voulu plaire à Michael Cast et je l'avais déchaîné contre moi. Volontairement ou non. C'était déjà fait. Il ne restait plus qu'à assumer les conséquences.

Advienne que pourra !

Je n'allais pas m'excuser. Non seulement, parce que je lui en voulais toujours. Mais aussi parce que j'avais l'impression que ce serait en vain. Il m'avait déjà dans le collimateur, et quelque chose me disait qu'il était loin d'être quelqu'un à tourner vite la page.

Le mieux à faire était de lui prouver que je n'allais pas baisser la tête devant lui. Je ne baissais la tête devant personne.

– C'est bizarre ! Je ne t'ai jamais entendu prononcer autant de mots d'un coup, relevai-je avec une impassibilité que j'étais loin d'éprouver. Ce baiser baveux dans les escaliers t'aurait-il délié la langue ?

Il rit. C'était la première fois que j'entendais ce son, et chaque réverbération provoqua des vagues de chaleur dans tout mon corps. Il avait un rire grave, communicatif, magnifique…

Si seulement je l'aimais encore, j'aurais certainement pensé à enregistrer ce moment dans un coin spécial de mon cerveau. Mais dommage !

Michael Cast était un connard irrespectueux, grossier… Je le détestais. Je le haïssais. Je refusais encore de croire qu'une fois son hilarité retombée, il avait osé prononcer comme si de rien n'était :

– Alors, j'avais vu juste. Tu veux être baisée, toi aussi ?

J'avais buggé quelques secondes, en clignant des yeux de façon répétitive, comme pour me réveiller, si jamais il s'agissait d'un rêve.

– Pardon ?

– Ta petite existence manque d'adrénaline. T'as eu vent des rumeurs qui circulent sur moi et tu veux que je te prenne dans tous les sens comme toutes ces petites putes dérangées qui n'arrêtent pas de me coller ? répéta-t-il en dégainant une nouvelle clope. C'est ça, non ?

Le problème dans tout cela, c'était qu'il le disait avec un tel naturel ; comme si traiter nonchalamment des filles de putes faisait partie de son quotidien d'enfoiré. Dérangées, elles l'étaient peut-être…

D'ailleurs pourquoi être séduit par l'idée qu'il fût un meurtrier ? Moi, je ne croyais même pas à ces conneries. Dire qu'il me mettait dans le même sac que ces filles ! J'étais outrée ! Dans tous les scénarios que j'avais imaginés avec Michael, il était un connard avec les autres, mais il était gentil avec moi. Ce genre de commentaires n'était pas du tout au programme !

– Je parie que t'en as une petite, grinçai-je. Tous les connards comme toi en ont une petite.

Une deuxième fois ; j'acceptais volontiers qu'on me jette des tomates à la gueule.

C'était quoi cette réplique ?

Je n'étais d'ailleurs pas la seule à le penser, car Michael en rigola comme si c'était la phrase la plus pathétique qu'il eût entendue depuis des lustres…

– Deux fois ! commentai-je avec un petit sourire arrogant. Arrête, ou je vais croire que tu me trouves trop rigolote.

– Ça va être plus marrant que prévu de te torturer, rétorqua-t-il, amusé et excité.

– Parce que tu penses que je vais me laisser faire ?

– Mais t'es déjà morte, Spark, ricana-t-il. Ç'aurait été plus simple si t'avais attendu que je sois seul pour venir me sucer, comme les autres.

Je perdis toute envie de rire. Non mais quel bougre ! C'était vraiment de *ça* dont j'étais amoureuse tout ce temps ?

– Ta mère ne t'a pas appris à surveiller ton langage ? crachai-je. En plus, je te rappelle que t'as une copine. Tu parles comme ça d'elle quand elle n'est pas là aussi ?

En un clin d'œil, toute trace d'hilarité avait déserté son visage. Ses traits devinrent durs comme de la pierre et il me toisa avec mépris en tournant les talons.

– Cette frange est horrible.

– Tu l'as déjà dit, gueulai-je, franchement vexée. Va en enfer !

Il avait déjà la main sur la poignée lorsqu'il me promit dans un grognement menaçant :

– Non, Spark, t'iras seule.

# Chapitre 13.
# Identité

*Point de vue de Michael*

Je jetai mon sac sur le canapé, dès mon retour chez Seth.

J'avais une faim de loup.

Je m'arrêtai cependant sur le chemin de la cuisine, suite à un bruit alarmant provenant de la chambre de Rob.

Lorsqu'il fut suivi de gémissements, je compris que ce n'était que mon grand-frère qui s'amusait encore avec sa proie de la nuit dernière.

Une fois dans la cuisine, je mis à chauffer ma pizza végane. En patientant, je parcourus d'un œil distrait les murs jaune pastel, froids et impersonnels, comme presque tout ce qu'il y avait dans cette maison.

Pour désigner le mobilier dans les trois chambres à coucher, le grand salon ou la salle à manger, le mot qui convenait était « utile ». Après tout, personne ne s'intéressait à l'aspect décoratif du lieu. Pour preuve, il n'y avait pas une seule photo aux murs ; pas un seul ornement à caractère sentimental…

La vieille bâtisse de style traditionnel était demeurée comme je l'avais trouvée, le jour où l'oncle Seth et moi y avions emménagé.

Le jumeau de mon père passait tout son temps à l'hôpital, où il travaillait en tant que chirurgien orthopédique. L'aspect de la maison ne l'avait donc jamais dérangé.

Moi, à l'époque, je ne voyais pas l'utilité de personnaliser un endroit, que je prévoyais de quitter dès l'instant où je m'y étais installé. Et mon opinion n'avait pas changé depuis.

Rob me tira de mes pensées fastidieuses en pénétrant dans la cuisine avec uniquement une serviette autour de sa taille, et son éternel grand sourire à fossettes.

Non seulement sa bonne humeur constante me gonflait, mais il avait fallu aussi qu'il fût la copie conforme de notre géniteur.

Je savais qu'il n'était pas particulièrement fier du dernier point. D'ailleurs, il lui arrivait même de le nier. Mais qui voulait-il tromper avec son teint hâlé, son regard bleu pétillant, son visage ovale et son sourire de crooner ?

De mon côté, c'étaient les gènes de ma mère qui l'avaient emporté. Les gens avaient du mal à croire que Robyn et moi étions frères, jusqu'à ce qu'ils voient nos yeux : le seul trait que j'avais hérité de mon paternel. Et c'était déjà un de trop.

— T'es rentré un peu tôt aujourd'hui, dit Rob.

— Il est 3h de l'après-midi, jetai-je. D'ailleurs pourquoi Cindy est encore là ?

Sans se départir de son sourire, il rétorqua d'un air suffisant :

— Parce qu'elle ne veut pas partir. Et on sait tous pourquoi.

Le micro-ondes sonna et je retirai ma pizza, en roulant des yeux à l'intention de mon idiot de frère.

Il me demanda une cigarette, et je lui jetai le paquet entier, car sinon il me ferait encore chier quelques minutes plus tard.

— Ton briquet, ajouta-t-il, la paume tendue.

Des fois, j'avais l'impression que ses mains ne savaient faire que ce mouvement.

— Tu veux pas mes couilles, pendant que t'y es ? grognai-je en lui passant l'objet à contrecœur.

— Comme t'as pu le constater, les miennes fonctionnent à merveille, s'amusa-t-il en passant ses doigts dans ses cheveux courts.

Je roulai encore des yeux en croquant dans ma pizza sans prendre la peine de m'asseoir. Cette saloperie était insipide.

Je me blâmai de ne pas m'être pris quelque chose en rentrant avant de me souvenir que c'était parce que je comptais sur la cuisine de mon cher frère.

Avec dépit, je jetai l'assiette sur la table et me rendis au frigo pour trouver de quoi faire disparaître le goût dans ma bouche. Mais il n'y avait que dalle.

— T'aurais quand même pu faire les courses, explosai-je.

— Désolé, j'ai oublié, envoya-t-il en prenant place à la table.

Il tira mon assiette vers lui et se servit en détente, sa cigarette allumée dans une main.

Il y avait des jours où je regrettais tellement qu'on fût du même sang !

Même s'il était mon aîné de six ans, je n'aurais eu aucune retenue à le cogner, quand mes poings me démangeaient, comme ça.

— Par contre, je parie que tu n'as pas oublié de prendre l'argent que j'avais laissé sur la table de la salle à manger, crachai-je.

— Du calme ! articula-t-il la bouche pleine. Je vais y aller tout à l'heure.

Puis, il examina le morceau de pizza entre ses doigts avec une grimace en commentant :

— Cette merde est infecte.

Mais il l'enfourna quand même.

Lorsqu'il eut presque terminé, il leva des yeux bleus étonnés vers moi, comme si c'était sa nourriture et qu'il allait me faire la faveur de m'en laisser un peu :

— Oh, t'en veux ?

Je préférai garder mon venin pour notre bien à tous les deux.

Comme d'habitude, ça ne l'atteignit pas le moins du monde. Il haussa les épaules devant mon silence, avant de terminer l'assiette.

Je ne savais pas comment ce mec que j'admirais tant quand j'étais petit avait fait pour devenir... ça.

Je me rappelais encore comme j'étais excité à l'époque, à chaque fois que sa mère l'autorisait à venir passer quelques jours avec nous. Ma maman le traitait comme son propre fils. Et on passait des moments fous, Sky, lui et moi.

Il nous apprenait, à moi et ma sœur à jouer au football. Il était très doué, car il était quarterback dans l'équipe de son lycée. Il nous racontait des histoires trop... sales, qu'on ne devait pas répéter aux parents... Sky et moi, on adorait ça.

On n'avait que six ans de différence, mais je me souvenais que j'avais hâte de grandir pour ressembler à mon demi-frère trop cool.

Puis lorsque j'avais 11 ans, il avait subitement arrêté de venir. Je n'avais jamais su pourquoi. Et notre père n'avait jamais voulu répondre à nos questions, à moi et Sky, sur le sujet.

Et puis avec le temps, d'autres soucis plus graves comme le cancer de maman, étaient venus occuper mon esprit...

Je n'avais plus pensé à lui pendant des années.

Puis il était réapparu le printemps dernier, juste après que l'oncle Seth eût signé pour mon indépendance, avec comme condition que je termine le lycée.

Le jumeau de mon père avait été tellement soulagé de ne plus vivre sous le même toit que moi ! Il s'était empressé d'accepter ce poste à Seattle et s'était fait une joie d'utiliser ses contacts pour accélérer le processus de mon émancipation. En deux ans, je ne l'avais jamais vu aussi excité que le jour où il m'avait annoncé son départ.

C'était compréhensible. Il régnait constamment un malaise entre nous, depuis qu'il avait été obligé de m'accueillir à la suite du drame. Il n'osait même pas me regarder dans les yeux. Et lorsque je surprenais son regard sur moi, la culpabilité que j'y lisais me serrait toujours le cœur.

J'avais essayé en vain de lui faire comprendre que je ne lui en voulais pas. Au contraire, je compatissais. Après tout, je ressentais la même chose. L'un et l'autre, on culpabilisait de ne pas avoir mieux connu ceux qui nous ressemblaient comme deux gouttes d'eau.

Mais dans mon cas, c'était pire. Ma sœur et moi, on vivait sous le même toit. J'aurais dû savoir... Et je ne serais jamais capable de me pardonner d'avoir été si aveugle.

# Chapitre 14.
# Brothers

À l'arrivée de Rob, j'avais été trop heureux. Personne ne pourrait jamais remplacer Sky, mais Robyn était aussi de mon sang. Je m'attendais donc à ce que sa venue me soulage un minimum. Désormais, j'avais l'impression de n'avoir hérité que d'un problème supplémentaire.

– Tu viens à la fête ce soir ? demanda ce dernier en terminant sa clope.

Je récupérai mon briquet avec une cigarette, et grimpai sur le comptoir. J'allumai ensuite le produit toxique et tirai une longue latte avant de répondre, vague :

– Non. Je peux pas.

– Pourquoi ? railla-t-il. Tu vas… travailler ?

– Tu sais que c'est à cause d'imbéciles comme toi que sont nés les clichés sur le QI des sportifs ?

Même s'il ne jouait plus au football, Robyn avait gardé une stature d'athlète. Cet imbécile ne respectait aucune activité intellectuelle, puisque ça le fatiguait plus que courir un marathon. C'était ses mots.

On était tous deux hyperactifs, mais mon cas était moins grave. Dommage que son besoin constant de bouger ne l'eût toujours pas poussé à se trouver un job.

Il se laissa aller contre le dossier de sa chaise et croisa ses bras tatoués derrière sa tête.

— Allez, mec ! Pourquoi tu viens pas ?

— Tu es vraiment en train de me demander pourquoi je te suis pas pour aller me bourrer la gueule un jour de semaine ? m'énervai-je. Je suis encore au lycée, je te rappelle.

— Avec tout l'argent que tu possèdes, je vois même pas pourquoi tu perds ton temps à…

— J'ai promis ! coupai-je avec acrimonie. Et cet argent n'est pas le mien.

Je descendis du comptoir pour partir, car je refusais d'avoir à nouveau cette discussion.

— Moi, je trouve ça complètement insensé, lâcha-t-il entre ses dents, comme quelqu'un qui savait qu'on n'en avait rien à faire de son avis, mais qui le donnait quand même.

J'avais presque quitté la cuisine, mais suite à ses mots, je pivotai d'un pas rageur et frappai la table de mes poings fermés, au point que celle-ci trembla devant lui.

— Ce qui est complètement insensé, c'est que t'as 23 piges et que ce soit moi qui m'occupe de ton cul, grinçai-je. Mais je te promets que je ne vais pas continuer. Dès demain, tu te cherches un putain de boulot, ou tu fous le camp de ma vie.

On s'affronta de nos flammes bleues ; une tension des plus crépitantes entre nous. Il avait perdu son expression bouffonne et ses mâchoires se contractèrent, tandis qu'il me toisait avec une colère à peine dissimulée.

C'était tant mieux si je l'avais vexé. Je ne voulais pas vraiment qu'il parte, mais il était l'aîné. C'était à moi de me comporter comme un gamin, pas l'inverse.

Je ne saurais dire combien de temps on serait resté là, à nous défier du regard ; ni comment ça se serait terminé, si Cindy n'avait pas débarqué, nue comme un ver, en annonçant de sa voix nasillarde :

— J'ai faim.

Rob et moi, on se tourna de concert vers elle, et cette dernière nous sourit de façon coquine à tous les deux, comme elle seule savait le faire.

Je crois que chaque ville avait une Cindy. Cette meuf qui avait couché avec plus de mecs qu'elle avait de famille. Qui était à toutes les fêtes, et dont les frasques ne surprenaient plus personne...

La brunette aux cheveux courts et au visage en cœur était mon aînée de plusieurs années. Mais on avait déjà baisé à au moins quatre ou cinq reprises.

Il n'y avait là rien de surprenant. À cause de Rob, la plupart des gens avec qui je traînais étaient plus âgés que moi.

C'était toujours très... instructif de coucher avec des meufs plus expérimentées. Par contre, depuis que Robyn avait aussi eu Cindy, j'évitais de la toucher.

Je n'étais pas jaloux. Loin de là. Je ne voulais juste pas des restes de mon frère.

Le corps longiligne de la brune me laissa donc indifférent. Et ce, même lorsqu'elle remua lascivement des hanches en minaudant :

— Salut Mickey.

— T'as pas de maison ? cinglai-je en la toisant avec mépris.

Elle pinça ses lèvres d'un air désabusé et chercha des explications dans le regard de Rob.

— Il n'est pas d'humeur, soupira ce dernier. Viens ma belle !

Il se leva et entraîna Cindy avec lui, une main sur sa taille.

— Mais j'ai faim, bouda celle-ci comme une gamine.

Je roulai des yeux. Peut-être que s'ils n'étaient pas occupés à baiser toute la journée, Robyn aurait pu faire les courses.

— On sort manger, promit mon idiot de grand-frère en lui embrassant le front.

Ce dernier était un gentleman avec toutes les filles. Même celles qui ne le méritaient pas.

C'était un distributeur ambulant de bobards et de sourires à fossettes. Je ne savais pas comment il faisait.

Moi, j'avais toujours eu du mal à mentir correctement. D'ailleurs, toute ma relation avec Anna découlait de ce seul fait…

Rob et Cindy quittèrent la cuisine, mais avant qu'ils fussent hors de vue, la brunette tourna la tête pour articuler en silence :

— Tu restes mon préféré.

Je demeurai impassible, car je n'en avais que faire.

Devant mon attitude peu amène, elle pinça de nouveau les lèvres, puis disparut dans l'autre pièce avec mon demi-frère.

Je commandai chez le restau végan du coin, et pris une douche en attendant mon repas.

J'attrapai ensuite mon ordi avec l'intention de faire mon intellectuel, comme dirait Robyn.

En parlant du loup… Ce dernier poussa la porte de ma chambre quelques secondes plus tard, ses cheveux courts encore humides après sa douche et sa chemise en jean retroussée sur ses avant-bras tatoués.

Ce connard ne se donnait jamais la peine de frapper.

Je lui jetai un regard blasé depuis mon lit, et il s'adossa à la porte en me fixant d'un air, mi-grave, mi-Rob.

— Tu boudes encore ? Ne me dis pas que tu t'attends à ce que ce soit moi qui fasse le premier pas ?

— T'es dans ma chambre, pointai-je en haussant un sourcil. Et je ne me rappelle pas t'y avoir invité. Si ça c'est pas faire le premier pas…

Son sourire narquois habituel refit surface tandis qu'il fabulait :

— J'ai toujours été le plus sage.

Je roulai des yeux et il ajouta :

— Alors, frères ?

— À voir, envoyai-je en réprimant mon sourire.

Je n'étais jamais longtemps en colère contre lui. C'était mon frère. Je l'aimais. D'ailleurs, je n'aurais jamais supporté les conneries de quelqu'un d'autre aussi longtemps.

Jusque-là, j'avais assuré ses arrières sur tellement de plans. J'avais réglé ses dettes, m'étais retrouvé face à des mecs balèzes qui voulaient sa peau pour avoir touché leurs nanas… Et je ne comptais même plus le nombre de fois où j'avais dû le récupérer ivre mort à des fêtes…

J'étais persuadé que quelque chose de grave était à la base de sa transformation, mais il éludait toujours avec des plaisanteries.

Comme je n'étais pas du genre à insister, je doutais de savoir de quoi il s'agissait de sitôt. J'avais compris que chaque personne avait sa façon de souffrir. Mais voilà, moi aussi je luttais pour aller de l'avant. Et quelqu'un d'irresponsable n'était pas ce dont j'avais besoin dans ma vie.

– T'avais raison tout à l'heure, reconnut-il avec un sérieux inédit. Demain, je me mets à chercher un boulot. C'est à moi de prendre soin de toi.

Il réfléchit ensuite quelques secondes, pour mesurer la teneur de ses propos. Puis, il rechargea avec emphase :

– Viens à la fête, ce soir.

Et voilà, mon demi-frère était déjà de retour.

J'aimais bien faire la fête de temps en temps ; une ou deux fois toutes les deux semaines. Mais on dirait que pour Rob et sa bande, les fêtes, c'était vital.

– J'ai déjà dit non, Robyn, soupirai-je.

– Anna sera là-bas, lâcha-t-il avec un sourire fier, comme s'il avait enfin trouvé l'argument qui me ferait réagir.

*Si seulement.*

– Je ne crois pas, jetai-je en me replongeant dans mon récit.

Je devais en terminer avec la correction avant la fin de la semaine.

– Si, je te jure. Elle sera là-bas. Ninon me l'a confirmé.

Ninon était la grande sœur d'Anna… que je ne pouvais pas saquer.

— Elle m'a promis de ne plus traîner avec vous.

Elle valait mieux qu'eux tous réunis, y compris sa sœur.

— Dommage que tu ne puisses pas lui dire pourquoi, ricana Robyn.

Je contractai mes mâchoires d'agacement.

— Fous le camp, Rob !

— D'accord, d'accord, rigola-t-il avant de reprendre avec plus de sérieux. Je me fais du souci pour toi. Je sais que ce mois te rappelle pas mal de mauvais souvenirs. Ta tristesse t'entoure comme un voile noir, mec.

— Et d'après toi, la solution c'est picoler ? ris-je sans entrain.

— Je ne sais pas, admit-il d'un air sage. Par contre, je doute que ce soit de te mutiler.

# Chapitre 15.
## La promesse

Ma voix ne fut pas aussi ferme que je m'y attendais, lorsque je répliquai, raide comme un piquet :

– Je ne me…

– Mon cul, oui, balança Robyn. Remonte donc tes manches pour voir.

J'entrepris de taper des conneries sur mon clavier pour me donner une contenance.

– T'as pas d'ordre à me donner.

Ce que j'écrivais n'avait aucun sens. Mais je refusais de laisser transparaître mon trouble.

– C'est fou comme tu n'as pas une seule fringue à manches courtes, me nargua Robyn. Je le sais. J'ai fouillé dans tes affaires.

– Tu as quoi ? gueulai-je.

Je me levai pour lui faire face, les narines frémissantes de rage. On faisait la même taille. Il soutint mon regard et reprit avec pitié :

– Je sais que t'as recommencé.

Je ne voulais pas de sa compassion. Et j'allais le lui hurler, mais la boule dans ma gorge m'en empêcha.

Il n'aurait jamais dû le savoir. Il ne comprendrait pas. Personne ne pourrait comprendre.

— Viens à cette fête, me supplia-t-il. J'avoue que j'ai désormais peur de te laisser seul…

Je n'avais pas l'intention de le lui dire, mais tout ceci n'était pas dans le but de me foutre en l'air.

Sky s'en était assurée. Elle m'avait condamné à vivre, alors qu'elle était partie, en sachant pertinemment que je n'étais rien sans elle.

— Sors de ma chambre, tranchai-je en serrant les dents.

Mes poings tremblaient à force de me contenir. Je crevais d'envie de me défouler sur quelque chose.

Depuis notre naissance, Sky et moi, on avait presque tout fait ensemble. Ou plutôt, j'avais toujours dépendu d'elle pour qu'elle m'apprenne quasiment tout.

Elle était la plus brillante de nous deux. Toutefois, je n'avais jamais été jaloux, car j'étais convaincu qu'elle ne me laisserait jamais tomber.

Me retrouver sans elle du jour au lendemain m'avait anéanti. Et réaliser que c'était en partie de ma faute m'avait broyé le cœur à un tel point que je doute que celui-ci puisse un jour être entier à nouveau.

J'étais condamné à regretter, à avoir mal, à me haïr… et pire encore, à lutter pour m'accrocher malgré tout. Parce que c'était la dernière volonté de la personne qui avait le plus compté pour moi. Ma moitié. Ma grande sœur de quelques minutes. Ma jumelle…

*« Ne me laisse pas mourir totalement, s'il te plaît. Je ne veux pas disparaître, Mick. Promets-moi de faire vivre, à travers toi, les petites parties de moi qui en valaient la peine. Accroche-toi, frérot. Pas pour toi. Mais pour moi. Promets-moi, je t'en supplie, de ne pas me laisser m'éteindre. »*

C'était une partie de sa lettre. Celle que j'avais tatouée sur mes côtes, pour contrer mon désir d'oublier.

À part survivre comme je pouvais, je n'avais pas l'impression d'avoir réussi grand-chose pour honorer ma promesse. Je me sentais mort à l'intérieur. Et pour m'accrocher, comme elle me l'avait demandé, j'avais besoin de ces traits sur ma peau.

– OK, abandonna Robyn avec un soupir résigné. Je sors. Mais laisse-moi t'annoncer que j'ai trouvé toutes tes précieuses petites lames et je les ai toutes jetées. Si je dois faire intervenir Seth, je le ferai. Je ne vais pas te lâcher, Michael. Sky était aussi ma sœur.

Une larme involontaire roula sur mon visage, et je me mordis l'intérieur des joues pour refouler les autres.

Après un dernier regard pitoyable, Rob estima qu'il était temps de partir. Il ouvrit la porte, et sortit sans un mot de plus.


Je me laissai tomber par terre, ramenai mes jambes contre moi et hurlai contre elles, en maudissant le monde entier.

Les lames n'étaient pas mon problème. J'en trouverais d'autres. J'en avais juste marre.

Pas une journée ne passait sans que je n'imagine ce qui se serait passé *si* j'avais été moins aveugle.

Au final, les rumeurs sur mon compte n'étaient pas tout à fait fausses. J'avais en partie tué Sky.


Ma sœur était morte. Elle s'était suicidée. Elle n'avait rien trouvé dans ce monde auquel s'accrocher, alors que j'étais là.

Je savais que ce qu'elle avait subi était horrible, mais je n'arrivais pas à lui pardonner ça. Je n'arrivais pas non plus à me pardonner d'avoir été un si piètre frère. Je suffoquais. Cette douleur me consumait.


Je décidai toutefois de me relever après une longue respiration.

J'allais sortir, trouver quelque chose, ou quelqu'un, pour me distraire. Pour survivre. C'était ce que Sky voulait, non ?

Elle n'avait pas précisé de termes. Et comme elle n'était pas là pour faire le point… je déciderais ce que je voudrais.

J'étais devenu végan pour elle. Je poursuivais ses stupides romans. Si elle voulait plus de moi, elle n'aurait eu qu'à rester pour le réclamer.

Ce soir-là, mon miroir me renvoya la même image d'amertume assemblé dans un paquet d'os et de chair que j'avais de plus en plus de mal à confronter.

Avant de craquer à nouveau, j'enfourchai ma moto et pris la décision de me rendre finalement à la fête.

Il y avait toujours plein de filles, et si Rob avait raison et qu'Anna s'y trouvait, on passerait la soirée ensemble. Même si cette dernière avait cette agaçante règle : tout sauf du sexe.

Je savais qu'elle en avait envie, mais qu'elle avait juste peur de ce qui se passerait après, si jamais elle se laissait aller. Et elle avait parfaitement raison.

Je roulai jusqu'à ce quartier huppé où habitait le pote de Rob, dont le père avait eu le malheur d'être riche.

Donavan avait 23 ans mais toute sa vie ne tournait qu'autour des mégas fiestas qu'il donnait, toutes les semaines.

J'imaginais bien que devaient habiter des gens importants dans ce quartier avec ses rues calmes, et ses grandes maisons aux pelouses parfaitement entretenues. Mais je crois que Donavan avait fini par fatiguer la police puisque son père le tirait toujours d'affaire, malgré ses boucans qu'on entendait sur des kilomètres. Comme ce soir-là.

Je me garai devant l'immense propriété de deux étages à l'allée bondée. Vu de l'extérieur, la maison dégageait un certain charme. Mais une fois à l'intérieur, on décelait tout de suite la signature extravagante de son propriétaire.

Des papiers peints multicolores ; des boules à facettes qui tournaient même le jour ; un toboggan en guise d'escalier principal et un mur à signatures pour ceux qui venaient pour la première fois.

Pas de doutes, les potes de Robyn étaient tous autant des gamins que lui.

À la vue de tous ces gens, se trémoussant sur ce qui ne méritait même pas d'être qualifié de musique, je reconsidérai ma décision de rester. Et j'allais sûrement partir si quelqu'un ne s'était pas jeté à mon cou.

# Chapitre 16.
# La bande

– Mickey !

Ashton. Ma cousine blonde squelettique gothique trop tactile et sans filtre. Elle avait été ce qui se rapprochait le plus d'une meilleure amie pour Sky. D'ailleurs ses vêtements à boucles et ses tee-shirts aux dessins provocateurs avaient toujours le mérite de me faire penser à ma sœur.

– Ça va ! la fis-je reculer.

– Je descends chercher deux bières et voilà que je tombe sur toi, s'écria-t-elle pour se faire entendre par-dessus la musique. C'est fou, non ?

Non. Mais je savais que ce n'était pas moi qui arriverais à atténuer son éternel entrain agaçant.

– Viens, dit-elle en prenant ma main. Les autres sont en haut.

La petite voix dans ma tête se dépêcha de me rappeler la raison de ma venue lorsque je doutai de le savoir.

J'étais là à cause de la même raison pour laquelle j'acceptais de coucher avec ces tordues du lycée, excitées que je sois un potentiel tueur. La même raison pour laquelle je traînais avec la bande fêtarde de mon frère alors que je ne les aimais pas.

La solitude me bouffait, et parfois, jouer avec ma vie ne suffisait pas à me faire sentir moins minable.

Toutefois, à l'étage, devant une pièce partiellement éclairée, je m'arrêtai dans la pénombre du chambranle, pas sûr de vouloir rejoindre les amis de Robyn.

Ashton se retourna pour me questionner, mais elle fut interpelée par Ninon qui était soulagée de voir sa bière arriver.

Il y avait pourtant déjà une table avec plusieurs bouteilles dans la pièce, en plus du sofa, du fauteuil à l'écart et du billard qui recevait tout l'éclairage.

Tout le monde semblait déjà éméché. Je supposais qu'ils s'étaient isolés le temps de souffler avant de rejoindre la fête un peu plus tard.

Leur bande était constituée d'eux huit. Même s'ils n'étaient que six présents : Robyn, Ashton, Cal, Donavan, Ninon et Josh. Âgés entre 19 et 23 ans, ils étaient différents sur beaucoup d'aspects, mais unis par l'amour de la fête et des sales coups.

Les plus proches parmi eux étaient quand même Robyn, Cal et Donavan.

— Pourquoi Cal est tout grognon ? lâcha d'ailleurs Ashton à l'intention des deux autres.

Elle était encore debout et allait sûrement m'inviter à les rejoindre avant de remarquer Cal qui sirotait son verre, seul, dans son fauteuil, un pli au milieu du front, alors que Robyn et Donavan jouaient au billard.

Ces deux-là se ressemblaient beaucoup. Robyn avait juste plus de tatouages et Donavan un goût prononcé pour les chemises aux couleurs dangereuses pour la vue.

Cal, lui, était châtain avec une cicatrice à l'arcade gauche. C'était aussi celui à l'humeur la plus instable.

— Vous l'avez mal baisé, les gars ? rechargea Ashton.

Elle les suspectait de coucher ensemble depuis toujours. Ce qui avait le mérite de mettre Cal hors de lui.

— Va te faire foutre, Ashton ! cracha-t-il d'ailleurs.

— Pourquoi les autres s'en branlent quand je parle de votre trouple, mais pas toi ? Je devine que tu digères mal le fait d'être la petite salope.

Pour ne rien arranger, Robyn et Donavan pouffèrent avec tout le monde. Cal envoya encore une fois Ashton se faire foutre.

Celle-ci, habituée, roula des yeux avant de m'accorder toute son attention.

— Edward ? Pourquoi tu n'entres pas ?

Là, c'était moi qui avais envie de l'envoyer se faire foutre. Je détestais ce surnom et elle le savait.

Les autres me remarquèrent enfin et Cal s'excita un peu trop à mon goût :

— Regarde qui voilà !

Robyn me pointa de sa queue de billard.

— Content que tu sois venu.

Je hochai la tête en guise de salut avant de me servir un verre et de m'appuyer contre un mur pour suivre leur jeu.

Mais comme ils me fixaient tous, il n'y eut pas grand-chose à suivre.

— Quoi ? m'agaçai-je.

— Pose ce verre, le petit mineur, crut blaguer Ninon avec ses cheveux trop fournis pour son visage longiligne.

— C'est fou, jetai-je. J'apprécie jamais quand t'ouvres ta grande gueule.

Je détestais cette meuf depuis sa blague douteuse sur Sky. Et le fait qu'elle ne se fût pas excusée et eût tout mis sur le compte de l'alcool l'avait placée presqu'en tête de la longue liste des gens que je ne pouvais pas saquer.

— Ça va, mec ! rit Cal désormais de bonne humeur. Robyn a tourné la page. Tu peux aussi lui pardonner. Après tout tu sors avec sa sœur.

Et on repartait pour un tour ! Là, je regrettais vraiment d'être venu.

Ils échangèrent des coups d'œil moqueurs tandis que je serrais le verre.

109

J'avais grandi avec Ashton. Et malheureusement Robyn était mon frère. Les autres, je les supportais à peine.

Je ne me serais jamais retrouvé à traîner avec eux si je ne m'étais pas fait choper la dernière fois à cette course.

Mon cafteur de frère n'avait pas pu tenir sa langue. Et j'avais dû revivre un de ces moments gênants au téléphone avec mon oncle qui m'avait sorti un autre « qu'en aurait pensé ta mère ? ».

Je détestais cette remarque. Et j'avais regretté de ne pas pouvoir être un connard avec lui aussi. Malheureusement, il avait gagné quelque chose qui faisait de lui la seule personne à pouvoir me sortir ce genre de phrases sans conséquence : mon respect.

Seth avait promis de venir lui-même me prendre ma bécane si je recommençais.

Malgré tout, je n'avais pas arrêté les courses. Je m'étais juste fait plus discret. Même si ça n'avait pas empêché Robyn de me gauler. Toutefois, il l'avait fermée cette fois et avait préféré me faire chanter pour me forcer à sortir avec sa bande de bouseux.

Je n'avais aucune idée de l'issue de cette situation et ça commençait à me gonfler, car je détestais avoir ces barjes sur le dos.

Donavan qui portait l'une de ces chemises aux couleurs criminelles se redressa en souriant :

– T'as manqué ta petite copine de peu. Elle est partie il y a moins d'une demi-heure.

Je descendis le whisky cul sec. Je sentais que ma soirée allait être longue.

– Elle a dû se trouver un chauffeur, ajouta Ninon. Elle vient de m'annoncer être à la maison.

Anna savait se débrouiller. Mais mon mépris augmenta quand même pour sa sœur pour l'avoir laissée partir toute seule, à cette heure.

Tous scrutaient mon visage fermé à l'affût de je-ne-sais quelle réaction.

Ce fut Robyn qui rompit le silence, l'expression troublée :

– Je sais même pas comment il fait pour tenir aussi longtemps. Il est vraiment nul d'habitude.

C'était fou comme sa face et celles de ses petits copains pouvaient être punchables !

– Est-ce qu'on peut parler d'autres choses ? proposa Ashton en levant la main. Je commence à en avoir marre de tout ça.

Ce n'était apparemment pas le cas de Cal qui y prenait un malsain plaisir.

– Allez, Mickey ! Dis-nous ce qui se passe.

Je me sentais sur le point de perdre mon sang-froid alors je tranchai :

– Je me casse !

– Attends ! s'écria Ashton.

– Michael, ne va pas faire quelque chose que tu vas regretter ! me tança Robyn.

Je jetai le verre vide par terre, claquai la porte, puis quittai la maison d'un pas furieux en ignorant ceux de mon demi-frère dans mon dos.

Je grimpai ensuite sur la moto sans le laisser en placer une et repartis en sens inverse. J'avais besoin de canaliser toute cette adrénaline. Et malgré les avertissements de Robyn et mon oncle, je savais où aller.

Je roulais à une grande vitesse, en sentant le vent frais automnal s'infiltrer partout sous ma veste et dans mes cheveux. Le cœur battant comme un tambour, je dus piler à la dernière seconde, devant une jeune idiote en pyjama qui était sortie en courant de l'une de ces grosses baraques et avait déboulé comme une furie au milieu de la rue.

– Tu te fous de ma gueule, là ? aboyai-je depuis ma bécane.

*J'aurais pu la tuer, quand même !*

L'idiote était restée figée, en réalisant, elle aussi, que je l'avais manquée de peu. Puis petit à petit, elle leva la tête, et lorsque je découvris son visage maculé de trace de larmes, j'en restai bouche bée, tandis qu'elle s'étranglait.

— Toi ? Donc le ciel s'acharne contre moi, ce soir ? pesta-t-elle en levant les yeux vers les étoiles. Bien ! Tu veux toujours me tuer, Michael ? Vas-y, roule sur moi. J'en ai marre de vivre de toute façon.

Sa voix s'était émoussée à la dernière phrase, et quelques secondes après avoir courageusement serré des lèvres, elle craqua et fondit en larmes.

Je n'aurais jamais imaginé qu'elle cachait ses vrais traits depuis tout ce temps ! Elle semblait tellement plus jeune démaquillée. Son petit air arrogant qui m'amusait tant n'était plus. Se tenait désormais devant moi une fille qui était à bout.

— Vas-y ! Tue-moi, comme tu l'as promis, sanglota-t-elle.

Même si j'avais une dent contre elle, je ne pouvais plus faire mon aveugle devant son regard désespéré. Pas après ce qui s'était passé. Pas après Sky.

— Allez, grimpe ! m'entendis-je prononcer.

# Chapitre 17.
# Sexy biker

*Point de vue de Megan*

– Allez, grimpe !

Je scrutai les alentours en essayant de deviner la blague.

– Quoi ? fis-je, aussi hébétée qu'incrédule.

Il crispa les mâchoires d'agacement. Et je dus admettre, qu'aussi étonnant, inattendu, incroyable, inimaginable qu'il paraissait, il m'avait bel et bien invitée à grimper sur sa moto.

– Tu veux mourir, non ? jeta-t-il. Je ne pourrai pas te tuer ici.

Je n'arrivais pas à déterminer si je devais rire ou fuir. Et je ne pouvais pas compter sur son expression impénétrable pour me rassurer.

– Tu es dans ton quartier, embraya-t-il en rabrouant ses cheveux. Il y a des témoins potentiels. Je vais pas croupir en taule pour toi.

– Wow ! acclamai-je mi-sarcastique, mi-nerveuse. Toi, tu sais rassurer une fille.

Une semaine plus tôt, j'aurais donné mon âme pour monter sur cette magnifique moto. Pourtant là, j'hésitais.

Je connaissais un peu mieux le personnage désormais et son côté instable me faisait peur. D'autant plus que j'avais une imagination des plus originales en matière de destins tragiques.

En quelques secondes, j'avais eu le temps de m'imaginer assassinée de plus de trente façons différentes.

Oui, pour quelqu'un qui demandait la mort, il y avait à peine quelques minutes, je n'étais pas très chaude pour un rendez-vous avec elle.

Michael s'impatienta devant mon indécision, et fit rugir son moteur.

Pour me rouler dessus en fin de compte, ou pour s'en aller parce que je l'avais saoulé ? Aucune idée.

– Attends ! m'écriai-je en reculant de quelques pas.

Toutefois, j'oubliai la question que j'avais en tête, et je pestai d'exaspération. Michael fit de nouveau vrombir son moteur et je soupirai :

– Eh puis, merde !

Une fille sensée serait tranquillement rentrée chez elle, pour essayer d'arranger les choses avec sa mère. D'ailleurs, celle-ci devait s'attendre à ce que je débarque d'un moment à l'autre, et commencerait à s'inquiéter si je tardais trop. Mais où avais-je mentionné que j'étais une fille sensée ?

*YOLO !*

Ma conscience me fit culpabiliser quelques secondes envers Helen, mais le rugissement de l'adrénaline lorsque je grimpai derrière Michael le couvrit.

Je trouverais bien quelque chose à raconter à ma mère ; même si ce n'était pas dans mes habitudes de sortir sans la prévenir, malgré nos rapports tendus.

Michael Cast m'avait invitée à monter sur sa moto. Personne ne pourrait jamais me voler ce moment.

Un sourire niais aux lèvres, je m'assis derrière lui avec un petit hoquet de surprise.

114

Je ne m'attendais pas à ce que ce fût aussi haut. De plus, le siège légèrement incliné vers l'avant, me faisait glisser contre lui. Or je ne savais pas s'il apprécierait le contact.

— Du coup, je te serre par la taille ? couinai-je avec la vision de mon cœur qui dansait la *Macarena* d'excitation.

— Tu fais comme tu veux, grogna-t-il.

Comme je voulais ?

*ALERTE ROUGE ! LE SUJET S'APPRÊTE À ENTRER EN CONTACT AVEC MICHAEL CAST. JE RÉPÈTE, ALERTE ROUGE ! SURCHAUFFAGE DU CERVEAU ! SURCHAUFFAGE DU CERVEAU !*

Je nouai délicatement mes bras sur sa taille, tous les sens en alerte. Il se tendit quelques secondes suite à mon geste, mais par chance, il ne fit aucun commentaire.

*J'avais.mes.mains.sur.la.taille.de.Michael.Cast.*

Même le fait d'être en pyjama et d'avoir été vue sans maquillage, le visage baigné de larmes, n'arrivait pas à prendre l'ascendant sur cette information.

J'étais l'héroïne d'une putain de romance de bad boy, le temps d'un instant. Je devais savourer ce moment.

En plus d'être belle, sa moto était vraiment puissante. J'accueillis avec le sourire la douce vibration, lorsque Michael fit ronfler le moteur encore une fois, avant d'effectuer un virage à cent quatre-vingts degrés, époustouflant.

— Tu ne hurles pas ? s'étonna-t-il, avec une pointe d'amusement, en posant un pied par terre.

— Non, m'empressai-je de répondre. Je n'aurai peur que quand tu perdras le contrôle du guidon… Là, tu l'as encore, donc… J'adore la moto. Je… je sais même en faire, radotai-je avant de me mordre fort la lèvre inférieure.

Je sonnais pathétique à mes propres oreilles. J'avais l'impression de me vendre à Michael, comme un produit : « Je sais aussi tirer. Quitte Anna. Sors avec moi, s'il te plaît. Je suis un bon investissement. »

Je savais faire un tas de trucs, parce que j'avais la chance d'avoir eu un père cool qui avait fait l'armée.

— Hum, commenta Michael avec intérêt.

Puis, tout à coup, il fila dans la nuit étoilée, et mon pouls s'affola de frayeur et de ravissement mêlés.

Je vivais un rêve éveillé… en pyjama.

Par chance, le tissu de ce dernier était assez épais. J'étais aussi heureuse d'avoir les cheveux attachés en une queue-de-cheval, car sinon, le vent aurait pu me faire regretter cette petite virée.

On roulait depuis un moment déjà et mes mains sur sa taille me brûlaient de les bouger.

Comme il était concentré par la route, je décidai de me coller un peu plus à lui en croisant les doigts pour qu'il ne remarque pas.

C'était mon *crush* depuis deux ans. Même si j'avais désormais la preuve que c'était un pur connard, je ne pouvais pas m'empêcher de fantasmer.

Je quittai le paysage à la fois urbain et vert de Portland des yeux, et fermai les paupières en collant mon visage contre le cuir de sa veste. J'étais pitoyable, mais je m'en foutais.

J'adorais son odeur. Il sentait le mec, la cigarette, le propre, et en même temps quelque chose de plus…

Je n'eus pas le temps d'approfondir cette pensée, car il pila sur le bas-côté d'une avenue industrielle en crachant :

— Tu fous quoi, là ?

Mon visage s'enflamma lorsque je réalisai qu'il m'avait surprise à le humer à plein nez. Je me sentais trop mal.

— On va où ? questionnai-je en me grattant le cou.

*Pourvu qu'il tombe dans le panneau ! Pitié.*

— Je ne sais pas, admit-il en scrutant notre environnement.

J'expirai de soulagement d'avoir réussi à détourner son attention. Mais je me crispai aussitôt en saisissant la teneur de son aveu. Comment ça, il ne savait pas où on allait ?

– Quoi ?

– Je ne sais pas, répéta-t-il.

– Mais…

– Tu me fous la paix, OK ? s'excita-t-il. J'essaie de réfléchir. Je n'avais pas prévu de te croiser. Là, je me demande ce que je vais faire de toi. Mais si tu continues d'être chiante, le choix ne va pas être bien difficile… puisqu'on n'est pas très loin d'un pont, conclut-il avec une drôle d'intonation.

– Tu menaces de me jeter d'un pont ? m'étranglai-je.

# Chapitre 18.
# Demonic biker

— Cette discussion est inutile, coupa-t-il avant une longue expiration excédée. J'arrive pas à rester en colère. Je parle à une voix dans mon dos. Tu veux faire quoi ?

J'aimerais tellement savoir à quoi m'attendre avec lui. Un moment, il me menaçait de me jeter d'un pont ; l'autre, il me demandait de décider pour notre… rencard ? Soirée ? D'ailleurs, comment en étions-nous arrivés là ?

La semaine dernière et le matin même, il m'avait promis la mort.

— Pourquoi tu m'as invitée ? hasardai-je avec circonspection.

Oui, j'étais contente d'être avec lui, mais je voulais saisir ses vraies motivations. Avait-il eu pitié de moi, parce qu'il m'avait vue pleurer ? Si oui, pourquoi ? Il devait me haïr, non ?

— Le pont me tente de plus en plus, tu sais, gronda-t-il.

Au fond, je m'attendais presque à cette réponse. L'enfoiré !

— OK, OK, le grand méchant loup, soupirai-je, vaincue. Alors…

— Tu veux aller où ? s'impatienta-t-il. Je regrette déjà de ne pas t'avoir roulé dessus.

— Je sais pas. Je sais pas, explosai-je. Et arrête de me mettre la pression, merde. Moi, non plus, je n'avais pas prévu de tomber sur toi.

Il observa un inquiétant silence, pendant lequel j'eus le temps d'imaginer les pires horreurs. Puis, subitement, sans un mot, il décampa avec telle brusquerie que j'en restai sonnée quelques secondes.

Je m'empressai cependant de me raccrocher à lui en gueulant :

– Michael, arrête, putain ! Que fais-tu ? J'ai peur.

Le paysage n'était plus qu'une succession d'images floues. Mon sang battait comme une percussion à mes oreilles. Dire que je craignais le pire était un euphémisme. Qui pouvait savoir ce que ce malade avait à l'esprit ?

Tout mon corps avait frissonné quand il m'avait menacée de me jeter dans le Willamette. J'avais toujours été méfiante avec l'eau, mais je n'étais devenue ablutophobe que lorsqu'en primaire une de mes amies m'avait poussée, pour rigoler, dans une piscine à sa fête d'anniversaire.

J'étais restée paralysée, incapable de bouger ou de crier, en sentant avec horreur mes poumons se vider de leur air seconde après seconde.

La suite restait jusqu'à présent un trou noir pour moi. Mais j'appris plus tard qu'on avait dû me réanimer après m'avoir sortie de l'eau.

Depuis, j'évitais même les baignoires.

Je le confiais rarement aux gens, car ma plus grande phobie, en plus de celle d'être noyée, était que quelqu'un utilise mes peurs contre moi.

Michael n'était pas au courant… à moins que Teddy… Oh mon Dieu ! J'étais terrorisée ! Je tremblais rien qu'à l'imaginer me lâcher dans cette étendue noire, en cette soirée.

J'étouffais déjà, et je me mis à pleurer dès que le pont fut dans mon champ de vision.

– Michael, non. Arrête, je t'en prie. Il ne faut pas jouer à ça.

On atteignit beaucoup trop vite la grande construction en béton et acier, uniquement ornée de deux garde-corps avec balustres. Jamais ceux-ci ne m'avaient paru aussi bas. Michael n'aurait qu'à m'y traîner de force, et à me balancer par-dessus bord.

Mon sang ne fit qu'un tour lorsque ce dernier accéléra, et je fermai les yeux en crispant mes mains sur sa taille.

– Je t'en supplie. Ne fais pas ça !

Ma voix n'était plus qu'un murmure chevrotant.

– Pourquoi t'as peur ? s'amusa-t-il en sillonnant entre les voitures. T'as un pyjama Nemo. Tes amis, les poissons doivent t'attendre impatiemment, Spark.

*Quel conna...* Non. Il était mille fois pire ! Comment pouvait-il plaisanter avec un sujet aussi sérieux ?

Une colère brûlante me parcourut de la tête aux pieds. Celle-ci me revigora quelque peu et je trouvai le courage de hurler en le cognant dans le dos :

– Arrête-toi, bordel de merde ! C'est pas drôle... T'es un putain de malade ! Arrête de te comporter comme une merde... Pitié, craquai-je à nouveau, à bout de forces. Michael, s'il te plaît.

Je me laissai aller contre lui et pleurai toutes les larmes de mon corps.


Si je portais tout le temps des pyjamas de poissons, c'était parce que Teddy avait voulu me consoler de ne pas pouvoir nager. Il m'appelait son poisson de l'air.

Et lorsque Everly était arrivée dans notre groupe, elle aussi s'y était mise. Tout comme Ted, elle m'avait offert pas mal de pyjamas relatifs à l'eau. Le Nemo était mon préféré.

Je n'arrivais pas à croire que mon ami d'enfance avait pu révéler ces choses à Michael !

Le démon en question pouffa lorsqu'on dépassa le pont, et un sanglot aussi soulagé que furieux franchit mes lèvres.

Je détestais Michael Cast. Ce mec était un sale sadique. Il pouvait brûler dans les flammes de l'enfer.

Le pire était passé ; il filait désormais à une vitesse raisonnable dans une rue commerciale, mais c'était comme si mes larmes ne pouvaient plus se tarir.

J'aurais dû rester chez moi. C'était la dernière fois que je montais sur sa stupide moto. Ma phobie n'était pas un jeu et ma réaction n'était pas excessive. L'éventualité d'une noyade ne faisait jamais rire personne.

Personne, sauf ce monstre.

Quiconque tenait un tantinet à moi ne m'aurait pas effrayée de la sorte. Je l'imaginais mal agir de cette manière avec Anna, ou même avec Stacy… Mais qu'est-ce que j'avais espéré en fin de compte ? Qu'il m'eût fait monter sur sa bécane par bonté d'âme ? Il me faisait juste payer pour avoir empiré sa journée de deuil.

Je n'étais même plus désolée pour ça, d'ailleurs.

J'avais envie de lui tordre le cou… ou de couper ses cheveux aussi noirs que son âme… N'importe quoi, mais je voulais lui faire mal.


Je n'étais toujours pas remise de ma frayeur. Et je tremblais encore lorsqu'il me fit descendre devant une petite supérette sur Hawthorne Boulevard – c'était écrit sur une pancarte.

– On arrive bientôt à notre *destination finale*, lâcha-t-il en se tournant vers moi avec un sourire goguenard. Je te prends quoi ? Un peu d'eau ? Des sushis ? Des…

Il ne put terminer sa blague débile, car j'avais fermé sa gueule avec la gifle la plus violente que j'avais eu à infliger de ma vie.

Je savais bien qu'il allait me le faire regretter. Ma paume me brûlait, ma respiration était sifflante, mais pendant un instant, un sentiment de satisfaction m'avait envahi en voyant son visage rougir sous la force de mon coup…

Ce même visage qui durcit comme de la pierre quelques secondes plus tard, lorsque son propriétaire planta son regard foudroyant dans le mien.

Laissez-moi deviner… Il allait me tuer ?

# Chapitre 19.
# Partie remise

Je ne regrettais pas le moins du monde ma seconde de bravoure. Toutefois, je redoutais désormais de me faire écrabouiller.

Le noir des yeux de Michael s'était fait minuscule et ses narines piercées frémissaient de fureur. J'avais l'impression qu'il pouvait me saisir à la gorge d'une minute à l'autre.

Le cœur tambourinant, je me forçai à regarder par-dessus ses larges épaules en direction du trottoir d'en face. Mon mode de survie à son paroxysme, je composai ma meilleure expression incrédule en pointant :

– Anna ! Mais qu'est-ce…

Comme je l'espérais, malgré sa fureur, il jeta un œil derrière lui et j'en profitai pour détaler comme une furie.

– Petite conne ! l'entendis-je gronder en réalisant que je l'avais eu.

Je filais à toute vitesse, sans un regard en arrière. Je ne savais pas où j'allais, mais tant que c'était loin de ce démon, c'était déjà ça.

Je pestai d'avoir abandonné mes joggings hebdomadaires, lorsque moins de trois minutes plus tard, mes poumons s'embrasèrent.

Je transpirais déjà comme jamais et mes jambes me suppliaient de prendre une pause. Pourtant, je n'avais pas l'intention de m'arrêter de sitôt.

Les petites épiceries caractéristiques du quartier se succédaient à mesure que je m'éloignais. Je bousculais des gens qui m'insultèrent sur mon passage. Je courais à en perdre haleine, en priant d'échapper à ce démon de Michael, car je commençais à ne plus avoir de forces.

Mon sifflement dominait tout mon champ auditif. Je ne savais pas s'il me suivait encore. Or je n'avais pas le cœur à me retourner pour m'en assurer.

J'espérais seulement que lui non plus ne fût pas sportif. Il était plutôt svelte... mais dans le genre sexy comme Andy Black. Et pourquoi diable, je pensais à cela, à un moment pareil ? Ça n'avait rien à faire dans ma tête. Par contre, il m'était impossible d'oublier qu'il avait de longues jambes, et qu'il pouvait à tout moment...

Mon sang ne fit qu'un tour et je hurlai lorsque quelqu'un m'empoigna en nouant ses bras sur mon abdomen. Mon ravisseur me souleva de terre et je me débattis en envoyant en vain des coups dans tous les sens, comme une forcenée.

J'étais fichue.

Michael me conduisit devant la verrière d'une petite supérette. Il me déposa au sol, me retourna, et me saisit sans ménagement par les épaules avant que j'aie le temps de me sauver à nouveau.

— Tu croyais fuir où comme ça, idiote ?

Son expression meurtrière me donnait froid dans le dos.

J'avais toujours pensé que ce serait excitant de vivre ce genre de situation, mais je m'étais trompée. J'avais peur de Michael... Vraiment peur. Tout ce que je voulais à ce moment-là, c'était rentrer chez moi et ne plus jamais ressortir.

Je tremblais et sentais déjà les larmes s'assembler au coin de mes yeux, lorsqu'une voix s'éleva à ma droite :

— Les jeunes !

Un vieil officier de police avec un gobelet en carton nous dévisageait, la mine dubitative, comme s'il analysait si ça valait le coup d'intervenir dans une querelle d'adolescents.

C'était bien ma veine d'être secourue par un policier blasé ! Mais le bon côté était qu'au moins, Michael ne tenterait jamais rien devant lui.

Enfin, je l'espérais.

– Tout va bien ? s'informa l'agent, avant d'aspirer les dernières gouttes de son gobelet avec sa paille.

Ce bruit avait toujours le mérite de m'irriter au plus haut point. D'ailleurs, tout de suite après, j'oubliai ma frayeur et dégageai les sales pattes de Michael sur moi.

Pendant un instant, l'envie de le dénoncer à l'officier me traversa, mais ce connard me devança en répondant avec un sourire aussi faux que les seins de Kylie Jenner :

– Oui, on va carrément bien. Moi et mon... amie, on était sortis lui acheter un truc. On n'arrivait juste pas trop à s'entendre sur son choix.

Je dévisageai mon compagnon avec un haussement de sourcil intrigué. Même moi, j'aurais pu faire mieux !

En tout cas, n'importe quel autre officier aurait insisté davantage. *Flegmaflic*, lui par contre se contenta de me demander ma version à moi, en bâillant.

Le message était clair. Il avait envie de rentrer chez lui. Je devais confirmer les propos de Michael, et ne pas faire chier le monde.

*Quel patriotisme ! Et quel dévouement pour protéger et servir !*

Le vieux policier s'impatientait. Moi, je n'osais pas quêter la réaction de Michael, car j'avais peur que celle-ci ne m'influence d'une façon ou d'une autre.

Néanmoins, je n'avais pas l'intention d'avouer ce qui s'était passé. Je n'en avais pas le cœur, malgré ce qu'il m'avait fait. J'espérais qu'il prendrait cela en considération.

Le public dans ma tête me hua en me jetant des chaussettes sales, mais je décidai quand même, d'une voix ferme :

– Oui, il dit vrai. On était juste sorti s'acheter un truc... Vous faites du beau boulot, ne pus-je cependant pas m'empêcher d'envoyer.

J'ajoutai ensuite en confrontant le regard désormais inexpressif de Michael pour qu'il perçoive bien la menace :

– Mais s'il y a le moindre problème, on vous appellera tout de suite.

L'officier hocha la tête et repartit d'un air soulagé.

*Vive l'Amérique !*

– C'est pas fini, grinça Michael près de mon oreille, avant de tourner les talons à son tour.

Je fermai les yeux et respirai enfin, en me laissant aller contre la vitre.

Il était parti !

Maintenant qu'allais-je faire ? Je ne voyais pas l'ombre d'un taxi. Et je n'avais pas de téléphone sur moi.

Je restai un bon moment devant la supérette, les yeux dans le vague, en me repassant cette… incroyable soirée dans ma tête. À chaque fois, je parvenais toujours à la même conclusion : ce mec n'était pas pour moi.

Oui, il serait toujours beau avec son teint diaphane et ses cheveux noirs qui lui conféraient des allures surnaturelles, mais je n'étais pas prête à supporter ce que ça impliquerait de l'avoir dans ma vie.

Je finis par me bouger pour prier une passante de me prêter son téléphone. Cependant, avant que je ne termine de composer le numéro d'Helen, le rugissement d'une moto se fit entendre devant moi et son propriétaire commanda à la jeune femme de déguerpir.

Celle-ci jaugea Michael d'un air troublé, avant de se tourner vers moi et de m'adresser un sourire contrit en récupérant son portable.

– OK, soupirai-je en levant les bras. Comment je vais rentrer chez moi, maintenant ?

Il me toisa de la tête aux pieds quelques secondes, puis jeta d'un air blasé, sans relever ma remarque :

– Ne me dis pas que tu t'attends à ce que je te fasse monter moi-même, Spark ?

126

Il parlait mal. Il était sadique. Il avait promis de me tuer… Mais j'avais dit quoi déjà à propos des filles sensées ?

Eh ben, que je n'en étais pas une.

Pour preuve, je grimpai à nouveau derrière le diable et nouai mes bras sur sa taille.

# Chapitre 20.
## Presque héros

Après un petit quartier mixé d'anciennes et de récentes maisons, Michael se gara dans une rue déserte, à moins d'un quart d'heure de la supérette.

Il attrapa ensuite un sac en papier que je n'avais pas remarqué jusque-là sur sa moto, avant de partir à grands pas, sans un regard dans ma direction.

Je ne m'attendais pas à ce qu'il me tienne la main, mais quand même !

Je dus presque courir pour rester à sa hauteur. Cinq minutes plus tard, on termina devant un portail grillagé qu'il se mit à escalader, en détente, comme s'il faisait ça tous les jours.

Je me demandais s'il avait oublié que je l'accompagnais.

Ce ne fut que lorsqu'il retomba de l'autre côté, dans une sorte de cour boisée, illuminée par des lampadaires placés dans un ordre précis, qu'il daigna me couler un regard intrigué.

– Qu'attends-tu ?

– Pardon ? m'offusquai-je. C'est toi qui as décidé tout seul que je pouvais grimper ou quoi ?

Je lui avais presque hurlé dessus. Il scruta les alentours avec inquiétude, comme si j'avais besoin d'une preuve supplémentaire que ce qu'il avait fait était illégal !

– Magne-toi ! commanda-t-il d'un ton pressant sans relever ma protestation.

Je détestais ce mec. Et je détestais encore plus l'influence qu'il avait sur moi.

Je savais que protester davantage serait vain. Alors je soupirai en enlevant mes pantoufles et les balançai de l'autre côté. Après une profonde respiration pour dissiper mon appréhension, je débutai mon ascension en pensant avec sarcasme que mes parents seraient trop fiers de me voir.

Comme toujours, rien n'était jamais aussi simple que dans les films. Faire supporter tout son poids à ses orteils et ses doigts n'était pas une partie de plaisir.

J'arrivai cependant assez vite en haut du portail, avant de l'enjamber… Et puis, je restai bloquée là, un pied de chaque côté de la grille, le cœur battant à tout rompre, les mains tremblantes.

La panique m'envahit aussitôt, car je ne savais plus quoi faire. Je n'osais même pas respirer fort, de peur de me déséquilibrer et m'écraser au sol.

Il était hors de question que je bouge pour redescendre de l'autre côté, ou que je me laisse tomber à l'intérieur, comme Michael l'avait fait.

– Je ne sais pas quoi faire, admis-je d'une voix chevrotante, les paumes moites de transpiration.

Mon compagnon ne pipa mot, et se contenta de coincer une mèche derrière ses oreilles d'un geste las.

Je détestais Michael Cast de tout mon cœur.

Il n'avait pas le droit de me faire ça ! Ce n'était pas… bien. Je me sentais si seule et démunie !

Mes yeux s'embuèrent et je martelai avec une fureur et une détresse mêlées :

– Michael, je ne sais pas quoi faire !

Il réagit enfin et roula des yeux, avant de lâcher :

– Laisse-toi tomber. Je t'attraperai.

À mes oreilles, ça sonnait plutôt comme : « *Laisse-toi tomber, je t'enterrerai.* »

Michael était la dernière personne sur Terre à qui je voulais confier ma vie. Et je crois que mon expression foudroyante était assez parlante, car je n'eus pas besoin de prononcer quoi que ce soit, pour qu'il comprenne que je n'allais jamais sauter.

Il se rapprocha de la grille, impatient :

– Dépêche-toi ! La sécurité peut arriver d'une minute à l'autre.

Je pleurai en silence tout en me maudissant d'avoir été aussi conne. J'imaginais que ça le laisserait de marbre si je me cassais une jambe, ou même le cou.

Plus rien de sordide ne m'étonnerait de sa part, désormais.

– Spark ! me tança-t-il d'un ton pressant, ses flammes bleues plus intenses que jamais. J'ai toujours été honnête quand je voulais te faire du mal, non ? Saute ! Je te rattraperai, promit-il en détachant chaque syllabe.

*J'ai toujours été honnête quand je voulais te faire du mal, non ?* Je n'arrivais pas à croire que la phrase la plus rassurante qu'il eût prononcée jusque-là fût aussi tordue.

Cependant, il avait raison. Il ne cachait jamais ses intentions maléfiques. Je devais au moins reconnaître qu'il assumait à cent pour cent sa personnalité démoniaque.

L'élancement dans mes jambes me fit réaliser qu'il m'était impossible de passer la nuit sur cette grille. Alors, je ravalai mon orgueil et fis taire la partie rationnelle de mon cerveau qui me suppliait de ne pas sauter.

Je pris une grande inspiration – peut-être ma dernière –, fermai les yeux et me jetai dans le vide.

La chute dura une microseconde de terreur. J'émis un couinement peu élégant en atterrissant sur quelque chose de dur, qui par chance n'était pas le sol.

Il ne m'avait pas laissée tomber !

Je n'arrivais pas y croire.

Peut-être qu'en fait, j'étais morte et cette odeur virile de menthe, d'eau de Cologne, et de ce petit truc en plus que je n'arrivais toujours pas à déterminer, était la senteur du paradis.

Je finis par prendre mon courage à deux mains et rouvris les paupières, pour surprendre le front plissé et les billes bleues de mon sauveur qui analysaient chaque centimètre carré de mon visage.

Ses iris avaient quelque chose d'hypnotisant, d'inénarrable. Et je fus plus que fascinée de découvrir qu'ils étaient depuis tout ce temps cerclés d'une fine ligne d'un bleu plus foncé.

Plus surprenant encore, à ce moment-là, ces derniers n'étaient animés ni par leur colère, ou indifférence habituelles. Non, c'était quelque chose de plus complexe, qui se disputait entre le trouble et l'étonnement.

Serait-il lui-même surpris de ne pas m'avoir laissée m'écraser ? Je crois que ça en disait long sur le personnage.

Son regard déstabilisant provoqua un frisson tout le long de ma colonne vertébrale. Je ne comprenais plus ce qui se passait.

S'il ne s'agissait pas de Michael, j'aurais presque pu croire qu'il me trouvait… intéressante. Il ne me déposa toujours pas lorsque mes joues se colorèrent de gêne devant l'intensité de ses flammes bleues.

Quelque part au fond de moi, j'étais contente d'avoir toute son attention. Mais bien que j'aimasse la sensation réconfortante d'être dans ses bras, j'étais de plus en plus mal à l'aise à mesure que les secondes s'égrenaient.

Je décidai alors de briser le silence en miaulant un merci, car je ne savais pas quoi dire d'autre.

Suite à cela, il cligna plusieurs fois des yeux, comme s'il sortait enfin d'une transe. Puis sans surprise, il me largua avec autant de délicatesse qu'un sac-poubelle.

*Non mais quel bougre !*

Le temps que je me relève pour lui balancer quelques sobriquets à la terminaison en « ard », il était déjà loin, son sac en papier dans une main.

Je les libérai quand même dans ma barbe et enfilai mes pantoufles pour lui emboîter le pas, car je n'avais pas trop d'autres choix.

Avais-je déjà mentionné que je détestais Michael Cast ?

# Chapitre 21.
# Presque rencard

Le terrain en pente dans lequel on circulait était très boisé. Il m'était difficile de m'y repérer, car il y avait pas mal de ces grands espaces verts à Portland, qui d'ailleurs était l'une des villes les plus écologistes des États-Unis.

Mais quelques pas plus tard, je plissai des yeux devant la pancarte « *Mount Tabor Park* » qui indiquait un court de tennis et un espace de concert.

J'étais déjà venue ici quand j'étais plus jeune. J'en étais certaine. Par contre, à l'époque j'avais bien entendu respecté les horaires d'ouverture.

C'était un endroit magnifique construit autour d'un volcan pittoresque éteint depuis pas mal d'années. Et si je ne me trompais pas, c'était là que se situaient les fameux réservoirs qui alimentaient la ville.

Michael s'arrêta sur une butte recouverte de gazon, bordée d'arbres géants. Je l'y rejoignis, et abandonnai mes derniers remords pour avoir commis une infraction.

Une vue pareille valait largement le coup. De plus, tout ici était si paisible, si reposant…

Mon compagnon se laissa tomber sur l'herbe et je l'imitai, en gardant une distance respectable par contre, car je le détestais toujours.

Il replia ses longues jambes et posa ses coudes sur ses genoux écartés avec sa nonchalance caractéristique. Il scruta ensuite le panorama d'un air absorbé, avant de ranger la mèche qu'une légère brise avait fait tomber sur ses yeux.

Mon visage s'enflamma lorsqu'il me surprit en train de le reluquer.

– C'est beau ici ! m'exclamai-je avec trop d'entrain.

Ma pitoyable diversion sembla quand même fonctionner, car son regard se fit lointain.

– C'est le premier endroit à m'être venu à l'esprit. Tu ne penses quand même pas que j'allais me creuser la tête pour toi ?

J'ignorai la pique et poursuivis avec légèreté :

– Je suis déjà venue ici, mais jamais dans ce secteur-là. Et encore moins la nuit. Je ne savais pas qu'il y avait l'un des réservoirs avec vue sur la ville.

Le bassin en question, en bas de la petite pente ressemblait à un lac de taille moyenne. Les lampadaires qui l'entouraient et se réfléchissaient dans l'eau conféraient au lieu une allure romanesque.

Et puis, plus loin, la vue panoramique sur Portland brillant de mille feux dans la nuit achevait de rendre ce paysage purement spectaculaire.

Je me demandais combien de filles Michael avait dû ramener ici.

Ce dernier venait d'attraper le sac qu'il avait apporté, avant d'en extirper une bouteille de *Jack Daniels*.

– Génial, grimaçai-je.

Il plissa des yeux.

– Pardon ?

– Non. Rien.

L'alcool m'évoquait de très mauvais souvenirs. En vrai, je n'avais jamais consommé que du champagne. Mais vu mes mésaventures avec la boisson pétillante, je trouvais plus sage de ne pas approcher ses semblables plus costauds.

– Tu étais triste, non ? envoya Michael. Tous les gens boivent quand ils sont tristes.

– Moi pas, me rebiffai-je.

Il me scruta pendant plusieurs secondes, puis descendit un grand coup au goulot.

– OK.

Je ramenai mes jambes contre mon buste en me demandant comment j'en étais arrivée à être seule avec Michael Cast, dans un lieu désert, à une heure avancée de la nuit… C'était à la fois excitant et angoissant !

Je m'efforçais de brider la *fangirl* en moi, mais je la sentais gagner du terrain sur mon côté raisonnable.

Toutefois, *fangirl* l'emporta haut la main, après ce qui se passa ensuite.

Michael me tendit le sac en papier qu'il avait apporté, et j'y découvris des pommes. J'adorais les pommes.

Je miaulai un merci, tandis qu'il détournait les yeux, mal à l'aise.

C'était le truc le plus mignon que j'avais vu depuis des lustres. Il me fallut vraiment beaucoup de volonté pour ne pas me mettre à sautiller partout.

Il avait connaissance de mon amour pour les pommes ! Peut-être qu'il m'observait depuis toujours, lui aussi. Peut-être qu'il m…

Très vite, ma conscience me refroidit en me signalant que s'il savait, c'était à coup sûr grâce à Teddy.

D'ailleurs, je ne saisissais toujours pas pourquoi mon meilleur ami avait balancé toutes ces choses sur moi. Michael était intimidant, mais Ted était plus costaud que lui, même si lui, n'était pas bagarreur…

Je sentais qu'il y avait autre chose dans l'histoire. Et je me promis de le découvrir bientôt.

– Tu vas mieux ? me surprit Michael.

Quoi ? Il s'inquiétait pour moi désormais ?

– Tu m'as tellement pris la tête. J'ai oublié que j'avais mal, ris-je.

Et c'était vrai.


Je m'étais disputée avec ma mère, car j'avais explosé et vomi ce que j'avais sur le cœur à propos de son énième nouveau *date*.

Je savais qu'elle avait le droit de refaire sa vie. Ce qui m'énervait, c'était que moi, je n'arrivais même pas à parler de papa sans pleurer. Elle, elle voyait un nouveau mec toutes les deux semaines.

C'était insultant et injuste envers la mémoire de mon père. C'était comme si elle avait déjà fait une grosse croix sur lui, alors que ça ne faisait que deux ans qu'il était parti.

Elle n'avait bien entendu pas apprécié mon éclat. Et on avait passé une bonne demi-heure à se hurler dessus, avant qu'elle ne me crachât que j'étais une égocentrique, ingrate, insensée, qui ne savait rien à la vie…

Les mêmes conneries que d'habitude, sauf que cette fois-ci, quelque chose en moi avait cédé.

Mon père me manquait beaucoup trop.

– Je suppose que je dois te remercier, murmurai-je avec un sourire timide.

Ce mec pouvait être tellement surprenant !

– Pourquoi tu m'as invitée à venir avec toi ce soir ? m'intriguai-je une seconde fois. Je veux dire, tu ne m'as pas tuée… Non pas que je veuille mourir, m'empêtrai-je. Enfin…

J'avais couiné le dernier mot, car il me toisait désormais sans ménagement.

OK, je regrettais déjà ma question.

Je rentrai mes épaules et mordis dans l'une de mes pommes pour me donner contenance.

Il finit par tourner la tête et reprendre ses longues gorgées.

J'enlaçai mes jambes d'une main et décidai de m'emplir de préférence du calme du lieu au lieu d'essayer d'avoir une discussion avec Michael.

Je ne le comprenais pas, et de toute évidence, il valait mieux abandonner toute tentative.

Cependant, au moment où j'avais renoncé à tout espoir de réponse, sa voix traînante, légèrement éraillée, s'éleva pour faire suite à ma question de tout à l'heure :

– Je ne sais pas pourquoi je t'ai invitée... Peut-être parce que t'as une meilleure gueule sans ton horrible frange.

Je tâtonnai ma queue-de-cheval suite à son commentaire.

Il rapprocha son visage du mien en insistant d'un air grave :

– Je déteste les franges.

Quoi ? Mais Anna en avait une, non ? J'avais fait cette coupe exprès pour lui plaire. Mais qu'est-ce... J'étais larguée. C'était quoi ce mec ?

Ma perplexité l'amusa, car il sourit en haussant son sourcil piercé, provocateur.

– T'as quelque chose à dire, Spark ?

# Chapitre 22.
# Presque intimes

Oui. J'avais des tas de choses à dire. Pourtant, pour une fois, je la jouai silence mystérieux comme lui et croquai dans ma pomme.

Je n'allais pas paraître plus pathétique en lui demandant de m'expliquer pourquoi il sortait avec une fille à frange, s'il détestait celles-ci.

C'était une chose qu'il pense me plaire et une autre de l'admettre moi-même. De toute façon, penser à Anna m'avait refroidie, même si j'avais le pressentiment que quelque chose clochait dans leur relation.

– C'est ce que tu as dit, finit par avouer Michael, après une énième lampée.

Je me redressai et l'interrogeai du regard.

Il semblait hésitant, mais il développa quand même :

– C'est ce que tu as dit quand j'ai failli te rouler dessus tout à l'heure. Je ne t'aime pas, mais la dernière fois que j'ai ignoré un regard pareil, quelqu'un a…

Je me doutais bien de ses sentiments à mon égard, mais l'entendre dire faisait quand même mal. Toutefois, mon empathie l'emporta sur la douleur causée par sa brutale honnêteté.

De plus, je venais d'apprendre qu'il pouvait éprouver de la pitié ; c'était déjà ça.

Il n'avait pas achevé sa phrase et avait porté sa bouteille à la bouche, mais j'avais compris que ça avait rapport avec sa sœur.

– Courage, soufflai-je. Je suis désolée.

Je ne savais pas trop quoi dire d'autre, mais je compatissais de tout cœur. On racontait que sa jumelle s'était suicidée. On racontait beaucoup d'autres choses encore, mais je n'y avais jamais cru. C'était déjà dur de perdre mon père. Je n'imaginais même pas ce que j'aurais ressenti s'il avait lui-même mis fin à ses jours, alors que j'étais là.

Je préférais ne pas y penser.

– C'est moi qui regrette, formula Michael, les yeux dans le vague, d'une voix si basse que j'aurais presque pu croire l'avoir imaginée.

La culpabilité et l'amertume flottaient autour de nous, dans chaque molécule d'oxygène. Je détestais ce genre d'ambiance.

S'il s'était agi de Ted ou d'Everly, je les aurais pris dans mes bras, ou j'aurais fait quelque chose de stupide jusqu'à ce qu'ils pouffent…

Mais c'était Michael. L'une des personnes les plus imprévisibles sur Terre. Je n'oserais jamais.


Toutefois, sa tristesse me pesait. Alors, dans un élan de bravoure, je lui proposai ma deuxième pomme, à peine entamée.

Il me dévisagea moi et ma main tendue d'une expression indéchiffrable, qui me mit grave mal à l'aise.

Qu'est-ce que j'avais fait de mal ? Il n'aimait pas les pommes ? Je décidai de baisser mon bras, en ravalant ma déception. Cependant, il me surprit à la dernière minute en acceptant le fruit.

Suite à cela, je baissai la tête pour qu'il ne remarquât pas mon sourire triomphant. Je ne savais pas pourquoi, mais son agrément me touchait.

Sauf que je ne m'attendais pas à ce qu'il me tende à son tour sa bouteille, avec un rictus provocateur.

Cette dernière réveilla mes souvenirs du bal de promo de l'année dernière et je frissonnai. C'était la dernière fois où j'avais touché à l'alcool, et j'aurais apprécié qu'il en demeurât ainsi.

Toutefois je ne voulais pas plomber l'ambiance et retrouver cette atmosphère d'enterrement de tout à l'heure. J'attrapai donc la boisson en me promettant de ne prendre qu'une gorgée.

Je portai ensuite la bouteille à ma bouche, en me composant une expression sereine, sans lâcher le regard de mon compagnon qui brillait d'un amusement pervers.

Pour être honnête, j'avais accepté pour une toute autre raison que celle de l'impressionner. J'avais juste été tentée par l'idée de ma bouche entrant en contact avec la sienne, même de façon indirecte.

Sans faire exprès, je fermai les yeux lorsque mes lèvres touchèrent le goulot et je jouis.

Bon, je déconnais. Mais à mon avis, c'était ce qui s'apprêtait à se passer si Michael n'avait pas tout gâché en s'amusant :

– Oui, Spark. Récupère chaque millilitre de ma salive. Ça te fait quoi de ne pas pouvoir t'abreuver à la source ?

*Ça faisait mal, merde !*

J'abaissai la bouteille pour le rabrouer du regard, mais il partit dans un énorme fou rire, comme je ne lui en avais jamais connu.

*Ne te laisse pas attendrir !* me tançai-je en me pinçant la cuisse.

Mais c'était déjà trop tard. Être en présence de ce mec m'abrutissait comme jamais.

Ma colère était retombée. Mais je savais que ce n'était qu'une question de temps avant que ce connard ne me provoque à nouveau.

– J'ai remarqué comment tu me dévores des yeux quand tu penses que je ne te vois pas, se moqua-t-il. Avoue que t'as envie de moi. Et peut-être, je verrai ce que je peux faire pour toi.

Je le toisai d'un air dégoûté. Il ajouta en roulant des yeux :

– J'ai la dent dure, Spark... Ça ne réglera pas les choses entre nous, mais je sais faire des compromis, susurra-t-il. Par contre, si tu préfères te masturber tous les soirs en pensant à moi, c'est toi qui vois.

*Comment... Je... mais... je ne me masturb... Enfin, pas tous les jours. Et pas toujours en pensant à lui. Enfin... Bref...*

Mes joues en feu et mon indifférence peu crédible me trahirent. Et pour la deuxième fois de la soirée, il éclata de rire.

Ses yeux bleu électrique réveillaient quelque chose de sauvage en moi.

– Avoue, souffla-t-il avec un rictus de guingois. Ça risque d'être intéressant, nous deux au pieu. Tu m'as l'air assez vicieuse.

J'eus du mal à avaler ma salive.

– Va te faire foutre, articulai-je d'une voix à peine audible.


Dans mes rêveries, j'avais toujours imaginé que si un jour, on abordait ces sujets, ce serait avec amour et tendresse. Et là, j'étais aussi troublée que furieuse, car mon ego refusait d'accepter que des paroles aussi crues pouvaient avoir autant d'effets sur moi.

Pourtant, comment expliquer l'assèchement de ma bouche et l'emballement de mon cœur ?

Je me pinçai discrètement la cuisse pour garder les idées en place, mais c'était en vain. Michael était déstabilisant. Le pire, c'était qu'il le savait.

– L'offre n'est valable que pour ce soir, conclut-il d'un ton lourd de sous-entendus.

Il ne pensait quand même pas que j'allais dire oui !

# Chapitre 23.
## Le mot magique

Les émotions contradictoires qui m'habitaient me rendaient folle.

Michael n'avait pas le droit de me parler sur ce ton ! Mais ce ton m'excitait. Je ne voulais pas être juste un nom sur sa liste. Mais quelque chose m'y poussait.

Il se rapprochait, son regard de feu guettant chacune de mes réactions.

Je déglutis avec difficulté et clignai plusieurs fois des yeux, lorsqu'il fut assez près pour que je sente son souffle chaud sur mon visage. Allait-il… Oh mon Dieu !

Le noir de ses pupilles gagnait du terrain sur le bleu… Malgré ma maigre expérience dans le domaine, je savais reconnaître les signes de désir chez un mec.

Mais ne venait-il pas d'admettre qu'il ne me portait pas dans son cœur ? Je crois que ça en révélait long sur le sexe masculin.

– Dis oui ! susurra-t-il d'une voix rauque qui envoya des décharges dans tout mon corps.

Je voulais lui balancer un non sonore, mais ma gorge refusait de m'obéir… Et tout mon corps s'y mit aussi lorsque Michael effleura ma bouche de la sienne.

– Dis le mot magique, Spark ! répéta-t-il dans un murmure illégalement sexy.

Même en y mettant toute ma concentration, je ne réussis pas à cacher l'emballement de ma respiration.

Je serrai fort mes cuisses contre la bouteille, en sentant de la lave liquide envahir mon bas-ventre. Il venait de frôler mon cou de ses lèvres tièdes, avant de les glisser jusqu'à mon lobe.

Je perdais la tête.

J'imaginais qu'il devait être très expérimenté pour me rendre folle avec si peu d'efforts. Je serrai encore plus fort mes jambes pour me remettre les idées en place, mais merde, merde et merde, je n'arrivais pas à chasser mes pensées lubriques.

Je n'allais quand même pas dire oui ?


Michael ne cessait de frotter son visage contre le mien, comme pour me pousser à bout.

– Je veux t'entendre dire oui, rechargea-t-il en taquinant ma lèvre du bout de sa langue.

Je me demandais ce qui devait se lire sur mon visage à ce moment-là, parce qu'à l'intérieur, c'était le bordel.

Toutefois, je demeurais aussi raide qu'un piquet, de peur que le moindre geste de ma part ne fît basculer les choses.

Mais pourquoi diable tenait-il autant à ce fichu oui ? Il ne voulait pas mon consentement par écrit aussi, par hasard ?

J'étais stressée, frustrée, en colère… mais contre qui ? Lui, pour ne pas tout simplement sauter le pas ? Ou alors contre mon corps, ce traître qui mourait d'envie qu'il le fasse ?


Je n'avais pas le courage de répondre à cette question, en considérant ce qu'il m'avait fait subir quelques minutes plus tôt.

Je tressaillis de la tête aux pieds lorsqu'il glissa à mon oreille :

– Je sais que t'en as envie.

Et s'il avait tort ? Enfin, vu la réaction de mon corps, c'était clair que celui-ci en avait envie, mais et moi dans tout cela ?

Serais-je vraiment prête à me laisser aller avec quelqu'un qui m'avait menacée de mort ?

Ce match entre mon ego et mes hormones me tournait la tête. Mais je dus quand même faire un choix.

– Non, annonçai-je après avoir puisé dans toute ma volonté.

Je fermai les yeux et me mordis la lèvre inférieure pour tenter de ravaler la déception qui accompagnait cette décision.

Ce simple mot m'avait écorché la bouche, mais au fond de moi, j'étais fière d'avoir pu résister, malgré l'état bordélique de mes sens.

Lorsque je trouvai enfin la force de rouvrir les paupières, Michael me scrutait, le front plissé, une lueur étrange au fond du regard, que je n'arrivais pas à décrypter.


Quelques secondes plus tard, il s'éloigna et jeta un « *OK* » blasé, avant de croquer dans ma pomme.

Je ne m'attendais pas à ce qu'il pleure, mais OK ? Aussi simple que ça ? OK, il ne ratait pas grand-chose ? J'étais dégoûtée.

Je n'imaginais même pas avec quel dédain il traitait les filles qui squattaient son lit. C'était d'ailleurs l'éventualité d'une telle situation qui avait influencé mon choix, et sincèrement, je ne le regrettais pas.

– Ça aurait pu être cool, estima-t-il la bouche pleine.

– Je m'en fous ! explosai-je. Il y a plus important que le cul dans la vie, tu sais ?

– Ah bon. Quoi ? railla-t-il.

C'était fou comme mes sentiments empruntaient un parcours de montagnes russes en sa présence. Un moment je l'appréciais et un autre je le méprisais de toutes mes forces.

– Tu déconnes, pas vrai ? m'insurgeai-je. Il y a des trucs beaucoup plus importants comme… aimer… partager… Ou voir sourire la personne qu'on aime. Tu devrais le savoir. Vous passez quand même pas votre temps à faire que… ça, toi et ta meuf ?

C'était comme si j'avais appuyé sur l'interrupteur qui contrôlait sa bonne humeur. Ses mâchoires tressautèrent. Il me toisa de la tête aux pieds puis se renferma dans ses mutisme et froideur habituels.


Mais elle était sa copine, non ? Pourquoi devenait-il bizarre à chaque fois que je la mentionnais ?

À moins qu'elle ne le fût pas vraiment. Dans ce cas, que faisaient-ils ensemble ? Et pourquoi lui avait-il adressé ce stupide sourire qui avait tout déclenché ?


Il pouvait avoir qui il voulait. Je refusais de donner une chance aux soupçons qui me tenaillaient, même si Michael ne m'aidait pas en insinuant que tout tournait autour du sexe.

Je devais mal interpréter. Oui. C'était cela. Car sinon, cela signifierait que mon *crush* depuis deux ans était une vraie pourriture.

Sinon, cela reviendrait à admettre qu'il était le genre d'enfoiré à qui les filles comme Anna servaient de défi.

# Chapitre 24.
# Le jouet

Je m'étais mis à le dévisager avec horreur tandis que ces pensées s'emboîtaient dans mon esprit.

Toutefois, un détail clochait dans cette histoire. J'avais vu Michael mentir, et il était nul...

Il devait donc y avoir une part de vérité dans sa relation avec Anna. Même si en même temps j'étais prête à parier qu'ils n'étaient pas tout à fait un couple.

Au bout du compte, je décidai de laisser tomber, car je pouvais perdre la tête à essayer de comprendre ce mec.

En tout cas, la seule certitude que j'avais désormais, c'était que sa relation avec Anna cachait quelque chose de louche.

Le silence s'étirait entre nous. Pour faire passer le temps, j'entrepris de compter des tubes de rouge à lèvres dans ma tête, mon menton posé sur mes bras croisés par-dessus mes rotules.

Perdue dans mes réflexions, je sursautai lorsque Michael parla à nouveau :

– Je déconnais.

Je me redressai et haussai un sourcil.

— Je n'aurais jamais vraiment couché avec toi, affirma-t-il. Je baise jamais une meuf qui doute. Jamais, insista-t-il d'un air grave.

— Oh… Bah. Eh bien. Merci.

— Merci ? pouffa-t-il.

Je ne savais pas quoi dire d'autre, mais j'avais détecté de la sincérité dans ses billes bleues.

Il devait avoir une sorte de code de conduite. Ça collait avec son insistance pour mon assentiment.

Par ailleurs, j'avais cru percevoir son désir tout à l'heure. Soit j'avais mal analysé, soit il était…

Le niveau d'alcool de la bouteille confirma mes craintes. Comment avait-il fait pour en engloutir autant en si peu de temps ?


— Tu m'amuses, confessa-t-il, joueur.

— Ah ! fis-je en lui accordant toute mon attention.

Vu son état d'ébriété, il devait divaguer, mais j'étais quand même curieuse de l'entendre. Après tout, la vérité sortait de la bouche des ivrognes… ou quelque chose du genre.

— Je t'amuse comment ? prononçai-je avec circonspection.

J'étais tendue comme si le moindre mouvement de ma part risquait de le pousser à se replier sur lui-même.

— Avant, je voulais te faire souffrir, raconta-t-il en balayant ses cheveux en arrière. Tu es entrée dans ma vie, le jour où il ne fallait pas, Spark… Puis je t'ai observée. Et comme je viens de le dire, tu m'amuses.

Un sourire sardonique prit naissance sur son visage.

— C'est pour ça que je ne vais pas te laisser tranquille de sitôt. Mais rassure-toi, je ne vais plus te faire de mal ; juste m'amuser avec toi… comme sur le pont.

Je me crispai à l'évocation de ce souvenir.

Donc ça n'était pas me faire du mal ? Il se passait quoi exactement, quand il s'y mettait ?

Mon avenir s'annonçait radieux !

— Je me gave de tes réactions, enchaîna-t-il. J'aime te voir bouder, ou en colère. Et plus encore, j'adore te voir chialer. Ça m'excite.

— T'es une pourriture, crachai-je, très vexée.

Il haussa les épaules avec indifférence. Puis, il ramena ses jambes contre son torse en se replongeant dans son mutisme caractéristique.

C'était bien ma veine d'être le souffre-douleur du mec le plus sadique que je connaissais.


— Donne-moi ma bouteille, commanda-t-il quelques minutes plus tard. De toute façon, t'oseras jamais boire.

Il était déjà assez saoul à mon avis. Je n'allais lui donner que dalle. Mais je ne voulais pas le provoquer en le lui déclarant de vive voix. J'avais besoin de gagner du temps.

— Tu penses que je n'oserais pas ? le narguai-je en levant le menton.

Il ne répondit pas, mais haussa un sourcil assez significatif. Il ne me croyait pas, et il avait raison. Je n'avais pas envie de m'enivrer pour deux sous.

Eh puis, j'eus une idée.

— Si je descends un grand coup, promets-moi de répondre en toute honnêteté à l'une de mes questions.

Ses flammes bleues se ravivèrent d'intérêt, même s'il tenta de se la jouer indifférent.

— Je m'en fous que tu boives. Et peut-être qu'il vaut mieux pas. Je veux pas que tu dégueules dans mon dos en rentrant.

Comme si j'allais monter derrière lui dans son état !

— Deux gorgées, renchéris-je sans relever son commentaire désagréable.

Deux gorgées ne pouvaient pas m'enivrer, si ?

Michael sembla considérer la proposition. Quelques secondes plus tard, un sourire diabolique fendit son visage, tandis qu'il me défiait, les yeux brillants :

– Quatre.

*Le pervers !*

– Mon unique offre, me prévint-il avant même que je puisse négocier.

Quatre, c'était quand même beaucoup pour une faiblarde comme moi. Mais si c'était le prix à payer pour qu'il arrête de boire et que j'obtienne la réponse à ma question, j'étais prête à me lancer.

Eh puis, il valait mieux deux ivrognes qu'un… ou quelque chose du genre.

– Vendu ! cédai-je en levant une main.

À ma grande surprise, il topa dedans.


Mon regard confiant ancré au sien, je portai la bouteille à mes lèvres et descendis une gorgée de feu, puis deux… Cependant, au bout de la troisième, je craquai. Je m'étranglai et le liquide du diable passa à travers mon nez.

Je crus mourir. Déjà que dans la gorge, ça brûlait. Dans le nez, c'était de la torture pure et dure.

Durant ces quelques secondes d'enfer, j'eus tout le temps de regretter d'avoir accepté ce défi stupide. Et le pire dans tout cela, c'était que ce connard se tordait de rire.

Je ne pouvais plus m'arrêter de tousser et de baver. Mes yeux pompaient de l'eau. De la morve coulait de mon nez, et cette sensation de brûlure dans mes narines ne s'estompait toujours pas. C'était vraiment l'horreur.

– Pas joli à voir, se moqua Michael.

Comment pouvait-il être aussi impitoyable ?

Je me retournai, furieuse, pour le toiser, mais j'éternuai sans m'y être attendue et me statufiai d'épouvante devant le résultat.


– Je suis désolée, paniquai-je face à son calme alarmant. Je ne voulais pas…

– T'es morte, décréta-t-il d'une voix atone.

En un instant, mes narines en feu devinrent le cadet de mes soucis. Michael me chargea sur son épaule en grinçant :

– Bonne baignade !

Mon sang se glaça en réalisant ce qu'il s'apprêtait à faire et je me débattis dans tous les sens, en hurlant :

– Non, Michael. C'est illégal de salir les réservoirs. Je ferai ce que tu voudras. Ne me noie pas. Il y a des caméras autour des bassins. Tu iras en prison.

Il continuait d'avancer d'un pas vif. Je fondis en larmes devant son impitoyabilité.

– Je t'en supplie, sanglotai-je. Je n'ai pas fait exprès.

Il ne pouvait pas me jeter dans l'eau. Il avait avoué aimer seulement me faire peur. Mais et s'il avait changé d'avis ?

Je mourrais s'il me jetait dans le réservoir.

La peur me paralysait déjà sur ses épaules. Je ne pouvais même plus me débattre. Je visualisais avec effroi la scène de ma noyade et je manquais d'air.

– Je t'en supplie, Michael. Demande ce que tu veux, couinai-je, à bout de forces.

Suite à cela, il me déposa sur mes jambes et je chancelai en réalisant avec horreur qu'on était devant le garde-corps qui protégeait le réservoir.

Mon désespoir m'avait ôté toute énergie. Je me contentais de laisser mes larmes inonder mes joues en silence. Dans ma tête, j'étais déjà morte.

Je ne ressentis rien lorsqu'il prit mon visage en coupe, et ouvrit la bouche… pour se moquer de moi ou pour me dire adieu ? Je ne le saurais jamais, car il s'était figé lorsqu'un agent de la sécurité du parc avait crié :

– He ! Qu'est-ce que vous faites là ?

C'était la deuxième fois en une journée que j'étais sauvée par un membre des forces de l'ordre.

Je retrouvai un semblant d'espoir lorsque l'homme s'avança dans notre direction. Et je crois que j'étais la seule personne sur Terre à m'être réjouie à la perspective d'aller en prison.

Je craignais certes ma mère. Mais j'étais sa fille. Elle ne dépasserait jamais certaines limites, contrairement à Michael.

Michael, pour qui je ressentais une attirance malsaine. Malsaine, car je ne pouvais expliquer autrement ce truc qui me poussait vers quelqu'un d'aussi tordu.

– On se casse ! souffla-t-il avec urgence en me tendant la main.

Je ne reconnaissais plus la personne que j'étais en sa présence. La fille de mon père n'aurait jamais accepté de le suivre, après tout ce qu'il m'avait fait. La Megan que j'avais toujours connue n'était plus.

Cette fille qui s'était mise à courir avec ce sadique ne pouvait pas être moi. Je n'avais pas pu devenir aussi masochiste et accro à une attraction toxique et sans avenir.

Si ?

# Chapitre 25.
# La méchante

Je passai le portail, puis poussai la lourde porte d'entrée, tous les sens aux aguets.

Jamais le lustre du vestibule ne m'avait semblé aussi brillant, ni mes pas aussi bruyants sur le marbre veiné.

Comme ma mère demeurait invisible, j'entrepris de monter l'une des branches du double escalier, en retenant ma respiration, comme si ça me permettait de passer inaperçue.

J'arrivai assez vite dans ma chambre et expirai un grand coup, en m'adossant à la porte. Ma mère était peut-être endormie. Quelle chance !

Je me ressaisis cependant assez vite, en me rappelant ce que j'étais venue chercher, et qui justifiait pourquoi je me trimballais avec une seule pantoufle.

Le fait était que le chauffeur qui m'avait ramenée avait gardé l'autre pour s'assurer que je revienne régler la course.

Je pris l'argent, filai récupérer mon bien, et répondis par un sourire vide à la blague nulle du conducteur chauve.

Je n'avais plus d'énergie pour quoi que ce soit. Je voulais juste monter trouver mon doudou, ou Calendar, si ce traître décidait de me faire l'honneur de sa présence.

Ce gros paresseux était censé être mon chat. Mais je pouvais le gâter comme je voulais, il ne venait me trouver que lorsque ma mère n'était pas là.

Je rentrai les épaules lourdes, avec l'image de mon lit en gros plan dans ma tête. Sauf qu'après avoir passé la porte d'entrée, je sus que mes plans devraient attendre.

Ma maman se tenait au milieu du vestibule, les bras croisés sur son peignoir en soie, son masque impénétrable de femme d'affaires sur le visage.

Qu'est-ce que je n'aurais pas donné pour tomber dans les pommes et avorter la discussion que l'on s'apprêtait à avoir ? Ça paraissait pourtant si facile de s'évanouir dans les films !

— Bonsoir, murmurai-je en me dandinant sur place.

— Tu étais où ? s'enquit-elle, les sourcils froncés, en me sondant de la tête aux pieds.

— Sortie prendre l'air, mentis-je avec un geste évasif de la main.

Elle vérifia sa montre, et cela fit frémir ses longs cheveux couleur cacao, qui lui arrivaient jusqu'à la taille.

— Il est 1h du mat, pointa-t-elle. Depuis quand t'es autorisée à rentrer aussi tard ?

Même lorsqu'elle ne haussait pas le ton, sa voix imposait le respect. Résultat des années de pratique, je suppose.

Il y avait des jours où je me jetais à corps perdu dans nos engueulades. Et d'autres où je les provoquais moi-même. Mais ce soir-là, je me faisais toute petite parce que primo, j'avais tort et deuxio, elle avait raison.

J'étais crevée. Je voulais juste monter me glisser dans mon lit, après cette soirée plus qu'éprouvante.

— Je suis désolée. J'étais stressée, je me promenais, et je n'avais pas vu le temps passer.

— Tu parles de ta promenade à moto. Pas vrai ?

Elle leva le menton, comme si elle me mettait au défi de nier.

*Merde !* Comment avais-je pu oublier le visiophone dernier cri qui ornait notre entrée, en plus des caméras de surveillance ? Elle m'avait vue partir avec le diable.

Et s'il y avait bien une chose que détestait Helen Carpenter, c'était d'être prise pour une conne. Elle savait virer des gens pour moins que ça.

Je me sentais tellement bête désormais.


Un silence malaisant et lourd de reproches se mit à flotter dans le vestibule. Je baissai la tête, lasse, en attendant que l'ouragan s'abatte sur moi.

— C'est ton petit copain ? s'informa-t-elle.

Je levai la tête pour la jauger, parce que contrairement à ce à quoi je m'attendais, son ton avait été léger, comme… amusé. De plus, son visage n'était plus aussi austère que tout à l'heure.

*Quoi ?*

— Non, répondis-je en me mordant la lèvre inférieure, au souvenir douloureux que l'allusion à Michael avait réveillé en moi.

Michael Cast n'était et ne serait jamais mon petit ami. Je n'étais personne, après tout… C'était ses propres mots.

— Mais tu es partie avec lui pour rentrer à 1h du matin, insista Helen. Tu me dois une explication. Il est quoi pour toi ? Un ami ? Qui sont ses parents ?

Son expression se fit rassurante et elle hasarda un pas dans ma direction. Ça faisait un moment que je n'avais pas vu cette personne.

— Je sortais déjà avec ton père à 14 ans, même si on s'est séparé pendant un moment. Mais bon, tu sais déjà tout ça. Ce que je veux dire, c'est que tu n'as pas à avoir peur de me parler par crainte d'être jugée. Je veux juste savoir qui il est. Tant que tu restes responsable, et que tu es heureuse, je le suis aussi. C'est ton… sexfr…

— Il n'est rien de tout ça ! OK ?

Je regrettai sur-le-champ ma brutalité. Mais pour ma défense c'était à cause de la façon dont notre soirée, à moi et Michael, s'était terminée tout à l'heure.

Il m'avait plantée pour répondre au coup de fil de sa « copine » et ne m'avait même pas poursuivie lorsque j'avais tourné les talons. Ça faisait mal d'être traitée comme une moins que rien, surtout par le mec sur lequel on flashait depuis deux longues années.

Peut-être que j'étais cinglée, mais me menacer de me jeter dans l'un des réservoirs de la ville m'avait moins blessée.

Alors non, être son amie, ou sa… sexfriend n'était pas dans mes projets immédiats. Ni les siens non plus, à mon avis. D'ailleurs, même imaginer un truc pareil me foutait la nausée, après ce qu'il avait fait.

Malheureusement, le mal était déjà fait. L'expression glaciale de ma mère indiquait qu'elle avait interprété ma réaction d'une autre façon.

Pressentant un orage, je tentai de rectifier le tir en m'excusant, mais elle me coupa, d'un ton aussi sec et d'un regard noir qui m'épingla sur place :

— Tu vois Megan, j'essaie. J'essaie de tout mon cœur de créer des liens entre nous deux, mais tu te butes à chaque fois à faire ta gamine. Ton père était le héros, et moi la méchante, c'est ça ? Bien. Je ne vais plus lutter. J'accepte mon rôle… Je vais être méchante.

# Chapitre 26.
# L'héritière

— T'es punie pour être rentrée aussi tard, embraya-t-elle de son ton de dictatrice. Et par punie, je veux dire que tu rentres direct après les cours si tu veux éviter les problèmes. De plus, t'es dispensée de ta précieuse allocation pour le mois. Ça t'apprendra peut-être à contrôler tes dépenses et être plus… mature.

Elle avait appuyé exprès sur le dernier mot, avant de me couler un bref sourire moqueur devant le O insurgé de ma bouche.

Elle ne pouvait quand même pas prendre une décision aussi catégorique pour si peu ! Mon cerveau refusait l'information.

Oui, j'avais en effet ce petit problème de gestion, mais ce n'était pas comme si je dépensais des sommes astronomiques d'argent.

Je cillai plusieurs fois d'affilée, comme pour me réveiller d'un cauchemar, avant d'avoir enfin la force de protester :

— Mais…

— Et je pars pour deux semaines au Japon, m'interrompit-elle en levant un doigt. Je me demande si c'est judicieux de te laisser seule ici.

Elle prenait du plaisir à me torturer.

— J'ai toujours eu du mal à faire confiance aux menteuses.

– Mais je n'ai pas menti, aboyai-je, au bord des larmes. J'ai l'habitude de rester seule avec Juliette. Pourquoi ça doit changer maintenant ?

Le problème était que je savais ce qu'elle s'apprêtait à dire, et ça me faisait mal d'avance.

– Ta grand-tante Lele viendra te rejoindre, asséna-t-elle avec une satisfaction manifeste.

– Tu peux pas me faire ça ! pleurai-je, en secouant la tête de gauche à droite.

– Si, contra-t-elle, imperturbable. Et c'est ce que je vais faire.

De son vivant, ma grand-mère avait été la personne la plus douce que j'avais connue. Par contre, sa sœur Lele était une tout autre affaire. Aigrie, méchante, elle m'avait toujours détestée, en grande partie parce qu'elle était jalouse de mon enfance privilégiée.

Et comme elle savait qu'elle risquait gros en me frappant, elle s'évertuait à me blesser de plusieurs autres façons. À commencer par me comparer à ma mère, ou me rappeler que je n'avais aucun talent.


Helen s'était spécialisée dans l'achat et la vente d'entreprises. De plus, elle possédait des actions chez *Uber*, *Twitter*, et j'en passais. Oui, ma mère n'était pas n'importe qui. Et si on tenait compte du fait qu'elle avait accompli tout ceci en partant de rien, ça la rendait encore plus surprenante.

Pour être honnête, j'aurais préféré être la fille de quelqu'un avec moins de succès. Car dès l'enfance, j'avais rencontré des gens qui ne m'avaient réduite qu'à cela : l'heureuse et chanceuse héritière de la grande Helen Carpenter.

Entre autres, c'était ce qui m'avait poussée m'éloigner des voies que choisissaient le plus souvent les enfants de.

Je fréquentais l'école publique, portais des fringues passe-partout. Je n'avais même pas de voiture… J'étais une personne à part entière, dont les décisions dépendaient d'autre chose que le sang qui coulait dans ses veines.

Je détestais être comparée à Helen. Ça me complexait, car je ne savais toujours pas ce que j'allais faire de ma vie, alors que ma maman à mon âge répétait déjà à tout le monde qu'elle allait sortir ses parents de la misère. Je me sentais nulle et inutile. Et cette vieille folle aimait appuyer là où ça faisait mal en caquetant que grandir dans autant d'opulence abrutissait les enfants.

Je haïssais Tía Lele autant qu'elle me le rendait. Ma mère était au courant. Je n'arrivais pas à croire qu'elle faisait cela parce que j'avais avoué que ce connard de Michael n'était rien pour moi.

Je savais qu'elle détestait qu'on lui mente, mais j'avais dit la vérité, nom de nom !

— J'ai 17 ans, objectai-je en désespoir de cause. J'ai pas besoin de nounou.

— Non, Megan, rectifia-t-elle avec une pointe de sarcasme, en s'avançant vers moi, le regard dur. Au contraire, tu en as besoin. Tu es mon unique enfant. Je n'ai pas envie que tu te mettes à sortir avec des gens que tu ne connais pas. Tout peut t'arriver. T'as besoin qu'on te surveille et qu'on te protège de toi-même. Je fais ça pour ton bien. Tu comprends ?

Elle se foutait de ma gueule et se délectait de mon impuissance.

Je me mordis l'intérieur des joues jusqu'au sang pour m'empêcher de cracher la phrase venimeuse qui me courait sur la langue depuis deux ans. À savoir que j'aurais préféré que ce fût elle, au lieu de mon père…

Toutefois, ma rage filtra quand même à travers ma voix chevrotante :

— Tu es jalouse du lien que j'avais avec lui, pas vrai ? Lui, au moins, il méritait que je l'appelle papa.

Mes mots la blessèrent. Elle lutta pour ne pas le laisser transparaître, mais ses yeux, eux, me livrèrent sa douleur. Bizarrement, ça ne m'apporta aucune satisfaction.

161

— Hors de ma vue, Jennifer, martela-t-elle les mâchoires crispées et le regard mitrailleur.

Je pleurai en montant les marches. Puis, je passai la nuit à tremper mon doudou de mes larmes, car Calendar était sans surprise chez Helen.


Mon père me manquait. Mon meilleur pote ne répondait pas à mes messages. Je n'arrivais pas à sortir Michael de ma tête. Et voilà que ma mère avait décidé d'ajouter sa couche…

J'avais l'impression que l'Univers s'acharnait sur moi, et ça ne s'arrangea pas le lendemain, lorsque tôt le matin, je reçus un appel d'Everly.


— T'as ouvert *Twitter* hier soir ? demanda-t-elle, d'un ton pressant.

— Non, j'ai pas vraiment touché à mon téléphone.

J'arrêtai de me brosser les dents suite au long silence d'Everly.

— Que se passe-t-il Ev ?

Je me rinçai la bouche, puis attrapai le téléphone sur le comptoir, comme si le porter à mon oreille allait m'aider à y voir plus clair.

— C'est… Lindsey. Elle a lancé une rumeur sur toi ! confia Everly, hésitante.

Lindsey était une petite brune du cours de Maths. On ne s'adressait jamais la parole. Pourquoi lancerait-elle une rumeur sur moi ?

— Elle a dit à tout le monde qu'elle avait la preuve que tu couchais avec Monsieur Scott, ajouta Ev.

Je me statufiai devant le miroir.

— Je suis désolée, miaula ma meilleure amie.

*OK ! Tout ce qu'il me fallait en ce moment.*

# Chapitre 27.
# Voir

U ne fois le choc passé, je me révoltai :
    — Mais pourquoi ?

— Parce qu'elle est jalouse, répliqua Everly, comme si c'était évident. Tous les autres sont jaloux de ton lien particulier avec Monsieur Scott, Megan.

J'aimais les Maths. C'était normal que notre prof me considère un petit peu plus que les autres, surtout si on tenait compte de l'écart entre nos notes.

Cette histoire de lien particulier, dans le sens où mes camarades l'entendaient, était absurde. D'ailleurs, je n'hésitai pas à communiquer mes pensées à Everly qui me répondit d'un ton prudent et un chouïa dubitatif :

— Vraiment ?

Je me figeai et me forçai à refuser la réflexion que m'imposait mon cerveau. Everly ne se mettrait quand même pas à me soupçonner, elle aussi ! Elle me connaissait mieux que ça. Il devait s'agir d'autre chose.

— Tu m'expliques ? m'enquis-je en m'observant froncer les sourcils dans le miroir.

J'étais aussi tendue qu'un accusé qui attendait sa sentence. Ça me ferait très mal si mes doutes s'avéraient être exacts.

Elle dut percevoir mon état de stress malgré la distance, car sa voix se fit plus douce, et je l'imaginai presque se tordre les doigts à l'autre bout du fil, alors qu'elle énonçait :

— Dans un sens, ça n'a rien à voir avec toi, Meg. Mais n'as-tu pas remarqué comment Monsieur Scott te traitait ? Oui, j'ai déjà vu des profs avoir des élèves préférés. Mais je crois que lui, c'est autre chose. Je serai même prête à assurer qu'il... en pince pour toi.

Je me détendis et palpai les grosses poches sous mes yeux en rejetant dans un souffle las :

— Je vais faire comme si je n'avais rien entendu.

Monsieur Scott ? Craquer pour moi ? C'était du n'importe quoi ! Everly avait trop d'imagination, voilà.

— Si tu n'étais pas obnubilée par Michael tu verrais bien qu'il te réserve un traitement particulier. Tu verrais des tas de choses, Megan, renchérit-elle avec une sagesse qui m'interpella pendant un moment.

— Et je verrais quoi ? m'intriguai-je tout en grimaçant face à mon teint blafard.

Le luminaire LED autour du miroir n'était pas là pour me ménager.

Ce matin-là, je ne ressemblais pas seulement à une enfant. Je ne voyais aucune différence avec ces gamines dans les films d'horreur qui invitaient tout le temps les gens à jouer avec elles.

— Et pour Michael, c'est fini, me sentis-je obligée d'ajouter. Je ne peux même plus le sentir... Maintenant, accouche ! Tu voulais dire quoi par je verrais des tas de choses ?

— Tu sais la rumeur ne prendra pas une trop grande ampleur, éluda la métisse avec un entrain suspect, Lindsay n'est pas populaire. Son tweet n'a eu que quelques partages. Et je doute qu'elle trouve les preuves dont elle a parlé, puisque c'est un mensonge. Donc le conseil de direction ne risque pas trop de se pencher sur l'affaire... enfin, c'est ce que je crois.

J'avais même oublié ce petit détail, jusqu'à ce qu'elle le mentionne. D'ailleurs, ça me donna tout de suite une idée. J'irai porter plainte auprès de la proviseure pour propos diffamants.

J'étais une étudiante assez exemplaire, et ma place au bureau des élèves devrait suffire à causer des ennuis à Lindsay. Ça lui apprendrait à lancer de fausses rumeurs, avec sa bouche trop large pour son visage !

Et en parlant du bureau des élèves… Je venais de me souvenir que les réunions pour le bal de décembre devraient bientôt commencer. Madame Green avait annulé celui de l'automne et avait suggéré qu'on reproduise l'un des fameux bals de Noël de *Poudlard*. En somme, j'avais une fin d'année assez chargée en perspective. Mais au moins, ça m'éviterait de penser à Celui-Auquel-Il-Ne-Fallait-Plus-Penser.

Mon petit doigt me soufflait qu'Everly me cachait quelque chose… pour changer. Toutefois, mon petit doigt et moi étions trop fatigués pour insister… pour l'instant.

— OK, maugréai-je en tournant le dos à mes joues trop remplies avec un soupir fatigué. Raconte-moi une histoire, aujourd'hui, s'il te plaît. Rien ne va.

— Euh, je n'ai pas lu cette semaine, admit-elle d'une petite voix coupable. Qu'est-ce qui ne va pas ?

Je me laissai aller contre le comptoir en marbre, les épaules tombantes, sans parvenir à cacher ma déception.

— J'écrivais, s'empressa de se justifier ma meilleure amie. Désolée, Meg.

*Encore des trucs érotiques sur toi et Stacy, ou de vraies histoires, cette fois ?*

J'avais conscience qu'elle ne travaillait pas pour moi, mais j'avais le droit d'être égoïste, parce que je souffrais.

Et pour comble de malchance, mes règles venaient de se pointer ; s'accompagnant comme d'habitude d'une envie constante de vomir.

Pourquoi ne faisais-je pas partie de ces chanceuses à qui il n'arrivait que des trucs glamours ?

Everly ne savait pas que j'étais au courant pour ses récits olé olé avec la reine des pestes. Elle m'avait juste fait part qu'elle écrivait des trucs, sans me communiquer quoi, malgré mes insistances – pour la forme.

Pour ma défense, j'étais tombée sur ses textes par pur hasard. Cependant, même si je n'étais pas branchée fille, je devais reconnaître qu'elle avait de l'imagination, la petite.

J'aurais presque pu être jalouse de sa vie sexuelle, si seulement elle avait trouvé le courage de mettre ses théories en pratique avec Stacy. Il m'avait fallu du temps avant de pouvoir la regarder dans les yeux sans rougir.

En tout cas, si j'avais retenu une leçon de cette histoire, c'était qu'il ne fallait jamais sous-estimer une timide. Jamais !

D'ailleurs, c'était peut-être parce qu'Anna avait un déhanché d'enfer que Michael sortait avec elle.

*Pauvre Megan et sa presque virginité ! Tu n'as aucune chance.*

Je me mordis l'intérieur des joues déjà douloureuses, pour me punir d'avoir repensé à lui, alors que je m'étais promis de ne plus le faire.

Il allait me falloir de l'aide pour parvenir à chasser cet idiot de ma tête.

# Chapitre 28.
# La favorite

– On se voit en cours ? s'assura Everly.

– Ouep, confirmai-je. À tout à l'heure. Je t'aime.

– Megan ! protesta-t-elle.

Je savais que ça la gênait, mais je ne pouvais pas m'en empêcher.

Avant que ma mère ne se fasse emprisonner et devienne *Maléfique*, il était courant de se confier qu'on s'aimait dans ma famille.

Comme je considérais Ted et Everly comme les frères et sœurs que je n'avais jamais eus, leur dire je t'aime me venait donc tout naturellement.

– OK, grommelai-je en roulant des yeux. Va te faire mettre ! C'est mieux ?

Elle émit un soupir entre résignation et agacement avant de marmonner :

– À plus, Meg.

– Ouin… Attends ! m'écriai-je avant qu'elle ne raccroche. T'as parlé à Teddy ? Il filtre mes appels. Je ne sais pas ce que je lui ai fait.

Lui et moi n'avions jamais passé autant de temps sans nous adresser la parole. Le pire, c'était que j'avais l'impression qu'il m'échappait de plus en plus.

— Il ne me parle pas, non plus, admit Everly.

Je ne savais pas pourquoi, mais la défaite dans sa voix me soulagea quelque peu.

— Par contre, il nous a menti, me communiqua la brunette, circonspecte, comme si elle doutait de faire le bon choix en me confiant cette information.

Troublée, je me redressai et me vis froncer les sourcils en refaisant face au miroir.

— Il nous a menti sur quoi ?

Elle observa une longue pause. Mais elle finit par prendre une grande expiration pour divulguer :

— Il n'a pas arrêté de traîner avec nous, parce qu'on le traitait de pédé dans l'équipe. On se moquait de lui pour autre chose... en rapport avec... toi.

Je sentis mon estomac se recroqueviller sur lui-même. Je ne voyais pas du tout où elle voulait en venir. Je m'étais donc mise à imaginer le pire.

— Everly ! la pressai-je. Pourquoi on se moquait de lui ?

— Désolée. C'est entre vous deux, s'excusa-t-elle avant de raccrocher sans me laisser le temps de protester.

J'en restai sonnée, le téléphone vissé à mon oreille, à me questionner sur ce qui venait de se passer.


Il me fallut un moment pour me ressaisir après cela, en me promettant d'éclaircir tout ceci dans la journée. Everly me dirait de quoi il s'agissait et je trouverais un moyen d'arranger les choses avec Ted.

Oui, c'était ce qui allait et qui devait se passer.

Passer du temps à me maquiller après ma douche me détendit quelque peu, car je pris du plaisir à m'appliquer afin d'obtenir le résultat naturel avec éclat que je recherchais.

Je souris à mon reflet frais, reposé et plus âgé, puis ébouriffai ma queue-de-cheval décoiffée, avant de partir.

Le maquillage était mon péché mignon.

J'avais désormais honte de laisser quiconque entrer dans mon dressing.

Même moi, je me jugeais parfois à cause des tonnes de produits que je possédais, et que je n'utilisais jamais pour la plupart. Je ne pouvais pourtant pas m'arrêter d'acheter. C'était une addiction.

J'aimais me maquiller. Et j'étais bien obligée, après tout, si je ne voulais pas ressembler à une enfant H24.

Après un dernier coup d'œil à mon reflet dans le miroir de l'entrée, je partis en priant pour que cette journée ne fût pas pire que la précédente.

Dès mon arrivée au lycée, je réalisai qu'Everly avait raison. La rumeur n'avait pas pris de grandes proportions, à mon grand soulagement.

C'était ça la bonne nouvelle. Par contre, la mauvaise était que ma meilleure amie était restée ferme sur sa décision de ne pas m'éclairer sur ce truc à propos de Teddy.

Après plus de dix minutes à insister en lui promettant monts et merveilles, je m'étais énervée et avais décidé d'aller passer ma rage sur quelqu'un qui le méritait un peu plus.

Alors malgré les faibles répercussions du message de Lindsay, je partis quand même déposer plainte contre elle, sans aucun remords.

À part quelques rares chuchotements sur mon passage, son mensonge n'avait pas provoqué de graves conséquences. Cependant, les choses se gâtèrent lorsque Monsieur Scott me demanda de rester à la fin du cours.

Everly m'adressa un petit sourire de soutien. Lana et Tris me bousculèrent en sortant. Quant aux autres, j'évitai de jauger leurs réactions, mais je sentis quand même leurs regards perçants dans mon dos.

À quoi jouait Monsieur Scott au juste ?


Lorsqu'on fut seuls tous les deux, il s'appuya comme la dernière fois sur un coin de son bureau, et se croisa les bras sur sa chemise bordeaux en me détaillant de son regard gris pénétrant.

Je me tenais aussi loin qu'il était poliment possible, en me dandinant et balayant la salle du regard pour éviter de croiser le sien.

Toutefois, devant son silence qui devenait trop long, je m'exprimai d'un ton pressant qui ne cachait en rien mon agacement :

– Oui ?

Il sourit en se pinçant l'arête du nez, avant de demander :

– Tu vas participer au tournoi national de Maths cette année ? Le lycée compte sur toi pour gagner.

– Ah, j'avais oublié, feignis-je. Oui, je vais m'inscrire.

Le tournoi ne débuterait qu'en février. C'était pour ça qu'il m'avait fait rester ?

Maintenant qu'Everly l'avait pointé, je ne pouvais m'empêcher de trouver son comportement envers moi assez suspect. Les « *ça va, Megan ?* », « *joli tee-shirt* », « *as-tu passé un bon week-end ?* » adressés à moi seule me revinrent à l'esprit et je reconsidérai la réflexion de mon amie.

Serait-il possible que le prof le plus convoité de l'école éprouvât un petit quelque chose pour moi ?

*Merde !* Cette réflexion me fit rougir, et je vis Monsieur Scott froncer les sourcils avant de m'annoncer d'un ton solennel :

– Megan, il y a quelque chose que j'aimerais t'avouer depuis un moment.

*Oh non ! Pitié ! Faites qu'Everly ait tort !*

# Chapitre 29.
# L'invitation

Je me crispai et tripotai les bretelles de mon sac à dos.
— Oui, couinai-je.

— Voilà, débuta-t-il en se pinçant une nouvelle fois l'arête du nez. Je ne sais pas si tu es déjà au courant, mais je suis un peu désespéré, admit-il avec un petit rire constipé. Je ressens…

La panique m'envahit dès que ces deux derniers mots franchirent ses lèvres, et je me mis à bégayer en reculant d'un pas mal assuré vers la sortie :

— Je… je dois filer.

— Attends ! Ce n'est pas du tout ce que tu crois, objecta-t-il avec un geste corrélatif de la main. Enfin, qu'est-ce que tu crois ?

Il se redressa et cilla de perplexité en attendant ma réponse.

Moi aussi, j'étais un peu paumée. Les paroles d'Everly en tête, j'avais surréagi. Mais désormais que la possibilité qu'on se trompait venait de m'effleurer, je me sentais stupide.

Cependant, il était déjà trop tard pour faire marche arrière. Les joues en feu, je baragouinai en poursuivant ma progression arrière :

— Rien du tout. Je crois juste que mon amie m'attend. Je… bye.

Je fis volte-face pour m'enfuir en courant, mais je me mangeai la porte fermée et vis des étoiles pendant plusieurs bonnes secondes.

*Merde !*

J'aurais pourtant juré avoir vu cette dernière ouverte, il y avait quelques minutes.

Ma tête m'élançait, je voyais double, et mes yeux pleuraient à cause de la rencontre brutale du bois avec mon pif.

— Ça va ? s'inquiéta Monsieur Scott.

— Nickel, mentis-je en levant un pouce, sans me retourner.

J'actionnai ensuite la poignée, puis partis en tenant mon nez douloureux, mais sans courir cette fois.


— Il t'a avoué sa flamme ? s'amusa Everly qui m'attendait devant mon casier.

J'étais encore en colère contre elle. De plus, je n'étais pas d'humeur à parler.

Par chance, je n'eus pas à le faire, car la conversation d'en face venait de voler la vedette à tout ce qui se passait d'autre dans le couloir.


Face à Anna, Stacy encadrée d'un Tris et d'une Lana aux expressions plus méprisantes que les autres, tortillait une mèche de cheveux violets sur son index.

— Annie, c'est ça ? cracha-t-elle.

— Ann…

— On s'en fout, l'interrompit-elle, avant de reprendre, avec un sourire mielleux. Je veux dire, ce n'est pas ça l'important pour le moment.

La cheerleader se redressa ensuite pour dominer Anna de toute sa hauteur tandis que moi, je me laissais aller contre le métal froid derrière moi, avec un intérêt renouvelé pour la scène.

Je remarquai la pile de prospectus que Stacy tenait dans son autre main lorsqu'elle en retira un pour le tendre à Anna.

Cependant, à peine celle-ci ouvrit-elle sa paume pour l'attraper que l'ex de Michael se mit à s'exprimer avec de grands gestes, giflant presque Anna avec sa brochure.

Je souris, puis tirai la langue à la petite voix qui essayait de réveiller ma culpabilité.

*Stacy avait des projets sombres pour elle, et alors ?*

— Je veux me faire pardonner pour le malentendu de l'autre jour, déclama la vipère. Tu sais, Michael et moi on est resté amis, malgré notre rupture.

Son air doucereux était presque convaincant.

— On se conseille de temps en temps sur certains trucs, continua-t-elle. Et il y a cette pétasse de seconde qu'il se tape. Oh mon Dieu ! Je ne la supporte pas. Malheureusement, elle est brune comme toi. En haut, j'ai pensé que c'était elle. C'est pour ça que j'ai pété un câble.

Dans ma tête, je fis une petite révérence à la Reine Des Pestes. Je ressentis même un peu de peine pour Anna.

Personne n'aimerait entendre cela de son petit ami.

En tout cas, la suite promettait d'être savoureuse.

Je n'étais d'ailleurs pas la seule à mater la scène comme un épisode de *F.R.I.E.N.D.S.* Plusieurs de mes camarades se croyaient discrets en faisant mine de s'occuper à autre chose, alors qu'ils dévoraient chaque petite réaction du duo.

Anna lissa les deux côtés de sa jupe plissée, avant de s'informer d'une petite voix branlante :

— Quelle fille de seconde ?

Je ne la voyais que de dos, mais j'aurais payé cher pour contempler son expression à ce moment-là.

Michael m'avait peut-être refilé son sadisme. Qui sait ?

Une main sur sa taille dénudée par son haut minuscule, Stacy enchaîna avec entrain, comme si elle ne venait pas de broyer le cœur de son interlocutrice :

— J'organise une fête chez moi, ce soir. J'aimerais t'inviter pour qu'on puisse tourner la page sur ce malentendu.

La *nerd* se frotta encore une fois les paumes sur sa jupe, en alternant son poids sur ses deux jambes. Je devinai que ça devait être une sorte de manie chez elle.

Elle hésita longtemps, avant d'articuler d'un ton aussi prudent que craintif :

— Attends ! Tu as dit que Michae…

— Ah, ça va ! s'agaça Stacy en roulant des yeux, comme si Anna en faisait des tonnes pour rien. Tout le monde sait qu'il couche avec d'autres filles. Il est comme ça ; on n'y peut rien.

La cheerleader et ses acolytes haussèrent des épaules faussement compatissantes, dans un mouvement parfaitement synchronisé.

C'était violent comme torture, mais j'adorais.

*Au diable, ma conscience !*

— Ah ! souffla Anna, d'une voix éteinte en se tordant les pieds dans ses ballerines.

Je n'aurais pas aimé être à sa place. Sa peine était presque palpable de là où je me tenais.

Eh non, ça ne me fit pas grand-chose. Ma compassion avait peut-être trouvé la mort au Mount Tabor, quand son petit copain m'avait piétiné le cœur.

Stacy afficha un large sourire avenant, comme si la scène de tout à l'heure n'avait jamais existé. Puis, elle déposa un bras sur l'épaule d'Anna pour planter son regard – de couleur violette lui aussi, ce jour-là – dans le sien.

— Viens ce soir, à la fête. Ce sera cool, tu verras. Tu m'as l'air très sympa comme fille. Je te présente mes excuses pour l'autre jour. Tu me pardonnes ?

Anna se balança sur place et un coup d'œil au couloir m'indiqua que le nombre de spectateurs avait encore doublé.

— Je ne sais pas, finit par balancer la brunette en lissant sa jupe.

*Ah bon ?*

Je me redressai pour mieux dévorer la suite tandis qu'Everly levait les yeux au ciel.

176

Les mâchoires de Stacy tressautèrent suite à la réponse peu déférente d'Anna, et son visage se fit de pierre tandis qu'elle croisait ses bras sous sa poitrine d'un geste intimidant.

— Je veux dire, en haut, n'était pas la seule fois, bégaya Anna que son soupçon d'audace avait quitté. Il y a ton ami, qui m'a bousculée sans raison et…

— Tris n'a pas fait exprès, décréta Stacy. C'est juste qu'il fait des crises incontrôlées de… méchanceté.

Des gloussements, dont le mien, fusèrent de part et d'autre du couloir.

Anna rentra les épaules en réalisant qu'elle était au centre de l'attention.

Tris faisait des crises incontrôlées de méchanceté ? Elle était bonne celle-là. Même le principal concerné luttait d'ailleurs pour garder son sérieux.

— Alors, tu viens à la fête ? rechargea Stacy, dont la question ressemblait plus à un test qu'à une vraie invitation.

La copine de Michael jeta un petit regard circulaire, comme pour analyser ce que cela impliquerait de défier la reine du lycée, devant tout ce monde. Elle frotta ensuite une dernière fois ses paumes sur sa jupe, et hocha la tête d'un mouvement peu convaincant.

— Chouette ! s'écria Stacy avec un sourire aussi vide que son cœur, en collant le passe entre les mains de sa victime.

Quelque chose me disait qu'Anna venait de recevoir son ticket pour l'enfer.

# Chapitre 30.
# Histoire

Avant, Stacy était ma voisine ; comme si ça ne suffisait pas qu'elle me pourrisse la vie à l'école. Puis, du jour au lendemain, sa famille avait dû changer de quartier et je ne l'avais plus revue pendant un temps.

Plusieurs années plus tard, nos chemins se recroisaient par pur hasard au lycée. Elle m'avait ignorée. Mais comme je ne l'aimais pas, ça m'avait arrangé.

De toute façon, je lui en voulais trop pour tenter de nouer un quelconque lien. Et ce même lorsque je m'ennuyais ferme aux réceptions qu'on devait supporter toutes les deux, à cause de nos parents.

Son père faisait partie des cinq anciens associés de ma mère. Et il était le seul à encore garder contact avec elle.

Je savais donc que Stacy mentait en racontant à tout le monde qu'elle avait choisi de faire l'école publique. C'était déjà une peste à l'école élémentaire, qui aimait se vanter des jouets et des cadeaux extravagants que lui offraient ses parents. Jamais elle n'aurait quitté de son propre gré l'univers luxueux des écoles privées.

La vérité était que les Hunting avaient tout perdu après l'événement qui avait envoyé ma mère en prison. Le fameux crash responsable de la disparition de plusieurs millions de dollars de capital chez Carpenter & Co !

À l'époque, tout portait à croire qu'Helen était la coupable. Malheureusement pour elle, dans la même semaine, elle avait opéré pas mal de gros investissements ailleurs.

Par ailleurs, ce qui avait conduit à sa condamnation fut la décision de ses associés de témoigner contre elle.

Papa était dévasté, Et heureusement qu'on était là l'un pour l'autre lorsqu'en plus, maman avait décidé de refuser nos visites pour des raisons encore inconnues, Ça avait été nous deux contre le monde jusqu'à ce que quatre ans plus tard, surgisse une preuve inattendue au cours d'une autre enquête et qu'Helen fût déclarée innocente.

Pour ma part, j'étais prête à parier ma vie qu'elle n'avait rien à voir avec cette affaire. Et pas parce qu'elle était ma mère. Je savais qu'elle avait travaillé dur pour avoir tout ce qu'elle possédait. De plus, elle était trop intelligente pour commettre un crime pareil.

À 11 ans, je connaissais déjà les dix leçons de vie de Warren Buffet par cœur, à cause de tous les livres audio et podcasts que ma génitrice écoutait à longueur de journée. Je me rappelais encore que l'une de ces leçons consistait à ne pas dépendre d'une seule source de revenus.

C'était pour cette raison qu'Helen avait investi dans des applications dont elle avait senti le potentiel.

Et elle avait eu raison.

En gros, le crash n'avait pas affecté ma famille comme les autres. Raison de plus pour les collègues d'Helen de douter de son implication dans cette affaire.

Jusqu'à cette date, personne ne savait où était passé tout cet argent. Cependant, ma mère s'était mis un point d'honneur à rembourser tous ses associés, même ceux qui avaient témoigné contre elle.

En arrivant à l'adresse inscrite sur l'invitation de Stacy, ma première réflexion fut que sa famille s'en était plutôt bien sortie après tout.

Je ne pouvais pas me tromper. C'était bien la maison de la vipère.

La musique me parvenait depuis le trottoir d'en face. Des tas de jeunes circulaient dans la grande demeure de couleur ivoire à l'allée dallée et la pelouse en pente.

J'envoyai un texto à Everly pour lui demander sa position, et j'attendis sa réponse en scrutant le quartier paisible, aux maisons à l'architecture moderne.

J'étais impatiente de découvrir ce qui se tramait à l'intérieur, et jusqu'où Stacy serait prête à aller pour Michael.

Moi, désormais, nulle part.

Et cette fois-ci, j'étais sérieuse. Les gens pouvaient grandir en une journée, surtout lorsqu'ils réalisaient que ce qu'ils avaient toujours voulu n'était pas ce qu'il leur fallait.

Pour preuve, j'avais pris la résolution de ne plus repousser de façon automatique tous les garçons qui m'aborderaient.

Je n'avais pas tout le lycée à mes pieds, mais je recevais bien quelques invitations à sortir de temps en temps.

Une nouvelle Megan venait de naître et celle-ci flirterait désormais, comme toutes les jeunes filles célibataires de son âge. Mon béguin, ou peu importait le nom de cette attirance malsaine que j'éprouvais pour Michael, ne partirait pas de lui-même. Et j'avais bien l'intention de lui donner un petit coup de pouce.

Il n'empêche que j'avais envie de voir ce que Stacy préparait pour Anna. Et ce n'était pas parce que je la détestais ou quelque chose du genre. J'étais curieuse, voilà.

En fait, je n'arrivais pas à déterminer ce que je ressentais à l'égard de la nouvelle.

Je ne savais pas si je lui en voulais ou lui étais reconnaissante d'avoir mis fin à ce truc entre moi et Michael avec son coup de fil.

La veille, lorsque son mec et moi, on avait atterri sur cette petite route bordée d'arbres, après avoir échappé au garde, je nous avais surpris à rire comme des fous.

Puis, notre hilarité calmée, dans le silence hypnotisant de la nuit étoilée, nos yeux s'étaient posés sur nos mains encore liées. Ensuite, quand nos regards s'étaient à nouveau croisés, quelque chose dans l'air avait changé…

Il y avait eu une sorte de tension électrique entre nous. Je n'avais encore jamais ressenti ça de ma vie. C'était comme si tout était devenu plus beau, plus magique, plus possible… Alors, je lui avais soufflé que j'acceptais sa proposition.

Il m'avait demandé de confirmer et j'avais obtempéré. J'avais voulu profiter de ce moment au maximum… J'avais voulu qu'on le fasse.

On était tous les deux saouls… ou fous, mais on serait allé jusqu'au bout.

Mon cœur cognait comme un gong, quand il s'était penché pour m'embrasser. J'avais fermé les yeux et crispé mes doigts sur sa veste lorsque son souffle chaud avait caressé mes lèvres.

Seulement quelques millimètres nous séparaient d'un baiser chamboulant et étourdissant.

Et puis, son téléphone avait sonné.

Anna l'avait appelé et j'étais tout à coup devenue invisible.

J'étais assez proche lorsqu'il avait décroché pour entendre sa copine lui demander avec qui il était. Et il avait répondu personne.

Ça faisait mal.

J'étais Personne. Personne avait été sur le point de coucher avec lui, même après qu'il l'avait martyrisée. Personne l'aimait comme une idiote depuis des années…

La suite appartenait à l'histoire. J'étais partie en taxi, puis j'avais été punie.


Techniquement, je n'avais pas le droit d'être là. Je risquais de voir doubler ma punition. Cette soirée avait donc intérêt à valoir le coup.

# Chapitre 31.
## La fête

Everly débarqua cinq minutes plus tard, alors que l'air frais automnal commençait à me glacer le nez. On se fit la bise et je lui pris la main pour traverser.

– Attends ! Je suis bien ? stressa-t-elle en se désignant du doigt.

– Oui, répondis-je sans hésiter. Bien sûr.

J'étais sincère. Sa veste oversize était parfaite sur son tee-shirt ample inséré dans un jean boyfriend. Ce soir-là, elle avait enlevé ses tresses africaines et portait ses cheveux frisés en un chignon bas avec des petites vagues sur ses baby hair. J'adorais quand elle faisait ça.

– Tu es sûre ? s'angoissa-t-elle en tordant ses mains. J'ai encore grossi et j'ai…

J'attrapai son visage en coupe et plantai mon regard dans le sien.

– T'es putain de parfaite, OK ? dis-je en détachant chaque mot pour qu'elle comprenne bien. Je donnerais tout pour des seins comme les tiens.

Pour preuve, je portais toujours des soutiens-gorge d'une taille plus grande.

Tant que j'étais maquillée, je ne passais pas vraiment du temps à complexer, même si j'aurais bien aimé changer deux trois trucs dans mon corps. On ne m'avait jamais traitée de moche et au fond, je savais que je ne l'étais pas. J'avais seulement un physique « mouais ».

« Mouais, elle n'est pas laide. » « Mouais, elle est bien, mais elle serait mieux avec des joues moins rondes, un petit peu plus de seins et une taille plus marquée. »

Je ne m'en plaignais pas souvent, parce que je savais qu'il y avait bien pire… Je savais voir bien pire.

J'essayais de toutes mes forces d'insuffler cet état d'esprit à Everly, qui était très jolie comme elle était… Mais de toute évidence, il y avait encore du boulot.

— En plus ta veste déchire, renchéris-je avec un geste démonstratif de la main. Elles vont se battre à l'intérieur pour toi. Tu peux me croire.

Elle roula des yeux, mais finit quand même par sourire d'un air reconnaissant :

— Merci Meg. Vraiment. Et toi, ce nouveau look, c'est encore temporaire ou…

Je n'avais jamais su trouver un style qui me convenait. Cependant j'étais sûre d'avoir tout essayé. Et puis, j'en avais eu marre de chercher. À la fin, j'avais abandonné et décidé de m'habiller sans vraiment faire attention aux détails.

Dès qu'on pensait jupe en vinyle ou en cuir, avec des hauts trop moulants, on voyait Stacy.

De même, les vêtements amples de style old school et les *Vans* étaient la marque de fabrique d'Everly.

Moi, je n'avais rien.

Donc ce soir-là, sans vraiment me casser la tête, j'avais attrapé une petite robe près du corps, qui m'arrivait à mi-cuisse. Et je l'avais accompagnée d'un cardigan de style kimono que je n'avais jamais porté ; le tout complété de bottines couleur *nude* à talons épais.

186

J'aimais tout ce qui était couleur chair.

J'avais laissé à l'air libre mes cheveux et ma frange, comme un énorme doigt d'honneur à Celui-Auquel-Il-Ne-Fallait-Pas-Penser, puisqu'il m'avait confié me préférer avec ma queue-de-cheval.

— Ce kimono te donne l'air majestueux, s'exclama Everly, admirative.

— Muchas gracias, jouai-je avec un clin d'œil aguicheur. Bon, on traverse ?

Elle acquiesça et on changea de perron. Puis, une petite brise qui s'était mise à souffler fit voler mon cardigan derrière moi, tandis qu'on entamait l'allée dallée de chez Stacy.

— J'ai l'impression d'être *Supergirl*, m'amusai-je.

J'ouvris les bras et je me mis à sautiller pour que mon kimono se remette à flotter, comme une cape dans mon dos.

— Tu vois ? m'extasiai-je en me dirigeant à petit bond chez Stacy sous les regards curieux de ses invités.

Everly éclata de rire et je l'imitai en poursuivant ma progression qui ressemblait plus à celle d'une grenouille que d'une super héroïne. Mais je ne voulais pas encore arrêter. C'était trop marrant.

— Chouette, la démarche, commenta une voix suave sur ma droite, avec un soupçon d'amusement.

Je me retournai pour faire face à un brun boutonneux accompagné de son pote coiffé d'un chignon de dreadlocks lui retombant en partie sur le visage. Les deux tenaient des gobelets de couleur rouge, l'expression hilare.

Je me demandais lequel d'entre eux avait parlé.

— Vous trouvez ? souris-je.

— Oui. C'est totalement… gracieux, plaisanta Bob Marley.

Je me sentis un peu coupable d'être soulagée que ce fût lui et non son pote mon interlocuteur.

— J'aime les gens qui ont bon goût, badinai-je avec un clin d'œil.

Son visage sympathique se fendit en un sourire à faire fondre un iceberg, que je ne pus m'empêcher de lui rendre.

Il s'approcha et je détaillai sa silhouette élancée et son style de skater, alors qu'il me tendait une main avenante.

— Alexander, se présenta-t-il.

Avant d'avoir le temps de répondre, quelqu'un survint de nulle part et pesta en me bousculant :

— Vous barrez la route, merde !

Sur le point de balancer une remarque bien sentie à la polissonne aux cheveux verts qui s'éloignait déjà, je me ravisai en sentant une main se poser sur mon épaule.

— On entre ? miaula Everly, en se tordant les doigts, mal à l'aise.

Elle n'aimait pas trop les fêtes, ou les autres rassemblements du genre. D'ailleurs, j'avais dû pas mal insister pour qu'elle m'accompagne, après avoir arraché les deux invitations à Stacy.

— Ouais, acquiesçai-je en lui prenant la main.

Ce ne fut que lorsque Alexander lança un « *enchanté* » sarcastique que je me rendis compte de ma gaffe.

*Oh non !*

Je l'avais oublié. La faute à cette maudite tête d'épinard pour m'avoir bousculée. Alex n'avait rien fait pour mériter ça. De plus, il était vraiment craquant. Dommage mais je suivais déjà Everly à l'intérieur.


Après avoir passé la porte, je balayai du regard le plafond cathédrale, la grande mezzanine, les murs de couleur ivoire et le mobilier épuré. C'était une très belle maison.

Il y avait du monde partout. La plupart tenaient des gobelets comme celui d'Alexander. Les autres, eux, trimballaient des bouteilles de bière ou d'autres boissons alcoolisées.

La plus grosse concentration de monde restait quand même la piste, ou plutôt le salon, où mes chers camarades se trémoussaient et s'époumonaient sur une chanson de Drake.

Je comprenais désormais pourquoi personne n'était devant la porte pour nous demander nos invitations. Ce serait peine perdue. À mon avis, la nouvelle de la fête s'était ébruitée et la moitié du lycée avait rappliqué.

Tout le monde se frottait à tout le monde, et je sentis les doigts d'Everly se crisper sur les miens, signe qu'elle était mal à l'aise. Même moi, je n'avais jamais encore participé à une fête avec autant d'invités.

J'espérais pour Stacy que ses parents étaient cools, car même s'ils avaient poussé les meubles dans un coin, c'était sûr qu'il y aurait un beau bordel le lendemain. Avec tout l'alcool qui circulait ; les couples qui se bécotaient ; les lumières tamisées ; les gens qui dansaient ; la maison avait toute l'ambiance d'un night-club…

Et comme pour me donner raison, ils se mirent à sautiller et à crier comme des déments, lorsque le DJ envoya un tube de Marshmello. Je me surpris à trouver tout ceci fascinant, un sourire large comme ça sur mon visage.

Je ne m'étais rendue qu'à deux fêtes depuis que j'étais au lycée. Et jusqu'ici, celles-ci avaient été nulles à chier. J'avais par la suite refusé toutes les autres invitations, en partie à cause de ça.

Mais là, je venais de me rendre compte que je n'étais juste pas encore allée aux bonnes soirées.

Je n'avais toujours pas arrêté de sourire en bougeant la tête au rythme de la musique, depuis le coin où l'on s'était retirées dans la salle à manger.

Lana tout près s'assurait que personne ne manquât d'alcool, de cocktails et de pizzas derrière une longue table. C'était connu : les organisateurs des fêtes n'en profitaient jamais.

Pour ma part, je voulais juste aller sur la piste. Mais il y avait Everly…

– On est venu faire quoi exactement ? demanda d'ailleurs celle-ci à mon oreille, pour se faire entendre par-dessus la musique.

– Voir ce que Stacy prépare pour Anna, lui glissai-je à mon tour. Mais comme il n'y a aucun signe des deux, on peut s'amuser, non ?

Elle grimaça, mais je ne la laissai pas protester, et la traînai sur la piste. Le DJ m'avait eue à l'instant où il avait envoyé un remix de *Closer* des Chainsmokers

En rejoignant le centre de la fête, je m'étais mise à scander à tue-tête comme tout le monde, avec mon poing fermé en guise de micro.

Je passai la minute suivante à danser, répondant à des sourires de personnes à qui je n'avais jamais parlé au lycée. Je me sentais trop bien ! C'était comme si j'étais saoule sans avoir bu.

Une blonde que je ne connaissais pas me prit la main et on sautilla en riant comme des folles. Cependant, lorsque je me retournai quelques secondes plus tard, Everly n'était plus là.

# Chapitre 32.
# Le remède

Inquiète, je me faufilai entre tous ces corps transpirants pour essayer de la retrouver, mais je ne la voyais nulle part. Serait-elle partie ? Elle ne me ferait quand même pas un coup pareil !

Nerveuse, et un chouïa irritée, je continuai de chercher et atterris dans une grande cuisine aux équipements noirs laqués, tous plus rutilants que les autres. C'était la seule pièce de la maison que j'avais vue jusque-là avec un nombre de personnes raisonnable.

Stacy, moulée dans une petite robe noire préparait un cocktail dans un énorme bol, tout en pestant haut et fort :

— Vous m'avez transformée en votre bonne. Vous avez intérêt à voter pour moi, pour le bal de décembre.

Elle remua avec énergie le liquide rouge, avant de crier quelques secondes plus tard :

— Tris, bordel, où est la Vodka ? Il faut faire vite. Ils sont à court de boissons. Si seulement je trouvais le connard qui a averti tout le monde, grinça-t-elle.

De toute évidence, la soirée échappait à son contrôle.

— Tu as vu Everly ? lui demandai-je depuis l'autre côté du comptoir.

Elle dévissa la bouteille que lui avait apportée son acolyte, tout en me toisant. Puis elle descendit un grand coup au goulot, avant de verser le reste dans le mélange devant elle.

— Tu vois que je suis d'humeur à jouer les nounous ? me cracha-t-elle.

Elle avait raison. Mais je roulai quand même des yeux en partant.

Je n'allais pas bien loin, car je faillis tomber en rentrant en collision avec quelqu'un. Par chance, celui-ci me rattrapa et me redressa sur mes jambes.

Alexander.

On se revoyait donc plus tôt que prévu.

— Merci, soufflai-je avec un faible sourire en réajustant ma robe.

Il ne devait pas faire plus d'un mètre soixante-quinze, car il me dépassait d'à peine quelques centimètres.

— De rien, répondit-il avec un petit rictus en coin, avant de s'adresser à Stacy :

— Il n'y a plus rien à boire.

— Je sais ! aboya notre hôtesse. J'ai envoyé trois bouteilles pour vos jeux stupides, il y a cinq minutes. La bière est en route. Tris vient à peine d'emmener le cocktail. Me faites pas chier ! Je suis pas votre maman, merde !

Alexander leva ses deux mains en signe de reddition.

— Je voulais juste prévenir, moi.

Il braqua ensuite son regard d'ambre sur moi pour m'inviter à danser en compensation pour son ego piétiné tout à l'heure, dans l'allée.

Il était trop mignon, avec sa tronche d'ange, son allure je-m'en-foutiste, et ses yeux rieurs… Malheureusement, je devais refuser, car je n'avais toujours pas trouvé Everly. J'ouvris la bouche pour l'en informer, mais il m'interrompit d'un doigt :

— On ne refuse pas une danse sur du Xxxtentacion.

Le morceau *Moonlight*, du défunt rappeur, venait en effet de commencer. Je le connaissais, car il était longtemps resté en haut des classements *Spotify*. J'aimais même beaucoup cette chanson. Par contre, je ne savais pas qu'il était interdit de refuser une danse dessus. Alexander avait semblé si sérieux et serein en disant cela, que je n'avais pas pu m'empêcher d'être intriguée.

— Ah bon ! Pourquoi ? m'informai-je, intéressée, en me croisant les bras sous la poitrine.

— Bah, parce qu'on doit lui rendre hommage, fit-il en haussant les épaules, de manière évidente.

Cependant, tout de suite après, il plissa les yeux d'un air dubitatif, comme si lui-même doutait de la crédibilité de ses paroles.

Je partis dans un grand fou rire, et il m'imita en éloignant quelques dreadlocks de son visage. Il avait un rire si pur, aussi réchauffant que celui d'un gamin, qui dévoilait presque toutes ses dents, dont celles d'en bas qui n'étaient pas parfaitement alignées.

Je ne savais pas pourquoi, mais ça le rendit encore plus sympa à mes yeux.

— Bon, j'avoue, reconnut-il, une fois son hilarité retombée. Je viens d'inventer cette loi. Mais s'il te plaît, me plante plus. Ça fait mal.

Il était trop mignon. Après tout, pourquoi refuser ? Everly ne pouvait quand même pas être en danger.

J'acquiesçai et il sourit en me tendant sa paume chaude.


Les doigts liés, on rejoignit le salon à l'éclairage tamisé. Puis ensuite, je m'immobilisai en tordant mes mains comme le faisait Everly quand elle était nerveuse.

Il y avait moins de monde que tout à l'heure, mais on était les seuls à ne pas danser. Alexander me fixait de ses yeux plaisantins comme s'il attendait quelque chose de moi. Je me mordis la lèvre inférieure de malaise, car je ne savais pas quoi.

Toute seule, je gérais. Mais en vrai, je ne savais pas danser ; et encore moins sur une musique de ce genre. Devais-je bouger de gauche à droite ? Sauter ?

Cependant, je n'eus pas à m'inquiéter longtemps, car la magie s'opéra toute seule. Lorsque la chanson arriva encore une fois au refrain, c'était comme si la même énergie s'était infiltrée en tout le monde, et toute la maison se mit à scander d'une seule voix.

On se serait presque cru à un concert tellement c'était poignant et entraînant.

Je commençai d'abord par bouger la tête comme Alexander. Ensuite, un grand sourire illumina mon visage, alors que je me laissais aller, en me foutant d'avoir l'air ridicule ou non.

C'était décidé, j'allais sortir plus souvent.

Alexander était trop cool. Il me faisait tournoyer de temps à autre, me complimentait, me faisait rire… Je me surpris à me sentir bien avec lui ! D'ailleurs, lorsqu'une musique plus slow arriva, j'étais tellement détendue que je m'appuyai sans penser à ce que je faisais sur son large sweat qui sentait le soleil.

Il enlaça ma taille et je souris contre son épaule en me laissant balancer. C'était rare que je m'entende comme ça avec quelqu'un dès le premier jour.

La chanson qui passait en cet instant-là était *There You Are* de Zayn. Et lorsqu'arriva le refrain, au moment où je m'étais mise à chantonner, Alexander, en faisait de même près de mon oreille.

On se redressa tous les deux et on s'esclaffa, comme deux potes qui se connaissaient depuis des lustres.

J'espérais de tout mon cœur qu'il n'ait pas de copine. Parce que je crois que je venais d'apercevoir en lui mon remède à une certaine attirance malsaine…

# Chapitre 33.
# L'aveu

Quelques musiques plus tard, on sortit dans un large patio recouvert d'une pergola, avec plus loin, un magnifique jardin aux allées dallées, muni de plusieurs balancelles.

On passa près de quelques groupes occupés à discuter, plus deux trois fumeurs et couples en quête de tranquillité.

On finit par s'installer dans l'une des balancelles au fond du jardin où la musique était assez faible, et je soupirai de soulagement en me laissant aller contre le dossier.

Danser autant m'avait quelque peu épuisée.

Je n'avais toujours rien bu, même si Alexander m'avait proposé de me prendre quelque chose.

Après mon expérience de la veille, je préférais me tenir à ma résolution d'éviter toute boisson alcoolisée. J'avais peur de la Megan saoule.

Bercés par la douce oscillation de la balancelle sous le ciel étoilé, un silence des plus agréables planait entre nous. Mais quelques secondes plus tard, Alexander se tourna vers moi, ses yeux rieurs animés d'une lueur mystérieuse.

— Tu es magnifique, souffla-t-il. Ce nouveau look te va à merveille.

— Merci, souris-je, en coinçant une mèche de cheveux derrière mon oreille.

— Ça te donne l'air plus... pétillant, ajouta Alexander, flatteur.

Je lui fis face en déposant un bras sur le dossier de la balancelle.

Il me sourit, puis descendit une gorgée du contenu de son gobelet.

— Je suis pétillante ? m'amusai-je.

C'était la première fois qu'on me faisait ce compliment.

— Eh bien, tu brilles tout le temps, dit-il. Tu es... vivante, à défaut d'autres termes plus adaptés. Tu es libre. Tu marches presque en sautillant. Moi et Terrence, on adore t'observer. En gros, tu es... pétillante, comme je l'ai dit.

*Wow* ! C'était l'une des plus belles choses que j'avais entendues à mon sujet. Sa soudaine timidité me convainquait un peu plus de sa sincérité.

Je baissai la tête pour recouvrir mes joues brûlantes de mes cheveux. Je balançai ensuite mes pieds pour me donner contenance et me la jouai désinvolte en m'enquérant :

— Terrence... euh, c'est...

*Celui avec les boutons d'acné ?*

— C'est mon meilleur pote.

— Et vous dites quoi sur moi ? m'informai-je en gardant mes yeux sur mes bottines.

— Que tu es géniale...

— Ah bon ! souris-je en redressant la tête.

Il secoua son gobelet.

— Ils ont mis un sérum de vérité dans ce truc, ou quoi ? fit-il avec un petit rire nerveux.

J'arquai un sourcil amusé et il se laissa aller contre le dossier de la balancelle pour admettre dans un soupir :

— OK. Je te regarde tout le temps. Je n'ai jamais eu le cran de te parler. De plus, je pensais que tu sortais avec le roux de l'équipe de basket. Vous êtes tous les jours scotchés ensemble. Mais comme je l'ai vu galocher une fille, ce soir, alors, je me suis dit que peut-être… je me trompais. Et…

— Tu as vu Teddy ! m'écriai-je.

Je voulais tellement avoir une conversation avec celui-là. Il fallait que je comprenne pourquoi il m'évitait.

— Donc c'est ton copain, estima Alexander.

*Eh merde !* J'avais ignoré tout ce qu'il m'avait dit pour ne m'attarder que sur un simple détail.


Je me sentais trop mal. Surtout qu'il venait presque d'admettre que j'étais son *crush*. Moi qui pensais que j'étais invisible la plupart du temps ! Je me retrouvais aussi flattée que gênée, vu que, pour ma part, je ne l'avais jamais remarqué auparavant.

— Non, le rassurai-je. Teddy est mon ami d'enfance.

Il hocha la tête d'un air pensif.

— Donc, tu n'as pas de copain ?

— Non.

— Chouette ! conclut-il avec un sourire en coin.

Je rangeai une mèche derrière mon oreille pour tenter de dissimuler ma gêne.

— Je ne t'ai jamais vu avant, confessai-je.

Alexander grimaça et je ne sus pas trop comment l'interpréter.

— Ça, c'est le détail qui met mal à l'aise, marmonna-t-il, comme pour lui-même.

— T'es plus jeune que moi, déduisis-je au bout d'un moment. On n'a pas les mêmes cours, c'est ça ?

— Non. J'ai juste redoublé plus jeune. Mais on peut ne pas en parler ?

Pourquoi ça le mettait mal à l'aise ?

— Non, refusai-je avec un large sourire goguenard.

197

— Ah ! Tu es dure, protesta-t-il, en portant une main sur son cœur.

Pourquoi ça le gênait ? C'était le genre de choses qui arrivait.

— Et c'est le moment où tu me chantes *Thank You, Next* ? hasarda-t-il avec une petite moue crispée.

— Non, rigolai-je. Plutôt, *See You Again* de Miley. Mais pas toutes les paroles, hein ! Par exemple le *« je crois que je t'ai connu dans une autre vie, parce que je sens cette profonde connexion quand je te regarde dans les yeux »* n'est pas inclus… Juste le « *I can't wait to see you again* ». Bon OK. J'aurais dû choisir une autre chanson, pouffai-je, embarrassée, en réalisant que je parlais trop.

— Tu vois ce que je veux dire par pétillante ? s'esclaffa-t-il.

Je souris et me recouvris le visage de mes mains, pour cacher mes joues brûlantes, comme une gamine.

Je le trouvais trop cool. J'accepterais de bon cœur s'il m'invitait à sortir.

— Tu fais quoi dimanche ? se renseigna-t-il avec intérêt.

Il lisait dans mes pensées, en plus. Lui et moi, on allait vraiment s'entendre.

Cependant, avant de donner ma réponse, Tris et une Anna trop souriante pour être dans un état normal, attirèrent mon attention. Sans réfléchir à ce que je faisais, je me levai pour les suivre après avoir promis à Alexander de revenir au plus vite.


Anna rigolait comme une folle, les doigts emmêlés à ceux de l'acolyte de Stacy.

Ma curiosité réclamait une réponse. Et mon instinct me soufflait que quelque chose clochait.

Ils s'engouffrèrent dans la maison, mais je les perdis de vue lorsque j'entrai en collision avec un corps assez imposant sorti de nulle part…


J'avais été trop absorbée par Tris et Anna pour faire attention à la silhouette qui pivotait dans ma direction avec son gobelet.

La personne pesta en constatant les dégâts du cocktail sur son tee-shirt blanc.

Ma robe aussi avait été touchée. Mais je ne tempêtai pas, car j'avais ma part de responsabilité. Alors quelle fut ma surprise en découvrant qu'il s'agissait de Teddy !

— Meg, s'étonna-t-il en fronçant ses sourcils épais.

Il ne devait pas s'attendre à me voir ici. Je devinais que je n'aurais pas d'autre chance de le croiser de sitôt. J'attrapai son avant-bras et l'entraînai vers un coin du jardin, à l'écart.

— On doit discuter, décrétai-je de mon ton le plus catégorique. Maintenant.

# Chapitre 34.
# La friendzone

– Dis-moi pourquoi tu m'évites, Teddy Summers ?

Mon ami d'enfance se frotta le cou d'un geste éreinté, puis recula de deux pas comme s'il s'apprêtait à partir. Il était hors de question qu'il m'échappe à nouveau ! J'attrapai son bras, mais il me l'arracha des mains en me crachant d'un ton venimeux :

– Ne me touche pas !

Je me figeai de stupeur quelques secondes, avant de me convaincre qu'il devait être bourré.

D'ailleurs, son haleine empestait l'alcool et son regard était un peu vitreux. Ce n'était peut-être pas judicieux d'essayer de lui soutirer des informations dans cet état. Mais je n'avais pas le choix.

– OK. Je ne te touche pas. Mais dis-moi la vérité ! l'implorai-je. Pourquoi tu m'évites ? Que me caches-tu ?

Il scruta les alentours en maltraitant ses cheveux qui pointaient déjà dans tous les sens. Lorsqu'il se fit à l'idée qu'il n'allait pas m'échapper, il m'épingla de son regard tranchant juste après avoir inspiré un grand coup.

– Tu veux la vérité ? gronda-t-il en se plantant à quelques centimètres de mon visage.

201

Je ne le reconnaissais plus. C'était comme si quelqu'un d'autre résidait dans le corps de mon ami.

Je levai les yeux pour croiser ses émeraudes, car il me dépassait d'une bonne tête. J'avais l'impression qu'il s'était rapproché juste pour me dominer de son imposante stature de basketteur. Il était passé où mon Teddy aussi doux qu'un agneau ?

— Finissons-en ! soufflai-je.

— La vérité est que j'ai menti. Ils ne m'embêtent pas dans l'équipe parce qu'ils soupçonnent que je suis gay, mais plutôt à cause de la façon dont tu me traites, Megan. Je suis friendzoné depuis la nuit des temps. Je ne peux même pas leur en vouloir, puisqu'ils ont parfaitement raison.

Il avait menti. Everly me l'avait déjà dit. Mais tout le reste était absurde.

— T'es friendzoné, pouffai-je avec nervosité. C'est n'importe quoi ! Tu ne vas pas écouter Adam et…

— Ah bon ? me coupa-t-il en fronçant les sourcils. Tu m'aimes, Megan ?

Ses émeraudes sondaient chaque centimètre de mon visage.

Il n'était pas sérieux ? Bien sûr que je l'aimais. Il était mon meilleur ami, mais… Oh mon Dieu… donc… Oh mon Dieu !

Je percutai enfin et déglutis avec difficulté. Il ne pouvait pas être amoureux de moi ! Je… Merde ! Tout prenait enfin sens, même les paroles d'Everly : « *Tu remarquerais des tas de choses, Megan.* ».

J'avais mal aux tempes, avec toutes ces pensées à traiter d'un coup. C'était trop pour moi ! Beaucoup trop…


Devant mon silence prolongé, Teddy se pinça l'arête du nez et hocha la tête plusieurs fois, avant de reculer de quelques pas.

— Voilà, Megan, articula-t-il d'une voix éteinte. Tu ne me prends jamais au sérieux. Quand à l'école élémentaire, j'ai enfin eu le courage de te l'avouer, tu as rigolé. L'année dernière, pareil…

— Je pensais que tu…

— Ce n'est pas à cause des gars qu'on ne se fréquente plus, coupa-t-il en me pointant d'un doigt accusateur. J'ai choisi de m'éloigner de toi. Ils m'ont juste fait réaliser que je perdais mon temps… Je le perds depuis trop longtemps, d'ailleurs.

— Mais Michael…

*NON MAIS QUELLE IDIOTE !* Pourquoi ramener celui-là sur le tapis alors qu'on était déjà en terrain miné ?


J'étais pourtant prête à jurer que je n'avais pas fait exprès. J'étais perdue. Tout se bousculait dans ma tête. J'avais besoin de temps pour remettre mes idées en ordre. Je ne savais même pas pourquoi j'avais prononcé le nom de ce connard. Mais si j'avais pu sortir de mon corps à ce moment-là, je me serais giflée.

— Oui, encore et toujours lui, soupira Teddy en levant les bras d'un geste excédé. D'ailleurs, c'est lui l'élément déclencheur de toute cette… rage que je ressens. Il est venu vers moi en prétendant te haïr, alors que je sais que tu es folle de lui. Il désirait des infos sur toi, et m'a menacé pour les obtenir. Mais tout ceci n'était pas nécessaire. Je lui aurais volontiers raconté tout ce qu'il voulait.

Mon mal de crâne s'était exacerbé. J'étais larguée. Il venait d'affirmer qu'il m'aimait, pour ensuite avouer qu'il avait aidé de bon cœur quelqu'un qui me détestait.

— Mais pourquoi ? criai-je en posant mes paumes sur mes tempes.

— Parce que je voulais qu'il te détruise ! gueula-t-il à son tour.

Il envoya ensuite valdinguer son gobelet vide. Puis tritura ses cheveux avant de se rapprocher à nouveau pour me confier d'une voix chevrotante d'émotion, qui me brisa le cœur :

— Je t'aime, mais je te déteste Megan. Je t'en veux tellement ! J'ai toujours été là pour toi. J'ai suivi tous tes plans, aussi foireux pouvaient-ils être. Tu veux qu'on tente l'école publique ? Je te suis… Je dis bien, tous tes putain de projets ! J'ai toujours tout fait pour te rendre heureuse, mais ça n'a quand même pas suffi.

Une larme dévala sa joue. Je me rendis compte que je pleurais aussi lorsque je reniflai à cause de la morve qui coulait de mon nez.

J'étais tellement désolée. Je n'avais jamais essayé d'imaginer les choses de son point de vue.

J'étais prête à tout pour lui. Il ne m'avait jamais laissée tomber une seule seconde. Mais j'avais cru que c'était parce qu'on s'aimait de la même façon… comme des meilleurs amis.

Là, je tombais de haut. Et c'était douloureux. Je souffrais parce qu'il avait mal. Je souffrais parce que j'avais peur de le perdre à jamais… mon meilleur ami, qui voulait plus que ce que j'étais capable de lui donner.

— Toi, tu ne vois que lui, embraya-t-il avec acrimonie. Tu veux un taré, Megan. Ils sont tous cinglés dans sa famille. Tu sais comment sa jumelle est morte ? Bien sûr que non, fit-il avec un rire hystérique. Tu ne sais pas. Je ne te l'ai pas dit lorsque je l'ai découvert dans les dossiers de mon père, parce que j'ai trouvé cela trop horrible. Malgré cela, je n'ai pas cessé de te répéter qu'il ne méritait pas ton attention. Pourquoi tu n'as pas compris que c'était parce que, moi, je la voulais ? pleura-t-il.

Je tremblai et serrai les paupières.

— Je suis désolée, Teddy, bégayai-je entre deux sanglots. Je suis tellement désolée.

*Pitié, faites que je me réveille !*

Sa souffrance me comprimait la gorge. Je voulais disparaître. Il avait tellement raison. Je me détestais. Il n'y avait pas que Michael qui était cinglé. Je l'étais aussi. J'étais folle d'être obsédée par quelqu'un comme lui ; folle de lui avoir consacré tout ce temps de ma vie. Je méritais la colère de Teddy. Je méritais sa rancœur. Mais en même temps, je ne voulais pas qu'il s'en aille. Je ne voulais pas qu'il quitte ma vie. Il comptait trop pour moi. C'était mon meilleur ami…


Ses traits étaient déformés autant par la rage que par la souffrance, lorsque j'osai poser à nouveau mon regard sur lui. C'était trop dur à supporter.

– Je refuse de me sentir minable de ne pas te suffire, enchaîna-t-il avec hargne. C'est toi la fautive, Megan. Pas moi. Tu voulais Michael. Eh bien, j'espère que tu l'as. Et je souhaite qu'il plonge avec toi dans les ténèbres où il nage. J'espère de tout mon cœur que tu souffriras… tout comme moi j'ai souffert.

Ses mots me transpercèrent comme des couteaux. Comment en étions-nous arrivés là ? Je ne supporterais pas que tout se termine de cette façon. Mes sanglots m'étouffaient. Je n'en pouvais plus. C'était trop… juste trop.

En désespoir de cause, je tendis la main pour le toucher, mais il se déroba.

– Laisse-moi tranquille, renifla-t-il, d'un ton las. J'ai envie de passer à autre chose. Ne m'appelle plus. Arrête de me bombarder de messages. Je ne vais pas répondre. J'ai essayé d'éviter tout ça, mais… Je te hais, Megan. Je n'arrive pas à te pardonner de le préférer à moi… Je voulais que tu me remarques enfin. Je voulais qu'il te détruise, pour que je te ramasse à la petite cuillère. Mais là, je me demande si j'en ai encore envie.

Puis, il s'en alla ; me laissant plantée là, en train de pleurer toutes les larmes de mon corps.

# Chapitre 35.
# Le plan

*Il est saoul*, me répétai-je encore et en encore comme une litanie. Il ne pensait pas ce qu'il avait dit.

Cependant, au fond de moi, je savais que c'était faux. Toute cette colère ne pouvait pas être juste le résultat de l'alcool. C'était trop… engagé pour ne pas partir du cœur. La cruelle et terrible vérité était que Teddy ne voulait plus me parler. Mon meilleur ami me haïssait. Celui avec qui j'avais grandi et partagé tant de souvenirs me détestait… Je manquais d'air.

Je hurlai en me tenant la tête, avec l'espoir que mon cri sortirait en emportant la douleur dans ma poitrine. Mais il n'en fut rien.

Ça ne pouvait pas se terminer de la sorte. J'allais le trouver et lui dire que… Je ne savais pas encore ce que j'allais lui raconter. Mais on allait arranger les choses comme d'habitude. Je ne pouvais pas perdre Ted Summers.

Je m'essuyai les yeux, pris une minute pour me calmer en respirant à grands coups, tout en me répétant que tout allait rentrer dans l'ordre. Ensuite, je soupirai d'impuissance devant l'état de ma robe, avant de me convaincre que ce n'était pas l'important pour l'instant.

– Megan, survint Alexander au moment où je m'apprêtais à partir.

– Désolée… Je… une autre fois, murmurai-je, navrée, d'une voix encore instable.

– Je peux…

– N'insiste pas, s'il te plaît… le priai-je, en espérant qu'il perçoive l'urgence de mon ton.

Mes yeux s'étaient de nouveau embués et mes lèvres tremblaient. J'étais officiellement une mauviette. Et vu le flux d'émotions qui me parcourait, je pressentais que j'allais passer la soirée à pleurer.

Mais pour une fois, je m'en foutais.

En tout cas, je n'étais pas d'humeur pour Alexander. Par chance, il le comprit car malgré son inquiétude, il hocha la tête en reculant avec résignation. Je le remerciai en partant et lui promis de remettre notre discussion à bientôt.

Je devais retrouver Teddy.


Je rentrai dans la maison et me mis à chercher un peu partout. Dans un coin de la cuisine, je tombai sur Stefen, le blond de l'équipe de basket, au sourire narquois agaçant.

Il causait avec un groupe de filles, mais je le tirai à part sans prendre la peine de m'excuser.

– J'étais sur le point de conclure, Megan ! pesta-t-il lorsque je le relâchai. Un putain de plan à quatre. Que veux-tu ?

– Tu as vu Teddy ? lui demandai-je sans commenter son aveu.

Ça ne m'étonnait même pas de sa part. Ça ne m'étonnerait d'aucun des joueurs de l'équipe de basket. C'étaient des bites sur pattes, et leur statut de star à l'école leur facilitait pas mal la vie.

– Je ne sais pas… jeta le blond en vérifiant d'un air préoccupé si les filles étaient encore là.

Je dégainai mon expression la plus froide et lui attrapai sans ménagement l'avant-bras avant qu'il ne s'échappe.

– Si tu ne réponds pas, je leur dis que t'as la syphilis et le seul plan que tu feras, ce sera solo, ce soir, devant ton ordi.

– Quelle chieuse ! jura-t-il en m'arrachant son bras. Bon OK, j'ai vu Teddy, il y a une quinzaine de minutes. Il n'avait pas de capotes sur lui. Il est sorti demander aux gars. Moi, j'en ai que deux, j'allais pas les lui filer, rigola-t-il en regardant encore une fois derrière lui.

Les filles lui firent un petit coucou de la main et il leur adressa un sourire large jusqu'aux oreilles. Je roulai des yeux, et il se retourna d'un air plus détendu, désormais rassuré que ses proies n'iraient nulle part.

– Cherche cette fille… Je ne me rappelle plus son nom. C'est une petite pute qui a sucé Adam dans les vestiaires la semaine dernière, raconta-t-il, désinvolte. Bref, elle a les cheveux courts. Si tu la trouves, tu trouveras Teddy. Ils allaient baiser.

*Donc, quasiment tous les mecs parlaient comme des gros porcs ?*


Ted était différent jusque-là, même s'il avait déjà couché avec des filles. Enfin, je ne savais que pour Katya, son ex. Et en y repensant, il avait perdu sa virginité un jour après moi.

Le lendemain du bal de promo de l'année dernière, j'avais raconté ma petite mésaventure à lui et à Everly. Celle-ci m'avait consolée. Mais lui, il était parti sans dire un mot… Ça aussi prenait enfin sens.

Et puis, moins de vingt-quatre heures plus tard, il m'avait annoncé qu'il l'avait fait avec Katya.

Je n'avais pas été jalouse et je ne savais pas qu'il attendait que je le fusse.

Même si leur relation était des plus fades, il sortait avec cette fille depuis déjà six mois, à l'époque. Donc, ça ne m'avait ni choquée, ni dérangée… tout comme à cet instant-là, après les renseignements trop détaillés de Stefen, qui n'allaient pas me servir à grand-chose.


J'avais conscience de ne pas être amoureuse de Teddy. Mon attitude indifférente face à une nouvelle pareille en était la preuve. Mais je ne voulais pas le perdre pour autant.

Je remerciai Stefen et m'apprêtais à partir lorsque celui-ci m'arrêta.

Sa mine espiègle habituelle avait refait surface comme s'il venait soudainement d'avoir une illumination. Il se croisa les bras sur son torse musclé et s'informa d'un air malicieux :

– Pourquoi tu le cherches ?

Je savais qu'il était au courant de ma situation avec Teddy, comme tout le reste de l'équipe. Mais là, je n'avais aucune idée de quelle pensée tordue lui avait traversé l'esprit, et je n'avais aucune intention de le découvrir.

Je levai les yeux au ciel et soupirai avec lassitude :

– Bonne nuit, Stefen.

– Oh, c'est sûr qu'elle sera bonne, ricana-t-il d'un ton plein de sous-entendus.

Je fis semblant de vomir en partant et le blond rigola de plus belle.

Il y en avait au moins qui s'amusaient.

C'était ça la vie malheureusement. Même quand notre monde s'écroulait, le temps n'arrêtait pas sa course, ni la Terre sa rotation… Ça, je l'avais compris le jour où j'avais perdu mon père.


Après mes recherches infructueuses au rez-de-chaussée, je montai à l'étage où les chambres étaient disposées en L autour de la mezzanine.

Je frappai à la première des cinq portes, puis réalisai que les occupants risquaient de ne pas m'entendre à cause de la musique. Je tournai la poignée et atterris dans une pièce meublée, mais vide.

Ce fut la seule à l'être.


J'espérais pour Stacy que ses parents ne rentreraient pas de sitôt, car je n'imaginais aucun adulte soutenir la conversion de leur maison en hôtel.

Un couple copulait dans la seconde chambre. Et à peine m'étais-je arrêtée devant la suivante, qu'on plaquait quelqu'un contre la porte.

210

– Dis donc ! susurra une voix rauque, suivie de gémissements étouffés.

C'était Stacy qui avait parlé. Je m'éloignai, car je ne voulais pas en entendre plus.

Tous ces gens qui prenaient du bon temps commençaient à me taper sur les nerfs. Je ne pouvais pas m'empêcher de trouver cela injuste, puisque je souffrais.

Au bout du compte, je me demandai si c'était une bonne idée de retrouver Teddy. S'il était encore là et en train de faire ce que Stefen avait dit, je ne serais bien sûr pas la bienvenue.

Toutefois, comme ma main était déjà sur la poignée de l'avant-dernière porte, je décidai de la vérifier, avant de rentrer chez moi.

Contrairement aux premières, celle-ci était verrouillée.

J'allais partir lorsque j'entendis quelqu'un s'enquérir :

– Stacy ?

Quelques secondes plus tard, la porte s'ouvrit sur Tris, qui claqua la langue avec dédain en me reconnaissant.

– Que veux-tu ? siffla-t-il.

Je l'ignorai et tournai les talons.

Cependant, après un pas, un geignement provenant de la chambre titilla ma curiosité. Le comportement de Tris m'incita à me dépêcher de glisser mon pied dans l'embrasure de la porte, car l'androgyne s'était empressé de vouloir fermer.

Tris était gay avec un G majuscule. Une fille en train de gémir dans sa chambre avait de quoi intriguer. Et vu la pensée horrible qui m'avait traversée, je préférais vérifier.

Je luttai avec lui quelques secondes, mais je finis par pousser la porte en mettant toute ma force.

Et puis, je me figeai devant le spectacle qui se déroulait sous mes yeux.

– Tu fous quoi là, Adam ? réussis-je à articuler d'une voix vibrante d'émotion.

# Chapitre 36.
# Le piège

Adam était l'autre type de bad boy assez fréquent dans les histoires d'amour pour ados. Amasseur de conquêtes. Capitaine de l'équipe de basket. Arrogant avec un grand A. Beau comme une statue grecque…

Malheureusement pour tout le monde, ça, ce connard le savait.

Il n'avait aucun respect pour les filles. C'était le genre de relou à toucher vos fesses sans votre permission, et soutenir votre regard comme si c'était à vous de vous excuser.

L'une de ses autres spécialités était de crier haut et fort le nom des filles qu'il avait baisées…

Donc à mes yeux, ni son corps sculpté, ses traits prononcés, ou ses cheveux ras teints en blond polaire, n'arrivaient à le rendre intéressant.

Alors lorsqu'il se redressa du lit, ses tablettes de chocolat à l'air libre, son ceinturon défait, et son sourire de mannequin pour dentifrice… ça n'eut aucun effet sur moi.

– Qu'est-ce que tu foutais ? répétai-je en hurlant presque, depuis le seuil de la chambre.

Tris, qui s'était réfugié dans un coin de la chambre avait adopté l'une de ses poses de diva. Mais il ne devait pas assumer tant que ça, car il promenait ses yeux partout dans la pièce sans oser les poser sur moi.

— Megan ! s'écria Adam avec entrain, comme si on était de vieilles connaissances.

Anna derrière lui, attira mon attention en bougeant sur le lit, comme au ralenti. Sa robe remonta sur sa culotte arrêtée à mi-cuisse. Puis, elle prononça quelque chose d'inintelligible, avant de fermer les yeux, le front plissé, les doigts crispés sur le drap.

Ils l'avaient droguée.

— Tu allais la violer ! m'écœurai-je en toisant Adam. Et toi, tu étais là pour quoi ? Filmer ? crachai-je à Tris. À quel moment de sa vie, l'âme de quelqu'un devient aussi pourrie pour penser faire ça à un autre ?

J'étais révoltée, horrifiée, scandalisée… De plus, je ne voyais pas ce que ça rapporterait à Stacy. Elle était mille fois pire que j'avais imaginé. Elle ne changerait donc jamais ! Cette fille, c'était le diable incarné.

Pourquoi ? Ça ne lui ramènerait même pas Michael. Je ne planifierais pas une chose pareille, même pour mon pire ennemi. J'étais dégoûtée. Dire qu'Everly flashait sur ça !

— Foutez le camp, avant que j'avertisse tout le monde, m'entendis-je prononcer d'une voix froide, tranchante.

— Eh, calme-toi ! tenta Adam en faisant quelques pas dans ma direction. Tu sais, elle et moi, on s'amusait. Si tu veux, tu peux nous rejoindre.

— Laisse-moi ravaler mon vomi et faire comme si je n'avais pas entendu, martelai-je.

Ses mâchoires tressautèrent et il émit un petit rire sans joie en arrivant à ma hauteur, ses yeux verts lançant des couteaux.

— Megan, Megan… Comment te dire… Tu fais chier ! Voilà !

S'il pensait me faire peur, il se fourrait le doigt dans l'œil jusqu'au coude. J'avais déjà croisé plus intimidant. Et lui aussi d'ailleurs. Peut-être que je devrais lui rafraîchir la mémoire.

– On sait tous que t'es une allumeuse, embraya le basketteur avec acrimonie. *Je t'aime, Teddy*, gaussa-t-il. *Aide-moi à monter ma fermeture Éclair… Oh laisse-moi m'asseoir sur toi…* Tu devrais avoir honte ! Et non, tu ne vas avertir personne, pétasse.

Il était désormais assez près pour que son eau de Cologne m'emplisse les narines. Il fumait et ses yeux brillaient de haine.


Je me demandais ce qu'il avait à l'idée pour me faire taire.

Des milliers de scénarios macabres traversèrent mon esprit, mais j'évitai de montrer mon angoisse en haussant le menton pour déclarer d'un ton maîtrisé :

– Bien. Je m'en vais. De toute façon, je m'en fous d'elle. Mais bonne chance pour expliquer à Michael ce que tu faisais avec sa copine dans cet état. Tout finit par se savoir, Adam. Je crois que t'es le mieux placé pour comprendre.

Il déglutit et échoua à feindre l'indifférence.

– Michael ne sortirait pas avec elle, affirma-t-il.

– Tu veux attendre qu'il vienne la chercher ? le narguai-je avec un rictus provocateur.

Le basketteur adressa un regard aussi interrogateur qu'inquiet à Tris, comme s'il attendait que celui-ci me contredise. Mais l'acolyte de Stacy se contenta de fixer ses chaussures d'un air coupable.

De toute évidence, les vipères n'avaient pas informé Adam de ce petit détail. Cette bite sur pattes s'était fait avoir comme un bleu. Il devait savoir qu'on ne récoltait rien d'autre en pactisant avec Satan, alias Stacy Hunting.


Le printemps dernier, après sa rupture avec Michael, celle-ci était allée se consoler dans les bras d'Adam. Fier de son coup, ce connard, lui, n'avait pas réussi à tenir sa langue.

Si Adam avait abusé d'Anna, Michael se serait déchaîné contre lui. Alors la reine des pestes aurait d'une pierre deux coups, fait du mal à Anna et puni Adam.

J'hésitais vraiment entre vomir et applaudir.

Michael aurait achevé Adam cette fois. Personne ne pouvait oublier comment il l'avait défiguré l'année dernière après que le basketteur l'avait eu provoqué au sujet de sa rupture avec Stacy.

Heureusement pour lui, il n'avait gardé que sa petite cicatrice à l'arcade.

D'ailleurs, ce fut comme si cette dernière s'était mise à l'élancer, car il la toucha, le teint livide, avant de partir en pestant, et me bousculant au passage.

Il ne resta plus que, Tris, moi, et une Anna comateuse dans le lourd silence de la chambre avec la musique de la fête en bruit de fond.

Puis, ce fut comme si toute la lassitude du monde s'était abattue sur moi pour je ne savais quelle raison. Je sentis mes épaules s'affaisser pendant que je poussais un soupir à en fendre l'âme.

Les chaussures du sbire de la reine des pestes se firent entendre quelques secondes plus tard. Mais je lui jetai avant qu'il ne disparaisse :

– Avant, je pensais qu'à l'intérieur du pantin de Stacy, il y avait une âme.

# Chapitre 37.
# La bombe à retardement

Il s'immobilisa un instant, mais je ne saurais décrire son expression, car je n'avais pas pris la peine de me retourner pour lui parler. Il ne le méritait pas.

Il finit par se bouger quelques secondes plus tard, et partit en claquant la porte derrière lui.

Je détestais cette soirée !

Anna remua de nouveau et je me passai une main sur le visage tout en me demandant ce que j'allais faire d'elle.

La sonnerie d'un téléphone interrompit mes réflexions. Je l'ignorai dans un premier temps en poursuivant mes cent pas. Pourtant, la voix de Britney Spears finit par taper sur mes nerfs et j'arrachai le téléphone du sol.

Je me figeai face au nom sur l'écran, avant de me reprendre en me rappelant mes résolutions.

Je décrochai, le cœur battant à tout rompre, pour je ne savais quelle stupide raison.

J'attendis quelques secondes, mais au lieu de l'allô protocolaire que j'escomptais, la voix rauque, légèrement éraillée que je reconnaîtrais entre mille, annonça :

— On doit se parler.

— Ce n'est pas Anna, soufflai-je.

Un long silence suivit, et au bout d'une minute, je me sentis obligée de vérifier qu'il n'avait pas raccroché.

— Et elle est où, Spark ? finit par s'enquérir Michael d'une voix monotone.

Il m'avait donc reconnue. Si je n'étais pas si vidée, j'aurais peut-être pu ressentir un petit truc. Je ne savais pas. Peut-être un peu de joie.

— Elle est chez Stacy, l'informai-je. Je la sors. Viens la chercher.

Puis sans plus attendre, je raccrochai en jetant le téléphone sur le lit. Celui-ci ricocha sur le front d'Anna et cette dernière émit un drôle de gazouillement en remuant dans son demi-sommeil.

Là encore, si je n'étais pas aussi vidée, j'aurais ri…

— Tu peux tenir debout ? demandai-je.

Elle cligna plusieurs fois les paupières, ouvrit ses yeux shootés, puis se mit à pleurer.

— Tu peux la fermer, s'il te plaît ? envoyai-je.

On n'était quand même pas devenu potes ! Je l'avais aidée parce que ma conscience ne m'aurait pas laissée tranquille, sinon. Mais je m'en foutais pas mal de ses états d'âme.

Elle se tut et je me rapprochai d'elle en soupirant pour la énième fois.

Je remontai d'abord sa culotte, avant de la tirer pour l'asseoir sur le rebord du lit pour qu'elle puisse passer son bras derrière ma nuque.

Par chance, elle était aussi légère qu'une plume, car je n'aurais pas pu la traîner dehors, si elle était plus lourde.

Tout le monde nous ignora sur notre passage. Après tout, on était vendredi. Beaucoup devaient et allaient à coup sûr rentrer chez eux dans cet état, même sans avoir été drogués.

Je soupirai de soulagement en apercevant un banc à deux maisons de chez Stacy. Je m'y rendis avec Anna qui s'y écroula comme une masse dès que je la posai dessus.

– Et maintenant ? m'inquiétai-je à haute voix.

J'avais oublié le téléphone d'Anna à l'intérieur et aller le récupérer n'était pas ma priorité. Le mien était dans la poche d'Everly, car je n'avais pas apporté de sac.

D'ailleurs, j'espérais qu'il ne lui était pas arrivé malheur à celle-là.


Mon crâne m'élançait. Je m'étais mise à faire les cent pas en me tenant la tête. De plus, il faisait froid dehors. Tout allait mal.

J'étais sur le point de craquer lorsqu'un tout-terrain noir se gara devant moi.

Michael s'en extirpa, dans un large sweat sombre, les cheveux en bataille, les yeux injectés de sang, comme quelqu'un qui avait passé les vingt-quatre dernières heures à travailler dans une mine…

Quand on séchait les cours, c'était pour se reposer, ou faire des trucs marrants, non ? Pourquoi lui il… Bref, ce n'étaient pas mes oignons.

D'ailleurs, je m'étais mise à m'éloigner dès l'instant où il avait posé un pied par terre.

– Il lui est arrivé quoi ? demanda-t-il.

– Elle a une bouche, non ? rétorquai-je sans m'arrêter.

Je crus qu'il allait la charger et partir, mais j'entendis ses bottes me talonner. Il m'attrapa l'avant-bras quelques secondes plus tard avant de souffler :

– Attends !

– Lâche-moi ! aboyai-je en lui arrachant ma main.

J'étais une bombe à retardement. Les mots de Teddy tournoyaient encore comme des dagues dans mon cœur. Je me sentais faible, impuissante, paumée… Et le reste de la soirée n'avait vraiment rien arrangé. Ce n'était pas le moment idéal pour me chercher.

Cependant, Michael ne l'entendait pas de cet œil-là. Car après avoir secoué ses cheveux déjà en pétard, il vissa son regard tout aussi las qu'énigmatique dans le mien.

– Je reviens d'une course qui s'est très mal terminée. La dernière chose dont j'ai besoin c'est que tu me fasses perdre…

– Fous-moi la paix, OK ? vociférai-je en fondant en larmes, à bout de forces. Je ne veux plus faire partie de tes petits jeux ou plans tordus. J'ai fait une erreur en flashant sur toi. Et à cause de ça, j'ai perdu mon meilleur ami. T'es sadique, méchant, et tu n'as aucun respect pour moi. J'ai testé le avec et le sans Michael. Et honnêtement, je préfère la seconde option. La Megan qui te voulait n'est plus. S'il te plaît, fous-moi la paix ! Laisse-moi tranquille.

Ma voix s'était émoussée à la dernière phrase et un flot de larmes discontinu inondait mon visage. Je savais qu'il ne m'avait pas forcée à craquer pour lui, mais après tout ce que Teddy m'avait dit, j'avais besoin d'un coupable.

Et après ce que Michael m'avait fait, je ne regrettais même pas que ce soit tombé sur lui.

Il ouvrit la bouche pour répondre, mais il la referma aussitôt. Puis ensuite, l'expression indéchiffrable, il tourna les talons sans ajouter quoi que ce soit et alla récupérer sa copine.

*Bon débarras !*

Comme pour rendre tout ceci plus dramatique, un orage se fit entendre, et il se mit tout à coup à pleuvoir.

Je détestais cette soirée !

Mes larmes se mélangeaient à la pluie tandis que je cheminais vers chez moi.

Je devrais peut-être accepter cette voiture en fin de compte. Je frissonnais dans mes habits trempés.


Il s'était arrêté de pleuvoir lorsque j'arrivai chez moi, un quart d'heure plus tard. J'étais malgré tout tremblotante, le moral dans les chaussettes ; et d'humeur uniquement à m'enfouir sous la couette avec mon doudou.

Cependant, le destin lui, avait d'autres plans. La soirée était loin d'être finie.

Monsieur Scott était devant la porte de ma maison.

# Chapitre 38.
# La chipie

Une berline bleue était garée non loin de la maison ; le long du trottoir boisé, caractéristique de notre quartier.

Mes pieds émirent un désagréable bruit de succion dans mes bottines mouillées tandis que je parcourais les derniers mètres qui me séparaient du portail et de Monsieur Scott.

Je me raclai la gorge en arrivant à sa hauteur, vu qu'il ne m'avait pas remarquée, absorbé comme il était par sa propre image, dans le retour du visiophone.

Ignorait-il que quelqu'un à l'intérieur, devait le trouver louche à fixer la caméra comme ça, en silence ?

Je n'étais qu'à moitié surprise de son comportement. C'était l'effet que produisait cet appareil sur quasiment tout le monde. Un visiophone normal n'avait pas d'écran extérieur. Mais Helen avait rapporté cette petite technologie de l'un de ses voyages d'affaires, en affirmant que ça occuperait les gens qui attendraient à notre porte, si on prenait du temps pour leur ouvrir.

Et effectivement, elle avait vu juste. Ils s'étaient tous fait avoir : le facteur chauve, une collégienne en uniforme qu'on ne connaissait pas, mais s'arrêtait presque chaque jour devant notre maison juste pour se regarder... Tous ceux qui s'approchaient et constataient qu'ils pouvaient se voir devenaient complètement gagas, et faisaient des trucs stupides comme danser ; tirer la langue ; sans se soucier du fait qu'on les observait à l'intérieur.

Parfois, ça pouvait être trop drôle. Ce visiophone était un vrai aimant à bouffons. Mais jamais au grand jamais, je ne me serais attendu à voir mon prof de Maths s'ajouter à cette liste. Que faisait-il là, bon sang ? Et comment diable avait-il eu mon adresse ?

Le trentenaire aux yeux gris se tourna vers moi en se frottant la nuque d'un air gêné, après avoir sursauté.

— Oui ? l'apostrophai-je, les sourcils froncés.

Paraître polie était le cadet de mes soucis. Surtout avec toutes les idées morbides qui filaient à la vitesse de la lumière dans mon esprit, à ce moment-là. L'une d'entre elles étant que Monsieur Scott était un psychopathe venu pour me tuer.

— Megan, fit-il avec un sourire crispé, en insérant ses mains dans ses poches.

La théorie du psychopathe se renforçait un petit peu plus dans ma tête à chaque seconde qui passait. Je croisai les bras sous ma poitrine pour me donner contenance, et levai le menton en répétant d'une voix froide, qui dénotait une assurance que j'étais loin de ressentir :

— Oui ?

Le professeur ouvrit la bouche pour répondre je ne savais quoi. Mais il fut interrompu par le coulissement du portail électrique, qui dévoila une Helen maquillée, apprêtée dans une robe tube, ses cheveux couleur Moka réunis sur le côté.

Suspicieuse, je pris alors le temps de détailler la tenue chic de Monsieur Scott et tout se mit en place dans mon esprit.

— Je rêve ! m'insurgeai-je, les yeux aussi grands que des soucoupes.

224

Ils se mirent tous les deux à parler en même temps. Ma mère me priant de me calmer et mon prof de Maths se confondant en excuses inintelligibles, tout en cherchant du secours dans le regard d'Helen.

OK. Ils m'avaient donné mal à la tête.

– Stop ! criai-je avec un geste corrélatif de la main.

Ils se turent tous les deux, la mine coupable, comme deux gamins pris en faute, confirmant ainsi tous mes doutes. Oh mon Dieu, ce n'était pas vrai !

Je les dévisageai tour à tour, les yeux écarquillés et la mâchoire sûrement quelque part au niveau de ma poitrine.

Alors, c'était pour ça qu'il était si gentil avec moi !

Ma mère finit par mettre un terme à ce silence malaisant en s'adressant à Monsieur Scott d'un air navré :

– Jesse, je m'excuse. Je dois avoir une petite discussion avec ma fille.

Puis, sans attendre sa réponse, elle m'attrapa par l'avant-bras et me traîna jusqu'au porche lumineux.


Elle leva les bras, les baissa, les releva, puis les laissa retomber contre ses cuisses, comme si elle ne savait pas trop quoi en faire.

Après une profonde respiration, elle se jeta dans le bain.

– Pour commencer, tu n'avais pas le droit de sortir. Ensuite, je voulais te le dire.

*Oui, c'est ça ! Depuis quand discutait-on de ses petits copains ?*

– Tu ne vas pas aussi te faire mon prof ! protestai-je, outrée.

Elle pinça les lèvres, et se massa le front comme si la discussion la lassait d'avance.

– Megan…

– Je sais que depuis la mort de papa, tu te la joues pouf et t'envoies un nouveau mec toutes les deux semaines. Mais t'as pensé à moi ? C'est mon prof, hurlai-je, révoltée. Je veux pas que tout le monde à l'école sache quel… genre de mère j'ai. Comment vais-je le regarder dans les yeux quand tu l'auras jeté pour enchaîner…

Personne ne connaîtrait jamais le reste de ma phrase. Pas même moi. Parce qu'après la gifle magistrale que ma mère m'asséna, je sentis mon cerveau tanguer un bon moment à l'intérieur de ma tête et je perdis toute notion du temps.

Je ne pouvais même pas être surprise ou choquée. J'étais juste étourdie.

Helen se pencha ensuite vers moi, son regard mitrailleur bien vissé au mien, comme pour s'assurer que je copie chaque syllabe de sa prochaine phrase.

– C'est la dernière fois que tu me parles sur ce ton.

Mes cellules cérébrales arrêtèrent petit à petit de tanguer et je posai une main tremblante sur ma joue brûlante.

*Je… elle… Je… Elle m'avait giflée ? Elle… m'avait frappée au visage ?* Ma consternation et toute ma colère devaient transparaître dans mes yeux embués et mes narines frémissantes, car ma génitrice adopta un air de défi en se croisant les bras sous la poitrine.

– Vas-y ! Plains-toi ! Fais ce que tu sais faire de mieux. Dis que ton père ne t'aurait jamais frappée. J'attends.

Je m'étais mise à pleurer. De rage. D'impuissance. De nostalgie. De haine. Mon père ne m'aurait jamais frappée.

– Mais lui, au moins, tu le respectais ! hurla-t-elle, comme si elle avait lu dans mes pensées. Lui, tu l'admirais. Tu l'aimais… J'en ai marre de te voir l'idéaliser et cracher sur tous mes efforts. J'ai un scoop pour toi : il était loin d'être parfait.

# Chapitre 39.
## À nue

Elle fulminait désormais, et de grands gestes brusques accompagnaient ses vociférations qui me clouèrent le bec.

— Il m'a trompée. Deux fois de suite et c'était bien avant mon incarcération. Mais je suis restée. Pour toi. Parce que je voulais que tu sois comblée. Parce que je savais que tu l'aimais plus que moi. Parce que je m'étais fait la stupide promesse que j'offrirais la meilleure vie possible à mon enfant.

Sa voix se cassa à la dernière phrase et des larmes atterrirent sur sa joue, malgré ses efforts apparents pour les stopper.

Ça me déstabilisa quelque peu parce que ma mère ne pleurait jamais. Jamais. En dix-sept ans de vie, c'était la première fois que je la voyais aussi démunie. À croire que tout ce qu'elle retenait avait soudainement décidé de sortir.

— Et j'ai lutté, sanglota-t-elle avec acrimonie en me pointant du doigt. J'ai tout essayé pour te combler. J'ai… fait des tas et des tas de sacrifices… tout ça pour que tu dises à tes amis que je ne suis personne à ta fête d'anniversaire, et que tu me parles sans aucun respect…

Elle s'interrompit pour renifler en faisant un demi-tour sur elle-même. Puis, elle se passa les mains dans les cheveux d'un geste furieux, comme si sa coiffure était désormais le dernier de ses soucis.

Je me mordis l'intérieur des joues pour m'empêcher de pleurer. En vain.

Je détournai alors les yeux pour fixer mes bottines dans lesquelles je crispais mes orteils depuis un moment. Je n'avais plus la force de soutenir le regard d'Helen. Celui-ci me livrait trop de secrets que j'aurais préféré ne jamais découvrir.

Je me sentais minable. Je n'arrivais même pas à prononcer quoi que ce soit. Ma gorge était nouée par toutes ces émotions sous lesquelles ses mots m'avaient noyée. Et je ressentais tellement de choses en même temps qu'il m'était impossible de mettre un nom sur elles toutes. Cependant, au bout d'un moment, l'une finit par grimper au-dessus des autres et à m'envahir tout entière : la honte.

— J'étais en colère, ahanai-je à travers mes larmes, tout en m'essuyant le nez. Tu m'as interdit de venir te voir en prison. J'ai cru que tu ne voulais plus de moi. Tu me manquais tellement. Alors quand t'es sortie et t'as débarqué à ma fête d'anniversaire… je… j'ai voulu te blesser…

— Oh, ça oui, tu m'as blessée ! fit-elle avec un rire sans joie. Je ne voulais pas que tu me voies là-bas parce que… Bon, d'accord, peut-être que j'ai eu tort, reconnut-elle.

Je levai enfin les yeux et croisai son visage baigné de larmes, qu'elle ne faisait plus rien pour retenir.

— Mais je rêvais chaque jour du moment où je pourrais enfin te revoir, ajouta-t-elle d'une voix faible. T'étais tout ce qui me permettait de tenir… Alors quand je suis venue à ta fête d'anniversaire, et tu as dit à tes amis que je n'étais personne d'important… ça m'a tuée. Il n'y avait plus de place pour moi dans la vie de mon unique fille. Et jusqu'à présent, tu ne m'en laisses aucune. Tu préfères idéaliser ton père. Tu…

Elle leva un bras et le laissa retomber contre sa hanche en basculant la tête en arrière, comme pour s'empêcher de s'étouffer. Moi aussi, je manquais d'air.

Je n'avais jamais repensé à cette journée jusqu'à ce soir-là. Et maintenant que j'y songeais, tous nos rapports houleux partaient de là.

Tout était de ma faute. J'étais trop concentrée sur ma petite personne pour remarquer tout ce qui se passait autour de moi. Everly avait raison. J'évoluais dans mon propre monde parallèle, où j'avais toujours le beau rôle, sans prendre en compte les sentiments des autres. La preuve avec ma mère, Teddy et j'en passais… Je n'étais qu'une sale égoïste.

– Je me sens seule, poursuivit Helen sur sa lancée. T'as une idée de ce qu'une personne peut ressentir quand tout le monde doute d'elle ? Je dois faire des rapports de toutes mes transactions… dans ma propre boîte ! Et tu penses que je couche avec tous ces hommes ?

Elle semblait vraiment blessée.

– Je cherche juste à m'échapper de cette solitude. Mais tous ceux qui m'approchent veulent juste profiter de mon argent. Ou alors, ils me fuient en découvrant qui je suis. Une femme trop puissante complexe les machos… Jensen avait ses défauts, mais au moins, il connaissait l'humaine derrière tout ça, soupira-t-elle en désignant autour de nous…

Puis, ce fut comme si toute la fatigue du monde avait investi son corps.

– Je ne veux plus que tu me parles comme ça.

J'avais toujours aussi honte. Toutes ces révélations venaient de détruire ce que je considérais jusque-là comme la réalité. Ce réveil brutal me laissait étourdie, paumée et… paumée.

Il me faudrait du temps pour tout encaisser et agir en accord avec cette nouvelle vision des choses. Mais je reconnaissais que je m'étais gourée. Et je le regrettais avec chaque pièce de mon cœur.

– Je suis désolée, maman, promis-je avec sincérité. Je suis tellement désolée…

Elle hocha la tête d'un geste absent.

229

Je supposai qu'elle aussi avait besoin de temps.

– Monte dans ta chambre, prononça-t-elle d'un ton las. Et demain tu vas acheter cette voiture que tu le veuilles ou non. T'es toute trempée. Et je refuse que tu marches seule dans la rue, à cette heure.

Je hochai à mon tour la tête et m'apprêtais à rentrer, lorsque je remarquai le portail qui était resté entrouvert jusque-là. Ni Helen ni moi, ne nous étions attendues à ce que la conversation prenne ce tournant.

Donc si Monsieur Scott était resté jusque-là, ça voudrait dire qu'il avait tout entendu.

Ma mère suivit mon regard figé et à son air effaré, j'en conclus qu'elle était parvenue à la même conclusion.

Elle se couvrit le visage de ses mains en pestant, avant de rentrer d'un pas vif.

– Je n'ai plus envie de sortir.

Et j'allais faire quoi de Monsieur Scott, moi ?

# Chapitre 40.
# L'amour inconditionnel

Dans ce monde, il y avait ceux qui travaillaient pour vivre, et ceux qui vivaient pour travailler. Ma mère faisait partie de la seconde catégorie.

Alors, ça ne m'étonna qu'à demi qu'elle fût vêtue d'un tailleur un samedi matin, le front plissé, face à quelque chose sur son ordi.

J'entrai dans la cuisine, en laissant traîner mes pieds, comme un mollusque. J'avais l'impression d'être en carton. Pour cause, je n'avais pas vraiment dormi la veille après ma discussion avec Helen.

Je me demandais d'ailleurs ce qui avait changé de son côté, parce que du mien, plus rien n'était pareil.

Je la saluai et elle répondit d'un air absent, concentrée comme tout sur son écran. Ça devait être une grosse affaire.

Je me préparai un bol de céréales et m'installai à la table de la cuisine, les yeux dans le vague.

Ma mère me tira de mes pensées brumeuses en claquant le clapet de son ordinateur portable. Elle pesta ensuite entre ses dents avant d'entamer une profonde respiration digne de la yogi qu'elle était.

Puis, elle se plaça en face de moi, devant ma table, une expression attendrie sur le visage.

— Je dois partir. Sawa viendra te chercher pour aller choisir la voiture. T'en as une en tête ?

Sawa était son assistante, qui ne souriait jamais. Parfois, j'avais l'impression que la Japonaise était, en réalité, un robot.

— Pas vraiment, admis-je, la bouche pleine. Mais je veux rien de trop voyant.

— Je sais, sourit-elle. Passe une bonne journée !

— Toi aussi. Je…

Je me mordis la langue pour ne pas terminer, mais je le regrettai la seconde d'après. En fait, je ne savais pas trop comment me comporter. On avait passé tellement de temps à s'engueuler ces dernières années. Maintenant qu'on avait parlé, je savais que quelque chose allait changer. Mais j'ignorais encore de quoi il s'agissait.

Helen partit sans que je ne parvienne à interpréter l'expression mystérieuse sur son visage. Avait-elle senti que j'avais été à deux doigts de lui dire que je l'aimais, comme à l'époque ? Qu'en avait-elle pensé ?

Je ne savais pas ce qui m'avait pris. Depuis sa sortie de prison, je n'avais jamais éprouvé le désir de le lui dire, jusqu'à ce matin-là. C'était comme si, ces trois années qu'on avait passées à se crier dessus ne s'étaient pas écoulées… Enfin, elles n'importaient plus autant pour moi.

Je me fis la promesse que la prochaine fois, je ne me mordrais pas la langue. On avait déjà perdu assez de temps comme ça. Et elle me manquait… Avoir une famille me manquait.

Ce soir-là, lorsque je l'estimai au lit, je frappai à sa chambre et ouvris la porte quand elle m'invita à entrer.

— Je cherche Calendar, prétextai-je, mal à l'aise devant son regard plus surpris qu'interrogateur.

Ça non plus, je ne l'avais pas fait depuis mes 10 ans. Ça faisait un bail que je n'étais pas entrée dans cette chambre aux allures de suite présidentielle.

Helen déposa le livre qu'elle lisait sur sa table de chevet avant de me jauger du regard, tout en caressant Calendar qui était en effet sur ses cuisses. Ce traître n'avait même pas bougé lorsque j'étais entrée dans la pièce.

De toute façon, je n'étais pas vraiment venue le chercher. Ça faisait longtemps qu'il avait montré sa préférence. Je me contentais donc d'accepter le peu d'amour qu'il choisissait de me donner, quand ma mère n'était pas là.

— Viens là, m'invita Helen en tapotant le lit à ses côtés.

Soulagée, je m'empressai de la rejoindre et elle pivota en passant un bras autour de moi avant de m'embrasser le haut du crâne.

Calendar miaula d'un air mécontent avant de partir, et je résistai à l'envie de lui tirer la langue pour lui dire que ce soir, ma maman était à moi toute seule.

Ça faisait si longtemps ! Je fermai les yeux pour savourer sa chaleur et son odeur de chocolat chaud.

— Je t'aime tellement, souffla contre mes cheveux celle qui m'avait mise au monde.

J'avais l'impression de revivre. Je ne voulais plus jamais me disputer avec elle. Plus jamais. Je l'enlaçai à mon tour d'un bras et murmurai contre sa poitrine :

— Je suis désolée, maman. Pour tout.

— Ça va, m'assura-t-elle d'une voix douce. Ne t'en fais pas.

— Mais promets-moi que tu me pardonnes, insistai-je. J'en ai besoin.

— Je te pardonne. Mais moi aussi, j'ai des choses à me faire pardonner. Cette page est tournée désormais… Oh mon Dieu, t'as tellement grandi ! fit-elle, en me serrant encore plus fort contre son cœur.

Je souris et restai là, à profiter de ses doigts dans mes cheveux qui me donnaient l'impression que tout allait s'arranger. Et je ne pouvais m'empêcher de les croire. Ma mère était à mes côtés.

– Je pars au Japon lundi, m'annonça-t-elle au bout d'un moment.

Je me raidis, mais elle me rassura très vite :

– Lele ne viendra pas.

– Merci, soupirai-je, soulagée.

Elle m'embrassa encore le front. Et on resta enlacées comme si on voulait rattraper le temps perdu. Moi, ça m'allait.

– Mais ce garçon… reprit-elle de ce ton prévenant qui caractérisait tant les mamans.

Ah, elle se souvenait de Michael ! Je ne savais pas pourquoi, mais juste l'évocation de son nom avait éraflé ma bonne humeur.

– Il n'est vraiment rien pour moi, maman. Enfin… je voulais qu'il soit plus à une époque. Mais plus maintenant.

– Dur, dur, l'adolescence, hein, plaisanta-t-elle.

– Assez, ouais. Et toi et Monsieur Scott ? balançai-je pour changer de sujet.

Mais aussi, j'étais curieuse.

– Jesse ? rit-elle. Il insiste depuis un moment pour qu'on sorte, mais tu sais, je l'ai connu gamin.

Je ne voyais pas son visage, mais je savais qu'elle avait plissé le nez. C'était une manie chez elle.

– Il n'a que 32 ans, poursuivit-elle avec amusement. Je suis plus vieille de neuf ans. Tu te rends compte ?

Mais elle ne faisait pas du tout son âge ! Ses séances de yoga devaient aider. Elle avait l'air beaucoup, beaucoup plus jeune.

L'attitude de Monsieur Scott prenait enfin sens. Il voulait donc me parler parce que ma maman lui plaisait et que celle-ci le considérait trop jeune ! C'était presque drôle.

En gros, toute cette gentillesse, c'était pour m'acheter ! Je me sentais un tout petit peu manipulée. Mais bon, ce n'était pas comme s'il l'avait eue. Et puis, ça ne m'aurait pas vraiment dérangée. J'aimais bien Monsieur Scott.

— Mais tu fais à peine 30 ans, objectai-je. Vue de l'extérieur, votre différence d'âge n'est pas du tout flagrante.

— Tu es sûre ?

— Certaine. Tu es magnifique. J'aimerais te ressembler à 41 ans.

Et j'étais sincère.

— Ma petite fille, susurra-t-elle en m'embrassant le front.

Elle avait toujours aimé m'embrasser à cet endroit. Et ça faisait tellement de bien.

— Mais tu sais, après ce qu'il a entendu, renchérit-elle, hésitante. Il me prend probablement pour une désespérée.

Je souris contre sa poitrine, parce que je voyais qu'il lui plaisait. Elle aurait déjà changé de sujet, sinon. Ce petit moment où elle ne me traitait pas comme une gamine entrait officiellement dans le top de mes instants favoris. On discutait comme deux vieilles copines, et c'était trop cool.

J'allais tout faire pour que ça dure.

— Tu sais. Moi, je crois que c'est bien qu'il ait entendu tout ça, estimai-je. C'est peut-être parce que tu ne montres jamais aucune faiblesse que tu intimides les hommes. Tout le monde a besoin de se sentir utile dans une relation. Et toi, tu es si… puissante. Tu donnes l'impression de pouvoir déplacer des montagnes à toi toute seule. Normal que ça les complexe.

Elle me repoussa pour croiser mon regard avec un soupçon de fierté qui me réchauffa le cœur.

— T'as grandi à ce point ?

— J'essaie, souris-je en l'attirant à nouveau vers moi.

C'était trop bon de se faire bercer. Son souffle sur mon front ; sa main dans mes cheveux, je sentais déjà le sommeil poindre lorsqu'elle reprit, d'un ton embarrassé, comme si elle avait honte d'y penser encore :

— Mais c'est ton prof !

— Il te plaît beaucoup, hein ? la taquinai-je.

— C'était un gamin lorsque je terminais le lycée, éluda-t-elle.

— Ce n'est pas toi qui répétais tout le temps que quand on n'essayait pas, on ne vivait pas ?

— Tu te souviens de ça ? rigola-t-elle.

— Et comment ! C'est pas comme si on avait le choix, papa et moi. Tu ne parlais qu'en citation. Tu avais une phrase de Bouddha, Nelson Mandela, ou Warren Buffet pour toutes les occasions. Et des fois, c'était chiant. On roulait souvent des yeux et te tirait la langue dans ton dos.

— Je savais, se marra-t-elle.

— On savait que tu savais, ris-je à mon tour, nostalgique.

On continua comme ça jusqu'à tard dans la nuit à nous remémorer nos souvenirs heureux, en rigolant. Et pour la première fois en deux ans, je pus parler de mon père, sans avoir envie de fondre en larmes.

Tout allait mieux, maintenant qu'elle était là.


Malheureusement, comme convenu, elle s'en alla au Japon, le lundi suivant. Mais on se promit de communiquer le plus souvent possible.

Juliette et la femme de ménage passeraient comme d'habitude, et j'avais comme consigne d'appeler Sawa au moindre problème.

Je me rendis ce matin-là à l'école, dans ma nouvelle citadine beige, même si le trajet ne durait pas plus de dix minutes. Après tout, il était temps que mon permis serve à quelque chose. De plus, je ne regrettais pas du tout le confort de la voiture, car c'était une journée assez pluvieuse.


Mon humeur s'accorda au temps, en arrivant au lycée, car je tombai sur Teddy dans le couloir qui conduisait à mon casier. Ce dernier ne me laissa même pas faire un pas dans sa direction. Il attrapa la blonde avec qui il discutait par la nuque et l'embrassa à pleine bouche.

Le message était clair : il tournait la page et ne voulait pas de moi dans les parages.

Après cela, je me dirigeai les épaules lourdes vers mon casier, des idées noires plein la tête.

Je venais à peine d'entrer la combinaison de mon cadenas lorsqu'une main sortie de nulle part referma d'un coup sec la petite porte en métal.

C'était vraiment un très mauvais jour pour me chercher.

# Chapitre 41.
# Le vide

— Écoute, débuta une Stacy menaçante, flanquée de ses deux toutous. Si tu prononces un seul mot de ce que tu as vu…

— Blablabla, la coupai-je en roulant des yeux. Tu penses vraiment que tu me fais peur ? la narguai-je en arquant un sourcil.

Je portais des cuissardes à talons et la surplombais ce jour-là. Je pris soin d'en profiter, en me rapprochant, mon regard mitrailleur vissé au sien.

— Écoute, Stacy. Je sais que tu as dû menacer Anna des pires horreurs si elle racontait quoi que ce soit à Michael. Malheureusement, elle va t'obéir. Mais moi, ta pseudo-supériorité ne m'atteint pas. Au moindre faux pas, je raconte à tout le monde à quel point ton âme est noire. Et j'espère pour toi que tu le réaliseras avant qu'il ne soit trop tard.

Elle souffla du nez, méprisante, et ses acolytes pouffèrent pour l'accompagner. Je m'en fichais, car je savais qu'elle avait capté et qu'elle me foutrait la paix… pour l'instant.

— Teste-moi si tu penses que je bluffe, ajoutai-je. Je pourrais peut-être commencer par révéler la vérité sur tes lèvres qui sont soi-disant devenues pulpeuses avec l'âge.

Elle n'ajouta plus rien et me toisa, fumante, avant de tourner les talons, ses cheveux mauves tressautant au gré de ses pas vifs.

Bon débarras !


— Que voulait Stacy ? s'informa Everly, curieuse, à peine m'avait-elle rejointe.

— Bonjour, ironisai-je. Merci de me demander comment je suis rentrée après m'avoir lâchement laissée tomber vendredi. Et merci de m'avoir ramené mon téléphone tôt samedi matin. Tu es la meilleure amie au monde ! jouai-je en posant une main sur mon cœur.

Le lendemain de la fête chez Stacy, j'avais utilisé le portable de Sawa pour l'appeler afin de m'assurer qu'il ne lui était rien arrivé. C'était sa mère qui avait décroché en m'annonçant que mademoiselle était punie pour être rentrée à 3h du matin.

J'étais curieuse de savoir où elle avait passé tout ce temps, et avec qui, puisque ce n'était pas en ma compagnie.

La mine coupable, elle se maltraitait les doigts.

— Tu sais comment sont mes parents quand je suis mise en isolement. Je suis désolée. J'ai pas pu te prévenir que j'étais punie…

— Pour être rentrée à 3h du mat, pointai-je, en me croisant les bras sous la poitrine.

— J'y viens, souffla-t-elle en se grattant la tête, mal à l'aise. Et arrête de me regarder comme ça, tu me rends timide. Je suis vraiment désolée… J'ai quelque chose à t'avouer. Je ne sais pas où commencer.

Elle se couvrit le visage de ses mains et je priai pour que ce ne fût pas ce à quoi je pensais.

— Arrête de me regarder comme ça, se plaignit-elle entre ses doigts.

— Je te regarde comment ?

— Comme si tu m'en voulais.

— Mais je t'en veux, confirmai-je d'un ton évident. D'ailleurs, où est mon téléphone ?

Elle fouilla dans son sac et me le tendit en s'excusant encore une fois.

– Promets de ne pas me juger, s'il te plaît, Meg. Ton soutien compte beaucoup pour moi.

Je n'étais pas sûre de pouvoir promettre ça. Mais devant son regard de chien battu, je levai les yeux au ciel et acquiesçai :

– Bon, OK. Crache le morceau !

– Voilà, débuta-t-elle en se dandinant, timide. J'ai fait…

*Non.*

– Stacy et moi, on a…

*Pitié, non ! Pas elle ! Pas cette démone !*

– À sa fête. Vendredi, couina ma meilleure amie en implorant ma clémence de ses mains jointes.

*Elle avait couché avec Satan !*

Eh bien… Je… je ne savais pas trop quoi dire. N'importe qui d'autre, OK. Mais Stacy ? Quel genre de personne prenait son pied, après avoir organisé le viol d'une autre ? Je savais que je devais être contente pour ma meilleure amie qui avait enfin passé le cap avec son *crush*, mais je n'y arrivais pas. Et ça devait se lire sur mon visage, car Everly se décomposa et me prit la main, suppliante :

– Tu as promis de ne pas me juger… Je l'aime Megan. C'était la plus belle soirée de ma vie. Je… ne peux pas m'empêcher de l'aimer. Je sais qu'elle est parfois méchante mais… elle a été… gentille avec moi, balbutia-t-elle, en détournant le regard, gênée.

Je ne voulais même pas savoir ce que sous-entendait « gentille ».

J'essayai de tout cœur d'être contente pour elle. En vain.

Je me demandais comment elle réagirait si elle savait ce que Stacy avait planifié pour Anna.

– Sois contente pour moi, s'il te plaît, embraya-t-elle, suppliante. Je sais que tu ne l'aimes pas. Mais… j'étais heureuse. Pour une fois dans ma vie, je n'ai même pas réfléchi… C'était naturel. Je n'étais pas complexée. Elle était tellement géniale…

– Ça va ! la coupai-je avec une main.

Je n'avais pas besoin de plus détails. J'avais compris. Cette peste lui avait vraiment fait du bien. Ça se reflétait même sur sa peau. Elle était rayonnante en parlant d'elle. Je ne la voyais pas souvent comme ça.

Serais-je une bonne amie si je lui gâchais tout ça, en lui racontant l'épisode d'Anna ? Sa vie n'était déjà pas rose. Ses parents étaient autoritaires et envahissants. Elle n'avait pas confiance en elle… Lui atracher son moment de bonheur serait cruel de ma part.

Je l'attirai dans mes bras pour éviter que mes yeux ne me trahissent.

– Je… je suis contente pour toi. C'est juste que j'étais émue. Toi et elle. Je veux dire… Wow !

Je ne voyais pas son visage mais je pus détecter le sourire dans sa voix.

– Merci Megan. Merci beaucoup. Tu ne sais pas comme ton soutien compte… Ouais. Moi non plus, je n'y croyais pas. J'étais sortie prendre l'air. Désolée de ne pas t'avoir prévenue. En rentrant, je m'étais mise à te chercher moi aussi. Puis j'ai croisé Stacy à l'étage. Et tout s'est enchaîné si vite !

Le même étage où se serait déroulé le viol d'Anna.

– Et vous êtes ensemble ? m'informai-je, curieuse.

Je serais si heureuse si ce n'était que l'affaire d'une nuit.

– Euh… non, bredouilla Everly. Je ne sais pas… Elle m'a conduit chez moi après… et m'a dit de ne rien souffler à personne.

*Oh ! Comme c'était étonnant.*

– Peut-être qu'elle n'est pas prête à l'accepter, tenta-t-elle de se convaincre. Je… ça prend du temps, tu sais, fit-elle en me repoussant pour croiser mon regard. Elle est toujours sortie avec des garçons jusque-là, affirma-t-elle d'un ton dubitatif, comme si elle ne savait pas si elle mentait ou non.

*Pauvre Everly !*

Moi, je savais la vérité, mais je savais aussi qu'elle serait trop douloureuse à entendre. Alors, je me tus.

Malheureusement, ça creusa un fossé entre nous deux.

Les deux amantes continuèrent de se voir en cachette. Entre deux cours. Dans le placard à balais. Dans la salle de projection… Mais en public, la peste faisait toujours comme si elle ne la connaissait pas.

Elle me dégoûtait.

Cependant, j'écoutais ma meilleure amie me rapporter son bonheur, entre l'extase et l'apoplexie, en m'efforçant d'avoir l'air réjouie pour elle.

Je me demandais si avant, j'aurais accepté une relation pareille avec Celui-que-je-voulais-oublier. Ça me paraissait inconcevable. Mais si oui, j'aurais voulu qu'on m'assomme avec une pelle.

Cette liaison était juste nocive.

J'avais de plus en plus de mal à jouer la comédie avec Everly. Alors je me mis à inventer des excuses pour l'éviter.

Mais sans elle, ni Teddy, qui d'après les dires était devenu une bite sur pattes comme ses amis, je me sentais seule.

Pour m'occuper, je m'investis alors à cent pour cent dans mes devoirs et la préparation du bal de décembre qui approchait à grands pas.

Pourtant, j'avais quand même l'impression que le temps filait trop lentement. C'était peut-être parce que ma vie était inintéressante.

Lindsay avait été obligée de venir s'excuser auprès de moi, pour sa fausse affirmation.

Adam m'évitait. Au moins, lui, il avait honte. Tout le contraire d'autres.

Je ne voyais Anna nulle part depuis cette fameuse soirée, et je m'en foutais.

Michael ne mangeait plus à la cafétéria. Je l'avais remarqué parce que j'avais des yeux. Non pas parce que je l'espionnais.

Monsieur Scott passait de longues secondes à me regarder avant de replonger dans ses notes, comme s'il avait peur de venir me parler.

Je rapportai la situation à maman qui me confia filtrer ses appels, car elle préfèrerait l'affronter de vive voix, à son retour.

Elle me manquait tellement.


Le seul rayon de lumière dans cette existence morne et monotone qu'était devenue ma vie était Alexander.

Il m'avait invitée à sortir depuis peu, après m'avoir confié que sans l'alcool, il avait un peu moins de cran, car cela faisait des jours qu'il s'encourageait à venir me parler, en vain. J'avais rigolé. On était allés au ciné. Puis on avait marché sous la neige en discutant de plein de trucs. J'avais découvert qu'on avait pas mal de points en commun. Je le trouvais trop cool.

C'était tout !

Je commençais d'ailleurs à culpabiliser de ne rien ressentir pour lui. Surtout avec toutes ses petites attentions. Ses petits textos du matin. Sa façon de retenir chaque détail à propos de moi. Ses petits cadeaux entre deux cours… Je n'avais vraiment rien à lui reprocher.

C'était moi qui avais un problème.


Ma mère fut obligée de rester au Japon plus longtemps que prévu, mais elle me promit de rentrer pour Noël.

On était vendredi. Il ne restait qu'une semaine avant les vacances et le bal. Tout le monde était excité. Sauf moi. Je n'avais même pas encore acheté ma robe, malgré les insistances d'Everly qui avait fini par y aller toute seule.

Je ne m'étais même pas sentie coupable.

Je n'étais pas bien. Non pas que je fusse malade. Quelque chose clochait. Je me sentais vide trop souvent. C'était comme si ma vie manquait d'un truc essentiel… de piment plus précisément.

Peut-être que je devrais embrasser Alexander. Ou, aller faire du paintball. Ou…

Mes pensées s'interrompirent lorsque quelqu'un me tira dans une salle vide à l'heure de la pause-déjeuner, avant de fermer la porte derrière lui.

Michael.

Je m'étais efforcé de penser à lui le moins possible. Ça avait été dur d'arrêter de jeter un œil en arrière pendant les cours, ou d'épier ses moindres faits et gestes. Mais j'avais tenu bon.

De son côté, il m'avait pas mal aidée en suivant mes conseils de sortir de ma vie. C'était comme si je n'avais jamais existé pour lui.

Mais maintenant qu'il était là devant moi, plus beau que jamais, ses cheveux mi-longs lui caressant ses mâchoires acérées, avant qu'il ne les range derrière ses oreilles avec cette désinvolture qui le caractérisait tant... je sentis mes murs trembler, comme pour libérer l'ancienne Megan.

Je me croisai les bras sous la poitrine pour paraître plus sûre de moi, en le toisant d'un air hautain.

– Que veux-tu ?

– Je refuse, annonça-t-il d'une voix terriblement sex... rauque, en se rapprochant de moi.

– Quoi ? fis-je, en feignant l'indifférence alors que mon cœur battait à tout rompre, à cause de sa proximité.

– Je refuse de te laisser tranquille, répéta-t-il, ses yeux animés d'une lueur mystérieuse, qui ne me disait rien qui vaille.

Moi qui voulais du piment dans ma vie...

# Chapitre 42.
# Le marché

L'expression troublée, il semblait lui-même surpris de ses paroles.

— J'ai essayé, mais je ne peux pas te laisser tranquille. J'ai donc un marché à te proposer.

Je ne répondis pas tout de suite, parce que j'étais trop confuse. De plus, je n'avais pas besoin de découvrir en quoi consisterait ce marché pour savoir qu'il serait tordu.

Apparemment, il attendait que je l'invite à continuer, car il se contentait de me dévisager avec cette même lueur étrange dans le regard qui me mettait mal à l'aise.

— Accouche, m'impatientai-je en oscillant sur mes jambes, tout en en profitant pour reculer un peu.

Sa proximité me troublait. Il fallait bien reconnaître ses faiblesses.

Il m'ignora et tira une cigarette de sa veste, comme si mon impatience était le cadet de ses soucis. Mais lorsqu'il la plaça entre ses lèvres, je la lui arrachai avant qu'il ne l'allume.

— J'ai dit, accouche.

Je n'avais pas réfléchi. Il jouait avec mes nerfs en me faisant mariner et il devait le savoir. D'ailleurs, il rigola avant de se gausser d'un air lubrique :

— Jalouse que je veuille allumer ma cigarette et pas toi ?

— Hahaha ! ironisai-je en roulant des yeux, un chouïa plus détendue.

Il sourit en humidifiant sa lèvre inférieure de sa langue et je me sentis fondre. Mais ça ne voulait rien dire, hein !

— Tu sais que je n'avais pas ri depuis deux semaines ?

— Cette information va tellement m'être utile ! m'exclamai-je avec une pointe de sarcasme, pour masquer le soupçon de fierté que son aveu avait réveillé en moi.

Il continua de me fixer d'un air amusé et j'arquai les sourcils, impatiente.

— D'accord, capitula-t-il en glissant ses doigts dans ses cheveux. Voilà le deal. Je veux que tu deviennes mon amie.

Il grimaça au dernier mot comme si celui-ci lui écorchait la bouche avant de poursuivre :

— J'essaie de ne pas te faire du mal. Et toi, tu fais ton truc qui me fait du bien… Tout le monde est content.

— Quel truc ? m'intriguai-je.

Non pas que je fusse intéressée… Bon d'accord, j'étais un peu curieuse, mais ça ne voulait pas dire que j'allais accepter.

Et puis, je préférais ne pas m'attarder sur le *« ne pas essayer de me faire du mal »* pour ne pas perdre mon sang-froid.

— Tu fais toi, répondit-il en haussant les épaules comme si c'était évident… Je ne sais pas comment tu fais… Tu me détends, voilà.

Était-il en train de dire que je lui faisais de l'effet ? J'en restai sonnée un bon moment et la Megan *fangirl* revint en force pour faire la danse de la joie.

Dommage que j'eusse déjà décidé de passer à autre chose.

Son aveu me fit cependant plus de bien que je ne m'y attendais. Michael Cast, mon ancien *crush* insinuait que je lui plaisais.

– Je ne suis pas en train de dire que tu me plais, jeta-t-il d'un air blasé, comme s'il avait lu dans mes pensées.

*Connard !*

– Je refuse, crachai-je avec dépit, en essayant de le contourner. Cherche une autre distraction !

Il m'attrapa par le bras et tout l'air de mes poumons se fit la malle lorsqu'il approcha son visage à quelques centimètres du mien.

– Dommage ! Je ne voulais pas en arriver là.

*Là où ? Qu'avait-il en tête ?* J'avais peur, mais je luttais pour ne pas le laisser transparaître ; si bien que je devais avoir l'air louche à le fixer, les yeux grands comme des soucoupes, sans jamais ciller.

– Te demander gentiment, c'était pour la forme. Tu seras mon… amie que tu le veuilles ou non, décréta-t-il, sûr de lui, avec un large sourire sarcastique.

Sa poigne me faisait mal. Alors, je m'en extirpai en lui coulant mon meilleur regard noir. Ensuite, je me mis à lisser un pli invisible sur ma robe en cachemire qui accompagnait mes cuissardes, pour me donner contenance.

Seule explication : il était cinglé.

– On ne force pas les gens à être leur ami, rouspétai-je. La base même de l'amitié c'est le respect. Et ce concept te semble inconnu.

Il fit la moue.

– Il doit y avoir une exception à la règle.

– T'as jamais eu d'amis ?

Je me sentais obligée de poser cette question. Ce n'était pas possible d'être comme ça ! Même s'il ne traînait avec personne à l'école, il devait avoir des potes ailleurs.

– J'étais né avec elle, répliqua-t-il l'expression insondable. Je n'avais pas eu le choix. Ça compte pas.

Ma colère retomba un peu, car je compris qu'il parlait de sa sœur décédée.

Je me souvenais que la première fois où je l'avais vu, il traînait avec une gothique qui lui ressemblait trait pour trait. Les deux ne sociabilisaient avec personne d'autre. Ils marchaient ensemble, s'asseyaient ensemble, mangeaient ensemble à la table du fond…

Lorsque Michael avait commencé à venir seul à l'école, ça avait pas mal intrigué tout le monde. Même ceux qui ne l'avaient jamais remarqué cherchaient à savoir qui il était.

Cependant, il était resté fermé comme avant. Et personne n'avait osé prendre place à côté de lui, ou traîner avec lui comme faisait sa sœur.

Rumeurs après rumeurs, il était devenu un mystère que beaucoup regardaient de loin et que très peu approchaient. La gothique n'était plus là, mais on avait presque l'impression que son ombre planait encore au côté de son frère. Et c'était comme si tout le monde avait peur de la mettre en colère en voulant prendre sa place. Alors, Michael restait seul. Et ça semblait lui convenir.

Mais là, il me demandait d'être son amie. Sa première amie. Il y avait bien de quoi être troublée.

— Je suis désolée pour ta perte, lui soufflai-je, sincère.

— Ce n'est pas ce que je te demande, balança-t-il d'une voix morne.

Et d'une phrase, il venait de balayer toute l'empathie que j'éprouvais pour lui.

— C'est clair que tu n'as jamais eu d'amis, cinglai-je, froissée. Et c'est mieux que tu restes comme ça. Tu es méchant, sadique, tu parles mal et… tu crois que tout le monde rêve de finir dans ton lit.

Il esquissa un sourire arrogant qui m'énerva.

— Tais-toi ! hurlai-je.

— Mais je n'ai rien dit, se défendit-il.

— Je ne veux pas être ton amie, martelai-je.

Il émit un rire suffisant en me détaillant de la tête aux pieds, comme si la petite chose pitoyable que j'étais ne comprenait encore rien à la vie.

Bien entendu, ça eut le mérite de décupler ma colère.

– Je m'en vais, vociférai-je.

Cette fois-ci, il ne m'arrêta pas. Mais je pus l'entendre railler avant que je ne ferme la porte :

– À plus tard, mon amie.

Il pouvait toujours rêver.

# Chapitre 43.
# Le choix

Je lui en voulais parce qu'il avait suffi qu'il réapparaisse pour que toutes mes résolutions s'ébranlent. Je détestais ce que je ressentais pour lui, parce qu'il échappait à mon contrôle.

Un simple béguin n'aurait pas pu être aussi puissant. J'en avais marre de Michael et cette foutue attirance insensée. Je voulais vraiment que ça s'arrête.

Je n'arrivai cependant à me concentrer sur rien d'autre le reste de la journée. Il avait quoi en tête en déclarant que je serais son amie de force ?

Il me trouvait amusante. Pff. Je pouffai sans joie en faisant tourner sa cigarette entre mes doigts.

Oui, je l'avais gardée. Mais ça ne voulait rien dire.

Et personne ne pouvait me réprimander. Elle n'était pas allumée. De plus, je doutais que quiconque me remarque dans mon coin. J'avais toujours été invisible pendant les cours d'Histoire.

Mes pensées purent donc dériver comme bon leur semblait vers le même connard aux cheveux noirs. Et il n'y avait que ça qui m'empêchait de m'endormir pendant ce cours barbant sur la guerre de Sécession.

Cinq minutes avant la sonnerie, je demandai la permission de sortir pour aller faire pipi. Je détestais me rendre aux chiottes lorsque celles-ci étaient bondées ; et je savais que ça allait être le cas dans très peu.

Il restait encore deux périodes avant la fin de la journée. J'étais épuisée d'avance par les cours de langues à venir.

D'un pas lourd, je me dirigeais vers les toilettes des filles lorsqu'une conversation dans le couloir adjacent me cloua sur place.

– Ça va, Michael. Je t'ai dit que j'étais désolée. Je n'aurais pas dû te faire chanter et je regrette. On peut… se redonner une chance. Toi et moi, c'était du sérieux. Tu le sais. Tout le monde le sait.

Je restai immobile, comme si cela allait me rendre invisible, même si ce n'était pas nécessaire.

Stacy était face à moi, un peu plus loin, mais elle ne me voyait pas, occupée comme elle était à supplier Michael de la reprendre.


Je la méprisais tellement ! Pourquoi donner de faux espoirs à Everly, si elle était encore amoureuse de Michael ? Cette fille, c'était le diable.

Et peut-être que Michael l'avait compris, car la réponse qu'il lui adressa fut tout sauf cordiale :

– Toi et moi, c'est fini. Je te hais. Et c'est la dernière fois que je te préviens. Tu l'approches encore une fois : je te détruis.

Quel sale coup la peste avait-elle encore fait à Anna ?

En tout cas, après cela, elle serait folle de toucher à un seul cheveu de la pauvre fille. La menace de Michael était sérieuse. Stacy le savait, car je la vis déglutir, puis ouvrir la bouche pour parler avant de la refermer, comme si les mots n'arrivaient pas à sortir.


La sonnerie retentit quelques secondes plus tard et les lentilles grises de Stacy se posèrent sur moi, soupçonneuses, menaçantes.

Je repris ma marche comme si de rien n'était et je ne m'arrêtai même pas lorsque Michael, lui aussi me remarqua, en se retournant pour partir. Je gardai le menton levé et les yeux fixés droit devant moi, comme pour les dissuader de m'aborder.

Je ne savais pas s'ils me suspectaient de les avoir espionnés, et pour être honnête, je m'en foutais un peu. Ils n'avaient qu'à discuter ailleurs.

Les élèves commençaient à sortir de leurs classes, précédés du brouhaha caractéristique qui les accompagnait toujours. Les couloirs se remplissaient peu à peu.

J'étais presque arrivée auprès de Stacy, qui était encore plantée là où Michael l'avait laissée. Elle le regardait partir, les traits déformés par la haine, ses doigts crispés sur le cuir de sa jupe.

Malgré son attitude, je pensais que tout était fini. Mais la reine des pestes avait visiblement du mal à avaler le rejet de son ex.

Quelques instants plus tard, avant que je ne la dépasse, elle cracha assez fort pour être entendue par tout le monde :

– Je ne vois pas pourquoi tu tiens tant à cette salope. Elle est moche. Elle débarque de nulle part et d'un coup, tu te fais son protecteur. Dis-moi, c'est qui ? Une cousine éloignée ? Ça ne m'étonnerait pas le moins du monde. Après tout, c'est pas la coutume de baiser entre vous dans ta famille ?

Après cela, on put entendre les mouches voler. Le couloir, bruyant quelques secondes plus tôt, était d'un seul coup investi d'un silence tombal, lourd de points d'interrogation.

Tout le monde avait entendu les aveux spectaculaires de Stacy, et tout le monde s'était figé, les yeux braqués dans la même direction : le dos de Michael Cast.

Celui-ci s'était statufié après les paroles de la harpie. Mais après quelques secondes, ses poings se contractèrent, et il pivota, des lance-flammes à la place des yeux, les narines frémissantes, et les mâchoires tellement contractées que j'eus mal pour ses dents.

Il allait la tuer.

Peu importait le nombre de personnes présentes, j'avais le pressentiment qu'il ne pourrait pas contrôler sa colère. Et j'avais peur pour lui, pour elle… Pour eux deux.

*Mon côté bon Samaritain me perdra un jour*, songeai-je en plongeant entre eux, avant qu'il n'atteigne Stacy qui s'était mise à reculer, en tentant en vain de cacher sa frayeur.

Sans réfléchir à deux fois, je me posai devant lui et poussai de toutes mes forces sur son torse, pour le ramener sur Terre.

— Arrête ! criai-je.

Il interrompit ses grands pas vifs, mais son regard embué et haineux resta fixé sur Stacy derrière moi. Sa respiration était sifflante et tout son corps tremblait de colère.

Cette vipère de Stacy avait dû toucher un point très sensible.

Mais il s'était arrêté. Il aurait pu se débarrasser de moi comme d'un petit insecte sur sa route, et il ne l'avait pas fait.

Le cœur battant à tout rompre, mais un chouïa rassurée par ce constat, je tentai de lui faire entendre raison :

— Ne fais pas de bêtises ! S'il te plaît, regarde-moi, l'implorai-je. Elle n'en vaut pas la peine.

Les larmes qu'il retenait depuis tout à l'heure coulèrent sur ses joues, mais il ne dévia pas son regard fielleux de Stacy. Je pouvais presque sentir sa peine et sa rage tourbillonner autour de lui. Je ne savais pas ce que les paroles de la démone sous-entendaient, mais elles l'avaient vraiment atteint.

Et cette peste n'arrangea rien en ouvrant sa grande gueule de harpie :

— Quoi ? Il veut me frapper ? Encore ? Mais laisse-le. Il ira rejoindre son papounet en prison. Oh non ! joua-t-elle ensuite avec exagération. J'ai dit la phrase de trop ?

Michael essuya sa joue, plissa le nez comme un animal enragé, et fusa dans la direction de Stacy, se foutant cette fois-ci de me bousculer au passage.

– Hey, ne fais pas ça ! le suppliai-je en lui attrapant la veste, tout en luttant pour qu'il ne me renverse pas.

Je ne savais pas pourquoi, mais je tenais à ce qu'il ne déraille pas.

Je marchais à reculons, en essayant de garder l'équilibre, tout en calant mes pas sur ceux furieux de Michael. Je perdais espoir. Je ne voulais pas qu'il frappe Stacy, même si celle-ci méritait pire.

– J'accepte d'être ton amie, m'écriai-je en désespoir de cause.

C'était pathétique. Mais je n'avais rien d'autre.

Il s'immobilisa encore, et cette fois, il me considéra enfin.

– Volontairement, ajoutai-je avec un petit rire nerveux pour tenter de détendre l'atmosphère.

Tout le monde nous fixait. Les secondes se faisaient interminables. Je sentais le regard brûlant de Stacy dans mon dos. J'espérais qu'elle était fière d'elle.

– Viens avec moi, souffla enfin Michael d'une voix branlante, à peine audible.

C'était une prière. Ses yeux me suppliaient de comprendre. Sa douleur ? Sa colère ? L'urgence de la situation ? Ou le désespoir derrière tout ça ? Pendant une infime seconde c'était comme s'il me livrait une partie de son âme. Et même si je ne comprenais pas tout, je comprenais assez.

– D'accord, acquiesçai-je en hochant la tête.

Il ferma les yeux et expira, avant de faire demi-tour, m'accordant enfin la possibilité de respirer.

Je lui emboîtai le pas, mais je coulai un dernier regard torve à Stacy avant d'être trop loin.

– Quoi ? s'offusqua-t-elle d'un ton dramatique. Je viens de dire qu'il m'a déjà giflée et on me juge comme si j'avais tué le Pape. Donc il a le droit de me blesser, mais pas moi ?

Suite à cela, un bruit de métal retentit derrière moi, et je me retournai pour voir Michael s'éloigner du casier qu'il venait de cogner, avant de poursuivre sa route vers la sortie d'une démarche fulminante.

Je ne savais pas quoi croire. Michael n'était pas un saint. Mais Stacy était la dernière personne sur Terre en qui j'aurais confiance. Je savais juste que je venais de voir une garce utiliser les secrets de quelqu'un pour lui faire du mal en public. Ma conscience ne me permettrait jamais de soutenir la garce.

— Il ne devait pas te frapper si fort, soulignai-je avec acrimonie. Il n'y a même pas un quart d'heure, tu le suppliais de te reprendre.

Je ne restai pas pour vérifier l'effet de mes mots et je courus pour rattraper Michael qui avait presque atteint la sortie.


— Personne ne sort de cet établissement, sans mon autorisation !

*Green !*

Je me figeai à quelques mètres de la porte vitrée à double battant, le cœur galopant dans ma poitrine.

Michael, lui, partit sans un regard en arrière, comme si l'ordre ne lui était pas aussi adressé. La Principale rondouillarde avec son éternel chignon serré se plaça alors dans mon champ de vision pour m'avertir :

— Si tu le suis, Spark, il y aura des conséquences.

Avec un sang-froid qui me sidéra moi-même, je considérai la proviseure qui me fixait d'un air sévère ; puis ensuite les autres qui attendaient ma réaction comme le prochain épisode de leur série préférée ; et enfin Michael au-dehors qui s'était arrêté en réalisant que je ne l'avais pas suivi.

Peut-être que je me faisais des films, mais j'avais l'impression que ses yeux me suppliaient de ne pas le laisser tomber.

Donc Green attendait que j'opte pour lui ou ma réputation d'élève modèle ? C'était fou, mais dans ma tête, ce n'était même pas un choix.

# Chapitre 44.
# L'amie

Depuis qu'on avait quitté le parking du lycée, Michael ne disait rien et fixait la route devant lui ; le front plissé, les doigts crispés sur le volant, et l'expression tellement absorbée qu'on l'aurait cru happé dans une autre dimension.

Le silence qui régnait dans la voiture finit donc par me déranger, et je me mis à scruter l'habitacle confortable du pick-up en battant la mesure d'un son inaudible avec mes pieds.

Toutefois, cette activité ne put pas me distraire bien longtemps. Car même s'il s'agissait d'un grand 4×4, ça restait une voiture, pas un musée. Je n'eus très vite rien à contempler et l'ennui revint puissance dix.

– Tu parles pas, observai-je, hésitante.

Sans surprise, mon compagnon m'ignora. Je soupirai et me tournai vers la vitre où défilait un paysage boisé, saupoudré d'une fine couche de duvet blanc. Le soleil était haut dans le ciel. Il avait arrêté de neiger depuis un moment. En gros, il faisait beau, mais je m'en foutais un peu.

– Pourquoi m'avoir fait quitter l'école pour… ne rien dire ? m'agaçai-je. Green va probablement appeler ma mère et je vais être punie. J'avais compris que tu voulais que je sois là pour toi, mais je ne vois pas à quoi je te sers puisque tu sembles si confortable dans ton silence.

Mon compagnon se tourna vers moi et me détailla de haut en bas, avec une expression indéchiffrable qui m'intimida un peu. Quelques secondes plus tard, il se replongea cependant dans ses pensées que je devinais moroses en fixant la route devant lui.

— Tu sais, je préférais le mec dans la salle, à l'heure de la pause-déjeuner, jetai-je, en haussant les épaules. Même si c'était un connard trop sûr de lui, au moins il était drôle. Et il parlait, accentuai-je en espérant le provoquer.

Je ne récoltai aucune réaction et ça m'énerva. Je savais que Stacy l'avait blessé, mais je voulais l'aider à aller mieux. Et lui, ne faisait aucun effort.

— Bien, grommelai-je.

J'entrepris de fouiller partout, mais ne trouvai rien d'intéressant, à part des tickets de caisse, et des factures. Je me décourageai et me laissai aller contre mon siège en soupirant.

— Et hop, je soulève ma robe ! badinai-je, joueuse, en désespoir de cause.

Il contracta ses mâchoires, comme harassé, et je me vexai.

— Bon, OK. Je te laisse tranquille. Elle était nulle de toute façon.


J'abandonnai et me résignai à fixer la vitre jusqu'à ce qu'il décide de parler. Mais à mon grand désarroi, quelques instants plus tard, il éclata de rire.

Je me redressai et cillai plusieurs fois pour être sûre de ne pas rêver. Il venait de quelle planète, lui ?

— C'est la robe qui a marché, ou ? m'intriguai-je.

Lorsque son regard croisa cette fois-ci le mien, je pus y lire une admiration qui me réchauffa de partout. J'étais trop fière d'avoir réussi à le dérider.

Mais ma satisfaction fut de courte durée. Car même s'il donnait désormais l'impression d'être moins tendu, il n'en demeurait pas moins silencieux.

– Tu sais quoi ? Bien ! Reste muet. Je m'en fous de toute façon, me fâchai-je.

J'allumai l'autoradio, et montai le volume à fond lorsque je tombai sur une station qui diffusait une chanson que j'appréciais beaucoup.

Je fermai les yeux et me mis à chanter à tue-tête avec toute la force de mon énervement :

*– Right now, I'm in a state of mind*
*I wanna be in, like, all the time*
*Ain't got no tears left to cry...*[1]

Je faisais partie de ces gens qui avaient un vrai don pour le chant, même si tout leur entourage était convaincu du contraire.

Je ne comprenais pas pourquoi personne ne croyait en mon talent. Je n'avais pas l'intention de faire *The Voice*, mais un peu d'appréciation de temps en temps me ferait du bien quand même.

Michael s'empressa de couper le son comme s'il s'agissait d'un missile qu'il fallait à tout prix désamorcer.

– Pitié, m'implora-t-il.

– C'est insultant, m'offusquai-je.

– Insultant pour la chanteuse, tu veux dire ? s'assura-t-il en arquant un sourcil, provocateur.

*Pff ! Juste un de plus à ne pas avoir de goût.* Peut-être que je devrais me présenter à *The Voice* et leur faire honte à tous, ces incultes.

– Finalement, je crois que je préférais le Michael silencieux, martelai-je en le gratifiant d'un regard noir.

Il secoua la tête d'un air las, comme s'il se demandait quoi faire de moi, puis se reconcentra sur la route.

---

[1] *No Tears Left To Cry* de Ariana Grande

S'il croyait que j'allais me contenter de ce silence, avec pour seule distraction le bruit de nos respirations, il se fourrait le doigt dans l'œil.

C'était de sa faute si j'étais partie sans mon sac et mon téléphone. Même si je ne m'en faisais pas vraiment pour ces derniers. Everly s'en occuperait. Mais quand même…

Je rallumai l'autoradio, et cette fois, je me contentai de secouer la tête sur *Rewrite The Stars* d'Anne-Marie & James Arthur. Mais apparemment, le manque de goût de monsieur ne se limitait pas à ma voix, puisqu'il éteignit encore une fois l'appareil.

— Quoi encore ? crachai-je en levant les bras d'exaspération.

— J'aime pas, répliqua-t-il d'une voix blanche en replaçant une mèche derrière son oreille.

— Mais cette chanson est magnifique ! m'étranglai-je.

— J'aime pas, répéta-t-il, les yeux scotchés sur la route.

Je me croisai les bras sous la poitrine, et le toisai, dédaigneuse.

— Et t'écoutes quoi ? Marylin Manson ?

Il parut réfléchir, les sourcils froncés, comme s'il analysait si ça valait la peine de répondre ou pas.

— *Imagine Dragons*, finit-il par me confier, atone. NF. Post Malone.

— C'est tout ? doutai-je, incrédule.

— Ouais.

Ce n'était pas possible ! Personne ne faisait ça ! On pouvait aimer un artiste, mais pas au point de renier tous les autres.

— Tu n'écoutes qu'eux ?

Il acquiesça.

Parfois, il avait vraiment la flemme de parler. Et bizarrement, ça ne me dérangeait plus autant.

— Mais pourquoi qu'eux ? insistai-je.

— Parce que leur musique me procure tout ce que je recherche, Spark, articula-t-il en m'épinglant de ses billes bleues, comme s'il me défiait de le juger.

Puis il ajouta, plus bas, d'une voix grave, presque sensuelle, qui me fit crisper mes orteils dans mes cuissardes :

— Je ne vais jamais voir ailleurs quand je ne manque de rien.

Essayait-il de me passer un message ? Si oui, pourquoi, quoi, comment ?

Je m'éclaircis la gorge afin de me ressaisir et soufflai du nez, en feignant une suffisance que j'étais loin d'éprouver.

Moi qui voulais son attention depuis tout à l'heure… Voilà que j'étais dans tous mes états, lorsque je l'avais. Mais je n'y pouvais rien si son visage aux traits ciselés était si fascinant. Et je ne parlais même pas du charme fou qu'y ajoutaient son piercing à l'arcade et les deux petits anneaux fins à son nez.

— Es-tu en train de me dire que tu es un mec fidèle ? le narguai-je.

Il ne répondit pas, mais je jurerais pouvoir lire sur son visage de le prendre comme je voulais.

Génial ! Je m'étais transformée en traductrice de silence. Je devenais cinglée. Il me rendait cinglée.

Quant à mes sentiments pour lui ; je préférais me convaincre que j'avais encore le contrôle, en hommage à tous les efforts que j'avais déployés ces derniers jours.


— On est arrivés, annonça-t-il quelques minutes plus tard en se garant dans une petite clairière.

— Attends ! m'écriai-je avant qu'il n'ouvre sa portière.

Il désapprouva du regard ma main crispée sur son poignet, à l'endroit où je l'avais attrapé, et je me fis toute petite, les joues en feu.

— Je voulais juste savoir… s'il n'y a pas de l'eau là où on va.

Je n'avais pas oublié notre petite virée au mont Tabor lorsqu'il avait failli me jeter dans le bassin. Et son expression mystérieuse ne me disait rien qui vaille.

Cependant, il ne me laissa pas me triturer les méninges bien longtemps. Il sortit quelque chose de sa poche, et je plissai des yeux perplexes en remarquant que c'était un baume à lèvres.

Il le dévissa, un petit air narquois scotché au visage ; ses yeux brillants d'audace épinglés aux miens. J'eus l'impression que ma déglutition résonna à des kilomètres à la ronde quand il fit ensuite courir le produit sur ses lèvres.

Je n'aurais jamais cru qu'un jour, je souhaiterais troquer mon existence contre celle d'un baume à lèvres.

Le va-et-vient de sa main était tellement hypnotisant. Et lorsqu'il pressa ses lèvres roses l'une contre l'autre, je crus défaillir. J'avais chaud. J'avais froid. Je manquais d'air. Je salivais…

Je repris contact avec la réalité et fermai honteusement la bouche quand il vissa le tube. Je clignai plusieurs fois des yeux et secouai ensuite la tête afin de me rappeler de quoi je lui parlais avant qu'il me distraie avec son mini porno.

– Euh, oui, je disais, y a-t-il un bain chaud ? baragouinai-je en me giflant quatre fois de suite en esprit.

Michael esquissa un petit sourire fier qui me rendit rouge comme une tomate, puis il descendit de la voiture et claqua la portière d'un bruit sec qui termina de me remettre les idées en place. Il savait l'effet qu'il avait sur moi, le connard !

– S'il n'y a pas de bain chaud ? Sérieusement ?

Merci, cerveau. Je vois que je peux toujours compter sur toi pour me ridiculiser.

Je soufflai un long coup par la bouche pour me reprendre, puis je descendis à la suite de mon compagnon.

Ce dernier portait un sac qu'il avait attrapé à l'arrière du pick-up et fumait une cigarette, un peu plus loin, en me tournant le dos.

– Tu ne m'as pas dit si oui ou non, il y avait de l'eau, insistai-je.

– Note : je réponds que quand tu ne sais pas déjà la réponse. J'aime pas parler inutilement. J'aime pas parler tout court.

Puis, sans prévenir, il se retourna. Et comme j'étais assez près derrière lui, notre différence de taille me parut encore plus flagrante. Il était vraiment grand.

– Pourtant t'étais assez bavard tout à l'heure, dans la classe, soulignai-je.


Il ne répondit pas et je savais qu'il n'allait pas le faire. Tout à l'heure, à l'école, il était de très bonne humeur. Mais après Stacy, il avait vite retrouvé ses vieilles habitudes.

Il ne parlait que quand je ne savais pas la réponse. Pff. Quel présomptueux ! Donc il était au courant que je pouvais lire ses silences ou c'était sa façon de jouer les mystérieux ?

– On y va, décida-t-il en écrasant son mégot sous ses bottes.

– Minute, objectai-je. Là où on va, il y a de l'eau. Tu sais pour ma phobie. Je ne te fais pas confiance. J'ai besoin d'une assurance.

Il roula des yeux comme si je faisais tout un plat pour rien.

– J'ai promis d'essayer de ne plus te blesser.

– Wow, comme je me sens rassurée d'un coup, ironisai-je. Donne ton téléphone !

Il haussa les sourcils, méfiant.

– Donne ton tél. Si tu me fais du mal, je lui fais du mal. Si tu me jettes à l'eau, il subira le même sort.

– Je ne vais pas te noyer, Spark. J'aime pas mentir.

– Je m'en fous un peu, tu sais. Et puis t'as admis prendre un malin plaisir à me faire souffrir. Ton tel, ou je rentre à pied.

C'était ridicule. Je ne savais même pas où on était. De plus, qui avait dit que ça le dérangerait que je m'en aille ?

D'ailleurs, sur son visage, je le vis débattre de cette possibilité et l'angoisse me noua le ventre.

Par chance, après quelques secondes interminables, il leva une dernière fois les yeux au ciel, puis il plongea sa main dans sa poche et me tendit l'appareil.

– Déconne pas. Je peux pas le perdre, m'avertit-il, le visage grave.

Mais ensuite, comme pour me punir, il enleva son sac à dos et me le jeta avant même que j'eusse le temps de comprendre ce qu'il allait faire.

Déséquilibrée, je m'écroulai au sol en pestant et ce connard rigola.

Je le toisai en me redressant, mais il me gratifia d'un grand sourire sarcastique, indifférent. Il ne regrettait même pas, le mufle.

La perplexité m'envahit en apercevant quelques pommes, tandis que je remontais la fermeture Éclair du sac qui avait glissé sur un côté. Je me remis debout et le questionnai du regard.

– Que quand tu sais pas la réponse, me rappela-t-il avant de s'enfoncer dans les bois.

J'en restai bouche bée.

Il n'avait peut-être pas prévu son altercation avec Stacy ; par contre, cette sortie avait de toute évidence été planifiée à l'avance. Il était donc sérieux en affirmant que je serais son amie de force ou non ?


Génial ! J'étais au milieu de nulle part avec un malade. Je n'aurais jamais cru que l'Univers prendrait ma demande de piment à ce point au sérieux.

# Chapitre 45.
# L'ami

Après une série de sentiers accidentés bordés d'arbres, où je faillis à plusieurs reprises perdre toutes mes incisives, je me laissai tomber sur un rocher plus ou moins lisse, en réalisant que Michael s'engageait sur une nouvelle pente raide au lieu de m'annoncer qu'on était arrivé.

– J'en peux plus, ahanai-je en essuyant la sueur sur mon front dégagé par ma queue-de-cheval, tout en me félicitant d'utiliser du maquillage waterproof.

Il faisait plutôt froid, mais je transpirais de partout. Ma respiration était sifflante à cause de mes points de côté. En gros, j'avais l'air de quelqu'un qui venait tout juste de courir un marathon.

J'étais consciente de manquer d'endurance, mais on marchait aussi depuis… une éternité.

Du charbon ardent avait remplacé mes poumons. Quant à mes pauvres jambes, je préférais ne pas y penser, pour ne pas me rouler en boule et pleurer de m'amener ma maman.

C'était plus qu'une évidence : je devrais me remettre au sport. Et surtout arrêter de dire que je devrais me remettre au sport à chaque fois, sans rien faire.

Michael m'avait communiqué qu'il y avait un autre chemin plus accessible qui conduisait à notre destination. Mais il l'avait évité à cause de moi, puisque celui-ci était en plein milieu d'un cours d'eau. Donc je n'avais pas le droit de me plaindre.

– Lève-toi, s'impatienta mon guide impitoyable.

Je le rabrouai du regard et résistai à peine à l'envie de lui adresser un doigt d'honneur.

Il n'était même pas essoufflé, le veinard. Pas une seule fois, il n'avait trébuché malgré l'état pitoyable des routes. J'avais de toute évidence jugé à tort sa silhouette élancée de non athlétique. Une souplesse pareille ne s'acquérait pas en un claquement de doigts. Il restait à découvrir à quelle activité physique il s'adonnait. De la gymnastique ? De la danse classique ?

Je m'esclaffai toute seule en l'imaginant moulé dans des collants et un justaucorps rose fluo.

Il fronça les sourcils, décontenancé par ma bonne humeur, mais ça ne fit que redoubler mon hilarité.

Mickey, le ballerin grognon.

Il n'apprécia pas ma subite jubilation, car ses traits se firent aussi durs que la pierre sous mes fesses, et il gronda en tournant les talons :

– Grouille !

Donc, il n'y avait que lui qui avait le droit de se foutre de ma gueule ?

– Eh ! protestai-je.

Il se retourna pour me dévisager, hostile.

– Tu pourrais au moins porter le sac !

Il ne broncha pas d'un millimètre.

– Ou me porter, hasardai-je avec une petite moue craintive.

Il ne répondit pas, mais finit par décider de prendre le sac.

Je le lui tendis et en profitai pour ajouter, désespérée :

– Traîne-moi, au moins. Je sens plus mes jambes. S'il te plaît.

Cette fois-ci, il ne s'arrêta ni ne se retourna, mais il balança par-dessus ses épaules en escaladant la pente rocailleuse :

– Je serais assez curieux de voir comment tu aurais expliqué tes fesses écorchées à ton petit copain rasta.

Mon quoi ? Alexander ? Il savait que je… traînais avec lui ?

Je n'eus pas d'autres choix que de me lever pour lui emboîter le pas, car il s'éloignait de plus en plus.

– Tu m'espionnes, Michael Cast ?

– J'ai des yeux.

Sa voix était plate, inexpressive, donc je ne sus pas trop comment interpréter ses paroles.

D'ailleurs, je me demandais si je devrais lui avouer qu'Alexander n'était pas mon petit ami. Puis, je décidai que non, car ça ne le regardait pas.


Cinq minutes plus tard, je recommençais déjà à haleter. J'avais mal aux côtes… j'avais mal partout.

– Ralentis, s'il te plaît, implorai-je Michael.

Ce connard bifurqua à gauche, insensible. Je rassemblai mes dernières forces pour accélérer afin de lui rappeler, menaçante, que j'avais son téléphone. Mais après avoir franchi le petit bosquet qu'il venait de traverser, je me statufiai devant le spectacle sous mes yeux.

En face de moi, se trouvait une cascade majestueuse qui échouait dans un grand bassin pittoresque d'un bleu cobalt époustouflant. Toutefois, ce qui rendait ce paysage tout à fait magnétisant, c'était que l'eau de la chute était pratiquement gelée, donnant une impression de suspension du temps à couper le souffle.

D'habitude, c'était Michael le silencieux, mais là, j'étais bouche bée.

C'était le genre d'endroit où je ne me serais jamais aventurée en temps normal, à cause de mon ablutophobie. Mais sur le moment, je ne regrettais pas une seconde qu'il m'y ait emmenée… tant qu'on restait loin de l'eau glaciale et mortelle.

– Les chutes du Multnomah et de Latourell sont les plus célèbres d'Oregon, m'expliqua Michael, avec un petit sourire fier, comme si le lieu lui appartenait. Celles d'Abiqua sont peu connues, et leur accès difficile décourage les paresseux, ajouta-t-il avec un coup d'œil railleur à mon intention. La plupart du temps, surtout en cette saison, il n'y a personne. Et ici, dans ce silence… j'ai le sentiment d'exister.

Je comprenais ce qu'il voulait dire. L'endroit encerclé par la végétation était plus ou moins de forme arrondie ; comme si la nature avait voulu protéger ce coin de paradis des regards curieux. Donc en foulant ce sol pétré, on avait comme l'impression qu'on était privilégié… qu'on appartenait à quelque chose de grand et de beau… qu'on existait.

– C'est magnifique ici, reconnus-je en y mettant toute ma sincérité.

– Ouais, viens.


Nos pieds crissaient sur les galets, et même ce son résonna de façon agréable à mes oreilles. C'était peut-être la magie du lieu.

Michael s'éloigna assez loin de l'eau, comme pour me prouver sa bonne volonté.

À une bonne distance de la chute, il ouvrit son sac pour en extirper un tapis imperméable qu'il entreprit d'étaler sur le sol rocailleux.

– Pourquoi tu fais ça ?

Je voulais vraiment comprendre. Oui, il m'avait dit que je l'amusais, mais mon intuition me soufflait que ce n'était pas tout.

Le mec le plus convoité de l'école voulait du jour au lendemain être mon ami et m'emmenait dans un endroit qui lui faisait du bien. Même si j'avais rêvé d'une chose pareille pendant des années, je ne pouvais m'empêcher de trouver cela insensé.

Le concerné se redressa, fit tressauter ses mâchoires, et parcourut notre environnement d'un regard évanescent, qui confirma mes doutes. J'étais désormais certaine qu'il ne m'avait pas tout dit.

Cependant, je pensais qu'il allait quand même me balancer une vacherie du genre : « Ta gueule ou je te fais du mal ! » À ma grande surprise, il répondit avec une franchise et une gravité qui me laissa aussi pantoise que troublée :

– J'ai trouvé ton nom dans le carnet de ma sœur.

# Chapitre 46.
# L'amitié

– Quoi ?

– Elle écrivait beaucoup, développa-t-il, les yeux dans le vague. À 15 ans, elle a laissé plus d'une quinzaine d'histoires inachevées. Certaines presque terminées. D'autres, uniquement composées d'un plan. Je venais d'en boucler une et de l'envoyer à mon éditrice…

– T'as une éditrice ? m'étonnai-je.

– Je peux parler ? cingla-t-il, désagréable.

Je secouai son portable sous son nez pour le rappeler à l'ordre, mais il roula des yeux avec arrogance. Il me croyait peut-être incapable de faire du mal à son bijou dernier cri.

Je levai le bras au-dessus de ma tête et mon regard vissé aux siens, je laissai tomber l'appareil sur les galets, sous ses yeux écarquillés.

Il n'aurait qu'à faire attention à comment il me parlait désormais.

Je ramassai le téléphone intact sous son regard aussi incrédule que furibond. Je me redressai ensuite avec un grand sourire, provocatrice.

*C'était donc ce que ressentaient les méchants ?*

– Tu disais ? Ton éditrice…

Mon compagnon fit un pas rageur dans ma direction, mais je le stoppai, en levant un doigt, son téléphone à bout de bras.

– Hopopop ! me gaussai-je, avec un rictus sardonique. Un mouvement de plus et je le jette à l'eau. Je te préviens, je vise comme une pro. Alors, tu as envoyé ton livre à ton éditrice, et après ?

Il contracta ses poings et m'assassina du regard. Tout chez lui m'avertissait que j'allais le regretter. Peut-être bien, mais à ce moment-là c'était moi qui *runais the world*. Et c'était trop jouissif.

– Sky s'est inspirée de toi pour un personnage, grinça-t-il pour poursuivre, à contrecœur. Enfin… tu es le personnage. Ce soir où tu m'as demandé de te laisser tranquille, j'avais décidé de t'obéir. Tu avais l'air si désespérée que tu m'as fait pitié. Mais j'ai terminé l'histoire sur laquelle je bossais, et je suis allé dans le carnet de Sky pour piocher une autre idée.

Il s'était fait moins agressif à mesure qu'il parlait.

– Un plan d'intrigue m'a alors sauté aux yeux. Je l'avais peut-être déjà lu, mais cette fois, j'ai tout de suite reconnu Megan l'Étincelante, l'héroïne. J'en ai été interloqué. Je veux dire pourquoi toi ? Puis, j'ai repensé à cette soirée qu'on a passée ensemble. J'avais bien senti que t'avais… un petit quelque chose. Ça m'a troublé de voir que Sky l'avait aussi remarqué. Je veux donc comprendre ce truc et terminer l'histoire de ma sœur en son hommage. Alors voilà ! C'est pour ça qu'on est amis.


*Quoi ?* Je ne m'étais jamais considérée comme spéciale. Et là j'apprenais que j'avais inspiré l'héroïne d'un roman… à la sœur de Michael.

J'étais perdue. Elle et moi, on ne s'était jamais parlé… Les jumeaux Cast ne traînaient d'ailleurs qu'entre eux, à l'époque. Ça n'avait aucun sens !

– Euh… Et il y avait d'autres élèves du lycée dans ses livres ?

– Bizarrement, non, me confia Michael.

Je ne savais pas trop quoi penser. D'ailleurs, je pensais trop pour bien penser.

– D'accord, bredouillai-je. Et l'histoire, elle raconte quoi ?

– Bah, eh bien…

Il plongea dans ma direction sans terminer sa phrase qui n'en était pas vraiment une. Par chance, j'avais capté ses intentions et je réagis au quart de tour en faisant un énorme bond en arrière.

Je protégeai ensuite le téléphone de mes deux mains en le cachant dans mon dos et éclatai de rire.

– Trop lent ! me marrai-je, incapable de m'arrêter.

*Il avait quel âge ? 10 ans ?*

En face de moi, il se tenait raide comme un piquet, dépité et ronchon. Mais quelques secondes plus tard, après plusieurs vaines tentatives pour rester renfrogné, il laissa libre cours à son rire qui m'enveloppa aussitôt de sa chaleur.

Ce moment était juste parfait.

– Je vais pas me battre avec toi, me promit-il, de bonne humeur. Mais la prochaine fois, tu ne me verras pas venir et tu regretteras de m'avoir provoqué.

Détendue par nos fous rires, je lui tirai la langue comme une gamine, et il s'éloigna vers notre tapis en souriant.


Sur cette note joyeuse, on s'installa au sol, comme deux vieux copains et la discussion coula entre nous avec un naturel qui me surprit au plus haut point.

Très vite, je dus me résigner à admettre que depuis tout ce temps, je flashais sur une chimère. Parce qu'en réalité, ce que je savais jusque-là de lui ne représentait même pas un quart de sa personnalité.

À moins qu'il en eût plusieurs.

Le garçon que j'avais en face de moi était tellement loin de la personne que je croyais connaître. Déjà, je n'aurais jamais imaginé qu'il écrivait. Il éludait le plus possible le sujet, mais j'avais le pressentiment que c'était du sérieux.

Je notai dans un coin de ma tête de faire des recherches sur lui dès que je rentrerais chez moi.

Je ne savais toujours pas quoi penser de cette affaire de roman. Mais Michael finit par me convaincre en soulignant que c'était pour rendre hommage à sa sœur.

J'acceptai donc qu'il m'interroge pour son histoire. Et j'en profitai pour placer deux trois questions, moi aussi.

Ce fut de cette façon que je découvris d'où lui venait son agilité. Et ça encore, je ne l'aurais jamais imaginé. Il pratiquait l'escalade. Mais il ne répondit pas et se contenta de me regarder d'un air amusé, lorsque j'essayai de gratter plus de détails.

Je lui appris que j'étais douée au paintball, ce qui parut le surprendre. Alors je lui confiai que c'était notre activité préférée à moi et mon père, qui était un ancien Marine. Il était désolé pour sa mort. Je l'en avais remercié.

Il détestait la couleur saumon, car celle-ci l'énervait. Il avait près d'une douzaine de tatouages. Je me demandais pourquoi il ne montrait que ceux sur ses phalanges, mais je préférai garder cette question pour moi.

Michael me dévoila qu'il avait un grand frère et me raconta ensuite pourquoi il était végan. Autrefois, il se moquait de sa jumelle qui prédisait la fin du monde si l'humanité restait carnivore. Il était devenu végétarien après sa mort pour qu'elle n'ait pas milité en vain. Et bizarrement la viande ne lui manquait pas.

Il était quelqu'un d'autre quand il parlait de Sky. Et j'admirais son désir de la garder en vie dans les détails qui comptaient autrefois pour elle.

J'aimais discuter avec lui. Surtout que c'était mille fois mieux quand il ne me menaçait pas entre chaque phrase.

Si c'était ça être son amie, je disais mille fois oui.

Le froid me mordait le nez et les oreilles, mais je l'ignorai. Je ne voulais pas que ce moment parfait, en ce lieu parfait, en compagnie de la personnification de tous mes fantasmes, prenne fin.

Même s'il faisait ça pour son roman. Même s'il allait peut-être redevenir méchant, cet instant où nos rires résonnaient presque toutes les cinq minutes m'appartenait. Et ni lui ni personne ne pourrait me l'enlever.

Il m'avait extrait de son sac un sandwich au surimi – mon préféré. Je dus me mordre fort la langue pour ne pas demander si c'était Teddy qui l'avait informé de ce détail. Penser à mon meilleur ami me faisait encore mal. Et je n'avais pas envie de plomber l'ambiance.

Mon compagnon était si fragile. Il suffisait d'une phrase mal placée, pour qu'il se renferme comme une huitre. Ensuite, bonne chance pour parler dans le vide.

J'évitais donc les sujets à risque pour ne pas flinguer cette atmosphère joviale entre nous.

Lorsque je terminai mon sandwich, il me tendit une pomme, les joues roses et le regard fuyant, comme s'il avait honte d'être aimable. Je rigolai de son comportement, mais il me menaça d'un air grave de tout jeter à l'eau... moi y compris.

Je levai les mains en signe de reddition, sans argumenter. Ça l'embarrassait. J'abandonnais. Mais j'appréciais beaucoup le gentil Michael.

Toutefois, je savais bien que ça ne pouvait pas durer. D'ailleurs, Dark Mickey ne tarda pas à se manifester quelques minutes plus tard, une lueur provocatrice dans le regard.

– Ça te dirait de monter en haut de la falaise ?

# Chapitre 47.
# La feinte

— Hors de question ! objectai-je.

— La vue est pourtant spectaculaire, insista-t-il avec un petit sourire malicieux. Je connais un chemin pour que tu n'aies pas à te mouiller les…

— Je suis ablutophobe, martelai-je, furieuse. Tu veux me faire monter là-haut pour me menacer de me pousser dans le bassin ? Ou alors, si l'envie t'en prend, pas juste me menacer. T'as eu ce que tu voulais, je suppose. Là, je ne sers plus à rien, à part t'amuser, c'est ça ?

Il avait promis de ne plus jouer à ce petit jeu. J'aurais dû savoir que son sadisme ne pourrait pas s'empêcher de rappliquer.

— Eh ! Je ne te pousserai jamais, protesta-t-il avec un air vexé, sûrement feint. Tu pourrais te briser le cou.

— Oui, justement. Je pourrais me briser le cou, rétorquai-je, acide, les yeux mitrailleurs.

Il contracta les mâchoires et me toisa avec mépris.

— Si t'as un semblant de bon sens, tu remarqueras que je suis toujours franc quant à mes intentions. De toute façon, reste ! cracha-t-il en se mettant debout. Avoir peur de l'eau… quelle connerie ! marmonna-t-il dans sa barbe en s'éloignant à grands pas vifs.

— Je suis ablutophobe, pas hydrophobe, merde ! aboyai-je.

Les gens confondaient souvent les deux et ça m'énervait. Je ne voulais pas qu'on me voie comme une fainéante qui redoutait ne serait-ce que de prendre une douche. Je me lavais tous les jours. Et grâce aux thérapies, je pouvais rationaliser ma peur face à certaines actions essentielles comme tirer la chasse ou remplir un verre. Malheureusement, les psys n'avaient rien pu faire contre ma panique face aux grandes étendues d'eau comme la mer, les piscines… ou ce bassin.

— Mon cul, ouais, grommela Michael.

Tout allait tellement bien tout à l'heure. Comment en étions-nous arrivés là ?

— Attends, m'écriai-je.

J'étais en colère, mais je devais admettre qu'il avait raison sur un point : sa franchise. J'avais surréagi.

— Je t'accompagne, décidai-je en rassemblant tout mon courage.

*Mais s'il te plaît, ne me noie pas. Je veux pas mourir.*

Je ne prononçai pas ces pensées-là à haute voix pour ne pas l'énerver. Il m'avait affirmé ne pas aimer mentir. J'avais en effet eu quelques preuves, mais je n'arrivais toujours pas à lui faire confiance.

C'était quand même le mec qui avait failli me jeter dans un réservoir. Il l'avait peut-être oublié, mais moi non.

Il continua de faire la gueule jusqu'à ce qu'on arrivât au sommet de la chute, en empruntant un chemin qui quoique difficile, n'était pas mouilleux, comme il l'avait promis.

Le courant d'eau qui alimentait la cascade, même gelée, me stressa un peu.

Je restai en retrait, près des grands pins qui ornaient la colline tandis que Michael s'avançait confiant, vers le rebord inégal de la falaise.

J'aimerais un jour avoir son cran.

Je ne pouvais pas jauger son expression, mais il respira un grand coup, et de là où je me tenais, je vis ses épaules se détendre au fur et à mesure. Il devait vraiment aimer ce lieu. Et je le comprenais. Même sans m'approcher du bord, le panorama était magnifique. Je n'imaginais même pas pour lui.

Il pivota dans ma direction quelques instants plus tard et me tendit la main, amène, comme si la vue avait fait fuir sa mauvaise humeur. Il ne se renfrogna même pas lorsque je lui rappelai que j'avais encore son téléphone et qu'au moindre faux pas, je jetterais ce dernier en bas.

Après une longue expiration, je le rejoignis, les battements de mon cœur rivalisant avec les *beats* des Imagine Dragons, et ma conscience en bruit de fond qui me criait que j'étais conne.


Lorsque je fus à sa hauteur, Michael m'attrapa l'avant-bras avec un regard rassurant. Puis ensuite, il me guida assez près du bord pour que je puisse profiter de ce paysage à couper le souffle, mais assez loin quand même pour que je ne bascule pas à la moindre brise.

Je n'avais jamais été acrophobe, mais la présence du bassin et l'absence de garde-corps m'angoissaient et m'empêchaient de profiter de la vue.

Si ce genre de choses excitait Michael, qui semblait dans son élément, moi, j'étais loin d'être une accro à l'adrénaline.

Il faisait froid, mais je me sentis transpirer et éprouver un début de malaise. Mon compagnon fronça les sourcils, comme s'il avait su détecter mon trouble. Puis à ma grande surprise, il se glissa derrière moi et entoura avec hésitation ma taille de ses longs bras en soufflant près de mes oreilles :

– Je ne te lâcherai pas.

Peut-être bien. Par contre, je ne parierais pas cher sur mes pauvres jambes.

Pourquoi étais-je aussi réceptive à lui ? Une stupide phrase et boom ! Un festival d'œstrogène dans tout mon corps.

Une autre forme de trouble remplaça l'ancien, et mon pouls se mit à battre à un endroit incongru pour un moment pareil. Je crispai mes orteils dans mes cuissardes tout en luttant pour afficher une posture détendue dans ses bras.

Sa proximité ; son souffle chaud dans mes cheveux ; sa main sur ma taille… tout ceci surpassait de loin n'importe quel préliminaire avec un autre. J'étais déjà toute trempée dans ma culotte.

– Ça va ? s'enquit-il avec une tendresse qui m'émut au plus profond de mon être.

*Non. Pas du tout.* J'étais au bord du vide et il me donnait envie de concevoir des bébés. Ça n'avait aucun sens. C'était de la torture. Mais peut-être que j'étais devenue sado, car malgré tout, jamais je ne lui aurais demandé d'enlever ses mains.

Je lui couinai un oui comme réponse. Puis, je me mis à compter mentalement les arbres autour de nous. C'était ça ou lui demander de me faire des jumeaux ici dans le froid.

Je fermai les yeux en imaginant des choses qui feraient rougir ma mère. Ensuite, pour masquer la plainte incontrôlée qui m'avait échappé, je me raclai la gorge et m'empressai de demander :

– On s'en va ?

Je n'avais pas profité du panorama comme il l'avait escompté. Mais au moins, je pouvais reconnaître que c'était magnifique. De plus, de cette hauteur, si on n'était pas effrayé comme moi, j'imaginais que la sensation devait être agréable, mais…


La promesse de Michael me revint à l'esprit au moment où il m'arracha son téléphone. J'avais baissé ma garde, et il en avait profité, le connard !

« *La prochaine fois, tu ne me verras pas venir et tu regretteras de m'avoir provoqué.* »

Je pivotai avec l'intention de lui assener un bon coup de poing sur le torse, fulminante et vexée, d'avoir été roulée. Son rire victorieux, lui, emplissait l'air autour de nous, malgré le regard assassin que je lui coulais.

Je parierais que m'enlacer faisait aussi partie du jeu, vu qu'il était au courant de mon attirance pour lui. Et moi, je m'étais fait avoir comme un bleu.

Ça m'apprendrait.

Je lui faisais désormais face, mais en poussant sur son torse pour le bousculer, mon pied glissa sur le sol inégal et je perdis l'équilibre.

Ensuite, tout s'enchaîna comme dans un film d'horreur. Je ne savais pas si c'était la terreur qui avait anesthésié mes émotions, mais c'était comme si mon esprit s'était déplanté de mon corps.

Je me vis trébucher vers le rebord de la falaise sous le regard horrifié de Michael, et l'instant d'après je basculais dans le vide.

# Chapitre 48.
## Le sauveur

*Point de vue de Michael*

De stupeur, mon téléphone m'échappa.

Ça ne pouvait pas être vrai. Elle n'avait pas chaviré dans le bassin. Le bruit de mon portable heurtant le sol me redonna un semblant de bon sens, et sans perdre une seconde supplémentaire, je pris mon élan et sautai à sa suite.

Le vent hivernal me fouetta le visage, siffla à mes oreilles et s'insuffla partout sous mes vêtements. La première fois, ça pouvait déstabiliser. Mais cette sensation m'était désormais familière.

Cependant, cette fois-ci, ce frisson de plaisir qui accompagnait toujours ma peur de faire quelque chose d'aussi irrationnel ne se réveilla pas. Il n'y avait que la frayeur, pure et brute.

Je retins mon souffle, fermai les yeux et pliai les genoux en entrant en contact brutal avec l'eau glacée. Même ce choc ne me procura aucune satisfaction ce jour-là.

Je bougeai mes bras et mes jambes sous l'eau pour me stabiliser. Lorsque mes yeux se furent habitués à la pénombre, quelques secondes plus tard, je repérai tout de suite Spark qui était en train de couler. Je nageai de toutes mes forces, et la ramenai au plus vite à la surface.

Je l'entraînai ensuite vers le rebord le plus proche du bassin. Puis, je m'assis à même le basalte enneigé pour l'attirer sur moi.

Mes doigts pâles tremblaient sur son visage figé par la terreur. Et la vapeur s'échappant de ma bouche à chaque respiration frémissante rendait la scène encore plus sinistre.

Les yeux écarquillés et vides de Spark ; les veines gonflées de son cou et de son front dues au manque d'oxygénation... tout était réuni pour me faire perdre la raison. Je n'avais que le battement rassurant de son cœur sous sa robe trempée auquel m'accrocher.


Je savais qu'il était impossible de mourir en retenant son souffle. Mais personne n'avait jamais précisé ce qui se passait quand la victime croyait que la cause de son asphyxie venait de l'extérieur. Manifestement, elle croyait encore qu'elle était sous l'eau.

– Spark ! l'implorai-je en caressant son visage glacé.

Je voulais être plus efficace. Plus réactif. Mais certains souvenirs enfouis en temps normal remontaient et me happaient toute ma force. Je ne souhaitais plus jamais tenir un corps sans vie entre mes mains. Ma santé mentale en pâtirait.

– Spark, s'il te plaît.

Je la secouai, mais elle persista à retenir son souffle. La respiration hachée, je balayai notre environnement d'un regard circulaire et désespéré, comme si ma délivrance allait se manifester, avec un peu de chance. Puis, je me rappelai n'avoir jamais eu de chance.

Personne ne viendrait. Je devais faire quelque chose.

J'ouvris sa bouche, mais je me rendis compte avec horreur qu'aucun air n'en sortit. Mon sang se glaça en ne récoltant que du silence de sa poitrine, cette fois.

Impuissant contre les tremblements de mon corps, je couchai Megan sur le sol froid et inégal, puis je m'agenouillai devant elle pour tenter un massage cardiaque.

– Écoute. Tu n'es plus sous l'eau. Je suis là. Je t'en supplie. Respire.

Je poussai encore et encore sur son sternum, avec mes deux mains entrecroisées, mais elle ne broncha pas.

– Merde, Spark ! hurlai-je en cognant sur son thorax avec mon poing fermé.

Tout ceci était de ma faute. J'avais mis trop de temps à réagir. Et maintenant…

Je m'obligeai à me calmer pour alterner les massages cardiaques avec du bouche-à-bouche. Je savais comment faire. Je savais comment faire. Elle n'allait pas partir. Elle n'allait pas s'éteindre sous mes yeux. J'étais prêt à vendre mon âme pour ne plus jamais avoir à ressentir cette impuissance de ma vie.

Je lui pinçai le nez et mis une main sous son menton. Je pris ensuite une grande inspiration et appuyai ma bouche sur la sienne avant de souffler. Sa poitrine se souleva à cause de mon air, mais lorsque je me relevai, rien ne se passa, même après une autre compression thoracique.

*OK, une deuxième fois*, m'encourageai-je, alors qu'au fond de moi un Michael hurlait à s'en péter les tympans.

Je recommençai la manœuvre et me redressai pour observer le résultat, mais il n'y en avait aucun. J'avais mal au crâne. J'avais mal à mon âme…

Je déposai ma bouche une troisième fois, au bord de la crise. Mais avant que je n'eusse le temps de pousser, cette fois-ci, elle inspira bruyamment, comme si elle revenait d'un long voyage.

Mes paupières se fermèrent de soulagement, et je pleurai.


Je lâchai son nez, m'éloignai de son visage et me laissai ensuite retomber sur mes fesses. Je la vis cligner des yeux à travers mes larmes silencieuses tandis que la boule d'angoisse suspendue au-dessus de ma tête explosait. L'émotion me submergeait de partout désormais. J'étouffais.

Sans réfléchir à deux fois, j'attirai son corps atonique sur mes cuisses et verrouillai mes lèvres glacées aux siennes.

Je n'en avais certainement pas le droit. Elle était à peine consciente. Mais j'en avais besoin. Je m'agrippai à son épaule comme une bouée et l'embrassai fort, avec tous les fragments de ma terreur, mon désespoir et mon soulagement mêlés.

Je crus mourir, lorsqu'elle bougea à son tour ses lèvres et qu'elle leva ses doigts faibles et grelottants pour caresser mon visage. Mon cœur martelait dans ma poitrine, et le sang cognait à mes tempes à un rythme impossible. C'était comme si toutes les cellules de mon corps se révoltaient pour ce survoltage d'émotions que je leur infligeais.

Je ne ressentais même plus le froid. Ce baiser me galvanisait… m'enivrait… m'électrisait…

Je ne m'étais pas attendu une seconde à ce que ce fût si bon. J'adorais tout dans cet instant. Son goût. Son souffle haché qui se mariait au mien. Ses petits gémissements contre mes lèvres. Ses doigts de plus en plus assurés dans mes cheveux mouillés…

Je possédais littéralement ses lèvres, mais à ma grande surprise, elle n'eut aucun mal à suivre mon rythme d'aliéné. C'était comme si nos bouches étaient nées pour s'épouser.

Malheureusement, je m'emballai un peu trop et enfonçai mes doigts dans sa clavicule.

Elle gémit de douleur et ça me ramena à la réalité.

Je me détachai d'elle avec un petit pincement au cœur, le souffle erratique, l'esprit retourné… déstabilisé et pantois. C'était qui cette fille ? C'était quoi ce baiser ? Et était-ce même juste de reléguer ce feu d'artifice au rang de simple baiser ?

– Suis-je morte ? souffla Spark d'une voix faible, presque innocente, qui m'inonda la tête de pensées impures.

Je dus me faire violence pour ne pas replonger sur ses lèvres appétissantes, encore gonflées par notre baiser duquel j'avais encore du mal à me remettre.

Elle aussi, constatai-je d'après son regard shooté et son teint rosé…

J'étais ravi de nous voir sur la même longueur d'onde.

— Je sais qu'on peut confondre ma beauté avec celle d'un ange, rétorquai-je pince-sans-rire. Mais non, t'es pas morte.

Elle sourit, et je me rendis compte que je la tenais encore dans mes bras. Je la déposai par terre et me redressai. Elle grimaça et je fronçai les sourcils, alarmé.

— T'as mal où ?

Ses yeux dévièrent un instant de ma silhouette qui la surplombait. Et elle pâlit lorsqu'elle remarqua le bassin à seulement quelques mètres.

— Je ne p… l'eau… je…

Je me baissai sans commenter, passai un bras sous ses cuisses et l'autre sous son dos. Puis, je la portai jusqu'à notre tapis de mousse.

Je la couchai et m'agenouillai encore une fois à côté d'elle, inquiet.

— Tu as mal où ? répétai-je.

Elle avait probablement dû se casser quelque chose en tombant d'aussi haut.

Mais elle ne réussit pas à répondre, pantelante et le regard fou, sur le point de faire une crise d'angoisse. L'effet du bassin persistait. Dire que je m'étais moqué de sa phobie quelques minutes plus tôt comme un gros con !

— Spark ! la secouai-je sans ménagement.

Il était hors de question qu'elle s'hyperventile et me refasse une peur comme tout à l'heure. Par chance, ça la ramena sur Terre. Elle crispa les lèvres et les paupières avant de fondre en larmes.

*Génial !* Je détestais voir les gens pleurer.

— T'as mal ? répétai-je avec maladresse en lui tapotant la main.

J'étais nul pour consoler les gens.

Elle répondit quelque chose, mais sa phrase se perdit entre ses sanglots et ses grelottements.

— Je vais enlever ta robe, annonçai-je.

Elle secoua la tête et croisa ses bras tremblotants sur sa poitrine.

— Si seulement c'était une demande, cinglai-je en levant les yeux au ciel.

Ce n'était pas aujourd'hui qu'elle allait crever d'hypothermie.

Je lui retirai ses bottes et sa robe trempée malgré ses protestations émises entre deux claquements de dents. Puis ensuite, je déglutis avec difficulté à la vue de son ventre plat, et son nombril parfait, et…

— J'aime tout ce qui est couleur *nude*, se justifia-t-elle, toute frissonnante, gênée par mon regard insistant.

Je ne m'étais même pas rendu compte que je la dévorais des yeux. Elle était toute dorée, comme si elle avait du sang exotique.

Même le froid n'avait pas pu empêcher mon cerveau de se chauffer à la vue de ses sous-vêtements de couleur chair, qui lui collaient comme une seconde peau.

Je la voulais. Après ce baiser explosif et ma réaction actuelle, j'avais désormais la confirmation que mon attirance pour elle était aussi sexuelle. Sa peau me donnait des envies bestiales. J'imaginais déjà les marques que laisseraient mes dents lorsque je la dévorerais toute crue. Elles iraient parfaitement avec son teint.

— J'ai froid, tremblota-t-elle en se protégeant tant bien que mal de ses bras.

J'étais un malade pour penser à ça à un moment pareil. J'attrapai la bouteille de *Jack Daniels* dans le sac et la lui tendis.

— Tiens. Bois un coup. Ça va te réchauffer.

Elle obtempéra et s'appuya sur un coude pour descendre le liquide ambré. Mais à mon grand dam, son mamelon dressé pointa au passage dans le tissu trempé de son soutien-gorge.

Je détournai le regard pour tenter de me concentrer sur autre chose. En vain. Après cette avalanche d'émotions, mon attraction venait de prendre une toute nouvelle ampleur. J'avais bien peur de ne pas pouvoir la laisser tranquille de sitôt. Je doutais même que ce fût encore possible. Cette fille me tourmentait depuis un moment d'une façon qui défiait la logique.

Je devais comprendre... Et peut-être la prendre pendant ce temps, qui sait. Sa voix me tira de mes pensées.

– Je... j'ai vraiment froid, ahana-t-elle. Et ar... arrête de me fixer comme ça. Je... sais que je ne suis pas terrible. Mais ton regard bizarre me complexe encore plus. Sss... s'il te plaît, arrête.

Je ne relevai pas et roulai le tapis de mousse autour de la tentation qu'était son corps. Je la soulevai ensuite dans mes bras direction la voiture. C'était tant mieux si elle n'avait pas saisi mes vraies pensées. Ce n'était pas le moment.

Pas encore.

# Chapitre 49.
# Le prince charmant

Je déposai Spark quelques minutes plus tard sur le siège passager, puis pris place derrière le volant. Je tournai ensuite le contact, et montai le chauffage à fond, en attendant de me réchauffer, avant de reprendre la route.

— Et toi, tu…

Elle désigna avec hésitation mes vêtements mouillés du menton.

— Tu voulais que je me déshabille ? la narguai-je. Qu'on soit nus tous les deux ? Coquine !

Robyn n'en croirait pas ses yeux, lui qui m'accusait tout le temps d'avoir l'humour d'un poulpe.


En vrai, je n'étais ce gars-là qu'avec Spark. Elle réveillait en moi un mec que je ne connaissais pas avant, mais qui étrangement ne me répugnait pas du tout.

Jusqu'ici tout en elle me plaisait. À commencer par ses sautillements dans les couloirs. Ses supplications lorsque j'avais le dessus. Ses transformations en pivoine après l'un de mes commentaires salaces… comme à cet instant.

Elle réajusta le tapis autour de son corps et se tourna vers la vitre pour masquer en vain son embarras. Je savais qu'elle m'était réceptive. J'en avais eu la confirmation depuis ce jour au deuxième étage, où elle m'avait surpris à embrasser Anna.

Sauf que je n'aurais jamais imaginé qu'un mois plus tard, moi aussi, je serais mordu.


Dire que je n'avais jamais prêté attention à elle avant ! Cependant, depuis la minute où elle avait décidé de pourrir ma journée de deuil, impossible de la sortir de ma tête.

Le plus étrange était que toute sa personne m'intéressait. Je n'avais même pas été certain de vouloir la baiser avant cette journée.

Il y avait quelque chose chez elle qui me captivait… Une sorte d'étincelle qui manquait à la plupart des gens de nos jours. Je crois que je l'aurais appelée Spark même si elle avait eu un autre nom de famille. Ça lui correspondait tellement !

Je ne délirais pas, car Sky aussi l'avait remarquée. La preuve : elle lui avait volé son nom, même si le caractère de son personnage, lui, était tout droit sorti de son imagination.

Oui, j'avais un tout petit peu modifié la vérité. Les questions que je lui avais posées étaient pour mon propre compte.

Mais Spark ne se serait pas contentée du fait qu'elle m'amusait – et avec le recul, cette explication semblait en effet tirée par les cheveux.

Je ne voulais pas avouer qu'elle m'attirait comme personne. C'était la vérité, mais ce genre de phrases niaiseuses ne m'allait pas. De plus, ça risquerait de lui bourrer le crâne d'espoir vain. Or, je n'allais plus refaire cette erreur.

Je n'étais pas le prince charmant. J'avais toujours été clair là-dessus. À part une stupide fois… Voilà que je le payais encore.


Pour le moment Spark devait se contenter de cette explication. Je savais qu'elle craquait pour moi et que mon tempérament lunatique la troublait ; mais je n'y pouvais rien. Elle serait fixée quand je serais fixé. Et ce jour-là, je serais sincère quant à mes intentions envers elle – comme je l'avais toujours été avant mon erreur.

Pour l'instant, j'étais aussi largué qu'elle. Je voulais passer du temps en sa compagnie. La voir sourire. L'écouter parler. La taquiner. La pousser à bout. L'embrasser... Ça n'avait aucun sens. Je n'étais pas ce genre de mec.

En tout cas, je n'allais pas la lâcher tant que je n'aurais pas tout saisi. Il fallait que je comprenne ce qui m'intriguait autant chez elle...

— Je ne me sens pas mal, annonça-t-elle en s'éclaircissant la gorge. Tu m'as demandé si j'avais mal. Je ne sens rien de cassé. Je vais bien.

J'arquai un sourcil, dubitatif.

— T'es tombée d'une cascade d'une vingtaine de mètres, répliquai-je. Désolé d'être sceptique. On passera quand même aux urgences.

— J'ai juste mal aux fesses, admit-elle en serrant les lèvres, mal à l'aise.

— Quoi ?

— Comme si j'avais reçu la fessée de ma vie.

Je ne pus réprimer un sourire en pensant à des trucs capables de la faire rougir trois jours d'affilée.

Je m'abstins pourtant de tout commentaire.

Ce n'était pas le moment.

Ma température était désormais stable. J'enclenchai la marche arrière avant de faire demi-tour pour m'engager sur la petite voie qui nous conduirait sur l'autoroute.

J'y étais presque lorsque Spark observa avec une franche inquiétude :

— Tu restes avec tes vêtements mouillés ? Ah merde, j'avais déjà demandé !

— Du calme, m'amusai-je. On baisera quand on sera sûr que tu n'as rien.

Puis j'accélérai tandis qu'elle avalait sa langue, le cou écarlate.

Le plus drôle était que j'ignorais si je plaisantais ou non.

***

Elle n'avait rien. Rien. Il était 8h du soir lorsqu'on me l'annonça.

Je n'arrivais pas à y croire. Une chute pareille, ça laissait des séquelles. De plus, elle avait cessé de respirer pendant au moins une minute. Dans la grande majorité des cas, ce genre d'incidents entraînait des conséquences cérébrales.

Je l'avais découvert en faisant des recherches pour un livre. Donc, j'étais convaincu que Spark ne pouvait pas s'en sortir indemne. Alors, j'avais insisté auprès du médecin qui m'avait reconfirmé que tous les tests n'avaient rien révélé d'anormal chez elle.

J'avais persisté jusqu'à ce que le toubib s'impatiente et qu'il me coule un regard noir pour insolence.

Spark, elle, m'avait souri toute fière, en me rappelant qu'elle me l'avait dit.

Savait-elle au moins que ça relevait d'un miracle ?


Les médecins n'avaient aucune raison de la garder. Voilà donc pourquoi j'étais pour la deuxième fois de la journée dans ce petit magasin, en train d'acheter des fringues.

Je lui pris un sweat noir et un slim de la même couleur, presque identiques à ceux que je m'étais pris plus tôt. Le shopping, ce n'était pas trop mon truc. Je connaissais d'ailleurs très peu d'activités aussi chiantes.

Je ne me cassais jamais la tête pour m'habiller. J'avais une douzaine de tee-shirts noirs à manches longues, de jeans, et de sweatshirts, tous pareils. Les seuls autres vêtements que je possédais – et que je ne portais jamais – résultaient de ma virée forcée avec Stacy au centre commercial l'hiver précédent.


Par chance, Spark ne fit aucun commentaire sur mon choix. Au contraire, la ressemblance de nos tenues parut même l'amuser.

– On est jumeaux, gloussa-t-elle en attachant sa ceinture de sécurité.

Non, on ne l'était pas. Ma jumelle était morte.

Je démarrai en silence et elle comprit la gaffe quelques secondes plus tard.

– Je… je suis désolée, s'affola-t-elle.

– Ça va, coupai-je.

Je ne voulais pas m'attarder sur le sujet, mais je ne lui en voulais pas. Elle n'avait pas dit ça pour me blesser. Elle n'avait rien de cette garce de Stacy qui se repaissait de la souffrance des autres.

Je lui désignai les nombreux paquets entre nous pour dissiper cette ambiance pesante.

– Je devine que tu as faim.

Elle me remercia et commença à les déballer un à un.

– J'ai cru comprendre que t'aimes les fruits de mer, repris-je, sans quitter la route des yeux. Bizarre pour quelqu'un qui a peur de l'eau.

– J'ai pas peur de l'eau…

– J'ai peur de me noyer, c'est pas la même chose. Blablabla, la singeai-je.

La facilité avec laquelle j'arrivais à me laisser aller avec elle demeurait pour moi un mystère. D'habitude, parler m'ennuyait. Parler me vidait. Parfois même, ça m'énervait. À part en compagnie de Sky, j'avais toujours été taciturne. Mais avec elle, de temps en temps, il y avait ce mec qui prenait le contrôle, qui riait, qui plaisantait, qui discutait sans rechigner… J'aimerais comprendre.

Je lui jetai quelques coups d'œil discrets pendant qu'elle mangeait et ça m'amusa de voir qu'elle avait les joues gonflées de nourriture.


Sans m'en rendre compte, mon regard finit par s'attarder un peu trop et elle s'en rendit compte, la mine un peu coupable.

— Je peux manger comme un camion. Je ne grossis jamais, m'avoua-t-elle. Je m'en vante pas souvent, mais c'est mon superpouvoir. Je ne sais même pas pourquoi je te raconte ça.

Je lui souris sans raison et me trouvai tout de suite con.

Pour ma part, je n'avais pas été béni avec un métabolisme rapide. Pour preuve, quand j'étais petit, j'étais énorme. J'avais commencé à maigrir à l'âge de 8 ans, en revenant de ce camp d'été où on m'avait empêché d'intégrer l'équipe d'escalade, à cause de mon poids. Ça m'avait blessé malgré les mots de réconfort de Sky qui elle, avait toujours été mince.

L'année qui avait suivi, j'avais tellement peu mangé que ça avait fini par inquiéter mes parents. Mais au final, même si j'étais devenu aussi fin qu'une brindille, j'étais fier de pouvoir escalader tout ce que je voulais.

Je n'avais pas à me laisser mourir pour garder un poids convenable désormais. Je savais comment dépenser mes calories superflues.

J'étais quand même heureux d'avoir appris un autre truc sur Spark. J'avais l'impression que je n'en savais jamais assez.


Elle avait fini de manger et on était déjà arrivé dans son quartier lorsque je remarquai de la sueur sur son front, alors que la température de la voiture était plutôt normale.

Mes craintes se confirmèrent lorsqu'ensuite, je la vis frissonner.

— Je savais que t'avais quelque chose, pestai-je en contractant mes doigts sur le volant.

*Ces médecins de merde !*

— Juste un peu de fièvre, allégua-t-elle avec un petit sourire crispé. Rien de grave.

— Ils ont dit « rien du tout », tempêtai-je.

— Ça va, promis.

Mais elle frissonna à nouveau.

Je hasardai alors une main sur son front dégagé par sa queue-de-cheval et je me statufiai d'horreur.

– Mais t'es brûlante, m'étranglai-je.

– On est arrivés, éluda-t-elle en me désignant une grosse maison. Arrête-toi là.

Je me garai à contrecœur près du perron boisé et elle me salua d'un air pressé.

– Eh bien, bonne nuit !

Puis sans attendre ma réponse elle descendit de la voiture, comme si elle avait la mort aux trousses.

Je l'imitai et l'interpellai avant qu'elle n'atteigne le portail :

– Spark !

Elle se retourna, mais ne croisa pas mon regard.

– Oui.

Pourquoi elle voulait à ce point me fuir tout à coup ?

– Tu vas pas avoir des problèmes ? m'inquiétai-je.

Le prince charmant allait bientôt devoir me refiler son armure.

– Ma maman n'est pas là, me confia-t-elle. Je suis toute seule chez moi. Je l'appellerai pour la rassurer.

– Qui va veiller sur ta fièvre ?

Je me sentais naze d'être aussi concerné par son sort alors qu'elle voulait s'éloigner de moi.

– Ce n'est rien de grave, tu sais ? mentit-elle. Rentre chez toi ! Passe une bonne nuit, Michael.


À contrecœur, je décidai d'abandonner. Mais avant même que je ne remonte dans la voiture, elle trébucha et se retourna pour m'adresser un sourire rassurant peu convaincant.

Cette tête de mule refusait juste d'admettre qu'elle ne s'en était pas tiré indemne comme elle le clamait.


Elle venait d'entrer un chiffre dans le digicode lorsque je la soulevai de terre pour la ramener dans la voiture.

– Mais qu'est-ce que tu fous encore ? gueula-t-elle en se débattant. Comme si j'allais la lâcher après ça !

– Tu dors avec moi, décrétai-je.

# Chapitre 50.
# L'acteur

— Bois pas ça ! brailla quelqu'un avec urgence.

Confuse, je stoppai le mug à mi-chemin de ma bouche et tournai dos à la cafetière pour faire face à un brun aux bras tatoués, qui me fixait avec une franche inquiétude.

Vêtu d'un tee-shirt bleu et d'un pantalon de jogging gris, il avait les bras tendus dans ma direction, comme s'il essayait de me stopper par télékinésie.

— Heuuu ! m'intriguai-je.

— C'est du rhinocafé, m'informa-t-il en désignant le mug entre mes doigts.

*Du rhinoquoi ?* Le ton dégoûté du brun, comme s'il avait prononcé le nom d'une IST m'avait alarmée. J'espérais ne pas avoir bu du poison quand même !

— C'est du café de rhinocéros, enchaîna-t-il avec un soupir théâtral. Le café de Michael.

Mes clignements répétés des yeux durent dépeindre tout mon émoi, car il développa, plus magnanime :

— Si tu en bois, c'est cinq nuits blanches minimum. Ce truc, c'est du jus de l'enfer. La première fois que j'en ai goûté, à 2h du mat, j'avais envie de faire des pompes et d'aller défier The Rock.

— C'est ma deuxième tasse, m'effarai-je.

Il me communiqua toute sa pitié dans un regard.

J'avais bien remarqué que ce café en plus de son goût assez inhabituel était assez fort, mais il n'y avait rien à manger dans cette maison. De plus, je m'étais réveillée seule dans le lit, avec personne pour me dicter la marche à suivre.

Rhinocafé. Ce nom était trop cool pour être l'œuvre de Michael. Je n'avais qu'à espérer que le brun eût exagéré.

— Mais pourquoi vous le laissez là si c'est un danger public ?

— C'est le café de mon frère, fit mon informateur avec un haussement d'épaules impuissant. On vit seuls. Moi, je sais qu'il ne faut pas y toucher.

Alors, c'était lui Robyn.

À part les yeux bleus, je ne le lui voyais aucune ressemblance avec son frangin.

La peau hâlée, au contraire de son cadet qui l'avait diaphane. Il possédait une beauté banale, dont tout le charme résidait dans son regard rieur.

— Et pourquoi il en boit ? m'enquis-je, perplexe.

Robyn me coula un petit sourire triste, comme quelqu'un obligé de parler de son enfant turbulent.

— Parce que mon petit frère a cette addiction aux sensations et trucs forts. En plus, aussi bizarre que ça puisse paraître, le rhinocafé n'a aucun effet sur lui. Pourquoi tu t'es réveillée avant moi ?

J'étais à peine en train d'assimiler sa confidence sur Michael. Ce changement de sujet me laissa penaude.

À ce point-là, il devait me prendre pour une idiote avec mes cillements hagards.

— T'es la meuf avec qui je suis rentré hier soir, non ? s'assura-t-il avec prudence.

Il ne se souvenait même pas de la personne avec qui il avait dormi ?

Le bon Samaritain en moi se réveilla et je décidai de jouer un peu avec le brun en hommage à cette pauvre fille dont on ne se rappelait même pas la tête, après avoir profité de ses faveurs. Je croisai mes bras sous ma poitrine et feignis l'indignation.

– Tu te fous de moi, là ?

L'aîné de Michael se passa une main dans ses cheveux courts et m'adressa un sourire à liquéfier un glacier.

OK, son charme ne résidait pas que dans ses yeux. Ses fossettes étaient à se damner, et il devait le savoir, car il s'avança vers moi, dents dehors, et une voix suave de crooner :

– Je sais bien que c'est toi. Je te taquinais juste pour faire ressortir la tigresse dans mon lit hier soir… la meilleure nuit de ma vie, je te jure. J'avais jamais rencontré une meuf comme toi.

J'étais épatée devant son aisance à retourner la situation. C'était sûr, ce mec avait une belle et longue carrière à Hollywood. Si j'avais été cette fille, j'aurais tout avalé avant de redemander une nouvelle dose de mensonges assaisonnés de sourires à fossettes.

Le brun déposa ses bras encrés de part et d'autre de mon corps sur le plan de travail et je notai un autre point commun avec son cadet : ils étaient tous les deux très grands.

J'étais curieuse de voir jusqu'où irait son mensonge.

– Alors, on remet ça quand ? badina-t-il avec un rictus de tentateur.

Je pouvais presque le trouver adorable s'il ne mentait pas autant… En fait, il était adorable malgré tout.

C'était tellement fascinant de voir comment il prenait son rôle à cœur, que je finis par m'esclaffer malgré mes efforts pour rester de marbre. Ce mec était un danger sur pattes.

– Ta compagne a dû se faire la malle tôt ce matin. Ce n'était pas moi, admis-je en rigolant.

Il prit quelques secondes pour me sonder et enregistrer l'information. Ensuite, il recula et essuya une sueur imaginaire sur son front avec une petite grimace.

— Je me suis bien dit qu'elle n'était pas aussi jolie, épilogua-t-il un instant plus tard en redévoilant ses dents blanches.

Je levai les yeux au ciel, mais ne pus m'empêcher de sourire devant son ton mielleux. Je plaignais de tout cœur ces filles qui se faisaient et qui se feraient encore avoir par ce Don Juan à fossettes.

— En plus, j'ai eu peur, embraya-t-il avec plus de sérieux. Je me fais jamais de mineurs, même complètement torché. T'es jeune, non ? T'as quoi... 14, 15 ans ? Qu'est-ce que tu fais ici ?

— Heee ! m'offusquai-je. J'en ai dix-sept.

C'était ça, ma vie sans maquillage.

— Et je suis avec Michael... je veux dire on n'est pas ensemble. Mais c'est à cause de lui que je suis là.

Ses sourcils atteignirent presque ses cheveux tandis qu'il me scrutait, dubitatif.

— Tu parles de Michael, mon frère ?

— Oui.

— T'as dormi ici ?

— Oui. J'étais malade.

Qu'y avait-il là de si impressionnant ? Michael étranglait les filles dans leur sommeil, ou quoi ? Intriguée, je déposai le mug sur le plan de travail pour lui accorder toute mon attention. Mais ma maladresse fit que la grosse tasse atterrit par terre, inondant le parquet de rhinocafé.

Robyn fit un geste pour se baisser, mais je le stoppai en levant mes deux mains et promettant :

— Je m'en occupe !

Je n'étais quand même pas invalide !

Je fus frappée par sa différence avec son frère, qui malgré son attitude bienveillante de la veille, se serait contenté de me dévisager dans une situation pareille.

— Je suppose que tu as bu son café car tu n'as rien trouvé d'autre, estima Robyn. C'était à moi de faire les courses et j'ai oublié. Il va péter un câble en rentrant.

On aurait pu croire qu'il parlait de son père et pas de son cadet. Où était passé Michael d'ailleurs ?

— Bouge pas, reprit Robyn en me pointant du doigt. Je reviens. À mon retour, tu me racontes ce que tu lui as fait pour qu'il ne t'ait pas foutue dehors.

— Huh. D'accord, bredouillai-je, bien que je ne visse pas grand-chose à raconter.


J'avais dormi dans son lit et curieusement, il avait veillé sur moi jusqu'à ce que je m'endorme, se renseignant sur mon état toutes les deux secondes.

Mes joues s'enflammèrent lorsqu'un souvenir moins banal de la nuit dernière me revint.

Je lui avais demandé de me serrer dans ses bras — c'était connu, la fièvre faisait dire de ces choses…

Il avait refusé.

Pour être honnête, j'avais été un peu soulagée de ne pas le trouver à mes côtés ce matin-là. J'avais cru qu'après la journée de la veille… Bref, j'avais eu tort. Il avait une copine. Je ne devais pas me faire des films.


Par chance, Robyn avait déjà tourné le dos et n'avait pas remarqué mon embarras. Cependant, avant qu'il ne disparaisse, je m'écriai dans un éclair d'illumination :

— Attends ! Tu as un téléphone ? Je dois appeler ma mère.

Il réfléchit quelques secondes, puis tira l'appareil de sa poche.

— Tiens, fit-il après l'avoir déverrouillé. Juste, évite d'aller dans Galerie. Il y a des choses pas très commodes pour ton âge.

— J'ai 17 ans, protestai-je avec véhémence.

— Ouais, ouais, fit-il, pas convaincu pour deux sous en me tapotant la tête. Évite de fouiller, OK !

À combien s'élevait le montant pour être respectée ?

— J'adore tes joues, balança l'aîné de Michael avant de disparaître. Tu ressembles à une Chipette.


Je rêvais ou il venait de me comparer à un tamia ? Je restai longtemps la bouche grande ouverte, mais je la fermai lorsque je réalisai que c'était stupide, car il n'y avait personne pour voir mon expression choquée.

De plus, je n'étais même pas vraiment vexée. J'avais voulu me fâcher contre lui pour s'attaquer ainsi à mon plus gros complexe, mais je n'y étais pas arrivé.

J'imaginais que c'était l'effet Robyn Cast.


Après m'être occupée du mug brisé et du café sur le parquet, je me connectai sur Messenger pour éviter à Robyn les frais exorbitants d'un appel avec Tokyo.

J'appelai ensuite ma mère le cœur battant, et je fermai les yeux en attente de l'orage…

# Chapitre 51.
# Le corrupteur

Helen décrocha à la première sonnerie et mon cœur rata un battement.

– Je veux une excuse, martela-t-elle, furieuse, à l'autre bout du fil. Une bonne. Une solide. Une valable. Non. Je ne pense même pas qu'il en existe une qui justifierait ton comportement immature. As-tu une idée des scénarios macabres qui ont défilé dans mon esprit ? Ta proviseure appelle mon assistante pour m'informer de ta conduite irresponsable. Et tu restes injoignable pendant plus de vingt heures, Megan. Je n'ai pas pu fermer l'œil de toute la nuit, par ta faute. Et là, je suis dans un aéroport public, après avoir annulé toutes mes réunions. Pourquoi ? Parce que j'ai une gamine qui n'est pas fichue de m'appeler pour me rassurer que le garçon avec qui elle est partie n'a pas jeté son cadavre dans un ravin !

Je me grattai honteusement le cuir chevelu après qu'elle eut crié la dernière phrase. Je devinais que tous les regards devaient être braqués sur elle à l'aéroport.

J'étais navrée de l'avoir mise dans cet état.

– Maman, je suis désolée. J'avais oublié mon téléphone à l'école.

J'imaginais qu'Everly n'avait pas pris la peine d'allumer ce dernier.

– Ça, je le sais, articula la femme d'affaires avec acrimonie. Mais j'ai aussi appelé à la maison. Et devine quoi ? Tu n'y étais pas.

Ce n'était pas une question. Pourtant, elle attendait des explications. Je me grattai à nouveau la tête, embarrassée de lui annoncer la suite.

– Je… j'ai dormi chez lui, miaulai-je en crispant les paupières, anticipant le cataclysme.

– Donne-moi une bonne raison de ne pas te priver de sortie pour le restant de tes jours. Une seule ! brailla-t-elle, et je la visualisai en train de faire le geste un du doigt.

– Je… suis jeune, hasardai-je en grimaçant.

Elle allait me tuer.

– C'est tout ce que t'as ? s'insurgea-t-elle, incrédule.

Je me mis à faire les cent pas dans la cuisine. Ça allait prendre plus de temps pour la calmer que prévu.

– Maman écoute… La journée d'hier a échappé à mon contrôle. Je te le jure. J'ai pas fait exprès de t'inquiéter.

Je priais pour qu'elle capte toute la sincérité dans ma voix.

– Je m'attendais juste à une sortie et puis… tout est parti en cacahuète.

Je n'allais surtout pas lui parler de ma chute et l'affoler encore plus. De toute façon, je n'avais rien.


Des secondes interminables s'égrenèrent pendant lesquelles j'imaginais qu'elle devait lutter pour se calmer et ne pas me foudroyer via le téléphone.

– C'est le garçon de la dernière fois, pas vrai ? finit-elle par demander d'une voix basse.

Ça me transperçait de l'admettre alors que j'avais nié par deux fois un quelconque lien entre lui et moi… avant de disparaître une journée entière avec lui. Je n'avais pas envie que ma mère me prenne pour une menteuse.

– Maman. Tout échappe à mon contrôle, m'empressai-je de me justifier en m'arrêtant devant l'évier.

Il fallait qu'elle me croie.

– Je sais ce que j'ai dit, mais je ne peux rien prédire avec lui. Je... je n'avais rien prévu de ce qui s'est passé hier. S'il te plaît... ne m'en veux pas.

Elle poussa un long soupir et je pouvais presque la voir fermer les yeux pour calmer sa respiration.

– Maman. Je suis désolée, l'implorai-je.

– Je suppose que si je t'interdis de sortir en mon absence, tu vas quand même le faire ? présuma-t-elle d'une voix lasse, comme résignée.

– Je...

Ne serait-ce pas un mensonge si j'affirmais le contraire ? La confiance de ma mère comptait beaucoup pour moi, mais je ne savais pas ce que je déciderais si Michael m'invitait à rester.

Elle soupira comme si elle avait deviné mon combat et qu'elle avait rendu les armes.

– Tu t'es protégée au moins ? laissa-t-elle tomber de but en blanc. Megan, crois-moi, tu n'es pas prête pour avoir un enfant. Et je préfère croire qu'il te reste assez de bon sens pour éviter toute drogue.

Je m'étranglai avec ma salive et vis mon visage s'empourprer dans la vitre de la fenêtre.

Michael n'était pas un toxico. Et même si c'était le cas, je crois qu'il y avait une limite à ce qu'il pouvait me pousser à faire.

Ensuite, lui et moi, on n'avait pas couché ensemble. Mais je doutais qu'Helen me croie si j'affirmais le contraire. Passer la journée avec un gars et finir le soir même dans son lit... J'étais assez grande pour savoir comment quiconque qui ignorait les détails verrait la situation.

— Oui, toussai-je pour masquer mon embarras. Je me suis… hum protégée. Et ne t'en fais pas. Je ne toucherai jamais à quelque chose d'illicite.

Ça parut la rassurer, mais à peine.

— Je veux lui parler.

— Quoi ? suffoquai-je.

— Je veux parler au garçon qui fait sécher ma fille, avant de la pousser à découcher.

Sa voix était blanche, mais n'annonçait rien de bon. J'avais choisi de suivre Michael. Je ne voulais pas que ma mère rejette toute la faute sur lui.

Je me grattai la tête et serrai fort les paupières en grimaçant.

— Euh, tu vas lui dire quoi ? Tu sais, il n'est le seul coupable, fis-je avec un rire constipé. Il ne m'a forcée à rien. Si tu veux blâmer quelqu'un, cette personne est au téléphone avec toi.

— Megan, tu me passes ton copain, tout de suite ! trancha-t-elle, intransigeante.

*Merde !*

— Euh, marmottai-je. Un autre jour, peut-être. Je veux dire… il n'est pas là.

*Et ce n'est pas mon copain !*

Je n'avais pas envie qu'ils se parlent. Ni un autre jour. Ni jamais.

Au fond, je redoutais que ma mère ne l'aime pas. C'était con. Il n'y avait rien entre Michael et moi. Mais au fond, je savais que le frère de Robyn n'était pas le genre de garçons qui plaisait aux parents. Je ne pouvais rien contre mon attirance pour lui. D'autre part, je refusais de m'entendre dire par ma mère que ce n'était pas un garçon pour moi. Ça ne me plairait pas et je craignais que notre relation en pâtisse.

Mais tout à coup, une voix traînante que je reconnaîtrais entre mille s'éleva derrière moi et je fermai les yeux.

– Laisse-moi deviner… Je suis officiellement ton petit chéri ?

*Quand on parlait du loup…*

# Chapitre 52.
# La fidélité

Je me retournai, comme si je circulais en terrain miné. Puis, je croisai le regard railleur de Michael, qui me détaillait de l'autre côté de la cuisine, sa silhouette élancée moulée dans un jean brut et un tee-shirt noir à manches longues.

Entre lui et le noir, c'était de toute évidence une longue histoire d'amour.

Malgré tout, le voir tout le temps dans le même type de vêtements ne le rendait pas moins attirant à mes yeux. Je me demandais d'ailleurs, si un jour mon cœur abandonnerait ce looping à chaque fois que je posais les yeux sur lui.

Sa peau laiteuse côtoyée par tout ce noir me chavirait les sens. Il était si beau !

Malheureusement, sa perfection physique, ma mère s'en foutrait. Elle était douée pour décrypter les gens et je ne savais pas ce que Michael lui renverrait.

Je fus mal à l'aise lorsque son regard pénétrant s'aventura sur mes jambes nues.

Après ma douche éclair pour me débarrasser de la transpiration due à la fièvre, j'avais de nouveau enfilé le sweat qu'il m'avait acheté.

Malheureusement, ce dernier dépassait à peine mes fesses. Et comme il m'avait donné l'impression de s'en foutre la veille quand je l'avais informé que le jean trop serré me grattait, j'étais restée comme ça.

Je n'étais pas trop pudique. La preuve, tout à l'heure avec Robyn, je n'avais même pas prêté attention à ma tenue. Cependant, le regard de Michael avait quelque chose de plus déstabilisant que celui de son aîné.

Ses iris brillaient d'une lueur moqueuse agrémentée de quelque chose de plus sombre, que je n'arrivais pas à interpréter. Mais j'étais sûre qu'il suivait la conversation depuis un bon moment. Et à cette pensée, je me mordis la lèvre inférieure en crispant mes orteils.

J'avais trop honte !

Ma mère récupéra une partie de mon attention en me rappelant qu'elle était encore là.

— Deux secondes, miaulai-je, en tentant d'éteindre le brasier sur mon visage.

Je mis l'appel en sourdine, puis me raclai la gorge avant de m'adresser à Michael :

— Ma mère veut te parler.

— Parce qu'on a couché ensemble ? railla-t-il en se rapprochant.

Je voulus me réfugier sous un lit.

Michael arriva à ma hauteur et je déglutis avec difficulté, le regard scotché au plafond pour éviter de croiser le sien.

— Je ne voulais pas l'alarmer de ma chute, soufflai-je. Elle allait s'en faire. Et tu vois : j'ai rien.

— Grâce à notre nuit mémorable, je suppose.

Le revêtement mural de cette cuisine était vraiment beau. Cet aspect mat... Wow ! Top !

J'allais me consumer de honte, ce qui amusait mon tortionnaire, car son sourire en demi-lune ne le quittait plus.

– Donne, me soulagea-t-il en tendant la main.

Il se plaça à côté de moi, devant l'évier, en face de la fenêtre coulissante, avant de porter le téléphone à son oreille d'un air détendu.

– Bonjour, débuta mon hôte, de bonne humeur.

Au moins, j'avais eu la chance de ne pas tomber sur le Michael revêche et taciturne.

Je n'entendis pas trop les paroles de ma mère, mais tout de suite après, mon compagnon se tourna vers moi, ou plutôt vers mon profil, en articulant d'un ton dégoulinant de sarcasme :

– On est absolument responsable.

Puis, il délaissa le téléphone et s'inclina vers mon oreille pour me souffler :

– On se protège. Pas vrai, chérie ?

*À l'aaaaaaaaide !*

Il reprit ensuite la conversation avec ma mère comme si de rien n'était, me laissant les membres mous et les hormones en ébullition.


Son regard brûlant me démangeait la peau. Il répondait à Helen, en grande partie par monosyllabes. Au bout d'un moment, il changea le téléphone d'oreille et je pus entendre la fin de la menace de ma mère :

– ... si tu lui fais le moindre mal. C'est clair ?

– Parfaitement clair, plussoya Michael.

Mais sa voix rauque adopta une intonation plus basse lorsqu'il se pencha vers moi pour compléter à voix basse pour que je sois la seule à l'entendre :

– J'ai juste une question : et dans le cas où votre vicieuse de fille adore que je lui fasse mal ?

Ce petit jeu me tuait.

Ma mère balança un autre avertissement. Moi, je fis l'erreur de croiser le regard de Michael dont le petit sourire de guingois acheva de m'enflammer.

*Pauvre culotte.*

– Je prendrai très bien soin d'elle, promit-il.

*Oh mon Dieu ! Et si ma mère avait noté l'insinuation sous-jacente dans sa phrase ?*

Ce sadique n'arrêterait pas de me torturer avec mon mensonge de sitôt.

Je me retournai pour le gratifier de mon regard le plus noir, mais avec le désir qui parcourait mes veines, je me demandais si je ne le suppliais pas de me prendre.

Mon bourreau acquiesça une dernière fois, puis me rendit le téléphone.

– Allô, repris-je d'une voix enrouée.

Ça me gonflait d'être si réactive à lui alors même que je ne savais pas où on en était. Il avait une copine. De plus, il avait affirmé être fidèle quand il était comblé. Alors que voulait dire ce baiser près de la chute ?

Il semait des sous-entendus sexuels dans presque toutes nos conversations. Ensuite, il refusait ne serait-ce que de me frôler dans son lit.

Ça m'énervait de ne pas savoir où on allait. Son attitude irrationnelle commençait à me les casser. Mais comment rester indifférente devant ces yeux ?

– Megan, j'ai eu l'âge d'avoir les hormones en feu et des idées rebelles plein la tête aussi. Tout ce que je te demande c'est d'être responsable, déclara ma mère de sa voix ferme d'entrepreneure. Je ne vais pas t'ordonner en vain de rentrer à la maison. Le choix te revient. Juste, fais attention à toi ! Je veux que tu m'appelles ou m'envoie une note vocale toutes les deux heures. Ensuite, deux protections valent mieux qu'une, jeune fille : pilule plus préservatif...

316

J'avais déjà eu un demi-rapport sexuel. Je me regardais souvent nue devant mon miroir. Et comme Michael l'avait deviné la dernière fois, je me touchais en effet de temps en temps. Je discutais parfois sexe avec Everly… Malgré tout, mon cerveau n'avait pas été préparé pour encaisser cette situation.

Je savais que j'étais chanceuse d'avoir une mère aussi cool et ouverte d'esprit. Toutefois, je pensais sérieusement à sacrer ce jour-là comme la journée officielle du malaise.

Je voulais me boucher les oreilles et crier *lalalala*, mais je me mordis l'intérieur des joues en endurant Helen qui me vantait l'importance de deux contraceptifs, sous les yeux railleurs de Michael.

— Et à mon retour mercredi, on aura une longue conversation, me briefa ma génitrice. Je retourne travailler. Je t'aime fort, OK ?

Comme neige au soleil, je fondis.

— Moi aussi. Prends soin de toi, de ton côté.

— D'accord. Toutes les deux heures, me rappela-t-elle avant de raccrocher.

Ça avait été moins catastrophique que prévu.


Je gardai le téléphone sur mon oreille plus longtemps que nécessaire juste pour retarder mon affrontement avec Michael.

Mais je savais qu'il savait que j'avais fini. D'ailleurs, pour être sûr de capter toute mon attention, il m'emprisonna entre ses deux bras posés sur le comptoir afin de m'inciter à lever la tête.

Le cœur battant à tout rompre, je baissai le smartphone et dus me décider à croiser ses saphirs auréolés de bleu marine, où brillait encore un amusement à peine dissimulé.

— La prochaine fois qu'on couche ensemble, j'aimerais au moins être au courant.

*Arrête ce petit jeu ! Donne-moi tout ou donne-moi rien !*

Cette situation était injuste.

Cependant, je laissai mes pensées bien au chaud dans ma tête. Car au fond, une Megan qui fantasmait sur lui depuis deux ans se délectait du peu qu'il lui offrait. C'était fou comme je me sentais plus libre à côté de lui. Plus vivante. Plus mouillée aussi…

— Je m'assurerais alors de te laisser plein de marques et de te malmener un peu plus, embraya-t-il sur le même ton lascif en effleurant ma joue de sa bouche. Je parie que tu aimeras ça.

Sa proximité et son haleine chaude sur mon visage torturaient mes pauvres nerfs.

J'aimerais tellement faire des choses interdites avec lui ! Mais son attitude me troublait. Gentil un instant, connard après. C'était comme s'il me disait inconsciemment de ne pas me faire d'idées. Pourtant, j'avais cru le temps d'un instant qu'il m'appréciait bien. Peut-être qu'il ne voulait pas laisser les choses dégénérer avec moi, dans le souci de rester fidèle à sa copine.

Cette pensée me refroidit et me donna le courage de lui jeter d'un air blasé :

— Tu n'arrêtes jamais de penser au cul ?

— Tu ne pensais quand même pas que t'étais la seule ?

*Du calme, Megan ! Une copine. Il a une copine.*

— Arrête de m'imaginer nu, Spark ! renchérit-il.

Je crispai les paupières pour me donner de la force.

— La ferme ! jetai-je avec moins de vigueur que j'aurais souhaité.

— Aide-moi alors ! susurra-t-il en frôlant mes lèvres des siennes. Occupe ma bouche…

— T'as une copine pour ça, non ? rétorquai-je d'une voix étranglée.

C'était la douche froide qu'il nous fallait à tous les deux. Je savais d'avance que ça aurait le mérite de le calmer.

D'ailleurs, je ne comprenais pas pourquoi, il se rembrunissait toujours autant à la mention d'Anna.

Le temps d'un instant, il était passé d'un mec taquin et chaleureux à un autre glacial et silencieux.

– Ouais, c'est mieux comme ça Monsieur Je-reste-fidèle-quand-je-ne-manque-de-rien, envoyai-je tandis qu'il reculait, les mâchoires contractées.

*Je devrais me sentir satisfaite de l'avoir repoussé, alors pourquoi ce nœud en travers de ma gorge ?*

# Chapitre 53.
# Le croyant

Au moment où je quittais la chambre, Michael massacrait le clavier de son ordinateur portable, comme s'il n'en aurait plus jamais l'opportunité.

Ses yeux ne quittaient pas une seconde son écran. Et il ne daigna même pas me jeter un regard quand je lui soufflai au revoir.

Trop absorbé ou en colère ? Je n'en avais aucune idée. Par contre, je m'étais un peu attendue à sa réaction après la scène de la cuisine.

Robyn revenait à peine de faire les courses, au moment où je refermais la porte d'entrée derrière moi. Mais quelques minutes plus tard, je me retrouvais de retour à l'intérieur avec lui, devant le comptoir en L de la cuisine, en train de préparer le petit-déjeuner ; ma résolution de laisser la maison au plus vite, à la poubelle.

Personne ne pouvait dire non à ce mec au sourire à fossettes.

— Je vais être sincère, débuta-t-il après m'avoir passé les œufs.

— Ah, parce que ça arrive ? raillai-je en attrapant un bol pour préparer l'omelette.

J'étais assez détendue, puisque lui et moi, on s'entendait très bien, malgré les petites piques régulières qu'il lâchait sur ma frimousse mutine.

— On respecte ses aînés, gamine ! me menaça-t-il avec sa râpe.

Il s'occupait des pâtes aux truffes de son cadet, auxquelles je n'avais pas voulu toucher. Je ne me voyais pas résister à mélanger un peu de terre à la crème, après la façon dont ce connard de Michael m'avait ignorée.

— J'ai le même âge que ton frère, je te rappelle, objectai-je avant de poser la poêle sur le feu.

— T'as 15 ans. Admets-le, plaisanta-t-il. Pour en revenir à nos moutons, ça fait près d'un mois que rien n'a été préparé dans cette cuisine. Il dort avec personne d'habitude. Je me suis dit que tu devais compter pour lui et qu'on pourrait passer un bon moment ensemble ce matin. Tu sais, lui et moi, on vit sous le même toit, mais mon frère me manque. J'avais vraiment espéré que *Cullen* se joindrait à nous. Mais bon, c'est pas comme si on ne s'amusait pas sans lui, termina-t-il avec sourire de connivence.

Ses paroles m'avaient touchée. J'imaginais bien que Michael devait être difficile à vivre au quotidien avec sa mauvaise humeur et son mutisme volontaire. Malgré tout, je me surpris à m'esclaffer jusqu'aux larmes.

— *Cullen* ? Comme *Edward Cullen* ?

— Il a horreur de ce surnom, se marra Robyn. Mais il bronze jamais et je sais que ça l'énerve.


Et ainsi de suite… On discuta et plaisanta entre deux piques tout en cuisinant. J'étais loin d'être un cordon-bleu, mais je faisais un bon second. Toute seule, il ne valait mieux pas ne pas me laisser approcher d'un four. Mais tant que mon accompagnateur me rappelait les marches à suivre, on avait des chances de ne pas finir explosés.


J'avais esquivé tout le long les questions de Robyn sur ma relation avec Michael. Et par chance, l'aîné des frères Cast avait fini par laisser tomber. Je n'avais aucune envie de parler de son mufle de cadet. De plus, il n'y avait pas grand-chose à dire sur nous deux.

On s'installa ensuite dans la salle à manger plutôt que dans la cuisine, puisque Robyn avait voulu déroger à sa routine pour une fois. J'approuvais son choix, car avec sa grande fenêtre à carreaux, et son luminaire de style rétro suspendu au-dessus de la table pour six personnes, la pièce aux murs jaune pâle était la plus chaleureuse de la maison.

Sans arrêter nos rigolades, on s'attabla côte à côte, devant notre petit-déjeuner hyperprotéiné, composé de bacon, d'œufs, de saucisses, de toasts, de confitures et de jus de fruits...


Robyn était le genre de personnes agréables à vivre, avec qui les sujets de conversation ne faisaient jamais défaut.

Je riais d'ailleurs à une énième de ses blagues, lorsque je m'interrompis sec en apercevant Michael. Ce dernier avait une expression d'ange de la mort, et l'ambiance devint tout de suite bizarre lorsqu'il s'installa en face, après avoir récupéré ses pâtes aux truffes dans la cuisine.

— Robyn, tu peux me prêter ton téléphone ? J'ai perdu le mien. Je dois écrire d'urgence à quelqu'un, jeta-t-il d'une voix monotone.

Il ne pouvait pas le faire depuis son ordi ? Était-ce pour me faire part d'un message ? Et que m'importait-il qu'il envoie un texto à sa chérie ? Il s'attendait à ce que je pleure ou quoi ?

Mon appétit se fit la malle et je piquai dans mon assiette tandis que dans mes baskets, je crispais mes orteils d'irritation.

*Il aurait vraiment mieux fait de rester dans sa chambre !*

Il entama son plat végan en me toisant ; n'interrompant notre duel de regard que lorsqu'il devait pianoter sur le téléphone de Robyn.

*Si seulement il pouvait s'étouffer avec ses pâtes !*


Le grand frère qui avait remarqué notre échange silencieux, tenta de détendre l'atmosphère.

— Tu sais que la barbe de Michael ne pousse jamais ?

Je me tournai vers le brun, mais je sentis quand même les lasers qui servaient d'yeux à son cadet me brûler le visage.

*C'était quoi son putain de problème ?*

– Ça joue les durs, mais ce n'est même pas encore un vrai homme, poursuivit Robyn, railleur. Le mois dernier, il avait un unique poil sous son menton, mais il l'a arraché à force de le toucher.

Je ris d'abord à gorge déployée, mais le regard incendiaire de Michael transforma vite mon hilarité en un simple gloussement nerveux.

C'était son frère qui avait commencé à se payer sa tête. Pourquoi, c'était moi qu'il donnait l'impression de vouloir étrangler à mains nues ?

Et puis d'un coup, la colère explosa en moi comme une grenade. J'avais refusé de l'embrasser et alors ? Et son refus à lui de m'enlacer, on en parlait ? Il ne voulait rien de concret avec moi, mais je me devais d'être disponible pour lui dès qu'il était d'humeur joyeuse ?

J'avais presque envie de rire. Il se prenait pour qui ? Il rageait parce qu'on se foutait de sa gueule ? Tant mieux. J'avais bien l'intention d'en rajouter une couche.

– Donc c'est un adepte de l'attraction par la pensée ? m'adressai-je à Robyn tout sourire, en ignorant le principal concerné.

L'une de mes baskets avait atterri, je ne savais comment, très loin sous le grand lit de Michael. Ce matin, j'avais dû me glisser sous le châlit afin de l'attraper. Mais une fois en dessous, un petit objet argenté plaqué contre l'un des pans horizontaux de la structure avait attiré mon attention. Que pouvait bien faire une lame à cet endroit ?

Des idées toutes plus sinistres que les autres m'avaient traversé l'esprit avant que je me convainque que Michael était juste chelou. Mais là, je venais de comprendre.

– Le rasoir caché sous son lit, c'est pour attirer la barbe ? me moquai-je. Imaginer que c'est déjà là, se préparer, et attendre que ça se manifeste, citai-je d'un ton ironique. La fameuse loi de l'attraction.

*Merci qui ? Merci Helen et ses podcasts.*

Par contre, je n'aurais jamais imaginé Michael croire à ce genre de choses. Pour ma part, j'étais assez sceptique. Ma mère affirmait qu'elle savait se voir riche des années avant de l'être. Probable. Mais je ne pensais pas que c'était la cause de son succès. Elle avait travaillé dur. Elle avait réussi. Point barre. Je ne faisais confiance qu'au concret, au prouvable, aux chiffres, aux Mathématiques…

Donc le cas de Michael avait de quoi m'amuser.


Mais pour une étrange raison, j'étais la seule à l'être. Personne n'avait rigolé après ma petite pique. Pas même Robyn.

D'ailleurs, celui-ci avait serré ses couverts dans ses mains jusqu'à ce que celles-ci tremblent. Et puis d'un coup, il abattit son poing fermé sur la table. Puis, il se leva, fulminant, sa fourchette tendue en direction de Michael.

– Je croyais qu'on en avait fini avec cette connerie !

De stupeur, mon couteau m'échappa et atterrit sur le parquet.

En moins d'une seconde, la chaise de Michael voltigea à l'autre bout de la pièce, et celui-ci gueula :

– Va t'faire foutre !

*Euh ! Tout ceci n'était pas de ma faute. Si ?*

# Chapitre 54.
## Le favori

J'aurais peut-être mieux fait de fermer ma bouche.

Je ne saisissais pas ce qui se passait. Mais une boule de culpabilité de la taille d'une balle de tennis envahit ma gorge, devant l'agressivité du ton des deux frères.

— Pourquoi ? gueula Robyn en se tenant la tête. Qu'est-ce qui ne tourne pas rond chez toi, bordel ?

— Et pourquoi toi, tu ne peux pas juste t'occuper de tes putain d'affaires ? aboya Michael, le visage déformé par la rage.

Cette conversation n'aurait jamais dû avoir lieu devant moi. J'étais déroutée et gênée, avec la désagréable sensation d'être en trop…

Je me levai de ma chaise tandis qu'ils continuaient de se hurler dessus. Me faisant le plus petit possible, je profitai de leur inattention pour contourner la table.

À pas de loup, je dépassai Robyn, puis Michael, le salon de style industriel en gros plan dans ma ligne de mire. Cependant, un rugissement à mon intention me figea sur place tandis que mon cœur ratait un battement.

— Où vas-tu ?

Je me retournai au ralenti, tous les sens aux aguets. Je rencontrai alors le regard assassin d'un Michael fumant, les poings serrés, prêt à en découdre.

– Euh, je… m'en vais, dis-je avec un sourire constipé.

– Tu ne vas nulle part, grinça mon hôte.

Outrée, ma mâchoire se décrocha d'elle-même, mais je n'eus pas le temps d'émettre une seule protestation. Robyn de l'autre côté de la table intervint en me suppliant, avec une profonde sincérité :

– Tu sais, Meggie. Je t'aime bien. Alors, si j'ai un conseil à te donner, c'est de rester loin de cet imbécile. Quelqu'un qui ne peut s'empêcher de se faire du mal, t'en fera à coup sûr. Tu ne mérites pas de subir sa présence.

Il n'avait même pas fermé sa bouche qu'un bruit de porcelaine brisée résonna dans toute la pièce. Mes yeux manquèrent de sortir de leur orbite lorsque je réalisai qu'il s'agissait de l'assiette de Michael, qui venait de manquer Robyn d'à peine quelques centimètres.

*Oh mon Dieu ! Faites que tout ceci ne soit qu'un rêve.*

Ça n'allait quand même pas se terminer en carnage !


Je m'approchai de Michael, mais son regard fou me dissuada de le toucher.

Je déglutis avec difficulté à cause de la boule dans mon estomac. Puis, je restai plantée là, à le regarder menacer son frère de lui arracher la langue à l'aide des débris de son assiette, avec un sang-froid qui me fit froid dans le dos.

Si seulement je l'avais fermée ! Si seulement, j'avais percuté plus vite !

Je n'osais plus poser les yeux sur Michael. Il devait avoir envie de m'étrangler et je ne pouvais pas l'en blâmer.

Robyn lui, ne parut pas se formaliser de l'éclat de son cadet. À croire que ce genre de scène arrivait tous les jours.

– T'as une idée de comment moi, je me sens en sachant que tu te fais ça ? s'exprima le grand frère d'une voix émue qui fit écho jusque dans mes os. Je n'ai plus le cœur d'assister à ton autodestruction, Michael. Je vais appeler Seth. Il avait eu tort de signer pour ton indépendance. T'étais pas prêt pour être libre. Peut-être qu'un petit séjour en famille d'accueil te fera le plus grand bien.

Je ne pouvais m'empêcher de me répéter que je n'avais pas ma place ici. Tout ceci était trop personnel. Trop intime.

Le comportement de Michael atteignait vraiment Robyn. Et je me demandais d'ailleurs comment il pouvait être aussi aveugle ? La seule explication plausible était que sa propre douleur occultait son jugement. Sinon, pourquoi aurait-il toisé son aîné de la sorte après que celui-ci lui eût exprimé son amour de façon aussi explicite ?

– Qu'est-ce que t'es con ! jeta-t-il avec un rire venimeux. Et t'as pensé à ce qui t'arriverait si je m'en allais ? Tu comptes retourner en Californie retrouver ta toxico de mère ? Tu n'as rien, Robyn, à part une carrière de footballeur raté à cause de tes conneries. Ne pense quand même pas que Seth en a quelque chose à faire de toi ! La prochaine fois avant d'ouvrir ta grande gueule, rappelle-toi qu'il n'y a que moi qui supporte ta sale face de looser.

Il était allé trop loin.

Et cette fois, il ne pouvait plus faire semblant d'ignorer les sentiments de son frère, dont la souffrance était aussi présente dans la pièce que l'air qu'on respirait.

J'avais vraiment mal pour Robyn.

– Je comprends maintenant pourquoi il t'aimait, toi… Et pas moi et Sky, conclut le brun d'une voix éteinte ; une larme silencieuse dévalant sa joue hâlée. Vous êtes pareils.

Je ne captais pas vraiment le sens de ses mots. Mais à la façon dont Michael avait retenu son souffle, comme s'il avait reçu un uppercut à l'abdomen, je savais que Robyn avait appuyé là où ça faisait mal.

Le plus jeune des deux frères tituba de deux pas en arrière, le regard vide. Mais son aîné interpréta son geste comme une provocation, et il braqua un doigt menaçant dans sa direction.

– Michael, je te jure, si tu m'approches, je te casse un bras, brailla-t-il, la voix vibrante d'émotion.

J'avais pu observer que Robyn était d'un naturel doux. Mais là, il n'y avait aucun doute sur le sérieux de son avertissement.

Par contre, je savais que Michael ne voulait pas se battre. À son air sonné, je pouvais jurer que les paroles de son aîné tournaient encore dans son esprit, le torturant… le tourmentant.

Robyn finit par tourner les talons et il s'en alla à grands pas vifs, après avoir essuyé ses joues… m'abandonnant avec le diable.


Celui-ci resta plus d'une minute dans une sorte de transe. Puis, lentement, comme s'il se réveillait d'un rêve, il se tourna vers moi.

En posant les yeux sur moi, sa respiration s'emballa en même temps que mon rythme cardiaque. Puis, comme si tout lui était revenu d'un coup, son regard s'embrasa de nouveau.

De panique, je reculai d'un pas.

Michael contracta les poings et les mâchoires. Puis, avec un grognement enragé, il envoya valdinguer tout ce qui se trouvait sur la table.

Ensuite, ses lourdes bottes le portèrent en face, vers le mur en béton où il commença à cogner en hurlant. Une fois, deux fois, trois fois… Du sang se mit à tacher le jaune pastel et je devins livide.

– Mich…

– Ta gueule ! rugit-il en pivotant d'un coup. Ferme ta gueule !

# Chapitre 55.
# Respirer

Il arriva vite à ma hauteur les joues rouges, le souffle saccadé, et il me hurla au visage :

– T'aimes fourrer ton nez dans les affaires des autres, hein ?

Le corps raide, le cœur prêt à se déloger de ma poitrine, je n'osais même pas respirer fort pour ne pas attiser sa colère. Je fermai les yeux pour tenter de cacher ma peur, tandis que les paroles de Stacy tournaient en boucle dans ma tête.

Irait-il jusqu'à me frapper ?

– Si tu savais les horreurs que j'ai envie de t'infliger… grinça-t-il, menaçant, tandis que je crispais les orteils dans mes baskets. Tu mérites...

Il hurla de frustration comme si une barrière invisible l'empêchait de m'atteindre. À la place, il retourna s'en prendre au mur avec une fureur redoublée.

J'avais peur pour ses articulations. Oui, c'était pathétique. Mais je craignais qu'il ne se les brise à force de s'acharner comme ça dessus.

Je frissonnais à chaque fois que son poing faisait ce bruit abominable en entrant en contact avec le béton. Je rouvris les paupières sur cette horreur et tendis la main dans sa direction, en désespoir de cause. Cependant, aucun son ne parvint à franchir ma gorge sèche.

Je me sentais si nulle et inutile.

— S'il te plaît, miaulai-je, au bord des larmes.

Il se retourna, tel un esprit vengeur, et je reculai jusqu'à me retrouver coincée contre la table.

— Vas-y, juge-moi ! s'exprima-t-il avec un calme inquiétant, la respiration encore erratique. T'attends quoi ?

Malgré sa proximité, je savais qu'il ne me toucherait pas. J'en avais désormais la certitude. Par contre, je ne voulais plus qu'il se fasse du mal. Craignant que la moindre parole de ma part n'envenime la situation, je choisis de fixer mes mains tremblantes, puis baissai la tête et restai silencieuse.

— Vas-y, juge ! embraya-t-il avec plus de hargne. Comme Robyn, Green et cette salope de psychologue. Tout le monde commente. Mais personne ne sait qu'il y a cette noirceur qui me bouffe. Nul ne comprend que j'ai constamment besoin de me rappeler que je suis en vie. Vas-y ! T'as qu'à t'y mettre aussi ! cria-t-il, avec un soupçon de sanglot dans la voix.

Michael, le garçon qui traînait toujours seul n'aurait jamais laissé fuiter ça. Je doutais que ce mec, sûr de lui, qui donnait l'impression qu'il n'en avait rien à foutre de tout, mettrait intentionnellement son cœur à nu de la sorte.

Un barrage en lui venait de céder. Je le sentais. Même s'il le voulait, il ne pourrait pas empêcher le flot de couler. Si me gueuler dessus le soulageait, alors il pouvait se faire plaisir.


J'osai finalement croiser son regard et la fragilité que j'y décelai me brisa le cœur.

— Je ne vais pas te juger, soufflai-je.

— Bien sûr que tu vas le faire, rétorqua-t-il, amer, les yeux embués. Tout le monde le fait. Sans savoir que je suis un putain de zombi… J'étais pas prêt pour toute cette merde ! Mais j'ai pas reçu d'avertissement. Tout m'est tombé dessus du jour au lendemain et je me suis vu dépouillé d'un morceau de mon âme. Il n'y a que ce satané vide, qui m'affaiblit encore et encore. Personne ne comprend, mais j'ai besoin de ressentir autre chose. Cette impression d'être déjà mort… est insupportable.

Sa voix s'était cassée au dernier mot.

Ma bouche s'entrouvrit, mais aucun mot n'en sortit. L'émotion me coupait le souffle.

Michael m'avait livré son âme… brisée, meurtrie, incomprise… Ses mots d'une brutalité sincère m'avaient transpercé la poitrine. Et là, je ne savais plus quoi penser. J'étais certaine que très peu connaissaient cette version de lui. Alors pourquoi me le confier à moi ?

L'urgence au fond de ses yeux bleus ne m'avait pas échappé. Mais qu'attendait-il de moi ?

– Je ne sais pas quoi te dire, admis-je, dépitée et en colère contre moi-même.

Il ne voulait pas de belles paroles ; j'en étais presque sûre. Je voulais être utile, mais je sentais que ma pitié ou mes souhaits ne serviraient à rien.

Il m'avait lancé un appel à l'aide masqué. Il avait souhaité que je comprenne quelque chose. Mais j'avais échoué.

Il cilla comme pour chasser la brume de son esprit. La magie venait d'être rompue… par ma faute. Son visage se durcit et il me jeta, méprisant et dégoûté :

– Dis rien ! De toute façon, la plupart du temps, les gens ne parlent que pour aérer leur bouche. En plus, qu'est-ce que t'en sais de la souffrance ? Protégée derrière les murs de ton palais doré, avec ta petite maman pour te protéger. C'est quoi ta plus grande peine ? T'as pas eu le joujou que tu voulais ? Pauvre petit chou.

Ça faisait mal.

Il n'y avait aucun doute qu'il en avait bavé. Je le respectais pour porter un tel fardeau. Par contre, ça ne signifiait pas que je n'avais pas le mien.

— Ne me juge pas alors que tu ne sais rien de ma vie, m'insurgeai-je, en épinglant mon regard au sien.

C'était exactement ce genre d'image que je refusais que les gens aient de moi. Je n'étais pas une gosse de riche pourrie gâtée, sans aucune personnalité.

— Tout le monde souffre, enchaînai-je avec un geste évocateur de la main. Tout le monde, y compris moi. J'ai perdu mon père, la personne que j'aimais le plus au monde. Mon meilleur ami me déteste. Je ne veux pas suivre les traces de ma mère, mais je ne sais même pas ce que je vais faire de ma vie et ça me pèse. J'ai grandi entourée de génies. Moi, je n'ai même pas de vrais talents. Ce n'est pas parce que t'as de plus larges épaules que les sacs des autres ne pèsent rien du tout...

J'avais déballé tout cela en m'accordant à peine le temps de souffler. Je ne savais pas pourquoi je tenais autant à ce qu'il n'ait pas une vision erronée de moi.

Enfin... c'était peut-être parce que la vraie Megan n'était pas parfaite, mais qu'elle faisait de son mieux. Peut-être parce qu'elle avait un bon fond, malgré ses nombreux défauts. Peut-être parce que si on essayait, on pourrait bien l'aimer...

Suite à ma tirade, Michael me scruta tellement longtemps que je finis par transférer mon poids d'une jambe à l'autre, mal à l'aise. J'avais dû cependant l'atteindre, car il se radoucit et recula en hochant lentement la tête.

Il n'allait quand même pas fuir ! Ça ne pouvait pas se terminer comme ça.

— Ce que tu ressens...

– N'ose même pas prétendre que tu me comprends, me coupa-t-il d'un ton glacial. Je déteste qu'on me dise ça. Personne ne peut comprendre.

– Non. Non. Je n'ai pas vécu ça, reconnus-je, les mains levées en signe de reddition. Je veux dire… si je peux aider en quoi que ce soit… Je… Au fond, je ne comprends pas ce que tu ressens… mais je comprends, terminai-je d'une toute petite voix, en me recroquevillant d'embarras.

Je parierais que cette phrase sans queue ni tête ne passerait auprès de personne d'autre. Cependant, auprès de Michael, elle fit mouche.

Dans ses yeux, je lus qu'il avait compris ce que je n'avais même pas su exprimer avec des mots corrects.

Je ne pourrais décrire quoi, mais quelque chose de fort se passa à cet instant-là. En moi. En lui. Une sorte de lien au-delà du tangible et de la logique prit naissance entre nous.

L'ambiance dans la pièce avait changé. Une muraille venait de tomber. Notre relation avait désormais pris un autre tournant. Je ne savais pas lequel. Par contre, je pouvais assurer qu'on n'était plus à la même place que quelques secondes auparavant.

Je ne rêvais pas. Son ton vulnérable lorsqu'il reprit la parole, comme s'il avait décidé d'abaisser ses dernières barrières, me le confirma :

– C'est quand la dernière fois que t'as respiré ?

– Quoi ? m'intriguai-je, en fronçant des sourcils perplexes.

Il déglutit et son regard se fit encore plus pénétrant lorsqu'il poursuivit avec plus d'emphase :

– Un moment où t'as vraiment respiré. L'instant que tu vivais était parfait. Tout était parfait. T'as regardé autour de toi ou alors t'as fermé les yeux ; puis t'as inspiré avec tout ton cœur. Et en expirant, tu t'es dit : oui, je suis putain d'en vie.


J'avais eu une enfance heureuse. Je n'étais pas quelqu'un de mélancolique. J'essayais toujours de profiter de chaque petit instant.

Pourtant, je voyais de quoi il voulait parler. Il y avait de ces minutes qui sortaient du lot. Où la vie était belle. Où on était comblé… Où vraiment, on respirait.

Sans avoir à réfléchir longtemps, un souvenir me monta à l'esprit et un sourire nostalgique étira mes lèvres.

– J'avais 14 ans. Moi et mon père on est allé faire du paintball. C'était la première fois que je l'avais battu. Comme gage, il avait dû me porter sur son dos jusqu'à la maison. J'ai rigolé pendant tout le trajet. Ça peut paraître nunuche, mais ça reste mon moment préféré. C'était la dernière fois qu'on a fait du paintball, lui et moi, conclus-je avec un pincement au cœur… Et toi… c'est quand la dernière fois que t'as… respiré ? demandai-je avec hésitation.

– Quand je t'ai embrassée.

# Chapitre 56.
## Le seul

Je devais avoir mal entendu. Je clignai plusieurs fois des yeux, déglutis avec difficulté et m'enquis d'une petite voix étranglée :

– Quoi ?

L'intensité de son regard et la gravité de son ton me firent vibrer de la tête aux pieds.

– J'ai ressenti... Je me suis senti en vie... J'ai respiré grâce à toi, Spark.

Son teint rosé, embarrassé d'admettre tout ça me laissa pantoise.

– Ah ! soufflai-je en hochant la tête.

J'avais une excuse.

Mon système nerveux avait disjoncté après cet aveu. Mes neurones encore fonctionnels me permettaient juste de ciller, la bouche entrouverte comme une attardée.

– Je ne te demande pas l'amour éternel, reprit-il, avec un petit sourire en coin. Je ne l'ai pas à t'offrir d'ailleurs. En fait, je ne sais même pas ce que j'attends de toi. Mais voilà, je voulais que tu le saches...

Il se rapprochait à mesure qu'il parlait et sa voix s'était faite de plus en plus basse. Ça me sidérait toujours de constater le pouvoir qu'il détenait sur mon corps. Seulement ça avait suffi à me mettre dans tous mes états.

Je fermai les yeux en m'agrippant un peu plus au rebord de la table, comme pour m'empêcher de chanceler.

– Quand je suis à tes côtés, je n'ai pas à lutter pour me sentir vivant. J'oublie même que j'ai parfois du mal à y arriver. Il faut croire que tu as un petit truc, Spark…

Sa dernière phrase n'était qu'un murmure. Un putain de murmure prononcé tout contre mes lèvres assoiffées des siennes.

Son odeur virile, *Michaelique*, divine… m'emplissait les narines. Il était si près. Mais que diable attendait-il ?

J'ouvris les paupières pour rencontrer ses pupilles dilatées qui rendirent mous tous mes muscles.

Mon cœur ne tenait plus en place. J'avais les paumes moites. Et quelque chose me disait qu'elles n'étaient pas les seules parties de mon anatomie dans cette situation.

Tout mon corps réclamait Michael Cast.

Je ne connaissais pas tant que ça les hommes, mais son souffle court ne pouvait pas mentir. De plus, ses yeux... Ceux-là me laissaient entrevoir tant de… choses. Alors pourquoi ne m'embrassait-il pas ? Était-ce à cause de mon refus de ce matin ?

– S'il te plaît, m'entendis-je prononcer d'une voix de noyée.

Je m'en foutais de paraître pitoyable.

J'avais à peine été consciente lors de notre échange près de la chute. J'avais juste le souvenir que ce baiser avait été explosif. Mais là, c'était moi qui exploserais s'il ne me touchait pas…


Un gémissement incontrôlé traversa ma gorge lorsque ses longs doigts hésitants entrèrent en contact avec mes lèvres. Doucement, ces derniers tracèrent ensuite un chemin sur ma peau jusqu'à ma nuque où ils se garèrent, tandis que son pouce me caressait la joue. J'avais l'impression que mon épiderme s'était embrasé à chaque centimètre qu'il avait effleuré.

Son front était plissé et ses billes bleues me posaient mille questions silencieuses. C'était quoi cette putain d'obsession pour le consentement explicite ? J'avais dit non le matin même, mais ne voyait-il pas que j'étais plus que prête sur le moment ?

« *Je te veux* » ne clignotait-il pas en lettres de néon sur mon front ?

J'en avais marre d'attendre. Alors, je me hissai sur la pointe des pieds, nouai mes bras autour de son cou et écrasai mes lèvres sur les siennes.

Puis, comme d'un commun accord, nos soupirs de soulagement s'élevèrent à l'unisson tandis que je me laissais aller contre lui.

Sa main libre s'enroula autour de ma taille, comme s'il n'attendait que ça et je frissonnai de partout lorsqu'il accentua la pression de ses doigts sur ma nuque.

Il embrassait comme se mettait en marche un train. D'abord lentement, puis ensuite, BOOM !

Mon obsession depuis mon entrée au lycée attrapa ma queue-de-cheval, la défit, et tira sur mes cheveux comme pour avoir un meilleur angle sur mes lèvres.

Je tressaillis de tout mon être, lorsqu'il me dévora ensuite la bouche comme s'il voulait qu'on fusionne. Il la fouillait de sa langue, cherchait la mienne, puis la provoquait, la séduisait, la domptait…

Il était exigeant. Dominateur. Passionné… Moi, j'étais juste tout ce qu'il voulait.

Et à cet instant-là, il m'avait transformée en une affamée. Mes gestes étaient aussi frénétiques que les siens. Je lui maltraitais les cheveux, griffais son dos à travers son tee-shirt, mordillais ses lèvres… C'était à peine si on s'interrompait pour reprendre notre souffle.


Une minute plus tard, toujours avec la même fièvre, il m'enlaça et me souleva. Il me déposa ensuite sur la table après avoir balayé celle-ci de la main. Puis, il se cala entre mes jambes, et cueillit mon visage entre ses paumes pour me dévorer la bouche comme si sa vie en dépendait.

— Je veux te voir, grogna-t-il contre mes lèvres, la respiration saccadée.

Obéissante, je levai les bras et il me débarrassa de mon sweat avant de reculer de deux pas.

*Non, reviens !*

Oh, mon Dieu ! J'étais déjà pire qu'une camée.

— T'es magnifique, susurra-t-il, les yeux brillants de désir.

— Tes lèvres sur les miennes étaient magnifiques, rétorquai-je, d'une voix rauque que je ne me connaissais pas. Et là, elles n'y sont pas.

Un sourire carnassier étira son beau visage et il revint à moi avant de m'empoigner la nuque.

— Arrête d'être si amusante, Spark ! Pour ton propre bien. Arrête de me plaire !

Suite à ces courtes, mais bouleversantes déclarations, il m'embrassa. Ensuite, tout en semant un chapelet de baisers sur son passage, il se rendit à la partie charnue entre mon cou et mon épaule, qu'il mordit assez fort pour que je crie et tire sur son tee-shirt.

Mais la douleur causée par le froid de ses dents fut vite remplacée par la chaleur réconfortante de sa langue. Il lécha la chair meurtrie, la baisa, la suçota, comme pour se faire pardonner sa brusquerie et je me cambrai contre lui en gémissant.

Cette variation de sensations m'achevait.

— Ta peau… souffla-t-il d'une voix enrouée en arrivant à mon épaule, avant de réitérer son petit exercice.

Puis, il continua encore et encore, incendiant mes veines de désir. Me tuant.

Je n'en pouvais plus !


Je l'attirai à moi par le tee-shirt pour frotter son érection contre mon intimité douloureuse dans mon jean trop serré.

– Je t'en prie, geignis-je en tortillant mes fesses sur la table.

Je ne savais même pas pourquoi je le suppliais.

Sans délicatesse aucune, il hala à nouveau mes cheveux, et ma tête bascula en arrière tandis que ma bouche, elle, se dressait près de la sienne… entrouverte, offerte.

Avec un regard félin, il mordilla ma lèvre inférieure et tira dessus.

Je devenais dingue. Je n'étais qu'une boule d'excitation. Michael me rendait folle et il le savait.

Sans rompre notre contact visuel, il dégrafa mon soutien-gorge et celui-ci atterrit à ses pieds. Gênée, je tentai d'abord de me cacher, mais ses iris animés de feu me firent vite oublier mon complexe.

Il avait envie de moi. Et sur le coup, je me foutais de ne pas avoir la poitrine de mes rêves. Il me désirait comme ça. Et c'était tout ce qui comptait.

De plus, son baiser se dépêcha vite de balayer mes derniers doutes. Plus avide. Plus pressant. Il pinça l'un de mes mamelons entre ses doigts et j'émis un long soupir qu'il s'empressa d'avaler.

J'attrapai le bas de son tee-shirt pour le lui enlever, car moi aussi, je crevais de le toucher. À ma grande stupéfaction, il interrompit mon geste. Et d'une main, il verrouilla les miennes derrière mon dos.

Pourquoi ne voulait-il pas que je le touche ? Ou plutôt, que je le déshabille. Pour… Je disais quoi déjà ? Combien j'adorais cette torture qu'il infligeait à mes seins… Ses dents, puis sa langue. La façon dont il les aspirait. Oui. C'était… Oh mon Dieu. C'était putain de parfait.

Je perdais la tête.

– Michael…

Il se redressa et je l'embrassai avec urgence et passion.

Mes mains encore liées, je ne pouvais rien faire d'autre que mouvoir mon bassin contre sa virilité.

– Je veux…

– Quoi ? ahana-t-il entre deux baisers.

– Tout.

Il recula lentement, comme à contrecœur. Ensuite, il me jaugea pendant des secondes interminables, qui me déstabilisèrent un peu.

– Tu sais que je ne te déteste pas, pas vrai ? finit-il par dire avec gravité, le front plissé.

– Hein ?

– Je n'ai plus envie de te punir, répéta-t-il.

Que racontait-il ? Je cillai d'incompréhension, les sourcils froncés, et il se replaça entre mes jambes en jouant avec mes cheveux ; cette fois-ci, avec une douceur, qui m'émut au plus profond de mon être.

– Si je te dis ça, c'est pour éviter toute confusion.

Il m'embrassa fugacement la joue avant de m'achever de sa voix rauque, ses flammes bleues ne brûlant que pour moi.

– Je ne te déteste pas. Mais j'ai tellement envie de toi, que quand je te prendrai... je crains que t'aies l'impression que je te hais de tout mon cœur.

Et ce fut comme ça que je mourus d'une phrase.

– Oh, fut tout ce qui arriva à franchir ma gorge asséchée.

Je l'aimais, putain. Je l'aimais. Je le voulais à moi toute seule pour l'éternité. Il ne devait faire ressentir ce genre de feux d'artifice à personne d'autre.

Au diable les avertissements de Robyn. Au diable Stacy, Anna, Teddy... Au diable tout le monde.

Il n'était pas parfait. D'ailleurs, on était au beau milieu d'une pièce qu'il avait saccagée quelques minutes plus tôt. Mais c'était lui que je voulais.

Parce qu'au fond de moi, je savais que personne ne pourrait faire battre mon cœur de la sorte, ni me rendre si vivante.

Personne au monde ne saurait me faire respirer comme lui. Personne.

# Chapitre 57
## After

Haletante, mes paumes à plat sur la table, je le laissai déboutonner mon jean.

Je soulevai mon bassin pour lui faciliter la tâche, mais le pantalon n'eut pas le temps d'aller bien loin. On se figea de concert lorsque soudain, la sonnette de l'entrée retentit.

On échangea ensuite un regard méfiant, immobiles tous les deux comme si ça risquait de faire partir l'importun. Mais sans surprise, la personne insista et Michael pesta dans sa barbe en reculant d'un air navré.

– T'en fais pas, assurai-je avec un petit sourire contraint. Rien ne presse.

*Oui, c'est ça,* rétorquèrent les pulsations dans ma culotte avec sarcasme.

Je les ignorai.

Ces dernières s'estompèrent au fur et à mesure avant de disparaître devant l'absence prolongée de Michael.

L'excitation retombée, je me sentis vite stupide et gênée, la poitrine nue, les cheveux en bataille et les cuisses écartées sur une table à manger.

En soupirant, je descendis de mon perchoir et me rhabillai à la va-vite, sans pourtant arriver à ressentir une once de regret pour la scène de tout à l'heure.

Michael était parfait sur ce plan-là. J'aimais son côté dominateur. Au fait, mon cou m'élançait et j'étais certaine de garder quelques marques. Mais c'était peut-être son but en s'y acharnant de la sorte. Il me tardait déjà de recommencer.

Un sourire niais sur le visage, je laissai courir mes doigts sur mes lèvres en fermant les yeux de bien-être.

C'était réel. J'avais embrassé mon *crush*. Ça avait été comme dans un putain de film. Et ç'aurait pu être plus qu'un baiser si cette personne chiante n'avait pas sonné.

Curieuse, je me rendis au salon, avec un pincement de culpabilité. Puis ensuite, je m'approchai de la porte qui reliait la pièce au vestibule pour… l'espionner, voilà.

Je voulais comprendre pourquoi il mettait autant de temps à revenir.

*Calme-toi, chérie ! C'est même pas ton copain.*

Ignorant la petite voix chiante, je m'appuyai à l'encadrement en bois sans faire de bruit et tendis l'oreille.

– Au revoir, Cindy, lâcha Michael sans prendre la peine de cacher son agacement.

Cindy ? L'intrus était donc une intruse ! Au moins, Michael n'était pas content de la voir, c'était déjà ça.

Apparemment, cette Cindy était aussi casse-couille que ma conscience, car elle ne comprit pas que sa présence n'était pas souhaitée.

– Robyn n'est pas là, mais toi si, minauda l'indésirable.

Je ne l'aimais pas. Je ne voyais pas son visage, mais je détestais Cindy. Déjà, c'était quoi cette voix nasillarde ?

Michael ne répondit pas tout de suite. Des secondes s'écoulèrent et je commençai à m'inquiéter. Et s'il cédait aux avances de cette fille ? Et moi ? Oh, mon Dieu ! Me proposerait-il de les rejoindre ?

Mes pensées n'eurent pas le temps d'emprunter des chemins plus tortueux. J'entendis la porte claquer après un dernier désagréable « *Au revoir, Cindy* » et ma mâchoire se décrocha toute seule d'ahurissement. Il n'avait quand même pas osé !

J'étais contente qu'il se fût débarrassé d'elle, mais quand même !


Tout de suite, l'honneur de cette fille fut le cadet de mes soucis. Comment allais-je expliquer le fait que j'écoutais aux portes ? Je devais agir vite. À peine une dizaine de pas séparait Michael de moi... puis neuf... huit...

Je me jetai sur l'un des canapés et croisai les jambes en faisant mine de jouer avec mes cheveux, tout en fixant la télé éteinte en face de moi.

*Comment peux-tu être aussi intelligente et conne à la fois ? Je te jure, ça reste un mystère !*

C'était une question qu'Everly se posait souvent. Et j'aurais vraiment aimé lui trouver la réponse.


J'abandonnai toute tentative de me désister, car de toute façon mes joues cramoisies m'avaient trahie. Je crispai mes orteils d'appréhension tandis que Michael se laissait aller contre le cadre de la porte, le visage inexpressif ; les bras croisés sur son torse, après avoir glissé une mèche rebelle derrière son oreille.

— C'est une amie de Robyn, m'informa-t-il, d'une voix atone, quelques secondes plus tard.

*Quoi ? Il ne se moquait pas de moi ?*

— Et une amie à toi, ajoutai-je tout bas, avant de me mordre l'intérieur des joues.

C'était sorti tout seul. Mais à leur façon de parler, je soupçonnais quelque chose entre eux.

– Une amie de Robyn et une ancienne fréquentation à moi, rectifia-t-il sur le même ton monocorde.

– Ça ne me regarde pas, tranchai-je avec amertume.

D'ailleurs, comme ma conscience me l'avait rappelé de façon si assassine, il n'était pas mon mec.

Il fronça les sourcils et me scruta longtemps, mais ne releva pas. Je ne pouvais pas décider si c'était mieux qu'il n'eût pas formulé de commentaires sur ma jalousie injustifiée ou pas.

Sans un mot, il s'éloigna en direction de sa chambre et me laissa seule dans le salon. Cinq minutes plus tard sans aucun signe de vie de lui, je me fis à l'idée que c'était peut-être sa façon de me congédier.


Furieuse, je me levai avec la ferme intention de sortir pour de bon de cette maison et de sa vie. Mais à peine avais-je fait un pas, il apparut dans mon champ de vision avec un sac à dos et un bandage autour de son poing défoncé.

Le front plissé de confusion, il me demanda :

– Où tu vas ?

*Il se prenait pour qui ?*

Je paierais vraiment cher pour avoir son manuel d'utilisation.

– Chez moi, crachai-je. Où tu veux que j'aille ?

– Non.

– Non quoi ?

– Non, tu ne vas pas chez toi.

# Chapitre 58.
# Le lien

— T'aimes faire du paintball, non ? jeta-t-il en me dépassant avec son sac à dos.

C'était quoi son but précis en jouant comme ça avec mes émotions ? En moins d'un quart d'heure j'avais éprouvé de l'excitation, de la surprise… en passant par l'agacement, la colère… Il voulait m'emmener faire du paintball maintenant ? Quand en avait-il décidé ?

— Viens, me souffla-t-il avant de quitter le salon.

Je ne savais pas trop quoi penser. Cependant, mes pieds obéirent. Et une minute plus tard, j'étais à côté de lui, dans son gros pick-up, en train de me questionner sur la vraie nature et l'avenir de notre amitié.

— On va faire du paintball sans armes ? m'intriguai-je.

— T'en fais pas, répliqua-t-il, évasif, en mettant le contact.

— J'en ai à la maison, pour info. Dans les clubs, on refuse parfois…

Il me coula un regard agacé, et je la fermai en me mordillant les lèvres. Si tout à l'heure, sur la table, son complexe de toute-puissance paraissait fun, dans d'autres circonstances, ça pouvait se révéler très chiant.

Je réussis malgré tout à le convaincre de passer chez moi, car je n'en pouvais plus de ce jean qui grattait. À contrecœur, je me débarrassai de l'odeur de son savon et je repris une douche avant d'enfiler des vêtements plus confortables et un bonnet, en prévision du froid au-dehors.

Tout cela n'avait pris qu'une dizaine de minutes. Cependant, Michael et ses coups de klaxon toutes les secondes me forcèrent à abandonner mon maquillage, pour ne pas importuner plus longtemps mon voisinage.

Un petit coup de mascara plus tard, je dévalais les escaliers par trois pour aller mettre fin à ce cancan.

— Ça va ! Arrête ça ! m'exclamai-je en me jetant tout essoufflée sur le siège passager.

— C'est pas trop tôt, grommela mon chauffeur.

Je levai les yeux au ciel tandis qu'il démarrait. Mais après quelques secondes, une évidence me frappa.

— J'ai les lèvres toutes sèches. Tout ça, c'est de ta faute.

À ma grande surprise, il tira son baume à lèvres de sa poche sans faire de remarques désobligeantes et il me le proposa.

Je tendis la main avec circonspection, car j'avais un peu de mal à faire confiance à ses élans de gentillesse. Puis, comme un gamin, avant que je ne saisisse le petit tube, il se débina avec un sourire goguenard.

— Il y a mon goût dessus. N.B. : mouille pas.

— T'es dégoûtant, le conspuai-je en lui arrachant le baume.

Au fond, je riais de bon cœur, car je m'étais déjà habituée à son humour pervers.

Je ne mouillai pas, bien entendu. Par ailleurs, comme il s'était de nouveau fait distant, les yeux braqués sur la route, je pus fantasmer à ma guise en faisant courir le tube mentholé sur mes lèvres.

– Donne ! ordonna-t-il lorsque je terminai.

Je déposai son bien dans sa paume avec un petit rictus provocateur.

– Il y a mon goût dessus. N.B. : bande pas.

Stupéfaite par mes propres mots, je recouvris aussitôt mon visage de mes mains.

C'était sorti tout seul. Je n'aurais jamais osé dire ça à quelqu'un d'autre. Mais lui et ses provocations avaient de toute évidence déteint sur moi.

Il partit d'un rire franc que je ne pus m'empêcher d'imiter derrière mes paumes.

– On va faire des merveilles ensemble, Spark.

Je lui tirai la langue tout en m'étonnant de cette complicité qui avait pris naissance entre nous. Je me sentais si bien avec lui !

– J'ai une question, annonça-t-il avec sérieux au bout d'un moment.

– Quoi ? m'intriguai-je en me tournant vers lui.

– T'as vu quoi ?

– Quoi quand ?

– Quand t'étais… inconsciente près de la chute. T'as vu quoi ?

On aurait presque pu croire que ma réponse était capable de mettre fin à la faim dans le monde. Il avait l'air si grave, que je n'osai pas plaisanter comme j'avais tout d'abord prévu de le faire. Je haussai alors tout simplement les épaules et admis :

– Rien.

– Comment ça rien ?

– J'ai rien vu.

Mon aveu ne sembla pas le satisfaire. Il fronça les sourcils et crispa ses doigts sur le volant.

– Tu écris de la fantasy ? déduisis-je.

– Pourquoi ?

— Parce que j'ai l'impression que tu t'attendais à ce que je te confie que j'ai vu la lumière ou des fantômes…

Il contracta les mâchoires.

— Je refuse de croire que l'Univers se limite au tangible. Les gens… ne peuvent pas disparaître comme ça. On ne peut pas s'éteindre et puis, c'est la fin.

— Et pourtant, c'est ce qu'il en est. J'ai perdu connaissance, c'était le noir. En fait, je ne me rappelle même pas si au contraire c'était du blanc, puisque j'avais perdu connaissance. Je n'ai en mémoire que ce que je fais quand je suis éveillée.

— T'as pas perdu connaissance, s'emporta-t-il. T'étais morte. Ton cœur s'est arrêté. Tu n'étais plus sur ce plan. Où étais-tu ?

— Au paradis, explosai-je à mon tour d'un ton dégoulinant de sarcasme. Confonds pas les histoires et la réalité. Quand on meurt, on ne va pas au pays des fantômes. On existe, puis on n'existe pas. Point barre.

Il émit un petit rire méprisant.

— T'en sais rien. T'en sais absolument rien.

Je ne pouvais pas expliquer pourquoi mon cœur avait redémarré deux fois après s'être arrêté et je n'aimais pas y penser, car l'éventualité du contraire me refilait des sueurs froides. Mais je n'avais pas rencontré la silhouette avec la faux qui me conduirait de l'autre côté.

Et je ne croyais pas à l'autre côté, ni rien du genre.

On avait juste une opportunité de fouler cette terre. Une unique chance de bien faire. C'était pour cette raison que chaque petit instant comptait et qu'il fallait en profiter au maximum. C'était pour ça que je luttais autant pour ne pas devenir le genre de personne que je détestais.

Mais il avait ses convictions et j'avais les miennes. Je ne voulais pas me disputer là-dessus.

— OK, tranchai-je en me tournant vers la vitre pour contempler la neige.

# Chapitre 59.
# Incertitude

Après la mort de l'un de siens, je savais qu'on avait besoin de s'accrocher à quelque chose pour tenter d'atténuer sa peine. Le déni. L'espoir. La vengeance. N'importe quoi.

Le meurtrier de mon père purgeait sa peine en prison. Par ailleurs, imaginer que celui que j'aimais le plus au monde était au ciel en train de veiller sur moi, ou à mes côtés ne m'aurait avancé à rien.

Il n'était plus. Le camionneur saoul s'en était assuré, alors même que mon père ne faisait que patienter à un feu rouge. Il était mort sur le coup. Disparu pour toujours.

Cette vérité était déchirante, mais je crois que je me ferais plus de mal en croyant qu'il était encore là.

Si les illusions de Michael concernaient sa sœur, j'espérais pour lui qu'il arriverait à s'en débarrasser, car celles-ci ne feraient rien d'autre que retarder sa guérison.

La vérité blessait sur le coup, mais l'espoir tuait à petit feu.

Une dizaine de minutes plus tard, au moment où j'avais abandonné tout espoir de conversation, mon conducteur relança avec un soupir résigné, comme si une force supérieure l'avait obligé à prendre la parole :

351

— Oui j'écris de la fantasy. Enfin, ma sœur en écrivait. Je complète ses histoires… Je ne suis pas nul pour ça. Mais quand j'aurai terminé tous ses livres, je passerai à autre chose.

Il faut vraiment que je trouve le temps pour ces fichues recherches…

Un garçon perpétuellement vêtu de noir, avec des piercings et des tatouages. Honnêtement, écrire des trucs surnaturels lui allait vraiment bien. Pourquoi vouloir passer à autre chose ?

— Tu vas passer à quoi ?

À la littérature érotique ? Ses héros lui ressembleraient-ils ? Si oui, j'étais prête à lutter contre ma dyslexie pour lire ses livres.

— Tu penses encore au cul, Spark ? gouailla-t-il en arquant un sourcil. Tu me dégoûtes.

*Oups ! La main dans la culotte !*

Eh merde ! J'avais aussi attrapé son humour en l'embrassant.

— Tu pinces les lèvres d'un air coupable quand t'as une pensée cochonne, m'informa-t-il avec un sourire en demi-lune.

Au moins, on avait retrouvé notre ambiance badine.

Je me raclai la gorge pour cacher ma gêne et fis mine d'inspecter mes ongles ornés d'un vernis *nude*. Ils étaient normaux. Il n'y avait rien à fixer aussi longtemps.


En réalité, ça me troublait qu'il eût repéré ce petit détail. Avait-il remarqué autre chose ? Et si je pensais à ce qu'on aurait pu faire sur cette table, le saurait-il ?

— T'es qu'une obsédée, pouffa-t-il en coinçant une mèche derrière ses oreilles.

Je m'esclaffai en croisant son regard, sans même prendre la peine de nier.

Everly avait à coup sûr plus d'expérience sexuelle que moi, mais il y avait des choses qu'elle ne prononcerait jamais à voix haute. Et je savais qu'elle se boucherait les oreilles si quelqu'un d'autre le faisait. Mais comme tous les jeunes de notre âge, on discutait parfois de cul.

Par contre, je gardais toujours mes questions et réflexions loufoques pour moi.

Avant de devenir l'une des bites sur pattes de l'équipe de basket, Teddy aussi avait été assez réservé.

Je ne manquais pas d'idées et de théories assez drôles sur le sujet, mais je m'étais toujours censurée en présence de mes deux meilleurs amis.

Alors, j'adorais pouvoir laisser libre cours à tous les aspects de ma personnalité avec Michael.

— Je suis assez observateur, se vanta ce dernier, de bonne humeur. Par exemple, je sais que je prendrai mon pied avec toi.

Je n'étais même pas choquée. D'ailleurs, je ne m'embêtai pas à le feindre.

— Parce qu'on va coucher ensemble ? le narguai-je.

— T'en as pas envie ?

Ses billes bleues me sondaient avec intensité, comme si elles me mettaient au défi de nier.

— Peut-être... oui, confessai-je en sentant mes joues chauffer.

À quoi bon mentir ?

— Moi aussi, dit-il. Problème réglé.

Par contre, l'assurance de son ton m'agaça quelque peu.

— Et après ? balançai-je, les yeux fixés sur la route, tout en jouant avec mes cheveux pour me donner contenance.

— Quoi ?

— Tu vas m'ignorer comme toutes tes conquêtes au lycée ?

Au contraire d'Adam, se vanter de qui était passé dans son lit n'était pas son genre. De toute façon, il n'avait pas à le faire, puisque les filles se chargeaient elles-mêmes de la pub.

J'étais sûre de vouloir aller jusqu'au bout avec lui. Mais j'avais peur d'être juste un nom dans une longue liste. Toutefois, qu'est-ce que j'espérais ?

— J'ai toujours été sincère avec elles, se défendit-il en coupant le moteur.

Je ne m'étais même pas rendu compte qu'on était désormais sur un parking.

— Je ne leur ai jamais promis l'amour ou d'autres conneries du genre. Elles savaient toutes à quoi s'attendre.

Sa désinvolture fit muer mon agacement en colère.

— Et moi à quoi dois-je m'attendre ? m'excitai-je en imbriquant mes yeux aux siens. T'as une copine. Tu dis que t'es fidèle. Ensuite tu me sors des… bêtises, comme quoi tu te sens vivant avec moi.

— Je n'ai pas menti ! objecta-t-il sur le même ton. Et tu n'as rien à voir avec ces filles.

— Je ne sais pas quoi croire, criai-je avec des gestes furieux. Et ça m'énerve. D'un côté, j'aurais préféré que tu admettes que tu veux juste me sauter, comme elles. Tu te rends compte qu'on était à deux doigts de coucher dans ta salle à manger, alors même que t'as une petite amie ? Une petite amie que personne ne doit toucher au risque de déclencher l'apocalypse. Tu l'as embrassée sous mes yeux, fumai-je. Sous mes yeux. Et tu lui as décoché un grand putain de sourire dans les couloirs. Tu n'aimes pas sourire !

Je venais peut-être de reconnaître que j'étais une psychopathe qui épiait ses moindres faits et gestes, mais je m'en foutais. J'avais pété un câble. J'étais essoufflée et au bord des larmes en terminant. Ce n'était pas de ma faute. Ça me minait depuis un moment et là, le barrage avait cédé. J'avais besoin d'explications.

Mais sa réaction n'arrangea en rien mon état.


Il me fixa longtemps d'une expression étrange qui finit par me mettre mal à l'aise, alors que c'était à lui de l'être. Son impassibilité me sortait par les yeux.

— On est arrivés, annonça-t-il tout simplement au bout d'un moment.

Puis, sans plus rien ajouter, il descendit de la voiture et claqua la portière.

Je détestais Michael Cast.

# Chapitre 60.
## Les préparations

Je m'extirpai de la voiture à mon tour et scrutai la devanture du magasin qui me faisait face.

– Je croyais qu'on allait faire du paintball ? apostrophai-je Michael, qui s'éloignait du parking à grands pas vifs.

– J'ai jamais dit ça, répliqua-t-il d'une voix terne par-dessus son épaule. J'ai demandé si t'aimais bien faire du paintball ou pas. C'est toi qui as déduit la suite.

Je levai les yeux au ciel tandis que je le talonnais dans la boutique d'airsoft.

*Quel frimeur !*


Dès qu'on passa la porte, mon compagnon disparut très vite entre les rayonnages de chargeurs, de grenades, de tenues et d'équipements militaires en tout genre… Enfin, c'était des répliques destinées au jeu, mais j'étais quand même impressionnée ; en particulier, par toutes ces armes. D'épaule, de poing… Elles ornaient les murs du magasin et offraient un rendu aussi esthétique que commercial.

Michael revint quelques minutes plus tard avec plusieurs boîtes alors que je n'avais toujours pas bougé de ma place initiale devant la porte en vitre.

Je secouai la tête pour me ressaisir et le rejoignis près de la caisse tandis que le vendeur chauve évaluait ses articles. Pendant ce temps, le frère de Robyn se tourna vers moi avec un petit air narquois en s'accoudant au comptoir en verre.

— On va donc faire de l'airsoft, résumai-je.

— Le paintball, c'est pour les lopettes. Même vos armes, c'est des gamineries.

Lui et le caissier rigolèrent tandis que je me vexais :

— Heee !

J'en faisais depuis toute petite.

Mon père était un ancien Marine. Il avait laissé tomber l'armée quand son ex petite amie du lycée, en l'occurrence Helen, était tombée enceinte de lui, alors qu'il était revenu à Portland pour passer Noël avec sa sœur.

Dès que j'avais eu l'âge de comprendre, je lui avais confié que je voulais devenir soldat comme lui, parce que c'était plus cool que ce que ma maman faisait.

Il m'avait promis de me laisser décider de tout ce qui me rendrait heureuse quand j'en aurais l'âge. Mais comme il prenait toujours toutes mes envies très à cœur, pour ne pas laisser mourir mon rêve d'enfant, on avait joué au sergent et au commandant dès qu'on avait eu l'occasion. Ensuite, il m'avait inscrite au paintball, parce que c'était moins dangereux que l'airsoft pour une gamine de 6 ans.

J'adorais ce sport. Et j'y étais douée. Mais depuis la mort de mon père, je n'y arrivais plus. J'avais par deux fois essayé de recommencer, en vain.

Le premier homme de ma vie me manquait trop.

Michael balaya mon air outré d'un roulement des yeux avant de m'avertir l'expression sardonique :

— Va choisir ta combinaison. Et prends un gilet tactique, parce que je ne vais pas te rater.

— C'est ce qu'on va voir, le narguai-je en tournant les talons.

Je suivis néanmoins son conseil et optai pour un gilet, en plus d'un masque de protection. Je n'allais rien prouver en m'exposant consciencieusement aux billes de ce sadique. Je savais d'expérience qu'il prendrait un pied fou à me faire du mal. Mais par chance, cette fois, j'aurais moi aussi une opportunité en or de le malmener.


Mon uniforme militaire me seyait comme un gant. Excitée, je passai plus de temps que nécessaire devant le miroir de la cabine d'essayage. Mais Michael-Le-Chieur vint vite me rappeler à l'ordre derrière le rideau :

— C'est pas l'endroit pour se branler, Spark !

— T'es pas sérieux ! m'étranglai-je. Tu penses jamais à autre chose ? À ce point-là, je suis même prête à parier que ton premier mot n'était pas papa, mais porno.

Je pouffai à ma propre blague. Mais au bout d'un moment à se retenir, il explosa à son tour, mais me gronda quand même :

— Dépêche-toi !

— Ça va, je sors.

À mi-chemin de la caisse, je stoppai cependant d'un air contemplatif devant un holster de cuisse, tandis qu'un souvenir d'enfance me remontait à l'esprit.

Je me rappelais que j'étais trop fan de Lara Croft à une époque. Pas la nouvelle. Celle jouée par Angelina Jolie. Pour mes 8 ans, j'avais même exigé qu'on me déguise en elle pour Halloween. Un sourire nostalgique s'installa sur mon visage, mais Michael me tira de mes rêveries en arrachant l'étui de son support.

— Magne-toi ! grogna-t-il.

— Mon seigneur, ironisai-je avec une petite courbette.

*Connard !*

Je déposai mes articles sur le comptoir avec un regard noir à son adresse, qu'il fit mine de ne pas remarquer en parcourant son environnement de ses flammes bleues.

— On prend pas d'armes ? m'étonnai-je.

Il continua de m'ignorer en calant une mèche trop longue derrière son oreille.

— Il faut au moins avoir 18 ans pour acheter une réplique, m'expliqua le caissier. Et toi, je doute que tu les aies.

Cette fois Michael ne l'imita pas lorsqu'il gloussa. Et pour ça, il remonta dans mon estime.

C'était la vérité. Je n'en avais pas l'âge. Mais je doutais que quiconque fasse ce genre de remarque à Michael né la même année que moi. Moi, par contre, c'était mon quotidien. Et il y avait de ces jours où j'aurais préféré que mes joues n'existent pas. J'aurais eu recours à une bichectomie depuis longtemps si ma mère n'y était pas si fermement opposée. D'après elle, la seule chose qui avait besoin d'une chirurgie était ma perception de moi-même.


J'avoue que j'avais encore du mal à être aussi philosophe.

Mon compagnon remarqua mon malaise à mon pincement de lèvres. Et peut-être qu'il se sentit un peu coupable, car son attitude amicale vis-à-vis du vendeur changea du tout au tout.

Le visage fermé, il déposa juste quelques billets sur la caisse lorsqu'on lui annonça le montant. Puis, il ne sourit ni ne répondit à l'au revoir du chauve quand on lui tendit ses achats.

— Je pouvais payer, protestai-je lorsqu'il m'attrapa l'avant-bras en sortant.

En plus de ses deux sacs, il portait aussi le mien. C'était gentil, mais je voulais comprendre si la remarque du vendeur était la cause de son humeur massacrante.

De toute évidence, les explications n'étaient pas pour tout de suite.

Il se mura dans ce silence mystérieux en reprenant la route et durant une bonne partie du trajet. Lassée de cette ambiance pourrie, j'allumai l'autoradio et par chance, je tombai sur *Lie To Me* des 5SOS.

Je montai le volume et me mis ensuite à fredonner, les yeux accrochés à la route pour éviter de contempler mon chauffeur.

Sauf qu'à peine quelques secondes plus tard, la voix de Luke fit place au silence, parce que monsieur avait décidé d'éteindre l'appareil. Le pire était qu'il n'avait même pas daigné croiser mon regard pour s'excuser ou s'expliquer. Il continua de conduire d'un air impassible comme si de rien n'était.

D'un geste rageur, je rallumai l'autoradio. Il la fit taire. Je rechargeai, il répliqua... Et ainsi de suite, cinq fois.

– OK, finit-il par céder en roulant des yeux. Je la laisse tranquille. Par contre, toi, tu croasses plus.

*PARDON ?*

Mes iris fumants plantés dans les siens, je chantai d'abord tout bas, avant de m'égosiller jusqu'à ce qu'il soupire d'un air abattu.

*– And I know that you don't*
*But if I ask you if you love me*
*I hope you li-li-li-lie*
*Lie to me*
*Singin'*
*Li-li-li-lie, li-li-li-li-li-lie*
*Li-li-li-li-li-lie, li-li-li-li-li-lie...[2]*


Il fit tressauter ses mâchoires en soufflant fort par le nez, puis, il contracta ses doigts sur le volant en marmonnant quelque chose à propos d'une strangulation.

Si c'était celle de son arrogance, je votais pour.

---

[2] *Lie To Me* de 5SOS

Je chantai plus fort. Et je continuai ainsi jusqu'à ce qu'on arrive à la lisière d'un terrain boisé et qu'il coupe le moteur avec un soupir de soulagement.

– Il faut que j'appelle tout de suite mon ORL pour prendre rendez-vous.

– Haha, jetai-je en levant les yeux au ciel.

Sans un mot de plus, il ouvrit la portière pour descendre, mais je me rappelai un détail.

– Attends !

Il s'interrompit et se tourna vers moi d'un air blasé.

– Je crois que deux heures se sont écoulées. Je dois envoyer un message à ma mère. Le téléphone de Robyn est entre tes mains, non ?

Il hocha la tête et me le tendit en pinçant les lèvres.

– C'est quoi le code ?

Il détourna le regard, contracta les mâchoires et me le communiqua comme si chaque syllabe lui écorchait la langue :

– EdwardCullen.

Je gonflai la bouche pour contenir mon hilarité, mais j'échouai tandis que Michael me fusillait du regard.

– J'imagine que tu sais qui est Edward, grinça-t-il. Ce connard de Rob voulait d'un mot de passe dont il se rappellerait même bourré.

Son frère l'aimait tellement ! Il y avait des jours où je regrettais trop d'être fille unique.

– Je trouve ça touchant qu'il ait choisi ton nom. Enfin, pas ton… nom, me dégonflai-je sous ses yeux mitrailleurs. Mais… voilà, il… a hum, pensé à toi.

Sans pitié pour mes joues brûlantes, il me tortura du regard quelques secondes supplémentaires, puis il déglutit et posa les pieds à terre.

– Toi et lui, ça va s'arranger ? m'assurai-je avant qu'il ne referme la portière.

Je ne me le pardonnerais pas s'ils se fâchaient trop longtemps. Tout était de ma faute après tout.

– Ouais, jeta Michael d'un ton glacial.

Il ne voulait pas en parler. Je n'insistai pas et le laissai s'éloigner avec nos sacs.

Seule dans l'habitacle, je me recentrai sur le téléphone et souris lorsque « EdwardCullen » le déverrouilla. Robyn était un vrai rigolo.

Je me rendis compte avec surprise que j'avais laissé mon Messenger ouvert et je me promis de me déconnecter une fois la note orale terminée.

– Maman. Je suis en vie. Non je n'ai pas une arme sur la tempe en disant cela. Tout va bien. Je t'aime.

J'accompagnai le message vocal d'un selfie de moi qui louchais en tirant la langue et je lui envoyai plein d'émojis en cœur.

Soulagée d'un poids, je m'apprêtais à fermer ma page, mais un message s'affichant en haut de l'écran me figea.

# Chapitre 61.
# Le chubbycheekgang

Je claquai la portière du pick-up et le contournai d'un pas rageur pour apporter le téléphone à Michael, qui fumait une cigarette, appuyé contre un arbre non loin.

En arrivant à sa hauteur, je lui plaquai l'appareil sur le torse et il arqua un sourcil, interrogateur.

– Tu as un message de ta copine.

Il saisit le portable d'un air indifférent et le fourra dans sa poche sans même y jeter un coup d'œil.

– Le « J'en ai marre d'attendre » semblait pourtant urgent, le conspuai-je.

Il ne répondit pas et prit le temps de terminer sa clope avant d'annoncer :

– On y va.

Je le détestais tellement ! Sa désinvolture me sortait par le nez et me donnait des envies de décapitation avec une épée émoussée.

Cette fois, il ne prit pas la peine de porter mon sac. Je ramassai ce dernier au pied de l'arbre et emboîtai le pas à *Edward Cullen* en le démembrant dans ma tête, minutieusement, prenant tout mon temps et surtout, du plaisir…

On marcha environ deux minutes, puis on atteignit un terrain composé de plusieurs constructions en métal disposées en ligne droite face à un énorme espace vert.

Le premier bungalow qu'on approcha s'apparentait à une version miniature du magasin d'airsoft, doublée d'une remise. À l'intérieur, s'y trouvait une blonde mince au style punk, à laquelle les cheveux en pique conféraient un certain caractère. Son front était plissé par la concentration, penchée sur une table en bois, devant les pièces du fusil à pompe qu'elle tâchait de remonter.

Cependant, lorsqu'elle sentit notre présence, son visage s'illumina de suite et elle ouvrit ses longs bras pour accueillir Michael.

– Miiiickey !

En moins de temps qu'il ne fallait pour le dire, ce dernier se fit happer dans un câlin des plus serrés.

– Ashton, je crois que ça va maintenant, geignit le broyé devant l'éternisation de l'étreinte.

Je ris sans faire exprès et Câlin-girl me remarqua. Elle repoussa Michael et un grand sourire chaleureux étira ses lèvres noires.

– Chubby cheek gang, s'excita-t-elle. Regarde, j'ai les mêmes.

En effet, deux grosses joues venaient adoucir son visage que son maquillage gothique, ses sourcils broussailleux et sa coupe masculine auraient pu rendre sévère.


Le *chubbycheekgang* était un hashtag lancé sur les réseaux sociaux par les femmes à grosses joues afin de s'assumer. Pour ma part, j'étais encore au stade d'affiner mon visage avec du make-up, plutôt que de clamer haut et fort « Vive les joues rondes ».

– Je ne crois pas qu'elle aime qu'on les pointe, intervint Michael avec prudence.

*Il me défendait, là ? Wow !*

Mais en y repensant, je réalisais que pas une fois il ne s'était moqué de mon complexe. Était-ce parce que lui-même ne supportait pas les plaisanteries sur sa peau très claire ?

— Mais c'est pas un défaut, objecta Ashton. Dans quelques années lorsque les autres, y compris monsieur J'ai-des-joues-creuses-et-une-allure-de-bad-boy seront vieux, nous on sera encore des bébés.

J'aimais déjà cette fille et son enthousiasme.

— Ashton, se présenta-t-elle. La cousine de ce mort-vivant.

J'attrapai sa main avec un sourire avenant, alors que Michael rectifiait :

— Nos mères n'étaient pas sœurs, simplement des amies d'enfance. Alors t'es juste le paquet d'os qui venait passer le week-end chez moi et voler mon goûter.

Je jaugeai Ashton d'un air circonspect en attendant une explosion, mais celle-ci se contenta de lever ses yeux cerclés de noir au ciel d'un air faussement harassé.

— C'était pour ton bien. T'étais déjà énorme !

Michael était gros ? J'aurais trop aimé le voir.

— La ferme, baguette ! envoya ce dernier pince-sans-rire.

Ashton se tourna vers moi en gloussant et remarqua qu'elle me tenait encore la main.

— Désolée, mais c'est comme ça. Il m'adore, chuchota-t-elle comme si le principal concerné n'était pas là. Je répète, je suis Ash, sa cousine, et toi ?

— Megan... euh...

*J'étais quoi pour Michael ?*

— C'est compliqué ? devina-t-elle avec un petit sourire compatissant. Tout l'est toujours avec lui.

— Ton père est là ? coupa *Edward Cullen* en claquant la langue d'un air dédaigneux.

— Non, répondit la blonde en lui accordant à nouveau toute son attention. Si tu prenais des nouvelles de temps en temps, tu saurais qu'il s'est barré avec une étudiante à peine plus âgée que moi. Maman est détruite. Je suis la seule responsable ici désormais. On va jouer ?

— Je suis désolé pour Sofya, s'exprima Michael avec gravité.

— Elle va s'en remettre, fit Ashton en balayant ses excuses d'un geste de la main. T'as apporté les chargeurs ?

— Ouais, souffla-t-il en désignant son sac à dos et ses courses d'un geste vague.

— Top ! J'appelle les autres. Toi, va lui montrer les bases si c'est sa première fois. Contente de t'avoir rencontrée, Chubbygan.

Chubbygan ? Une combinaison de chubby et de mon nom. Avais-je déjà dit que j'aimais cette fille ?

— Moi de même. T'es vraiment trop cool !

Et je le pensais. Elle était si bien dans sa peau et si rayonnante malgré ses problèmes. Le monde manquait cruellement de ce genre de personne.

J'eus droit à un câlin broyeur moi aussi. Puis ensuite, tandis que je luttais pour retrouver l'usage complet de mes épaules, Michael me conduisit à un autre bungalow pour que je me change.


— Le terrain et les équipements appartiennent à la famille d'Ashton, m'avait-il expliqué en chemin. J'ai toujours pu utiliser les armes à condition d'apporter les munitions. T'as pas plus de cinq minutes pour te préparer.

Contrairement au premier, ce bungalow-ci était plus proche d'une salle de séjour, avec ses sofas et la grande télévision dans un coin.


Je me déshabillai après avoir jeté un regard circulaire à la pièce. Ensuite, j'enfilai ma tenue de soldat, mon masque de protection, sans oublier mon holster de cuisse.

Dommage que je n'aie pas eu de miroir pour me regarder.

Michael vint m'annoncer que mon temps était écoulé. Je roulai des yeux et déposai mes vêtements pliés sur un canapé. Puis, je sortis en rassemblant mes cheveux à l'aide de l'élastique qui ne quittait presque jamais mon poignet.

Je trouvai mon compagnon appuyé à la paroi métallique près de la porte, la bouche ouverte comme s'il s'apprêtait à me crier un autre avertissement.

– Ta gueule ! le devançai-je et il s'esclaffa en basculant la tête en arrière.

# Chapitre 62.
# La paintballeuse

J e faillis l'accompagner dans son rire, mais je résistai en me mordant l'intérieur des joues.

S'il pensait que ses cheveux attachés et ses lunettes de protection allaient me faire oublier qu'il était un menteur, il se fourrait le doigt dans l'œil jusqu'au coude.

Quoique… Le pantalon militaire et son tee-shirt noir lui conféraient une allure badass. Et alors ? Il avait déjà une copine. Et celle-ci en avait marre d'attendre qu'ils copulent.

Avant de nous mettre en marche, il me confia son sac à dos qui contenait les munitions. Pour sa part, il se chargea d'une grosse valise de laquelle dépassaient plusieurs fusils.

Pendant qu'on quittait l'aire des bungalows – que Michael me désigna comme la zone neutre, en langage airsoftique –, je lorgnai vers son poignet pour tenter d'apercevoir quelque chose. N'importe quoi susceptible se satisfaire la curiosité coupable qui me tenaillait depuis la maison.

Sans surprise, sa manche recouvrait sa main jusqu'au gras de son pouce, comme d'habitude. Sauf que cette fois, je compris pourquoi, et je ressentis un soupçon de pitié mais je savais qu'il se pisserait dessus si par malheur je venais à l'exprimer.

– Tiens !

Il me proposa ses gants, mais je refusai poliment.

Aurait-il surpris mon regard sur sa main ? J'étais trop mal à l'aise.

– Il fait froid. J'avais oublié de te conseiller d'en prendre.

À mon goût, il faisait bon, même si le soleil était en grande partie invisible. Il neigeait à peine. Et comme j'étais une gamine, j'avais toujours aimé lorsque de la buée sortait de ma bouche en parlant. Donc tout allait bien.

– Non, ça va. Je…

– Tu les prends, trancha-t-il.

– Oui, maître, oui, raillai-je.

Il me gratifia d'un regard noir, et je levai les yeux au ciel en cédant.

– D'aaaccord.

Après tout, ça partait d'une bonne intention.

En revanche, pour l'agacer, je n'en pris qu'un. En soupirant, il se résigna à enfiler l'autre sur sa main bandée en grommelant quelque chose à propos d'une chieuse.

On s'enfonça ensuite dans la partie boisée de la propriété et j'en restai béate d'admiration.

Disséminés à travers les arbres saupoudrés de neige : des canaux, des ponts, des fortins, des bunkers… On se serait presque cru sur un vrai champ de bataille.

L'odeur subtile et à la fois enivrante de la forêt, la fraîcheur apaisante de l'air pur… tout ça me fit fermer les paupières de bien-être en respirant à pleins poumons.

J'adorais cet endroit !

Mes rêves de petite fille refirent surface, et je souris en m'imaginant prendre part à des missions sauvetage de l'armée partout dans le monde.

Pourquoi n'avais-je pas essayé l'airsoft plus tôt ?

Après un rapide tour du terrain, Michael me conduisit dans le secteur de test. Il déposa le contenu de sa grosse valise sur une table en bois à une quinzaine de mètres des cibles métalliques oscillantes. Je fis de même avec les chargeurs, puis il m'invita à choisir.

Je jetai tout de suite mon dévolu sur un Beretta de couleur noire. Mon compagnon m'indiqua comment le charger, avant de m'inviter à l'essayer derrière le stand de tir.

— Je sais déjà tirer, le stoppai-je lorsqu'il me conseilla sur comment viser.

— Épate-moi, paintballer, fronda-t-il.

*Ce connard et ses préjugés sur le paintball !*


J'étreignis la réplique à deux mains, puis me positionnai les pieds perpendiculaires à la cible supérieure que je gardai sur la même ligne d'œil. Ensuite, dans ma tête, je fis de l'arme une extension de mes bras. J'inspirai un grand coup, puis je laissai couler.

Cinq billes successives fendirent l'air sylvestre, tandis que je retenais ma respiration tout le long. Quatre des cibles oscillèrent, mais je ratai le dernier.

C'était peut-être à cause du recul du Beretta aux cartouches de $CO_2$. Je n'étais pas habituée à ce mouvement.

Même si elles ne faisaient pas autant de bruit que les vraies armes à feu, les répliques avaient de toute évidence les mêmes réflexes que leurs homologues.

— Pas mal, applaudit Michael avec un petit rictus suffisant. Mais pas assez.

Il chargea une réplique de poing dont j'ignorais le modèle ; actionna la glissière ; puis se mit en position avec un clin d'œil à mon intention. Tenant son arme d'une seule main, il toucha toutes les cibles avec une dextérité qui me surprit au plus haut point.

— Moyen, mentis-je.

— Ouais, c'est ça, rit-il.

Je refusais d'admettre qu'il était plus doué. J'étais rouillée, voilà. De plus, c'était ma première fois avec l'airsoft.

Je rangeai le Beretta dans mon holster de cuisse et choisis un AK-47 Kalachnikov.

– J'adore celle-là, commenta Michael.

Puis, il m'expliqua comment l'utiliser. Le levier latéral en haut pour la position de sécurité. En bas, pour le tir semi-automatique. Au milieu, pour le tir par rafales.

J'écartai les jambes en me penchant légèrement vers l'avant pour le tester après l'avoir épaulé. Et cette fois, j'atteignis tous les petits cercles sans exception. Fière de moi, je me retournai avec un grand sourire arrogant pour lui exposer ma victoire, mais il ne me remarqua pas, car il pianotait sur le téléphone de son frère d'un air grave.

Mon cœur se serra et un goût amer envahit ma bouche.


Folle de rage, je vidai le chargeur sur les cibles en souhaitant qu'il s'agisse de parties précises de son anatomie.

*Je détestais Michael Cast.*

– Je crois que tu peux tester une autre réplique, me conseilla-t-il au bout d'un moment. Le sniper, par exemple.

Je l'ignorai, et la mine en vrac, je rechargeai la kalachnikov, des idées sombres plein la tête.

– Quel modèle est ton arme ? demandai-je en tirant sur les cibles, en mode semi-automatique.

– Un Glock 41. Pourquoi ?

– Pour rien. Et la capacité du chargeur ?

– Treize coups, me confia-t-il avec méfiance. Pourquoi ?

– Pour rien répétai-je d'une voix monocorde en m'acharnant sur la détente.


Plusieurs secondes s'écoulèrent et il sembla laisser tomber.

– J'ai choisi des munitions de plus gros calibre, m'annonça-t-il lorsque l'une des billes érafla un arbre, après avoir dévié de sa trajectoire. Ashton a un peu bricolé les armes pour augmenter leur puissance.

– Ce n'est pas illégal ? m'étonnai-je en abaissant la réplique pour lui faire face.

J'avais eu vent d'une affaire pareille à propos de quelques paintballers. Ils s'étaient tout de suite fait disqualifier de leur tournoi.

– Rien de bien méchant, assura Michael avec un rictus sadique. Elle les a fait passer du deux joules règlementaire à quatre.

– C'est pas dangereux ? m'informai-je.

– C'est pas mortel, éluda-t-il sans se départir de son sourire.

– Mais est-ce dangereux ? voulus-je confirmer.

– C'est là tout le plaisir, s'amusa-t-il avant de répondre à son nouveau message.

Il textait avec sa main gauche, tandis que l'autre, gantée tenait encore son Glock.

Je criblai une pauvre cible imaginant sa tête au centre, ainsi que celle de son correspondant au téléphone.

– Je ne connais pas les règles de paintball, reprit-il quelques secondes plus tard. Mais comme les gars doivent être en route, laisse-moi me faire chier à te briefer sur celles de l'airsoft. En gros, t'as pas le droit de tirer à bout portant. Interdiction de tirer sur un joueur qui a crié « *Out* » ...

– J'ai une idée, coupai-je d'un ton cassant après avoir rechargé l'AK-47. Et si on essayait autre chose : aucune règle.

Puis, je pointai la réplique sur sa main qui tenait le téléphone et j'appuyai sur la détente.

# Chapitre 63.
# L'airsofter

L e coup partit. L'appareil échappa des mains de Michael en même temps qu'un « *Fait chier* » de surprise, de douleur et de rage mêlées.

Pour ma part, je n'avais rien éprouvé de plus que de la satisfaction tandis qu'il secouait le membre endolori dans tous les sens, en jurant comme un charretier.

Ashton avait bien fait d'augmenter la puissance des répliques, en fin de compte.

C'est là, tout le plaisir.

J'espérais que là, il prenait son pied.

Lorsqu'il s'immobilisa enfin, l'expression aussi scandalisée qu'incrédule, je remarquai la goutte de sang et la couleur rosée de la zone impactée.

– Crois-moi, tu veux pas jouer à ça avec moi, martela-t-il d'un air sadique.

*Oh que si !*

Somme toute, Robyn n'avait peut-être pas exagéré sur l'effet du café de son cadet. Parce que même si j'étais en rogne, je savais que ma colère n'était pas la cause de toute cette adrénaline.

Je me sentais puissante. Je n'avais plus du tout peur de Michael. Lorsqu'il ouvrit de nouveau la bouche pour me menacer, il n'eut même pas le temps d'aligner deux mots qu'une autre bille le percutait à l'épaule.

Il gueula fort en se pliant en deux. Et moi, j'assistai d'un air indifférent à l'étalage de sa culture en jurons.

Cependant, quelques secondes plus tard, il réussit à me laisser pantoise lorsqu'un rire grave s'évada de sa gorge.

Comme si j'avais besoin de preuves supplémentaires de sa folie.

Il se redressa, une lueur mauvaise au fond de ses flammes bleues. Puis il fit rouler son articulation endolorie, avant de me prévenir de sa voix traînante :

– Ne pense surtout pas que je vais te ménager parce que t'es une fille.

Je levai de nouveau mon arme pour le faire taire, mais cette fois, il me devança en détalant comme un coup de vent vers les bois.

Il était toujours armé de son Glock dont il m'avait confié comme un con la capacité du chargeur. Comme il avait gaspillé cinq billes pour m'impressionner, il lui en restait au total huit.

Après huit tirs – qui n'allaient certainement pas être une partie de plaisir pour moi –, je pourrais faire sa fête à Michael Cast.

Ça n'allait pas effacer mes sentiments pour lui, ni allumer les siens à mon égard, mais j'aimais me contenter de ce que j'avais. Et sur le moment, c'était l'éventualité des cris de douleur d'un connard qui me maltraitait le cœur qui me comblait de bonheur.

La kalachnikov en position d'attaque, j'emboîtai les pas à ma proie ; aux aguets, en analysant mon périmètre, sans me laisser distraire par la senteur entêtante et omniprésente des sous-bois.

Il n'avait pas assez neigé pour que je m'oriente aux traces des bottes de Michael. J'évoluais simplement dans la direction où il avait fui au milieu de tous ces arbres ; ma colère comme moteur, les sens en alerte… Ou pas tant que ça, car il me surprit par-derrière et me ficha une bille dans la nuque.

Mon hurlement déchira le silence sylvestre et mon arme m'échappa des mains, tandis que j'atterrissais sur mes genoux.

– J'aime t'entendre crier, l'entendis-je jubiler quelques mètres plus loin.

Lorsque je me retournai, cependant, il avait déjà disparu.

– Ça me fait bander.

Le brusque mouvement de ma tête pour tenter de le repérer fit de nouveau exploser la douleur dans mon cou, et je fermai les yeux en portant ma main tremblante à la zone touchée par son projectile. J'avais l'impression que du feu léchait toute la partie arrière de mon crâne.

En vérifiant mes doigts de ma nuque, j'y surpris une goutte de sang. Minuscule. Mais assez pour me foutre encore plus en pétard.

– Quand j'en aurais fini avec toi, pour toi, bander ne sera plus qu'un vieux souvenir, vociférai-je.

– T'as une baise bien brutale en tête, chérie ? Je savais bien que tu me plaisais pour une raison.

Sa voix résonna à ma gauche, donc j'eus le temps de voir venir le coup et je me jetai par terre, avant de rouler m'abriter derrière un arbre.

– T'es jalouse, Spark ?

Plus que six coups. Je l'aurais bientôt.

Je savais qu'il n'était pas loin, même s'il m'était assez difficile de le localiser. Son agilité lui permettait de se déplacer sans bruit. Un avantage que je n'avais pas, en plus de mon manque d'endurance.

Je devrais vraiment me remettre au sport.

Je rampai sur mes genoux afin d'atteindre ma réplique. Une fois l'arme en main, je me réfugiai derrière un chêne afin de lui tendre une embuscade.

Manque de bol, en me redressant, ma tête entra en contact avec une branche basse. Je jurai dans ma barbe lorsque toute la neige accrochée aux feuilles dégringola sur mon visage.

Bien entendu, Michael-Le-Profiteur surgit de nulle part à cet instant-là et me tira dans la jambe, deux fois de suite.

Ma réplique échoua de nouveau sur la terre humide et je ne tardai pas à la suivre en criant comme un enragé. Le sadique s'esclaffa pendant que je me tordais au sol la cuisse entre les mains.

Confiant, il resta longtemps dans mon champ de vision, appuyé contre un arbre pour se moquer.

– Dire que je te fais perdre la tête juste avec mon index. T'imagines si je t'en mets deux ?

Il allait me le payer.

Je crispai les dents, le regard haineux. Puis, je saisis d'un coup la kalachnikov et l'épaulai en m'asseyant sur mes talons.

Le temps que je vise, il avait déjà filé. Je me redressai en soupirant, fumante et humiliée. Mais ça n'allait pas durer.

Plus que quatre coups.

En attendant, je n'essayais même plus de l'atteindre. Je me contentai juste de courir en me déplaçant avec le plus de bruit possible, afin de l'inciter à vider son chargeur.

Dans ma manœuvre, par chance, deux de ses billes atterrirent sur mon gilet tactique.

– Tu me veux à toi toute seule, Spark ?

J'en évitai une autre en m'abritant à temps.

– T'aimes pas partager ?

Il cherchait la mort, lui. Je bouillais sur place, cachée derrière un gros arbre, et il me tardait de lui régler son compte.

– Faisons l'amour, pas la guerre, s'éleva sa voix moqueuse à quelques mètres. Je déconne, gloussa-t-il. Baisons, mais avant…

Suivant toujours mon plan, je courus pour passer d'un arbre à un autre pour l'appâter. Je me mangeai un autre projectile au biceps. Mais cette fois en m'adossant au tronc rugueux d'un chêne, à mon soupir de douleur, succéda vite un sourire sardonique.

Il était à court de billes.

# Chapitre 64.
# La revanche

Michael était à court de billes.

Par contre, il n'avait de toute évidence pas calculé ses coups. Il survint deux arbres plus loin à découvert et me visa de son Glock avec un petit sourire suffisant.

Aucun projectile ne sortit de l'arme. Il perdit de son assurance et fronça les sourcils tandis que moi, j'épaulais ma réplique, excitée.

Le petit moment de choc faisant suite au silence de son canon l'avait un peu déstabilisé, et cette fois j'eus quelques secondes pour ajuster mon tir avant qu'il ne détale.

Je lui flanquai deux coups au tibia ; décochés avec une volonté et une concentration extrême, comme si ma vie en dépendait.

Michael gueula une dizaine de mètres plus loin en tombant sur le sol enneigé et je m'autorisai enfin à respirer.

Je l'avais.

Avec un soupir satisfait, je mis le levier latéral de la kalachnikov au milieu pour enclencher le mode automatique. Puis, je visai.

J'enfonçai la détente et mitraillai ma cible, tout en m'avançant vers elle pour que les projectiles lui fassent encore plus mal. Michael se tortilla par terre en PLS, alternant cris et jurons, le visage protégé par ses bras.

Du plaisir pur parcourut mes veines, tandis que les billes s'entassaient autour de son corps élancé.

– Je te fais toujours bander ? braillai-je lorsque mon chargeur se vida enfin.

Je résistai à l'envie de lui assener un coup de pied dans les côtes pendant qu'il était à terre, et je dus admettre que son café m'avait vraiment transformée.

Il cessa de bouger un instant plus tard.


Je me tenais à une distance respectable, car je ne pouvais jamais prévoir ce que ce sadique avait en tête. Par contre, au bout d'un moment, je fus obligée de m'approcher un peu pour être sûre de ne pas rêver.

Il ne pouvait pas être en train de rire derrière son bras !


Je m'avançai à pas de loup, les sourcils froncés. Un bon mètre nous séparait encore, mais d'un coup, il roula sur lui-même, m'attrapa par les chevilles, et tira dessus pour me faire perdre l'équilibre.

Avec un soupir de douleur et de surprise mêlées, j'atterris sur le dos tandis que l'odeur de l'humus m'emplissait les narines. Je me tordis sur le sol humide en gémissant, et il rampa sur moi avec une grimace de souffrance, avant de s'installer à califourchon sur mon bassin.

– J'ai mal, merde ! grogna-t-il en m'arrachant mon masque de protection.

Ses lunettes à lui avaient dû s'égarer en chemin, car il ne les avait plus.

Il envoya ensuite valdinguer ma réplique qui avait échoué à mes côtés. Puis, il essuya du revers de la main, le filet de sang qui s'écoulait de la petite coupure sur sa joue.

J'étais encore sérieusement sonnée par ma chute. De plus, la douleur sourde dans mes fesses et mes hanches m'avait ôté toute envie d'être railleuse et sarcastique. Je ne fis donc aucun commentaire sur ses blessures apparentes, et me contentai de l'assassiner du regard tout en croisant les doigts pour qu'il garde une cicatrice au visage.

Ses cheveux de jais s'étaient détachés et certaines mèches m'effleurèrent le front lorsqu'il s'appuya sur ses avant-bras pour plonger ses billes bleues dans les miens.

— Mon corps est en feu, geignit-il.

Alors pourquoi ses yeux renvoyaient-ils une telle excitation ? Il était taré. De toute évidence, il avait plus pris son pied que moi à se faire cribler.

Peut-être que je n'avais pas visé les bonnes zones.

— Tu penses que j'en ai quelque chose à faire ? crachai-je.

Son large sourire m'enleva toute ma satisfaction de l'avoir blessé.

— Parce que t'es jalouse ?

J'en avais ras le bol de cette situation ! Mes sentiments pour lui n'étaient plus un secret. Mais moi, je ne savais pas quoi penser de son attitude. Un instant, je planais ; un autre, il me laissait tomber sans même prendre la peine de me refiler un parachute. Un moment, il m'embrassait ; l'autre, il me torturait.

Où allait-on, bordel ? Et que diable voulait-il ? Je ne pourrais pas supporter longtemps ce petit jeu. Je saturais.

En souhaitant plus de piment dans ma vie, ce n'était pas ce remous d'émotions contradictoires que j'avais en tête.

Je voulais tout ce qu'il avait à me donner, ou rien. J'en avais plus que marre de son lunatisme. J'avais soif d'être fixée. Alors, d'une déglutition, j'avalai mon ego. Puis, j'admis d'une voix faible, émue :

— Oui. Je suis jalouse. Et… et je trouve ça stupide parce que tu… tu ne m'appartiens pas, et tu…

*Tu ne m'aimes pas comme je t'aime.*

Ma gorge se serra, m'empêchant de poursuivre, et j'inspirai fort par la bouche en détournant le regard pour retenir mes larmes. Je ne m'étais même pas rendu compte que j'étais sur le point de pleurer. Mais c'était comme ça avec lui. Je ne contrôlais rien…

Suite à cela, tellement d'émotions défilèrent sur son visage que je ne parvins pas à les identifier toutes. Au final, il avait perdu son air moqueur. Il plissa le front, le regard pénétrant, mais je l'interrompis avant qu'il ne parle :

– Si c'est pour dire une connerie, il vaut mieux que tu te taises.

Je n'étais pas d'humeur à supporter son sarcasme ou son humour pervers.

– OK, lâcha-t-il dans un souffle.

Puis, il écrasa ses lèvres sur les miennes et m'embrassa à en réveiller un volcan endormi depuis des siècles.

Son baiser fut brutal et tendre à la fois. Enfiévré, mais doux. J'y résistai deux secondes, mais qui voulais-je tromper ? Je lui appartenais déjà corps et âme.

Imbriquer ma bouche à la sienne était la plus divine sensation au monde ; mon cœur affolé était d'ailleurs là pour en témoigner. Essoufflée, le cerveau en vrac, je déposai d'un geste hésitant mes paumes sur ses côtes, et au contact de ma main, il redoubla d'ardeur pour me dévorer de ses lèvres parfaites et addictives.

Il se cala ensuite entre mes jambes qui s'étaient naturellement écartées pour lui. Puis, sans pouvoir m'en empêcher, un long gémissement partit de ma poitrine lorsqu'il s'appuya sur un avant-bras, et me caressa partout avec son autre main.

Je vivais. Et c'était fou ce pouvoir qu'il avait de faire jaillir une Megan qui n'existait qu'avec lui.

Une qui lui rendait son baiser sans gêne, avec la même urgence et la même fougue. Une qui s'agrippait à son haut pour l'attirer encore plus, malgré sa proximité…

Je n'étais plus qu'une masse brûlante de désir sur le sol froid.

— C'est ce que tu veux ? railla-t-il, le souffle erratique entre deux baisers. Que je t'appartienne corps et âme ?

Ma jalousie l'amusait. Le connard ! Je savais bien qu'il ne pourrait pas s'empêcher de se moquer. Mais il avait suffi d'un putain de baiser pour que j'oublie tout.

Énervée, je fis glisser ma main jusqu'à mon holster de cuisse pour continuer ce que j'avais commencé ; en me promettant cette fois d'atteindre les bonnes parties.

Cependant, avec effarement, je découvris que mon Beretta n'était plus à sa place. Michael sourit devant mon visage surpris. Et dans la seconde, trois coups successifs résonnèrent dans les bois.

Je hurlai à m'en exploser les larynx tandis que cet enfoiré, lui, s'esclaffait.

— Désolé. C'était plus fort que moi.

Je savais bien que les billes n'avaient pas traversé la peau de ma cuisse, mais c'était pourtant l'impression que j'avais. Le pire fut lorsque je sentis du sang s'écouler sous l'uniforme. Je pleurai sans même me soucier d'avoir l'air élégante.

— Pauvre chérie, rigola le criminel. Laisse-moi t'aider à aller mieux !

Il se débarrassa de la réplique, me caressa les cheveux de sa main libre, puis m'embrassa de nouveau. Je lui mordis fort la lèvre inférieure, mais il sembla aimer, car il geignit en m'empoignant un sein sous mon gilet tactique.

— Je te hais, sanglotai-je contre sa bouche.

— Alors, j'adore ton goût quand tu me hais.

Il força mes lèvres rancunières de sa langue et je finis par abdiquer en soupirant à la fois de résignation et de soulagement. L'addict qu'il avait fait de moi me surprendrait toujours.


Le baiser qu'on échangea fut brutal, primaire… mais il ne pouvait en être autrement avec tout ce qui se concentrait dans celui-ci. Pleurs. Désir. Frustration. Non-dits. Manque. Amour…

Par contre, ce dernier mot n'était que pour moi.

Je tombais de plus en plus amoureuse et ça me faisait peur parce que je ne savais toujours pas où on en était.

– Le numéro non enregistré, c'était Elodie, mon éditrice, me confia-t-il en léchant mon cou.

– Je m'en fous, gémis-je, les yeux fermés de plaisir.

– Menteuse, grogna-t-il en m'embrassant le menton.

– La ferme !

Il revint déposer ses lèvres sur les miennes et je glissai mes paumes sous son tee-shirt pour caresser sa peau chaude, magnifique. Sauf que tout de suite après, il retira mes mains et se redressa sur les siennes pour croiser mon regard, la mine grave.

– Il y a un chapitre que je devais lui envoyer depuis la semaine dernière. Je l'ai rédigé en cours, hier. Je voulais le revoir en arrivant à la maison. Mais comme t'as pu le constater, j'ai perdu mon téléphone. Là, elle est en colère. C'est pour ça qu'elle a dit qu'elle en avait marre d'attendre.

Étais-je conne de tout gober de suite ? Et d'ailleurs, pourquoi se justifiait-il ? Je n'étais pas sa copine.

– Pourquoi tu n'as pas regardé la conversation en entier ? s'enquit-il.

– Parce que ça ne me regarde pas, déglutis-je en tournant la tête sur le côté, mal à l'aise.

Je n'assumais plus trop ma jalousie.

Il reprit appui sur un avant-bras et ramena mon visage vers le sien de son pouce et de son index.

– Ça me plaît que tu sois jalouse, dit-il de sa voix traînante en déposant un bisou sur ma joue. Ça confirme que tu m'aimes... bien.

L'intensité de son regard en recroisant le mien me recouvrit le corps de chair de poule.

– Et ça tombe bien, Spark, enchaîna-t-il en me mordillant la ligne de la mâchoire. Parce que moi aussi, je t'aime... bien.

Mon destin était donc de passer mon existence à mourir et ressusciter ?

D'une phrase, il venait de m'achever. Et d'un baiser, il me ramena encore une fois à la vie.

Il ne devait pas dire ce genre de choses si c'était pour changer d'attitude après. Il ne devait pas.

Un courant dont j'ignorais la provenance me traversa de toute part. Je le fis rouler sous moi et je m'assis à califourchon sur lui tandis qu'il m'enlaçait encore plus fort.

Il ne devait pas me gonfler autant le cœur de bonheur ; lui qui était si lunatique.


On était salis de terre, mais ce n'était pas la priorité du moment. Je l'embrassai comme si je n'en aurais plus jamais l'occasion. Il me pressa les fesses et grogna contre mes lèvres.

Il ne devait pas m'habituer comme ça à son goût et son toucher ferme.

Je l'aimais. Je l'aimais putain ! J'étais folle amoureuse.

— T'es magnifique, me susurra-t-il entre deux baisers.

Ça non plus, il ne devait pas le dire. Mon cœur explosait, de peur, de désir, d'appréhension, d'amour, d'émotion. J'étouffais.

Je me redressai subitement comme une noyée et attrapai son visage en coupe, sans me soucier de ce que je faisais.

— S'il te plaît. Ne me… brise pas, l'implorai-je d'un ton vulnérable que je ne me connaissais pas jusque-là.


Cette fois, je montais trop haut. La chute risquait d'être plus brutale que tout ce que j'avais connu jusque-là. Je n'étais pas prête, c'était sûr. Et je n'étais même pas certaine de l'être un jour.

Ses iris sondèrent les miens et je ne leur opposai aucune résistance. Il pouvait voir. Il devait voir. Ma fierté pouvait aller se faire mettre. J'avais besoin de lui. Je le voulais dans ma vie.

Mais s'il choisissait au contraire de me détruire, je… Je ne savais pas ce que je ferais, en réalité. Je préférais ne pas y penser.

J'attendais sa réponse comme mon prochain battement de cœur. Il fit courir sa main nue sur ma joue, le front plissé, sérieux comme je ne l'avais jamais vu auparavant. Après des secondes interminables, il ouvrit la bouche pour répondre, mais un raclement de gorge nous fit sursauter tous les deux.

– Disoli, grimaça Ashton.

Derrière elle, cinq paires d'yeux nous fixaient, dont une avec un dégoût qu'elle ne s'efforçait même pas de dissimuler.

J'imaginais que notre partie était désormais terminée.

# Chapitre 65.
# La bande

Cheveux épais réunis en une queue-de-cheval basse. Traits délicats. Lèvres fines… Ce visage me disait quelque chose sans que je n'arrive à mettre le doigt sur quoi. Par contre, ce qui était sûr, son propriétaire n'était pas du tout heureuse de nous voir.

Mais pourquoi ?

– Que voulez-vous ? cracha Michael sur qui j'étais encore assise à califourchon.

Réalisant cela, mes joues chauffèrent et je m'empressai de le déchevaucher sous les regards amusés du reste du groupe, – mis à part celui de la brune.

En me fiant à leur physique, je ne leur donnais pas plus de 20 ans chacun. À l'instar de Michael, ils portaient tous des lunettes de protection, et la plupart avaient marié leur pantalon militaire avec un haut noir. J'étais donc très reconnaissante envers Ashton et le brun aux traits orientaux pour avoir opté pour l'uniforme complet. Parce que dans le cas contraire, je me serais sentie ridicule.

Michael se redressa et me tendit la main, parce que j'étais restée à genoux après être descendue de son bas-ventre ; trop gênée pour entreprendre le moindre mouvement. Tout le monde nous observait. Je n'étais pas d'un naturel timide, mais je n'avais jamais été surprise en pleine action non plus.

Je me demandais s'ils avaient aussi entendu ma supplication adressée à Michael. C'était dans des instants pareils que savoir creuser un trou avec mes ongles m'aurait vraiment été utile !

J'étais trop mal à l'aise !


Au bout d'un moment, Michael perdit patience et s'avança vers les autres d'un pas menaçant, à l'instant même où j'avais enfin eu le courage de lui tendre la main.

— Vous foutez quoi là ? répéta-t-il.

Personne n'en eut l'air vexé.

— Je t'avais prévenu que j'allais les appeler, non ? répliqua Ashton en roulant des yeux.

Je me retrouvai comme une idiote, le bras levé, sous les kalachnikovs qui servaient d'yeux à la brune, qui ne m'avait pas lâchée du regard une seconde.

Elle m'avait vraiment dans le collimateur celle-là. Serait-ce une amie de Michael ?

— Et que vient-elle chercher ici ? grogna le concerné.

Une ex-amie alors.

Ashton se plaça entre les deux comme pour éviter une catastrophe et pria son cousin de reculer. Seulement alors, la nouvelle arrivante détourna son attention de moi pour la porter sur Michael.

Je réalisai que j'avais retenu mon souffle en expirant un grand coup avant de me remettre debout.

Je détestais les embrouilles.

— Ash a demandé à Cal de venir, expliqua la brune derrière Ashton.

Malgré le ton bourru de son correspondant, elle s'était exprimée d'une voix posée, proche de l'ennui.

Apparemment, elle avait l'habitude des éclats de Michael et ces derniers ne l'atteignaient plus.

— Cal, mais pas toi, releva Monsieur Désagréable.

Le châtain avec la cicatrice à l'arcade qui était resté à l'écart pour fumer, écrasa son mégot sous ses bottes, et rejoignit Michael pour lui prodiguer une de ces bourrades fraternelles, dont seuls les garçons avaient le secret.

— Ça fait un bail, mec !

Il me rappelait beaucoup Stefen, de l'équipe de basket. Tous deux étaient blonds, avec cet air espiègle qui tapissait leur visage comme une seconde peau.

— Donavan a même cru que tu nous évitais parce que… tu sais bien pourquoi, murmura-t-il avec malice.

Les autres rigolèrent, hormis la brune qui rabroua le plaisantin du regard et Ashton qui jeta un coup d'œil prudent dans ma direction.

Qu'est-ce que je n'aurais pas donné pour saisir à quoi ils faisaient référence ? Surtout que le sujet en question crispait autant les épaules de Michael.

— Et détends-toi, mec ! continua-t-il. Ninon ne veut pas de problèmes. Allez ! Un peu de considération pour ta be…

Il perdit momentanément son expression narquoise en me remarquant. Toutefois, il ne lui fallut qu'une seconde avant de revêtir un autre type de sourire.

— T'as oublié de nous présenter à ta magnifique amie, dis donc.

J'étais curieuse de savoir ce qu'il allait dire avant de s'interrompre. Mais il était déjà trop tard.

Je me dandinai et me grattai la tête lorsque toute l'attention se reporta sur moi. Ashton mit fin à mon supplice en venant me prendre la main pour me conduire vers les autres. Michael, lui, s'éloigna à grands pas en dégainant son paquet de cigarettes, comme si notre présence lui donnait la migraine.

Il était redevenu distant. Génial !


La gothique me présenta au groupe et j'appris que Jay était celui avec les traits orientaux et la coupe en brosse. Nute était le black qui ressemblait drôlement à Usher. Ensuite, il y avait Josh, le brun à la petite taille. Et finalement, Cal, puis Ninon.

C'était quoi ce prénom, au fait ? J'aurais adoré être son amie juste pour l'appeler au moindre prétexte.

Ninon, Ninon, Ninon.

Mais vu son expression méprisante lorsque Ashton nous avait présentées, ce n'était pas pour demain. Ni jamais.

Tous les autres m'avaient paru sympathiques. Sauf Ninon et Cal qui ne m'inspiraient pas confiance, malgré les compliments et clins d'œil plutôt flatteurs de ce dernier.

Michael revint quelques minutes plus tard, le visage fermé et annonça comme si c'était lui, le boss :

– On joue.

Les autres s'excitèrent, mais pas moi. Je préférais lorsqu'on était seuls tous les deux. Au moins, là, il me regardait.

Même si on atterrit dans la même unité, dont les membres étaient désignés par tirage au sort, il continua de me traiter comme une inconnue. À une époque j'aurais pu me consoler qu'au moins, il ne m'assassinait pas du regard comme Ninon, mais j'en avais marre de me contenter de peu.

Son indifférence me sortait par tous les orifices du visage. Par chance, la partie ne tarda pas à commencer. Et vu le sérieux dont tout le groupe faisait preuve, je ne pris pas longtemps avant de m'immerger dans le jeu.

Cette fois, il ne fut pas question de déroger aux règles de l'airsoft, dont le fair-play primait avant tout le reste.

Toute la bande avait un très bon niveau. Mais aucun n'égalait Ashton et Michael qui donnaient l'impression d'avoir passé leur enfance dans un camp militaire. Ce fut donc tout à fait normal que notre unité à moi, lui, la gothique et... Usher, réussisse notre mission qui était d'arriver en zone neutre avec le foulard bleu protégé par le camp ennemi.

Nos adversaires étaient Cal, Josh, Jay et Ninon, à qui je devais les deux petites marques sur mon poignet. Mais comme je ne l'avais pas ratée non plus, mes blessures de guerre ne me dérangeaient pas tant que ça.

En fait, j'étais même de très bonne humeur. Je m'étais rarement autant amusée. D'ailleurs, on était tous hilares en quittant les bois — mis à part Vous-Savez-Qui et Ninon, mais sur l'instant je m'en foutais.

Le bungalow dans lequel Ash nous invita était un petit bar de style rustique, d'une demi-douzaine de tables. La gothique servit des bières à tout le monde. Je fus la seule à refuser et me contenter d'une bouteille d'eau.

Michael s'installa à l'écart, seul, dans un coin, non loin de la porte. Cal me rejoignit à ma table avec Ash. Ninon, Jay, Josh, et… Usher se posèrent sur celle d'à côté.

On discutait avec bonne humeur depuis une bonne dizaine de minutes, entre les avances à peine voilées de Cal et l'humour cru de la blonde, lorsque je demandai :

– Comment vous êtes-vous connus ?

Ils semblaient si à l'aise entre eux. Personne ne ménageait ses mots, en particulier Ashton qui n'avait aucun filtre. J'étais curieuse. Ils ne pouvaient pas être camarades de classe, puisque Ash et Michael étaient plus jeunes.

Suite à ma question, tous se dévisagèrent pour décider qui allait jouer les narrateurs. Ce fut Ashton qui finit par m'expliquer après une gorgée de bière :

– Le point commun entre nous tous, c'est Donavan. C'est le meilleur ami de Cal et de Robyn.

Puis, elle se pencha vers moi pour faire semblant de chuchoter :

– En fait, ils baisent ensemble.

Les autres se marrèrent tandis que Cal balançait derrière sa bouteille, son majeur dressé :

– Je t'emmerde !

– C'est le seul à ne pas assumer son homosexualité, protesta Ashton. Les autres ne se fâchent jamais quand je dis la vérité. Je peux donner ma main à couper qu'ils s'entrebaisent. Si tu les voyais ensemble tu comprendrais, gloussa-t-elle devant mes efforts pour contenir mon hilarité.

Elle ajouta ensuite avec plus de sérieux :

– Ninon et Cal sont en couple libre. Moi, je suis sa voisine. Il m'a invitée à une fête chez Donavan et c'est là que j'ai fait la connaissance de Jay, Nute et Josh. Michael, lui, ne traîne pas vraiment avec nous. Moi, je le connais depuis tout petit. Pour les autres, bah, c'est le cadet pas marrant de Robyn…

– Et le petit ami de ma sœur, compléta Ninon avec un regard polaire à mon intention.

# Chapitre 66.
# Le menteur

Je crispai mes doigts sur la bouteille d'eau en me détournant des lance-roquettes de Ninon. Je comprenais désormais pourquoi elle m'avait l'air familière. En plus des cheveux épais, elle ressemblait en effet à la petite amie de Michael... qui n'était pas moi.

C'était la sœur d'Anna.


– Je m'en vais, annonçai-je en me levant.

Je me félicitai de la fermeté de ma voix malgré ce retour brutal à la réalité.

– Chub... miaula Ashton avec pitié.

*Non. Pas de pitié ! Sinon, je ne suis pas sûre de pouvoir atteindre la porte sans craquer.*

Je n'en pouvais plus des coups d'œil gênés des autres sur moi tandis que je m'éloignais ; le martèlement de mes bottes résonnant comme des gonds dans ce silence insupportable, uniquement ponctué par la musique des Black Veil Brides en bruit de fond.

– Attends ! me rattrapa Cal en me barrant le passage.


J'étais seulement à quelques pas de la sortie. Et surtout à moins de deux mètres de Michael dont l'impassibilité me faisait plus mal

397

qu'une gifle. Il aurait pu dire quelque chose après l'aveu de Ninon. Je ne sais pas… n'importe quoi. Mais il n'avait pas bronché, comme à cet instant, où il nous fixait derrière sa bière, le visage aussi expressif qu'une gargouille.

Je n'avais pas besoin de preuves supplémentaires que je n'avais plus rien à faire ici… ou ailleurs, tant qu'il serait là. Nous deux, ce n'était pas possible. Et ça me déchirait d'être l'imbécile qui avait offert son cœur sur un plateau, à quelqu'un aux mains déjà occupées.

– Non, je dois vraiment partir, répétai-je, peu cordiale en espérant décourager Cal.

Oui, je fuyais.

Oui, je savais depuis le début que Michael avait une copine.

Non, je n'en faisais pas tout un plat.


Continuer de passer pour une idiote devant tout le monde était juste au-dessus de mes forces.

– Je refuse, objecta le blond en m'empêchant de le contourner.

*Je t'en supplie, laisse-moi m'en aller !*

Le silence dans la pièce me tuait. Additionné à l'indifférence de Michael, plus la brûlure du regard des autres, j'étouffais.

– Allons manger un morceau, insista Cal. Tu peux pas partir comme ça. Je… on s'amusait bien avec toi. Ce n'est pas loin. On ira sur ma moto si tu veux.

Intriguée, j'observai Ninon qui contemplait ses ongles, plus blasée que jalouse.

Peu importait, je préférais rentrer à pied, même si je n'avais aucune idée d'où on se trouvait. Cal ne m'inspirait toujours pas confiance. J'ouvris la bouche pour refuser, mais une voix traînante à ma gauche me devança :

– Elle n'ira nulle part avec toi.

*Pardon ?*

– J'irai sur ta moto, annonçai-je à Cal en serrant les poings.

*Michael pouvait aller se faire voir !*

– Tu n'iras pas sur sa moto, répéta-t-il avec certitude.

Les autres voyageaient entre ma mine outrée et celle sereine de Michael.

– Et pourquoi n'irais-je pas sur sa moto, s'il te plaît ? rageai-je, les bras croisés sous ma poitrine.

– Parce que tu m'appartiens.

Ma respiration se bloqua dans ma gorge tandis que les flammes bleues de Michael me confirmaient le sérieux de son affirmation.


Un simple coup d'œil à la pièce aussi silencieuse qu'une tombe me suffit pour confirmer que cette phrase n'avait pas déstabilisé que moi. Même la musique avait cessé de bruisser derrière le bar. Je dus cligner plusieurs fois des paupières pour me ressaisir. Et à ma stupeur succéda une colère viscérale.

Il pouvait brûler en enfer, lui, son lunatisme et sa folie… Mon cœur n'était pas un putain de ballon de basket ! Je n'allais plus me laisser attendrir pour être malmenée ensuite. C'était fini. Fini.

– Va te faire foutre ! crachai-je, tandis que Ninon pouffait entre deux gorgées de bière.

– Génial ! Ça baise dans les bois et maintenant ça s'imagine qu'ils vont vivre heureux pour toujours. Dire que Robyn croie que son frangin ne sait pas mentir ! Et il n'a encore rien vu.

*Pour qui elle se prenait celle-là ?*

Je trouvais ironique qu'elle ne lève pas un doigt quand son copain flirte avec moi. Juste pour l'ouvrir quand il s'agissait de Michael.

– On ne couchait pas dans les bois. Ni nulle part, idiote ! fumai-je.

– T'as guetté ton cou dernièrement ? envoya-t-elle d'une voix chargée de dédain. Je connais personne d'autre qui laisse de telles marques. Alors ferme-la et basta !

Humiliée, je portai ma main à mes suçons tandis qu'elle se reconcentrait sur Michael pour poursuivre d'un air troublé :

— Tout ça, c'est pour jouer, hein ? Parce que… comment dire ? Ça me chiffonnerait que tu tournes le dos maintenant à ma râleuse de sœur. Tu joues mieux les nounous que moi.

Le principal concerné se leva de sa chaise, et s'avança d'un pas nonchalant vers Ninon comme si toute cette histoire ne le regardait que de loin. Puis, arrivé à la hauteur de la brunette, il lui souffla au visage, arrogant et méprisant :

— Toi et ta sœur, je vous emmerde.

— Ah bon ! s'exclama l'aînée d'Anna d'un ton sournois qui ne présageait rien de bon. Tu ne m'avais pas l'air de penser pareil, l'autre soir dans sa chambre. Eh oui, je suis rentrée plus tôt que prévu. Ils ont couché ensemble ! annonça-t-elle en se tournant vers les autres comme si elle leur confiait l'info du siècle. Je me demande encore pourquoi il vous l'a pas dit.

Moi, je me demandais pourquoi je ne mourrais pas tout de suite ? Je tombais de haut. Et en plus de cette douleur dans ma poitrine, je me sentais ridicule, nulle, conne, stupide…

— Ton mensonge est allé trop loin pour faire marche arrière maintenant, ajouta Ninon avec un sourire sarcastique. Tu penses pas ? Ne t'en fais pas ! On finira tous par oublier que ça partait d'un défi.

Michael me tournait en partie le dos, et honnêtement, je ne savais pas si j'aurais eu le cœur de soutenir son regard. Ou si pour sa part, il aurait eu le cran d'affronter le mien, après ce que je venais d'entendre et de comprendre.

— Les gars… tenta d'intervenir Ashton qui me sondait avec circonspection.

Je devais avoir l'air malade. Je me sentais nauséeuse, en effet. D'ailleurs, je n'avais même pas remarqué quand la blonde nous avait rejoints près de la porte, moi et Cal. Je voulais que tout cela cesse. Mais Ninon ne s'était pas lancée pour arrêter.

— Vous savez comment elle me fait chier, embraya-t-elle à grand renfort de gestes. J'ai fui ma famille pour une bonne raison. Je vivais seule, tranquille. Elle débarque, s'installe et me casse les couilles avec sa vie de merde. Au moins quand Michael lui remplit la bouche…

— Assez ! tonna Ashton.

Le seul qui semblait amusé par toute cette situation était Cal. Les autres avaient au moins la décence de paraître mal à l'aise, mais ça ne les innocentait pas pour autant à mes yeux. Ils étaient tous dans le coup. Tous, y compris lui.

Comment…

J'avais mal à la tête. Mais je ne pouvais m'empêcher de les regarder tour à tour, à mesure qu'ils parlaient, avec cette fascination malsaine qu'on avait parfois pour une scène de crime.

— Du coup, reprit Cal avec un large sourire. Comme celle-là sait maintenant que t'es un connard, je rentre avec elle ?

J'allais vraiment vomir.

— Vous vous entendez, bordel ? vociféra Ashton. OK, vous êtes des grosses merdes, mais elle était juste venue pour jouer, elle. Ce n'était pas la peine qu'elle entende tout ça. Bravo Michael. J'espère que tu es fier de toi. Depuis le début, je t'ai dit d'abandonner cette histoire.

— Comme ça, tu baises la petite vierge ! s'extasia Cal. Enfin, elle ne l'est plus, mais bon…

Michael pivota dans notre direction, les yeux lançant des couteaux.

— Ta gueule !

*Non, toi, ta gueule ! Meurs, Michael, s'il te plaît.*

— Et donc celle-là compte pour toi ? s'excita le blond en me pointant. Donavan aurait adoré être là.

J'avais baissé la tête en direction du sol pour éviter de croiser le regard du menteur. Mon cœur se craquela lorsque je vis une larme de dépit atterrir à côté de mes bottes. Je n'allais quand même pas pleurer devant lui !

Je n'étais même pas celle qui croyait à une affection fictive de la part de sa sœur et de son copain. Au moins, j'avais été poignardée par la vérité avant qu'il ne fût trop tard. Tout le contraire d'Anna qui n'avait décidément pas de chance dans la vie.

– Viens Chubbygan, je te ramène, souffla Ashton.

Elle ne me laissa pas refuser. Elle m'empoigna la main et sortit avec moi.

En silence, elle me conduisit non loin de l'endroit où on s'était garé en venant. Puis, elle déverrouilla une Jeep rutilante. Mais ç'aurait été une trottinette que je serais quand même montée. Je voulais m'éloigner de cet endroit le plus vite possible. J'en avais trop entendu.

– Megan…

*Tiens, pas de Spark.*

J'interrompis mon geste de fermer la portière et posai les pieds à terre. Puis, ces derniers, comme munis d'une volonté propre, malgré la lassitude qui m'habitait me conduisirent jusqu'à Michael.

En me plantant devant sa silhouette élancée et son regard fuyant, toute la rage et le dégoût que je bridais depuis tout à l'heure se déchaînèrent. J'abattis mes poings fermés sur son torse en braillant :

– Comment t'as pu ? C'est… inhumain. Nom de Dieu ! C'était pour ça que tu te sentais coupable à chaque fois que je prononçais son nom ? Parce que tu devais juste la baiser pour le rapporter à tes potes ?

Ma voix dégringola à cause du trop-plein d'émotion.

– On parle d'une personne, Michael. Comment t'as pu ? Comment…

# Chapitre 67.
# Désillusion

Il ne se défendit pas jusqu'à ce que j'arrête de le frapper, à bout de forces.

– Ce n'est pas ce que tu crois, souffla-t-il.

Il entreprit ensuite de tout m'expliquer, l'expression implorante.

– Tout part d'une connerie. Une énorme connerie d'un soir où j'avais trop bu... Le lendemain, c'était déjà trop tard pour y mettre fin...

– Oui, j'imagine que ce sera plus facile maintenant que t'as couché avec elle, et promis l'amour éternel, envoyai-je.

– Je...

Le regard fou, il rabroua ses cheveux ébène puis hasarda un pas désespéré dans ma direction. Je reculai en tendant une main d'avertissement entre nous, l'expression glaciale.

– Peu importe ce à quoi tu penses, abandonne !

Ses lèvres se pincèrent, et il baissa la tête.

Comment osait-il paraître blessé ? Pourquoi gaspiller son temps à agir comme s'il avait un cœur maintenant que je savais tout ?

– Je n'arrive pas à croire que je suis tombée amoureuse de toi, crachai-je. T'es rien d'autre qu'un monstre. J'aurais pu être à la place de cette fille et...

– Jamais ! jura-t-il avec une détresse que j'aurais presque pu croire sincère. Je... Écoute-moi, m'implora-t-il en tendant la main.

– Ne me touche pas !

Je m'en foutais de passer pour une folle et je n'en avais que faire d'Ashton qui était tout près. J'étais juste en colère. En colère contre ce connard qui me tournait la tête. Cet hypocrite qui avait pris la virginité d'une fille à cause d'une connerie ; comme il avait lui-même dit. Cet enfoiré qui m'avait probablement menti à moi aussi, mais qui en même temps me suppliait de l'écouter. Pourquoi ? Pourquoi diable ? Je faisais partie d'un putain de projet, moi aussi ?

Oui, c'était moi qui avais tout fait pour obtenir son attention. C'était moi qui l'avais cherché. Et je le regrettais de toutes mes forces.

Je le haïssais. Cette fois je le pensais avec chaque nerf, chaque fibre. J'en avais marre de toute cette merde. Alors peu importait ce qu'il dirait, ma décision resterait inchangée.

Ce qui n'avait jamais commencé était désormais terminé. Nous, ou plutôt mes espérances nous concernant... tout ça, c'était fini.

Ces révélations étaient juste la goutte d'eau de trop.

– Je déteste cette... Je hais Ninon depuis qu'elle a cru drôle de plaisanter avec la mort de Sky, commença-t-il d'une voix mal assurée. Un soir, à une fête chez Donavan, elle a ramené sa petite sœur... Et... pour l'emmerder, j'ai dit devant tous les autres que celle-ci était dégoûtante.

– Ah !

Il détourna le regard et ses joues rosirent de gêne.

– Ann... elle n'a rien entendu, corrigea-t-il, comme si le nom de sa victime était du verre pilé dans sa bouche. Ç'aurait dû se terminer là. Mais un peu plus tard, Robyn a fait une stupide plaisanterie. Il a dit que je rougissais comme une fillette dès que je mentais. Ils ont tous rigolé. J'étais bourré. Je me suis vexé. J'ai nié. Donavan et Cal ont saisi mon tel et m'ont mis au défi de prouver… que je pouvais mentir.

— Et pour ce faire, tu devais séduire la Dégoûtante et la mettre dans ton lit, résumai-je avec écœurement. C'est crade, Michael. Très crade.

Il déglutit et poursuivit en évitant à ses yeux fuyants de croiser les miens.

— C'est Ninon qui a communiqué qu'elle était vierge et que je n'y arriverais jamais… Je n'avais pas vraiment envie d'elle… mais je voulais donner tort à Ninon, et aux autres.

— Tu t'écoutes ? Est-ce que tu te rends compte de ce que tu dis ? T'as pas un vide en toi, comme tu l'as dit. Mais une mare de méchanceté et de noirceur.

Mon venin fit mouche, car ses mâchoires tressautèrent et il affronta enfin mon regard pour me laisser lire l'étincelle de colère qui s'était allumée dans le sien.

*Quel culot !*

— J'étais bourré, gueula-t-il avec un geste de la main. Je suis allé lui parler, mais je ne m'attendais pas à ce qu'elle soit ivre et me confie tout sur les mauvais traitements que ses parents lui avaient infligés à Boston. Dès le lendemain, j'ai voulu mettre fin à cette connerie et lui dire la vérité, mais j'ai pas pu. Comment lui avouer que tout partait d'un stupide défi et que sa sœur était dans le coup après ce qu'elle avait vécu ? Elle n'avait personne !

— Tu l'as baisée par bonté d'âme alors ! jetai-je avec une ironie mordante.

— C'est arrivé plus tard ! hurla-t-il.

— Ose m'avouer que c'était par amour ! Ose m'avouer que t'es amoureux d'elle ! ripostai-je sur le même ton.

Les personnes comme lui n'aimaient qu'elles-mêmes. Je doutais fort qu'il y ait une exception.

— Ça ne te regarde pas, grinça-t-il.

Un coup de poing dans les côtes ferait moins mal, mais je m'arrangeai pour ne pas le laisser transparaître. À la place, j'émis un rire sans joie en écartant les bras avec sarcasme.

– C'est un peu tard pour penser ça, non ? Pourquoi tu me racontes toutes ces bêtises alors ? D'ailleurs, pour ton info, ça change rien à ce que je pense de toi. Au contraire… T'es qu'un menteur. Un connard de première. Je maudis le jour où j'ai posé les yeux sur toi. Tu me dégoûtes.

Ses lèvres s'entrouvrirent comme si je lui avais coupé le souffle. Je perçus aussi une vraie tristesse dans ses yeux. Mais j'avais trop mal pour être compatissante.

Il aurait dû crier sa victoire auprès de ses potes comme ils l'attendaient de lui, mais il ne l'avait pas fait. Et on en parlait de son comportement protecteur envers Anna ? Tout partait d'un défi, mais peut-être qu'il avait fini par tomber amoureux ?

Et moi dans tout ça ?

Ces belles paroles ? Ces putain de baisers. Ces rires. Ces taquineries… Ça ne voulait donc rien dire ?

Ça me déchirait de devoir l'accepter.

– Dire que j'ai eu pitié de toi quand Stacy t'a blessé ! crachai-je. Tu mérites mille fois pire. Non. Tu la mérites, elle. Vous vous méritez tous les deux. Vos âmes sont tout aussi visqueuses.

Un élan de culpabilité m'étreignit lorsqu'une ombre que je ne saurais décrire traversa ses iris. Il s'empressa ensuite de cacher sa main parcourue de spasmes dans son dos, avant de hocher la tête, les lèvres pincées.

– OK.

C'était à lui de se sentir mal, pas moi.

Son visage se fit aussi impénétrable qu'une pierre. Il contracta les mâchoires, recula de deux pas, puis il reprit la direction des bungalows sans un mot de plus.

Je ne savais plus quoi ressentir.

D'ailleurs, je serais restée plantée là si Ashton n'avait pas murmuré :

– Tu veux rentrer ?

Je me retournai pour la dévisager qui se dandinait devant sa voiture.

Je ne la trouvais plus aussi cool. Même si elle avait avancé avoir averti Michael. Elle aurait pu faire autre chose pour mettre fin à cette mascarade – qui peut-être n'en était plus une, tout compte fait.

J'avais mal à la tête. Je devais rentrer chez moi au plus vite, et je n'avais pas d'autre chauffeur. Je pris le temps de ravaler mon écœurement, ma fierté et mes larmes. Puis, je montai dans la voiture d'Ashton la tête haute, avant de lui indiquer mon adresse.


Je n'allais pas pleurer. J'avais le cœur piétiné mais je n'allais pas verser une seule larme.

Et puis, je n'avais pas à avoir des remords. Je ne l'avais pas vraiment blessé. Il jouait la comédie. C'était un menteur certifié, après tout. J'avais de la chance de ne plus faire partie de ses jeux tordus.

Oui. J'étais chanceuse. J'étais…

Malgré mes efforts, une larme roula sur mes joues, et Ashton crispa ses doigts sur le volant, comme si elle se sentait coupable.

J'essuyai mon visage avec rage tandis qu'elle hasardait sans quitter la route des yeux :

– Je ne vais pas dire que je suis mieux qu'eux. Que je le veuille ou non, ce sont mes amis. T'as le droit de juger. Mais Michael n'est pas un baratineur. Il ne parle pas souvent. Mais il dit toujours le fond de ses pensées. Cette histoire est une erreur. Et si en quelque sorte ça a dégénéré autant, c'est parce qu'il est sensib…

– Tu as un téléphone ?

– Quoi ?

– Je dois donner des nouvelles à ma mère toutes les deux heures, répétai-je d'une voix monotone. Mon portable n'est pas là. Prête-moi le tien.

Elle se tourna vers moi et haussa les sourcils, comme si ce changement de sujet brusque lui avait secoué le cerveau.

J'avais eu ma dose de Michael Cast pour la journée... ou pour ma vie entière. Je refusais de discuter ou d'entendre parler une seule seconde supplémentaire de ce connard.

Ash me passa son téléphone quelques secondes plus tard. Je me connectai sur Messenger pour envoyer une note vocale à ma mère, sans ajouter de photos cette fois.

– Maman, je suis en vie. D'ailleurs, je rentre. Si tu veux m'entendre, appelle à la maison. Bye.

Elle allait vite deviner que quelque chose clochait. Mais j'avais quelques minutes de répit avant de devoir l'affronter. Et pendant ce temps, je préférais ne pas penser à ce que je lui raconterais.

Une fois terminé, je me déconnectai et rendis l'appareil à sa propriétaire, qui le récupéra avec une drôle d'expression.


– C'est indiscret. Mais j'ai rêvé ou t'as appelé Helen Carpenter, maman ? C'était bien elle sur Messenger ?

Elle avait raison. C'était indiscret. Très indiscret.

J'appréhendais toujours la réaction des gens en apprenant que j'étais l'enfant de l'une des plus riches personnalités de Portland.

Je coulai un regard torve et circonspect en mâchant :

– Oui, c'est ma mère et ?

Ses yeux ne s'illuminèrent pas comme d'autres en réalisant l'opportunité que je représentais. Elle ne suggéra pas non plus qu'on devienne BFFs, comme ça m'était déjà arrivé. Au contraire, sa mine incrédule muta en une autre, horrifiée, comme si j'avais confirmé un lien de parenté avec l'enfer.

– Et... Michael le sait ? s'étrangla-t-elle.

# Chapitre 68.
# Rémission

Quel était le rapport entre ma mère et ce connard de Michael ?

Sur le point de poser la question à Ashton, je m'interrompis lorsque cette dernière pila net au milieu du quartier urbain qu'on traversait.

J'avais eu de la chance d'avoir attaché ma ceinture.

Secouée, je décochai un regard aussi paniqué que lourd de reproches à ma conductrice. Sans un mot, celle-ci me pointa le vieux chien qui claudiquait devant la voiture.

L'animal devait être très vieux, ou sourd, ou mourant…

Une éternité plus tard, il finit par atteindre l'autre côté de la route et libérer le passage. Je le regardai ensuite disparaître dans le rétroviseur avec un pincement au cœur. Le pauvre !

Il me faisait penser à Calendar, le jour où on l'avait renversé, après notre dîner en famille en dehors de la ville. À l'époque, ce gros paresseux était aussi maigre qu'un clou. J'avais eu pitié de lui et supplié mes parents de l'adopter. Pour au final récolter quoi ? Que ce traître préfère tout le monde à moi.

Malgré tout, je ne regrettais pas une seconde de l'avoir sorti de la rue. Il ne serait peut-être plus là, sinon.

– Tu penses qu'on aurait dû l'aider ?

– Il est très vieux, se justifia Ashton avec un haussement d'épaules mi-coupable, mi-blasé. De plus, il a sûrement une famille.

Je n'y croyais pas une seconde. Mais je n'insistai pas. De toute façon, il était trop tard.


Le reste du trajet se déroula dans un silence lourd et plein de malaise.

Ce fut avec un grand soulagement que je m'empressai de sauter de la voiture en arrivant chez moi. Je ne remerciai pas la blonde, ni ne me retournai lorsqu'elle m'appela.

Tout ce qui m'importait, c'était de rejoindre au plus vite mon lit.


L'alarme de la maison se déclencha parce que je ratai trois fois le code du portail. Je ne sus même pas comment je trouvai la force de rassurer ma vieille voisine qu'il ne s'agissait que de moi.

En revanche, une fois la grande porte de l'entrée close, le barrage céda. Je n'eus même pas le temps d'atteindre l'une des branches du double escalier que je pleurais déjà toutes les larmes de mon corps.

J'arrivai cependant à me traîner je ne sais comment en haut des marches. Puis, en aboutissant à ma chambre, je me jetai sur mon lit comme un gros sac en serrant mon doudou contre ma poitrine. Au moins, mon coussin *Ariel*, lui ne me briserait jamais le cœur.


Je pleurai jusqu'à ce que mes yeux et ma gorge fussent secs et douloureux. Ensuite, des heures après, dans un élan de courage, je me levai et me déshabillai, direction la salle de bain.

En découvrant ma sale tronche et mes suçons dans le large miroir circulaire, j'eus de nouveau envie de chialer.

Malheureusement, ne vint que la grimace, sans les larmes.

Je me sentis stupide et moche… surtout moche. J'entrai sous la douche brûlante après un dernier sanglot aride, les épaules lourdes et le cœur en miettes.

Je détestais cette impression d'être en carton. Au reste, je savais ce qui pourrait aider. Ce qu'il me fallait était rangé dans mon énorme maquilleuse à ampoule LED, qui en temps normal réveillait ma culpabilité. Mais pas ce jour-là.

En peignoir, je pris place dans mon coin préféré du dressing, puis je me peignai les cheveux en arrière le temps d'être inspirée. Deux minutes plus tard, je déposai le démêloir avant d'étaler le matériel nécessaire.

Environ une heure après, alors que j'appliquais la touche finale, à savoir des perles sur mes pommettes, le hurlement du téléphone fixe retentit en bas.

J'adressai un regard satisfait à la créature mythique qui me faisait face dans le miroir. Puis, je descendis.

Cependant, le temps que j'atteigne le rez-de-chaussée, la sonnerie s'était déjà tue. En premier lieu, je pensai que j'avais raté l'appel. Mais juste après, j'entendis Juliette, notre cuisinière, annoncer de sa voix chantonnante que oui, elle m'avait vu rentrer et que j'étais seule.

Comme je n'avais aucune envie de parler à ma mère pour l'instant, je me planquai dans les marches et attendis que Juliette termine pour rejoindre la cuisine.

D'après ma vue sur le patio, je devinais qu'on était au beau milieu de l'après-midi.

Je la saluai en m'attrapant un truc à boire dans le frigo.

– Hier, tu n'as pas mangé, souligna la rousse, en se plaçant en face de moi les bras croisés.

Elle croyait encore qu'elle pouvait être intimidante avec son menton pointu ! Elle travaillait ici depuis qu'on y avait emménagé quand j'avais 3 ans, et elle n'avait toujours pas capté.

Je la contournai sans un mot et m'installai sur l'un des tabourets pivotants derrière l'îlot en marbre, à côté de la grande baie vitrée.

– Là, je veux manger. J'ai faim.

411

C'était sa phrase préférée. Elle adorait me gaver. D'ailleurs, son visage s'illumina alors qu'elle annonçait en s'activant :

– J'ai préparé du gratin de poisson.

– Miam !

Juliette était l'une des rares personnes à savoir pour mon appétit d'ogresse.

*Michael sait maintenant.*

J'ignorai la petite voix dans ma tête tandis que la rousse me servait une quantité choquante de riz et de gratin de poisson.


– Tu ne te sens pas coupable de manger un cousin ? plaisanta-t-elle à ma première fourchetée.

Elle faisait référence à mon maquillage de sirène qui me descendait jusqu'au cou.

– Hahaha ! Très drôle, la charriai-je.

Elle rigola, puis retourna à ses tâches.

Tous mes proches étaient habitués à mes coups de pinceau sur mon propre visage. J'avais souvenir d'une dispute avec ma mère, où elle avait abandonné parce qu'elle n'en revenait pas de s'engueuler avec une extraterrestre. J'étais maquillée en *Gamora*.


À 4h du mat, j'avais révisé tout le programme de Maths du trimestre et même entamé celui du prochain. Je n'arrivais toujours pas à dormir. Robyn n'avait pas exagéré à propos du café de Michael.


Michael.


En songeant aux recherches que je m'étais promis de faire, je me levai et déposai mes cahiers sur mon bureau, avant de me saisir de mon ordinateur portable. Je me réinstallai ensuite entre mes coussins et Calendar, vexé d'avoir été secoué, se fit la malle dans un miaulement mécontent.

Tant pis. Ce n'était pas comme s'il avait été là si Helen n'était pas au Japon.


Je savais que Michael n'était sur aucun réseau social. J'avais vérifié en examinant un à un les profils des deux-cent-quatre personnes que Stacy suivait sur Instagram, à l'époque où ils sortaient ensemble. J'avais aussi fouillé parmi le millier de gens qui likaient les photos de la peste. R.A.S.


Je cherchai « Michael Cast livres » sur *Google* cette fois et patientai. Oui, j'en avais fini avec lui, mais ça ne m'empêchait pas d'être curieuse pour autant.

J'étais d'ailleurs trop impatiente de découvrir ce que les résultats allaient me révéler.

# Chapitre 69.
# Résolution

Il n'y avait rien sur lui.

Les seuls écrivains avec Cast comme nom de famille étaient une certaine Kristin et sa mère qui avaient coécrit une saga surnaturelle à succès. Donc, j'avais facilement pu vérifier leur existence.

Michael devait utiliser un pseudonyme... que je me promis de découvrir tôt ou tard.

Penser aux livres m'avait fait songer que je n'en avais offert aucun à Everly pour la semaine. Cette histoire avec Stacy nous avait décidément bien éloignées.

Avec l'intention d'y remédier quelque peu le lendemain, je passai récupérer ma voiture devant l'école avec ma clé de rechange. Ensuite, le volume de l'autoradio prêt à fissurer mes vitres, je me rendis à l'un de mes endroits préférés du centre-ville.

La vieille Afro-Américaine m'accueillit comme d'habitude avec le sourire.

Les deux incisives métallisées de la vieille femme me mettaient toujours mal à l'aise. Cependant, je finissais toujours par en faire fi

415

dès qu'on commençait à échanger, car elle était très chaleureuse avec sa voix d'ancienne fumeuse.

– Des histoires avec des bad boys ?

C'était ce que je prenais d'habitude. Mais comme j'en avais assez des mauvais garçons, au propre comme au figuré, je secouai la tête.

– Vous en avez avec des vrais hommes ? Ceux qui ne mentent pas ? Qui n'ont aucun secret ? Qui ne couchent pas avec des filles à cause d'un défi tout en mentant à une autre ?

OK, je m'étais un peu laissée emballer. Mais ma blessure était encore fraîche et ma susceptibilité à fleur de peau.

Le visage ridé de la libraire adopta une expression à la fois sage, amusée et compatissante.

– Cœur brisé ?

– On peut dire ça. D'où mon sevrage d'histoire de connards bourrés de défauts qu'on trouve charmants au premier abord. Pourquoi ? Parce qu'ils ont des lèvres parfaites, pleines et roses ? Des cheveux à tomber ? Parce que leur aura sombre a un côté excitant et qu'ils nous font nous sentir vivantes. Pff ! J'en ai…

Le rire de la vendeuse me coupa et je me recouvris le visage de mes mains.

– Oh, ma belle, tu es tellement rafraîchissante. Dis-toi que l'homme parfait n'existe pas. Sinon, il serait assez ennuyeux, termina-t-elle avec un clin d'œil complice.

Je lui souris sans conviction. Je n'étais pas d'humeur à philosopher.

Elle sortit de derrière son comptoir et me fit signe de la suivre entre les rayonnages aussi familiers que réconfortants, tout en rigolant toute seule par intermittence.

Le malheur de certains faisait vraiment le bonheur des autres, askip.

Par chance, faire courir mes doigts sur les étagères et les reliures variées me détendait toujours. Je ne tins pas donc pas rigueur longtemps à la vieille femme.

– J'ai ça, m'annonça l'Afro-Américaine en attrapant un bouquin sur l'un des présentoirs. Ça pourra te plaire. Ça vient d'une auteure française.

– Pas de bad boys ? hésitai-je en scrutant la couverture avec circonspection.

Elle me rassura d'un mouvement amusé de la tête. Je fis semblant de refaire ma queue-de-cheval à frange effilée, afin de disposer d'au moins une trentaine de secondes pour déchiffrer le titre. Elle pensait encore que j'achetais les livres pour moi et je n'avais jamais eu le courage de la détromper.

*Viens, On s'Aime*[3]. Ça me plaisait bien.


Ma dyslexie rendait mes lectures très lentes, car il me fallait toute ma concentration pour décrypter même les phrases les plus simples. J'avais eu des professeurs privés pour m'aider dans mes études jusqu'à l'année dernière où j'avais décidé que je n'en voulais plus.

Everly avait proposé de m'aider pour les matières à lettres, en échange de mon soutien en Maths, – et parfois aussi en Physique et Chimie. Son offre n'aurait jamais pu mieux tomber. De toute façon, je préférais nos révisions à mes cours privés.


Avant de partir, la vieille vendeuse me félicita d'avoir tenu le coup et résisté aux histoires de bad boys. Il fallait bien grandir, non ? Je voulais vraiment rester ferme sur ma décision cette fois.

Ma prochaine destination était chez ma meilleure amie où je parvins un quart d'heure plus tard.


Madame Jean m'accueillit avec son chignon impeccable et son sourire botoxé habituel qui me mettait toujours mal à l'aise. Mais c'était quand même mieux que d'être reçue par le père d'Everly, à qui cette dernière devait son métissage. Lui ne souriait jamais.

---

[3] De Morgane Moncomble

Après échange de banalités avec la mère de mon amie, je montai à l'étage rejoindre sa fille. Dès mon entrée dans sa chambre, je sentis que quelque chose clochait.

Everly n'avait pas bougé sur son lit devant lequel traînait une paire de *Vans*, lorsque j'avais refermé la porte derrière moi. Et elle ne broncha toujours pas en me voyant m'installer sur la chaise pivotante de son bureau en face.

— Même pas bonjour ? râlai-je.

— Bonjour, grommela-t-elle sans s'arrêter de fixer le plafond étoilé.

— Je t'ai apporté à lire, tentai-je en lui envoyant le bouquin.

Elle l'ignora.

— Merci.

*Mauvais jour*, déduisis-je.

Son ordinateur portable était à côté d'elle ; signe qu'elle n'était pas punie. C'était quoi le souci alors ?

— Stacy ? hasardai-je.

— Hier, c'était Histoire, éluda-t-elle d'un ton morne.

En effet, on avait prévu de réviser Histoire samedi et Maths dimanche. J'étais désolée de ne pas m'en être souvenue.

— Hier… c'est compliqué, soupirai-je.

Je n'avais aucune envie de parler de Michael avec elle. Primo parce qu'elle le détestait. Ensuite, je n'en avais pas envie.

— Hum ! lâcha-t-elle. Bizarre.

— Quoi ?

— Rien.

*OK*. J'étais désormais plus que certaine qu'il y avait quelque chose. Je me débarrassai de mes bottines et pris place sur le lit, en m'adossant contre le mur bleu et froid.

— Vas-y, crache le morceau !

Elle se leva, comme si ma proximité l'incommodait. Elle plongea ensuite une main dans un tiroir de son bureau avant de me lancer mon téléphone et de me pointer mon sac à dos sur son armoire.

– Le reste est là-dedans.

Elle commençait sérieusement à m'agacer.

– Tu fais chier. Tu le sais ? S'il y a quelque chose, accouche ! Moi, j'aurais déjà tout avoué.

– T'es sûre ? martela-t-elle, en se retournant d'un coup.

– Oui.

Elle s'appuya à son bureau et hocha la tête, pensive, les paumes à plat sur le bois blanc.

– Ah ! Alors, je me fais des films. Tu ne m'évites pas depuis des semaines. Il n'y a rien qui cloche. Sinon tu me l'aurais dit.

*Prends ça, Megan !*

– Euh… bégayai-je.

– Oui, euh ! explosa-t-elle en se redressant. Tu sais quoi ? Je te trouve très hypocrite.

– Pardon ?

# Chapitre 70.
# La méchante

— Pardon ? m'étranglai-je en plissant les yeux.

— Tu juges Stacy. Tu ne peux pas être contente pour moi, parce qu'elle est soi-disant mauvaise. À la première occasion, toi, tu te barres avec quelqu'un de pire.

— Michael n'a rien à voir avec cette plaie, objectai-je avec verve.

*Pourquoi je le défendais déjà celui-ci ?*

— Oui bien sûr, me conspua la métisse en levant les bras.

Elle m'énervait. Après les événements de la veille, additionnés à ma nuit blanche, sa crise était très mal venue.

J'émis un petit gloussement méprisant en jouant avec ma queue-de-cheval.

— Lui au moins, il n'a jamais honte de ses conquêtes.


J'y étais peut-être allée un peu fort. Et je le regrettai à l'instant où ses yeux s'embuèrent et qu'elle tira sur l'une de ses nattes collées pour se donner contenance.

Je me levai du lit pour l'approcher, mais elle recula vers l'armoire en me stoppant de sa main tremblante.

— Ne m'approche pas !

*Et puis merde !* J'avais passé une journée et une nuit pourrie. Malgré tout, je faisais l'effort d'être gentille. Tout ça pour qu'elle fasse son intéressante. Et pourquoi ? Parce que j'exprimais une vérité qu'elle savait déjà ? Parce qu'elle n'avait pas le courage de se fâcher contre sa copine et que j'étais une cible plus facile ?

– Ne fais pas comme si c'était un scoop ! jetai-je en roulant des yeux. Elle ne t'aime pas. Te bécoter dans la salle de projection pour ensuite faire comme si elle ne te connaissait pas, j'appelle pas ça de l'amour.

En plus d'être blessée, ses yeux lançaient désormais des éclairs. Sa voix, elle, avait grimpé dans les aiguës et elle serra les poings en vociférant :

– Qu'est-ce que t'en sais toi, de l'amour ? Dois-je te rappeler que t'es jamais sortie avec personne parce que t'es trop obnubilée par ce connard de Michael ? T'as même pas donné sa chance à Teddy qui était prêt à tout pour toi. T'es pas la mieux placée pour juger, Megan.

– Je préfère la solitude à ta relation toxique avec Stacy. Je n'aurais jamais accepté ça.

– T'aurais accepté moins, démentit-elle en criant.

Moins d'un mètre nous séparait. J'étais plus grande qu'elle, mais on aurait pu croire le contraire. Je ne l'avais jamais vu si furax.

– T'as couché avec un mec après le bal de promo, juste parce qu'il lui ressemblait, cita-t-elle. En termes d'attirance malsaine, c'est toi qui as gagné le gros lot.

Ça, c'était vache ! Elle savait que je regrettais cet épisode. De plus, ça ne s'était pas passé comme ça. Elle avait sorti cette histoire exprès pour me faire du mal. J'étais désormais folle de rage.


Si elle voulait la jouer connasse, j'allais lui montrer qui était la plus forte.

– Tu veux que j'arrête d'être hypocrite ? fumai-je. D'accord. Alors, voici la vérité : tu me tires vers le bas. Oui, j'ai une putain d'obsession pour Michael, mais peut-être que j'aurais pu rencontrer d'autres mecs si j'allais aux fêtes auxquelles on m'invitait, et pas toi. Si je ne faisais pas tout pour que tu te sentes moins complexée, Miss J'ai-encore-grossi. Si au lieu de passer mes week-ends à t'entendre radoter sur ta vie de merde, je partais m'amuser avec des gens plus intéressants. Tu ne veux jamais sortir parce que t'es « timide », crachai-je en mimant des guillemets. Par contre, dès qu'il s'agit de coincer ta tête entre les jambes de la plus grosse peste sur Terre, ta timidité, pouf, envolée. *J'aimerais te faire jouir devant un miroir, pour que tu voies à quel point t'es belle,* raillai-je avec suffisance.

J'avais puisé dans toutes mes réserves de méchanceté pour lui rendre la monnaie de sa pièce. Et j'avais fait mouche, car elle donnait l'impression d'avoir été poignardée dix fois de suite. Elle pleurait désormais à chaudes larmes, mais je m'en foutais. Elle n'avait qu'à ne pas commencer.

– T'as lu mes poèmes ! souffla-t-elle entre deux sanglots pitoyables.

– Oui, j'ai lu tes putain de poèmes. Qu'est-ce que tu vas faire ? Chouiner ? Oh ! Tu le fais déjà. Ou peut-être que tu vas te plaindre auprès de ta chérie... Mais attends ! C'est dimanche. Elle est sûrement avec ses amis à qui elle ne te présentera jamais parce qu'elle a trop honte de toi. Parce que t'es qu'un stupide plan cul et que t'es trop pitoyable pour te rebeller, hurlai-je, la respiration haletante.

Everly avait le visage rougi et elle me dévisageait comme si j'étais la pire salope sur Terre. Alors, pour la première fois depuis que j'avais entamé ma distribution de venin, je me sentis minable.

Elle s'étouffait presque entre ses sanglots et ne se donnait même pas la peine d'essuyer ses joues. Ça me brisa le cœur.

Ma colère évaporée, mes yeux s'embuèrent eux aussi tandis que mes épaules s'affaissaient.

Je n'avais jamais été aussi cruelle de ma vie. Cette personne qui s'était exprimée me dégoûtait.

Honteuse, maladroite, je tentai un pas dans sa direction sans aucune idée de ce que j'allais dire pour sauver notre amitié. Je n'eus pas le temps d'aller bien loin et on sursauta toutes les deux lorsque quelque chose se brisa derrière la porte.

Everly perdit des couleurs et je vis l'horreur assiéger ses yeux noisette.

Sa mère avait encore joué les indiscrètes.

On savait pour sa curiosité déplacée. D'habitude on discutait tout bas pour éviter qu'elle entende quoi que ce soit susceptible d'être rapporté à son mari.

Monsieur Jean était très croyant et sa femme très soumise. C'était les mots de leur fille auxquels je riais toujours pour tenter de minimiser le fait que ses parents étaient surtout très homophobes.

Mais là, rien ne saurait provoquer mon hilarité. J'avais mis Everly dans de beaux draps en me laissant aller. Je n'aurais jamais dû dire tout ça.

— Je suis désolée, bégayai-je, le regard implorant.

— Va-t'en de chez moi, articula-t-elle difficilement, le visage inondé. Et ne m'adresse plus jamais la parole.

# Chapitre 71.
# Le boulet

*Point de vue d'Everly*

« *Everly, décroche ! J'ai été méchante. Mais sache que je n'ai pas pensé ce que j'ai dit. J'ai passé mes week-ends avec toi parce que je préfère ta compagnie à celles de gens que j'oublierai le lendemain même. Parce que je trouve nos soirées pyjama plus cools que toutes les fêtes de la Terre. T'écouter me raconter des histoires et imaginer d'autres où on est les héroïnes ; c'est ça que j'aime. Je ne suis pas une fêtarde, tu le sais. J'ai une confession à te faire, par contre : j'évite de manger beaucoup devant toi parce que je ne grossis jamais. Je ne voulais pas te complexer. Mais tu es magnifique comme tu es, Ev. Je t'aime. J'ai été cruelle. Mais s'il te plaît, ne me hais pas. Je t'en prie. Oublie ce que j'ai dit. Tu ne m'enfonces pas. Au contraire, c'est grâce à toi et Ted que j'ai pu m'accrocher après la mort de mon père. Pitié. Parle-moi !* »

Le quatorzième message que j'écoutais ce matin-là sur le chemin de l'école. Megan n'avait pas cessé d'appeler depuis la veille. Mais elle perdait son temps. Je n'allais jamais répondre. Il valait mieux me laisser profiter de mon téléphone avant qu'on me le confisque.

Le mois dernier, mon père avait obtenu une chaire à l'université de Seattle en tant que professeur de Théologie. Il ne rentrait plus que deux fois par semaine.

Ma mère ne m'avait fait aucune remarque après le départ de Megan. Je n'avais pas non plus reçu de coups de fil inquiétants… pour l'instant.

Mais je savais que ce n'était plus qu'une question de temps.

Les vacances de Noël s'annonçaient tellement réjouissantes !

Je m'étais endormie à 3h du matin, vidée, l'oreiller trempé…

Je n'avais même pas réussi à en vouloir à Megan. Je croyais à ses excuses. Je savais qu'elle était sincère. Elle n'avait jamais pris du plaisir à faire du mal aux autres. Et c'était ça le problème. Elle était trop bien. Je lui servais plus de charge que d'amie.

Qu'elle l'eût pensé ou pas, j'étais d'accord sur le fait que je la tirais vers le bas. C'était pour cette raison que j'avais décidé de garder mes distances.

En première heure, on avait un contrôle de Maths. Je déprimais d'avance.

Monsieur Scott n'était pas encore arrivé, malgré mes minutes exprès de retard. Lorsque je me décidai enfin à passer la porte avec un soupir résigné, Megan se leva de sa chaise près de la fenêtre pour venir dans ma direction.

Elle avait relâché ses cheveux moka et portait une petite robe cintrée avec des cuissardes.

Tout lui allait. Je n'étais pas du tout jalouse en formulant cette pensée ; même si je le devrais avec mes éternels vêtements trop grands.

Elle ne m'avait jamais attirée, mais je l'avais toujours trouvée belle. On n'avait rien à faire ensemble toutes les deux. Je me demandais pourquoi j'avais pris autant de temps pour le réaliser.

Elle allait bientôt parvenir à ma hauteur, la mine contrite, lorsque je paniquai et me dirigeai sans réfléchir au fond de la salle. J'eus très vite nulle part où aller, et je me jetai sur la seule chaise disponible du fond avant de faire semblant de chercher quelque chose dans mon sac.

Il me fallut une bonne dizaine de secondes pour saisir que j'avais atterri à côté de Michael, qui fixait ses phalanges tatouées sur son bureau avec une concentration troublante.

J'aurais pu mettre ça sur le compte de sa bizarrerie si l'attitude de Megan ne s'était pas révélée tout aussi suspecte. Cette dernière s'était immobilisée à quelques centimètres de nous, le front plissé, comme si elle avait heurté un mur invisible.

Tout le monde la jaugeait, avant de faire la même chose avec Michael. C'était ça la vie de star. Et ces deux-là avaient accédé à ce statut, depuis vendredi après leur escapade.

Curieusement, la présence du motard fit reculer Megan. Mais avant de faire demi-tour, elle me promit de me reparler du regard.

*Je n'espère pas.*

Elle était mieux sans le boulet que j'étais. Elle allait vite s'en rendre compte et surtout passer à autre chose, maintenant que la moitié du lycée la trouvait trop cool et badass.

Je sortis ma trousse de mon sac et réalisai que Michael n'avait jusque-là pas bronché d'un millimètre.

— Désolée de m'être installée à côté de toi, lui soufflai-je. Je n'ai pas eu le choix.

Je ne m'attendais pas à une réponse, donc je ne fus pas déçue de son silence. Il n'aimait pas parler. C'était connu. Je m'étais expliquée juste parce que les autres avaient toujours mis un point d'honneur à laisser la chaise à sa droite vide. Je ne voulais pas de problèmes.

Comme je n'avais aperçu aucun signe menaçant de sa part, j'en avais déduit que je pouvais être tranquille. Malgré tout, je n'arrivais pas à me détendre à ses côtés.

Au moment où je songeais à changer de place, Monsieur Scott entra enfin.

Pour patienter avant de recevoir mon contrôle, j'inspectai mes ongles, tirai sur mes nattes, dézippai, puis zippai ma trousse… Pour au final finir par me coucher sur mes bras croisés et épier Michael.

Il n'avait toujours pas bougé. Si bien que je songeai qu'il aurait été parfait pour le lancement de *Yeezy 4*. Celui où Kanye West avait laissé ses mannequins poser pendant trois heures sous un soleil de plomb à New York.

Mais je doutais que Michael eût accepté un traitement pareil. Il était tellement intimidant… et beau. Je devais au moins l'admettre même si je ne l'aimais pas. Dans un sens, je comprenais pourquoi il fascinait autant. Il avait un petit quelque chose d'inénarrable.

S'il le voulait, il décrocherait facilement des rôles de créatures surnaturelles à Hollywood grâce à sa peau pâle et son aura sombre.

Il était indéniablement magnifique, mais que pouvait lui trouver Megan d'autre ? Pourquoi une telle obsession ?

Il m'avait toujours fait peur. Même si Megan devenait sa petite amie, je doutais de pouvoir l'apprécier un jour. Il lui ferait du mal. C'était tatoué en filigrane sur les petits carrés de peau qu'il laissait transparaître sous des habits noirs.

Mais peut-être que Megan soupçonnait Stacy de la même chose. Peut-être était-ce pour cette raison qu'elle ne supportait pas notre… relation ? Pourquoi avait-il fallu qu'on craque pour ces deux-là ?

Ces spéculations ne servaient à rien. Le seul bon côté de tout ce bazar était que cette dispute m'avait permis de me fixer. Je n'allais plus me contenter d'endurer certaines choses sans réagir.

Comme quoi, souffrir faisait grandir. Je me demandais d'ailleurs si Michael avait…

Mon regard insistant avait dû finir par l'agacer, car il darda le sien sur moi et tout le sang dans mon visage se fit la malle.

Il ne manquerait plus que je m'attire les foudres de ce malade, en plus de mes problèmes actuels.

# Chapitre 72.
# Le regard

Je me redressai d'un bond et détournai les yeux. Mais je sentis quand même les siens sur moi, me toisant. Tout mon corps me démangeait. Je me triturai les doigts sous mon bureau et rentrai ma tête dans mes épaules en gardant mes pupilles verrouillées sur le tableau, jusqu'à ce que Monsieur Scott me tende ma copie.

Michael finit par trouver autre chose à torturer de ses lance-flammes et je soufflai par la bouche tandis qu'un gros poids se retirait de mes épaules.

Après trois longs quarts d'heure, je voyais toujours flou à ce contrôle. Je n'avais résolu que deux exercices sur quatorze. Et à moins d'un miracle, je savais que ma note se limiterait à eux.

Megan avait terminé. J'en étais certaine. Tout comme je l'étais sur le fait qu'elle ne se lèverait pas de sitôt pour ne pas complexer les autres.

Quand je disais qu'elle était trop bien...

Comme je n'avais rien d'autre à faire, et que le miracle ne se manifestait toujours pas, je me couchai sur mon bureau, ma mine mélancolique tournée vers Meg près de la fenêtre, qui jouait avec le capuchon du dernier stylo que je lui avais refilé.

Le premier jour où elle m'avait adressé la parole, c'était pour me demander de lui en prêter un. Puis, lorsqu'elle avait commencé à m'offrir des livres, j'étais mal à l'aise parce que je n'avais rien à lui donner en retour. Pour soulager ma conscience, elle avait décidé que je continue à l'approvisionner en stylo, et elle en bouquins.

Comment avais-je pu croire une seconde que je méritais son amitié ? Je ne lui servais à rien. Elle était mille fois trop bien pour moi. Mille fois trop bien pour tout le monde.

En essuyant une larme nostalgique sur ma joue, ma vue échoua un moment sur mon voisin que je surpris lui aussi à la fixer, les lèvres pincées.

Depuis quand les rôles s'étaient-ils inversés ?


Je ne savais pas pourquoi, mais à cet instant précis, mon mépris pour lui diminua. Peut-être était-ce à cause de l'intensité de son regard, ou parce que je me reconnaissais en lui.

Il me faisait penser à moi lorsque j'admirais Stacy quand celle-ci ne faisait pas attention. Comme dans ces moments où elle s'endormait à côté de moi après nos révisions et que j'étais partagée entre trop de sentiments pour arriver à les nommer tous… Jusqu'à ce que je décide de me concentrer sur un seul.

L'amour.


C'était étrange de concevoir que Michael pouvait éprouver la même chose. J'étais assez sceptique, mais en même temps, j'étais certaine de reconnaître ce regard.

Le même qu'avait Teddy au premier rang.

Ça avait quelque chose de tristement comique. Nous trois la dévisageant à son insu. Trois liens ; trois histoires différentes. Une héroïne en commun : elle.

Même si j'avais de sérieux doutes quant aux sentiments de Michael, je devais au moins reconnaître que ce n'était pas tous les jours qu'on lui voyait des prunelles aussi expressives.

Et si le rêve de Megan s'était enfin réalisé ? Peut-être qu'elle allait enfin vivre l'une des histoires qu'elle savait imaginer entre eux deux.

Ou pas…

Vu le regard incendiaire qu'elle lui coula en surprenant celui de Michael, je devinais que celui-là avait déjà foiré quelque part.

Ça ne m'étonnait pas vraiment. Il n'était pas connu pour être un gentleman. Par contre, je ne m'attendais pas qu'il eût l'air blessé à ce point en se remettant à fixer ses articulations croûtées.

Tout à coup, il me faisait moins peur.

En y prêtant attention, je réalisai qu'il n'avait rien écrit sur sa copie. S'il se branlait à ce point des contrôles, pourquoi se donner la peine de venir à l'école ? Serait-ce juste pour… elle ?

Il avait recommencé à la contempler, les sourcils froncés, une fois sûr que la concentration de notre héroïne fût ailleurs. Il m'intriguait de plus en plus.

– Tu… l'aimes ? m'entendis-je chuchoter.

C'était sorti tout seul, mais il m'était désormais impossible de reculer. Il s'était déjà tourné vers moi, me sondant de ses yeux trop bleus et trop incommodants.

Il avait attisé ma curiosité. Il fallait que je sache, même si ça impliquait de supporter son regard pénétrant et marchander un avertissement de la part de monsieur Scott.

Combien de gens au total finissaient par se faire aimer par leur *crush* ? J'avais de la peine pour Teddy. Je n'étais toujours pas fan de Michael, mais j'étais trop excitée pour Megan. Ça n'arrivait pas à beaucoup de personnes.

Je me trompais peut-être, mais si ce n'était pas le cas ?

433

– J'ai demandé si tu l'aimais, répétai-je, bravache, tout en m'assurant de ne pas être surveillée.

Mais pourquoi ce gros con ne répondait-il pas ? C'était quoi ce mec ?

– Bien. Comme tu veux. J'aurais peut-être pu…

– Ça ne suffit pas toujours, m'interloqua-t-il.

Il avait parlé. Enfin, à peine. Mais quand même ! Ça, quoi ? L'amour ? Insinuait-il qu'il l'aimait ?

Je clignai des yeux pour être sûre de ne pas rêver. *Megan était-elle au moins au courant ?*

Je lui posai la question tout en contrôlant Monsieur Scott, aux aguets.

En espérant que ce truc qui semblait préoccuper le professeur sur son téléphone le fasse encore longtemps.

Mais Michael ne m'aidait pas du tout. Je haïssais cet idiot et son mutisme sélectif. Cependant, je devinais quand même que son regard fuyant était une réponse négative à ma question.

Il était mal à l'aise… à cause de Megan ! Celle-là même qui me rabâchait ses moindres faits et gestes depuis deux ans ! J'avais l'impression de nager en pleine comédie romantique.

– Je ne sais pas ce que tu lui as fait. Mais elle n'est pas rancunière. S'il faut ramper, rampe. Mais elle en vaut la peine. Tu l'aimes vraiment ? voulus-je confirmer.

Bien sûr, il n'ouvrit pas sa bouche et me donna des envies de meurtre, à examiner de la sorte ses stupides phalanges comme si elles méritaient plus son attention que l'être humain en train de lui adresser la parole.

*Mais pourquoi veux-tu tant les caser aussi ?* envoya ma conscience.

Parce que malgré mes préjugés envers mon connard de voisin temporaire, je savais que Megan était folle de lui. Cette dernière en avait trop fait pour moi. C'était le moment de lui renvoyer l'ascenseur.

434

— Je ne t'aime pas du tout, grinçai-je en y mettant tout mon agacement.

Il ne broncha pas.

— Mais je l'aime, elle, complétai-je avec un coup d'œil vers la concernée. Elle te veut depuis une éternité. Et toi, t'as intérêt à ce que tes yeux n'aient pas menti.

Je ne savais pas d'où me venait ce cran, mais je m'empressai de poursuivre avant qu'il ne s'évapore :

— Elle aime donner et oublie parfois de recevoir. Montre-lui qu'elle y a droit, elle aussi. Enfin, si t'es un vrai mec. Elle s'imaginait tout le temps faire un…

— Mademoiselle Jean, dois-je déduire que vous avez terminé ? m'apostropha Monsieur Scott.

Des iris originaires des quatre coins de la salle freinèrent leur course sur moi et je frôlai la pâmoison.

Je détestais être au centre de l'attention.

Mes paumes devinrent moites. Tout mon corps me picota. Le pire fut lorsque je sentis mes yeux se mouiller. Je me jetai face contre le bureau sur mes bras croisés avec la vision de tout le monde en train de se moquer de moi.

Megan m'aurait dit que…

— C'est dans ta tête, sa voix s'éleva de l'autre côté de la classe, comme si elle avait lu mes pensées.

Elle avait accaparé toute l'attention pour me soulager. Je pleurai sur ma feuille sans savoir pourquoi. Cette fille était trop géniale.

La principale Green vint la chercher avec Michael quelques minutes avant la sonnerie. J'imaginais qu'ils allaient payer l'affront qu'ils lui avaient infligé devant tout le lycée.

Je levai ma tête avec prudence. Tout le monde donnait l'impression de m'avoir déjà oubliée ; pour mon plus grand bonheur. Megan remit sa feuille avec un dernier coup d'œil dans ma direction, puis elle sortit sous les regards envieux et admiratifs de la salle.

Michael fut plus lent à partir. Comme s'il voulait laisser de l'espace à Megan… ou entendre ce que j'avais à dire.

Elle l'intéressait donc vraiment ?

– Un road trip, criai-je avant de tousser juste après pour masquer mon embarras.

Megan avait toujours rêvé d'en faire un. Je le savais, car elle n'arrêtait jamais d'imaginer des scènes à la *Made in the USA* de Demi Lovato. Si Michael pouvait aider l'un de ses fantasmes à prendre forme dans la réalité, peu importait à quel point elle était en colère contre lui, il avait une chance avec elle.


Je serais très heureuse pour elle si cela arrivait. Mais en même temps, j'avais fait ça pour moi.

Si Michael prouvait qu'il aimait Megan, peut-être que ça découragerait une certaine personne à vouloir le reconquérir…

Michael s'éloigna sans un dernier regard pour moi et je pensai avec ironie : « *de rien* ».

Avant qu'il n'atteigne la porte, le professeur lui demanda de rendre sa copie. Au lieu de lui tendre la feuille, il la chiffonna, puis l'empocha d'un air blasé.

Était-ce vraiment nécessaire ?

Je levai les yeux au ciel. Monsieur Scott lui lança un avertissement suite auquel il claqua la porte. Des petits cœurs popèrent dans les yeux des filles, tandis que d'autres comme Stacy continuaient de faire comme s'il n'existait pas.

J'avais évité de lorgner plus tôt en direction de cette dernière pour ne pas flancher dans ma décision.

De toute façon, elle aurait fait comme si elle ne me connaissait pas. À quoi bon ?

C'était lundi. Le club de théâtre n'avait pas de répétitions. Dans ces cas-là, à l'heure de la pause dej, elle et moi, on se retrouvait toujours dans l'une des loges. Celle avec la pile de déguisements inutiles accrochés au portant du fond, que personne ne s'était décidé à jeter. Le bon côté était que ça nous avait servi une fois.

On s'y était réfugiées lorsqu'une pianiste était revenue récupérer son foulard. Stacy par contre, n'avait pas attendu qu'elle soit sortie pour recommencer à m'embrasser, parce qu'elle trouvait cela excitant.

Et ça l'avait été.

Je secouai ma tête en la rejoignant, car si je me plongeais dans nos souvenirs, jamais je n'aurais de courage pour la suite.


À mon grand étonnement, j'entendis des personnes échanger dans la loge. Stacy n'y avait jamais emmené d'autres gens avant ! Intriguée, je collai une oreille contre la porte et surpris une discussion entre elle et Lana.

Elles parlaient de Megan.


Deux minutes plus tard, elle chassait l'Asiatique en prétextant quelque chose à régler seule. Par réflexe, je courus me cacher derrière une échelle.

Et par chance, Lana faisait de trop grands pas pour prêter attention aux détails autour d'elle, sinon…

*Sinon quoi ?*

Cette situation devait cesser. Ma détermination décuplée, j'entrai dans la loge après une longue inspiration revigorante.


Stacy se jeta sur moi comme si elle avait capté ma présence depuis derrière la porte. Elle me plaqua ensuite contre le bois froid en m'embrassant comme une affamée.

— Tu m'as manqué, ahana-t-elle entre deux baisers.

Je la croyais. Et c'était ça qui me chagrinait. Sur ce plan-là, tout allait. Elle me donnait presque l'impression qu'elle ne pouvait pas se passer de moi. Les textos. Les appels au beau milieu de la nuit pour me dire qu'elle aurait souhaité que je sois là...

Je n'avais pas besoin qu'elle crie haut et fort qu'on sortait ensemble – sortait-on ensemble d'ailleurs ? Mais je voulais savoir ce qui nous resterait si nos corps n'entraient pas dans l'équation. Je voulais savoir si c'était possible qu'un jour elle me regarde comme Michael l'avait fait avec Megan. Et si ça valait la peine que je me risque pour une fois à faire entendre ma voix à mes parents.

Ce furent toutes ces pensées qui me permirent de tenir bon et de ne pas répondre à son baiser.


La cheerleader, stupéfaite recula pour sonder mon visage.

– Qu'est-ce qui ne va pas ?

*Ravie que tu poses la question. Maintenant par où commencer ?*

# A SUIVRE...

 MIA BENNET

# IT'S HOTTER IN HELL

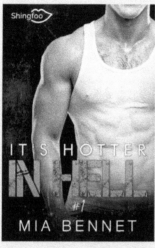 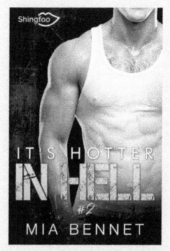

Alexis aurait dû le savoir : à trop vouloir se rapprocher du mal, on finit par s'y brûler les ailes... surtout lorsqu'on tombe sur quelqu'un qui manie avec brio l'art d'allumer un briquet !

Blake Foxter est impulsif, violent, cynique. Et elle le hait.

Mais il n'y a qu'en enfer que se rencontrent les âmes avec un certain penchant pour le péché...

 LAURIE ESCHARD

# DIVORCE IMMINENT

Fiancée au charmant et respectueux docteur Delvincourt, Alice est une femme comblée et n'attend qu'une chose : épouser enfin l'homme qu'elle aime depuis qu'elle est enfant.

Mais lorsqu'elle apprend que son premier mariage, célébré quatre ans plus tôt dans une petite chapelle de Las Vegas est bien légal en France, Alice n'a pas d'autre choix que de retrouver son cher époux pour le faire annuler. Petit détail mais pas des moindres, le marié ne semble pas être disposé à divorcer aussi facilement.

Ne jamais rien regretter... Et réfléchir à deux fois avant de faire des folies !

 LAETITIA ROMANO

# BEAUTIFUL...

Alors que Megane Crawford envoie une lettre à un homme avec qui elle a engagé une correspondance, la lettre en question arrive par erreur chez Curtis Lowell...

Contre toute attente, le jeune homme décide de lui répondre.

Ils vont alors entamer une relation épistolaire. Jusqu'à ce que Curtis lui propose de se rencontrer.

Ce dernier étant une célébrité de la mode et en ayant assez des femmes qui lui tournent autour pour sa notoriété, il va envoyer son meilleur ami au premier rendez-vous à sa place, en éclaireur.

Jusqu'où ce mensonge les mènera-t-il ?

LAETITIA ROMANO

# ENDLESS SUMMER

Summer est sous pression à Détroit. Sa mère entre en cure de désintoxication et son oncle la prend avec lui pour s'installer à Hawaï.

Elle fait la connaissance de Tamara qui travaille avec elle au magasin de Travis son oncle.

Mais Hawaï est aussi le paradis des surfeurs et un jour, elle va faire la connaissance de quatre d'entre eux.
Elle ne tardera pas à tomber sous le charme d'Owen et devra se méfier car les apparences sont parfois trompeuses.

 LAETITIA ROMANO

# IN YOUR EYES

Aux antipodes l'un de l'autre, Myla et Jackson se rencontrent en soirée. Leurs différences sont flagrantes et la séduction n'est pas au rendez-vous.

Myla est timide et réservée, Jackson lui est plutôt secret et provocateur. Ils n'étaient pas faits pour se rencontrer. Ils n'étaient même pas censés se revoir.

Mais le destin parfois s'en mêle... Et à force d'échanges et de disputes aussi, ils vont se découvrir et peut-être qui sait avec le temps s'apprécier ?

 ELENA MAY

# LOVE INTERDIT

**De la haine à l'amour, il n'y a qu'un pas.**

Belle, pétillante et déterminée, Raphaëlle Walton mène une vie de rêve : un père fortuné et aimant, un tas d'amis, des fringues de luxe, des accès aux soirées les plus branchées de la ville… Bref, sa vie est parfaite. Ou plutôt elle l'était. Tout dérape le jour où elle se retrouve dans le jet familial en direction de Monaco, et en compagnie de son papa et de son associé. Carter Herrera. Businessman redoutable, aussi insupportable que séduisant.

Dès le début, la cohabitation ne fonctionne pas. Carter, trentenaire ambitieux qui a réussi à se faire un nom dans le monde des affaires par ses propres moyens, a bien du mal à tolérer la fille à papa qu'est Raphaëlle. Elle représente tout ce qu'il méprise : arrogance, concupiscence, exubérance. Et alors qu'ils passent leurs temps à se détester et à se faire du mal, tentant d'ignorer leur attirance mutuelle inexplicable et interdite, les choses deviennent vite incontrôlables entre eux.

Plus de retour en arrière possible.

ELENA MAY

# ESCORT ME

Cela fait six ans que Joy partage sa chambre avec Emma, Manon et Silver dans l'internat qu'elle a intégré à la mort de sa mère. Il y a quelques mois, ses colocataires ont rencontré Zach lors d'une soirée et ont intégré son réseau d'escort.

Un jour, Joy n'a pas d'autre choix que de remplacer sa copine malade, il le faut car Zach peut être assez intransigeant lorsqu'il n'est pas satisfait. Ce même soir, elle est soulagée de constater que les trois hommes ne sont pas aussi âgés qu'elle l'aurait pensé. Adrian, à l'inverse de ses amis ne semble absolument pas intéressé.

Pourquoi a-t-il payé pour être en sa compagnie ?

 ELENA MAY

# ALL YOURS

Jade est une jeune artiste peintre de vingt-quatre ans. Voilà bientôt deux ans qu'elle a quitté Londres pour New York et ça lui réussit plutôt bien puisqu'en seulement quelques mois, ont été vendues presque toutes ses œuvres à un seul et même acheteur.

Belle, extravertie et insouciante, elle ne cherche pas l'amour et se contente de nuits sans lendemain. Mais lors d'un vernissage organisé par son amie Sonia en son honneur, elle fait la rencontre de son mystérieux acheteur, Alex.

 MORGANE PERRIN

# DESTINS LIES

**3 Histoires qui se lisent indépendamment.**

### Un Mariage Inopportun

Ils ne se connaissent pas. Pourtant, ils vont devoir cohabiter et bien plus encore. Elle, Clara Taylor, jeune femme de 26 ans accomplie dans sa vie professionnelle et heureuse dans sa vie privée. Lui, James Smith, 30 ans, homme d'affaires qui sait ce qu'il veut. Et il la veut, elle.

Clara va voir sa vie complètement changer lorsque ses parents vont lui annoncer qu'elle doit se marier. Elle qui a toujours rêvé de romance se voit vite descendre de son nuage.

Forcée d'accepter, elle ne va pas pour autant se laisser faire. Si elle ne peut pas refuser, elle compte bien faire changer d'avis son « futur époux ».

Pour le meilleur et pour le pire.

 MORGANE PERRIN

# DESTINS LIES

## 3 Histoires qui se lisent indépendamment.

### Le contrat

Ils se sont connus au lycée. Lui, Ethan Cooper, le gars populaire et aimé des filles. Elle, Chanel Foster, celle qui rédigeait ses devoirs de Français, trop obnubilée par son charme.

Il est maintenant le PDG de son entreprise, la Cooper's Compagny et propose LE poste de directrice marketing dont elle rêve.

Pour l'approcher, elle tente de le voir à l'une des soirées qu'il organise. Ça aurait pu être aussi facile que ça... Mais non !

Au cours de cette nuit-là, il lui propose un contrat : si elle accepte de travailler pour lui en tant que simple assistante, pendant six mois, en étant disponible jour et nuit, le poste qu'elle souhaite est à elle.

Arrivera-t-elle à tenir six longs mois ? Résistera-t-elle à son charme, qui l'a tant affectée dans son adolescence ?

 MORGANE PERRIN

# DESTINS LIES

**3 Histoires qui se lisent indépendamment.**

## L'Ombre du Passé

Julia est une jeune femme qui tente de vivre sa vie le plus paisiblement possible, sans vague. Son fils Eliott est sa plus grande réussite, même si les débuts ont été très compliqués.

Cela aurait pu être un avenir radieux si Greg n'avait pas refait surface dans sa douce vie, semant un chaos définitif dans tous ses rêves et projets.

Julia est prête à tout pour l'éloigner de sa vie et de celle de son fils, mais Greg n'a pas dit son dernier mot.

Arrivera-t-elle à faire face à cette ombre du passé ?

 SOPHIE PHILIPPE

# MON PATRON, MON MEILLEUR ENNEMI

Ils n'auraient jamais dû se rencontrer.

Elle était étudiante, et travaillait comme serveuse pour payer ses études.

Il était l'un des hommes d'affaires les plus implacables et respectés du pays.

Nick Obrian était l'homme le plus arrogant qu'il était possible de rencontrer... Extrêmement séduisant, mystérieux et sarcastique, le portrait même du parfait connard. Avec une réussite financière qui n'arrange rien... Et 26 ans de pratique.

Abby était la femme la plus douce qui puisse exister... Charmante, brillante et souriante, avec un soupçon de fort caractère. Le savant mélange de la femme parfaite... Et 22 ans de galère.

Et c'est un simple pari qui va venir bouleverser leur vie...

 SOPHIE PHILIPPE

# MON PATRON,
# MON PIRE ENNEMI

Il s'appelle Nathan Carter.
Un peu trop sûr de lui, prétentieux à n'en plus finir et tyran de première. 26 ans de pratique dans la maîtrise du pouvoir.

Elle s'appelle Nora Milani.
Un caractère explosif, ambitieuse à tout prix et emmerdeuse à souhait. 25 ans de pratique en emmerdement professionnel.

Elle sera son souffre-douleur, il sera son bouc-émissaire.
Ils vont se détester.

Enfin dans un premier temps...

 JULIA TEIS

# L'INCONNU DE NOËL

Une comédie romantique de Noël au cœur de New York !

Suite à plusieurs relations désastreuses, Lucy s'est renfermée sur elle-même et coupée du monde. Entre son travail, son chat, ses romans d'amour et son bénévolat, les journées s'enchaînent et se ressemblent...
Jusqu'au jour où elle croise la route d'Adam, un nouveau bénévole qui travaille dans la même entreprise. Un mystère entoure le jeune homme mais malgré tout, Lucy est intriguée et irrésistiblement attirée... et le destin s'évertue à les mettre sur la même route à la moindre occasion !

Entre les préparations des fêtes de fin d'année, les activités de bénévolat et ce mystérieux collègue, la jeune femme verra sa vie à jamais bousculée... pour le meilleur ?

Shingfoo

5 PLUMES

# WHAT LOVERS DO

Février. Semaine de la Saint-Valentin.
Un congrès à Paris réunit les 100 dirigeants des plus grandes
entreprises internationales.
Mais pas que...
Quoi de plus exaltant que de s'envoler pour la ville la plus romantique
au monde pour l'occasion ?
Toutes les excuses sont bonnes pour faire ses valises !
Entre histoires parallèles et rencontres fortuites, célébrer le romantisme
n'a jamais été si... mouvementé !
Qui de nos héros va réussir son challenge de l'amoureux de l'année ?
Qui ne sera pas à la hauteur en ce jour si spécial ?

Les auteures Shingfoo ont relevé le défi pour vous offrir cette histoire
exceptionnelle à 10 mains. Foncez découvrir ce roman inédit qui vous
fera frémir !

 CASS W. FOSTER

# ETAT D'IVRESSE

Jessica a le cœur brisé. Elle se laisse convaincre par sa meilleure amie d'aller se changer les idées au Brésil.

Elle redécouvre la séduction et fait des rencontres émotionnelles et sexuelles qui la bouleversent.

Est-ce que ce remède miracle suffira à la réconcilier avec elle-même ?

 MARIE ROSE

# MON ROI

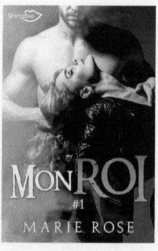
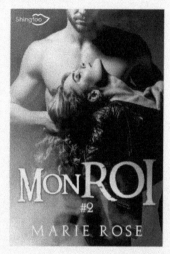

Il y a cinq ans, les immortels se sont révélés au grand jour pour prendre officiellement le pouvoir lors du "soir du traité". Et ce soir-là, c'est toute sa vie que Hope a vu basculer.

Depuis, elle essaie tant bien que mal de garder la tête hors de l'eau pour s'occuper de son petit frère. Mais la haine qu'elle voue aux immortels, ces vampires qui ont tué ses parents, ne s'est jamais éteinte... Jusqu'à ce soir...

Lorsqu'un inconnu ténébreux à l'aura sombre plonge son regard teinté de pourpre dans le sien. Ce regard, elle n'en réchappera pas.

Entre destin et révélations, haine et passion, plus rien ne sera comme avant pour la jeune fille. Pour le meilleur... comme pour le pire.

 JANIS STONE

# ATTRACTIVE BOSS

Déçue de la tournure que prend sa vie en France, Camille décide sur un coup de tête de partir rejoindre son grand frère dans la ville qui ne dort jamais, la grande pomme autrement dit : New York ! Quoi de mieux que de mettre un océan entre elle et les personnes nocives qui l'entourent ? Bye bye les problèmes et bonjour Manhattan ! Mat son grand frère lui trouve une place au sein de son entreprise et l'accueille chez lui.

Seul souci pour Camille : l'associé de son frère, Ethan, trentenaire, influent, il exerce un drôle de pouvoir sur les femmes et éveille la curiosité de Camille.

Qui se cache sous ce beau costume et derrière ce masque ?

# ATTRACTIVE DISASTER

Les objectifs de Sarah dans la vie ?

Réussir sa vie professionnelle, être indépendante, libre et ne jamais rien devoir à personne.

Et jusque là, elle s'en sortait pas trop mal. Elle est heureuse. Ou du moins, elle l'était. Elle n'avait juste pas prévu qu'en devenant amie avec sa super collègue Camille, son grand frère Mat allait chambouler ses certitudes.

# SUIVEZ-NOUS SUR LES RÉSEAUX SOCIAUX

@shingfoo

@shingfooeditions

Lightning Source UK Ltd.
Milton Keynes UK
UKHW041153230821
389329UK00005B/707

9 782379 8704